Ullstein

W0410808

ÜBER DAS BUCH:

Commander Keith Drummond fährt mit seinem alten Zerstörer *Warlock* Geleitschutz im Atlantik, als er bei einer rätselhaften Schiffsversenkung ein deutsches Kleinst-U-Boot mit einem Toten unter der Plexiglaskuppel entdeckt und bergen kann. Die Spur führt in einen norwegischen Fjord, wo diese neue Waffe Nazideutschlands gebaut und getestet wird. Unter Leitung des eitlen Kapitäns Beaumont überfällt die »Schrottflottille« aus alten Zerstörern, der auch *Warlock* angehört, die U-Boot-Basis und zerstört mit ihr auch gleich ein Treibstofflager für die deutschen Großkampfschiffe im Nordatlantik. Die Verluste sind jedoch unnötig hoch, weil Beaumont sich auf seinem Führungsschiff in sicherem Abstand hält.
Von nun an kämpft Drummond nicht nur gegen die deutsche Kriegsmarine, sondern auch gegen seinen feigen Vorgesetzten, den die Propaganda fälschlich zum Helden hochgejubelt hat. Dabei unterstützt ihn die junge Journalistin Sarah Kemp, deren Bruder durch Beaumonts Schuld ums Leben gekommen ist. Bei einem zweiten, ebenso tollkühnen Angriff auf die deutsche U-Boot-Basis St. Nazaire im besetzten Frankreich gelingt es Drummond, den Blender Beaumont zu entlarven.
Ein facettenreicher Spannungsroman über den Seekrieg im Jahre 1943, als die Royal Navy von der Bäreninsel bis Afrika nach langem Ringen allmählich die Oberhand gewann – nicht zuletzt dank so tapferer Schiffe wie *Warlock* und ihrer Kommandanten.

ÜBER DEN AUTOR:

Alexander Kent kämpfte im Zweiten Weltkrieg als Marineoffizier im Atlantik und im Mittelmeer und erwarb sich danach einen weltweiten Ruf als Verfasser spannender Seekriegsromane. Seine marinehistorische Romanserie um Richard Bolitho machte ihn zum meistgelesenen Autor dieses Genres nach C. S. Forester. Seit 1958 sein erstes Buch erschien (*Schnellbootpatrouille*), hat er über dreißig Titel veröffentlicht, von denen die meisten bei Ullstein vorliegen oder vorbereitet werden. Sie erreichten eine Gesamtauflage von 15 Millionen und wurden bisher in 14 Sprachen übersetzt. – Alexander Kent, dessen wirklicher Name Douglas Reeman lautet, ist aktiver Segler, Mitglied der Royal Navy Sailing Association und Governor der Fregatte *Foudroyant* in Portsmouth, des ältesten noch schwimmenden britischen Kriegsschiffes.

Alexander Kent

Die Zerstörer

Roman

Ullstein

Maritim
Ullstein Buch Nr. 22219
Herausgegeben von J. Wannenmacher
im Verlag Ullstein GmbH,
Frankfurt/M – Berlin
Titel der Originalausgabe:
The Destroyers von Douglas Reeman,
erschienen bei Century Hutchinson Ltd.,
London
Aus dem Englischen
von Uwe D. Minge

Umschlagentwurf:
Hansbernd Lindemann
unter Verwendung einer
Farbillustration aus der Sammlung
Bernartz im Deutschen
Schiffahrtsmuseum Bremerhaven
Alle Rechte vorbehalten
© Bolitho Maritime Productions Ltd. 1974
© Übersetzung 1990
Verlag Ullstein GmbH,
Frankfurt/M – Berlin
Printed in Germany 1993
Gesamtherstellung:
Ebner Ulm
ISBN 3 548 22219 6

2. Auflage März 1993
Gedruckt auf Papier
mit chlorfrei
gebleichtem Zellstoff

Vom selben Autor
in der Reihe
der Ullstein Bücher:

Kanonenboot (20302)
Rendezvous im Südatlantik (20318)
Duell in der Tiefe (20339)
Die Ersten an Land, die
Letzten zurück (20511)
Unter stählernen Fittichen (20549)
Aus der Tiefe kommen wir (20574)
Torpedo läuft! (20735)
Freiwillige vor! (20765)
Feindpeilung steht! (20857)
Der Eiserne Pirat (20893)
H. M. S. Saracen (20937)
Feuer aus der See (22043)
Mittelmeerpartisanen (22081)
Atlantikwölfe (22151)
Insel im Taifun (22217)
Die weißen Kanonen (22403)
In der Stunde der Gefahr (22509)
Das Wasser am Hals (22647)
Das Netz im Meer (22608)
Die U-Boot-Jäger (22900)

Außerdem 18 marinehistorische
Romane um Richard Bolitho

Die Deutsche Bibliothek –
CIP-Einheitsaufnahme

Kent, Alexander:
Die Zerstörer: Roman / Alexander Kent.
[Aus d. Engl. von Uwe D. Minge]. – Dt.
Erstausg., 2. Aufl. – Frankfurt/M; Berlin:
Ullstein, 1993
(Ullstein-Buch; Nr. 22219: Maritim)
ISBN 3-548-22219-6
NE: GT
Vw: Reeman, Douglas [Wirkl. Name] →
Kent, Alexander

Inhalt

Für Audrey und Elizabeth,
Barry und Richard,
in Liebe

Vorwort

Bei den Bemühungen, Material für meine Geschichten zu sammeln, werde ich oft gefragt, wie es mir gelingt, immer wieder neue Themen zu finden – besonders weil ich als Vielschreiber gelte.

Tatsache ist, daß die Vielfalt der Seehistorie, sei es die weiter zurückliegende oder die der jüngsten Zeit, verbunden mit den Erfahrungen der Seeleute und der Geschichte ihrer Schiffe, mich immer wieder neu anrührt. Obwohl mir der Stoff für weitere Romane noch lange nicht ausgegangen ist, stoße ich ständig auf neue interessante Themen – ein Ende ist also noch nicht abzusehen.

Kleine Begebenheiten am Rande, die von großem persönlichen Mut und Durchhaltevermögen zeugen, ragen aus den allgemein bekannten Ereignissen heraus – wahrscheinlich haben sie sie erst möglich gemacht. Als ich dieses Buch schrieb, war es auch für mich kaum glaublich, daß britische Kriegsschiffe im Zweiten Weltkrieg derartige Einsätze gefahren haben – besonders solch alte Schiffe wie der Zerstörer *Cambeltown* bei St. Nazaire.

Meine vorliegende Story ist so doppeldeutig wie ihr Titel. Sie handelt von einer veralteten Flottille Zerstörer, die wegen des auf Messers Schneide stehenden Krieges zu Himmelfahrtskommandos ausgeschickt wurde, ohne Rücksicht auf Verluste. Aber sie handelt natürlich auch von den Männern, die bis an den Rand ihrer Möglichkeiten getrieben und selbst zu Zerstörern wurden. Aus den verschiedensten Gründen wurden sie an den Rand des Abgrunds gezwungen, versuchten aber, ihren persönlichen Ehrbegriff aufrechtzuerhalten.

Pflichtgefühl, Angst, dabei aber die ständige Notwendigkeit, den Gegner zu töten und – wenn es der Auftrag erforderte – auch eigene Leute, hat diese Männer zu einem Teil der Kriegsgeschichte gemacht. Auch wenn ihr Geschäft schlimm war, der Krieg hat sie dazu gebracht.

A. K.

Der Zerstörer

Kapitänleutnant Keith Drummond umging mit gesenktem Kopf die viele Pfützen, die der nächtliche Regen zurückgelassen hatte. Es war kurz vor Tagesanbruch, und die Luft war so bitterkalt wie mitten im Winter. Er zögerte und blickte den abziehenden Wolken nach. Ihre graue Farbe hob sich nicht vom Anstrich der abgeblätterten Werftgebäude ab – ganz zu schweigen von den Schatten der Kriegsschiffe, die eng zusammengepfercht an den Kais oder den Docks lagen.

Man schrieb Juni 1943.

Drummond reckte die Arme, gähnte und sog den Geruch von Salzwasser, Öl, nassem Metall und Abfällen ein. Das unordentliche Gelände des Royal Naval Dockyard in Chatham sah im grauen Licht des Morgens beinahe idyllisch aus. In wenigen Stunden würde sich das ändern. Auf den Schiffen würden die Niethämmer donnern und die Sägen kreischen. Über ihnen würden die Kräne kreisen und ihre Lasten absetzen. Neue Schiffe würden entstehen, alte wieder instandgesetzt werden.

Zwei schattenhafte Gestalten lösten sich von einer Mauer, eine verwunderte Stimme fragte: »Wer da?« Es waren Wachmänner der Werft.

Drummond stieg über ein paar Eisenbahngleise und trat zu ihnen.

Der erste Polizist meinte: »Ach, Sie sind es, Sir.« Er legte die Hand an die Mütze. »Ich bin überrascht, hier jemanden um diese Zeit zu sehen.«

Drummond nickte. Es war ebenso ungewöhnlich, Polizisten so weit von ihren warmen Öfen und Teetöpfen zu finden.

Der andere Wachmann sagte wichtigtuerisch: »Die Schlepper haben während der Nacht wieder einen Zerstörer eingebracht, Sir.« Er deutete auf das Trockendock hinter seinem Rücken. »Es war viel zu dunkel, um schon in der Nacht an ihm arbeiten zu können. Wir sind nur hier, um sicherzustellen . . .« Er blickte seinen Kollegen an und fügte ungeschickt hinzu: »Nun, Sie wissen ja, wie es geht, Sir. Er ist in der Mündung auf eine Mine gelaufen, und der größte Teil des Maschinenpersonals wurde getötet. Die Jungs sind noch drin, wir konnten sie nachts nicht bergen.«

Drummond trat an den Rand des Docks und blickte auf den langen schlanken Rumpf hinunter. Sogar in der schlechten Beleuchtung konnte er das Ausmaß der Schäden erkennen. Er sah genau vor sich, wie es passiert sein mußte. Der Brückenaufbau war halb weggerissen, als ob ein riesiger Hammer dagegengeschlagen hätte, ein Schornstein lag wie ein großer Sarg quer an Deck.

Kühl bemerkte er: »Ja, ich weiß genau, wie es ist.«

Nicht weit entfernt – in einem anderen Dock – lag noch ein Zerstörer, der auf eine Mine gelaufen war. Auch bei ihm waren tote Seeleute unter Deck eingeschlossen worden. Als sich die Bergungsmannschaften einen Weg zu ihnen gebahnt hatten, stellten sie fest, daß die Männer ausgeraubt worden waren, Geld und Uhren waren verschwunden. Kein Wunder, daß die Polizisten verbittert wirkten.

Die Verantwortung für den Vorfall wurde hin und her geschoben, niemand fühlte sich zuständig. Es war eben eine Sache, die vorkam.

Er nickte. »Scheint ein schöner Tag zu werden.« Damit schlenderte er langsam dem nächsten Hafenbecken zu. Er wußte, daß sie hinter ihm herstarrten und überlegten, ob er wirklich so ein hartgesottener Zyniker war.

Drummond blickte nach Osten, wo in einem Wolkenloch ein Sperrballon zu erkennen war. Dahinter lag die Themsemündung und dahinter die Nordsee. Trotz allem, was passiert war – oder auch vielleicht gerade deswegen –, war er froh, daß es bald wieder losgehen würde.

Sein eigenes Schiff hatte einen Monat im Dock gelegen, und die Reparatur war nicht eine Sekunde zu früh gekommen. Sie hatten jede Stunde jeden Tages gebraucht. Er beschleunigte seine Schrittc, als wolle er alle Zweifel mit der versinkenden Nacht abschütteln.

Er erreichte das Dock und blieb am Rand stehen. Der kalte Wind zerrte an seinen Hosenbeinen und warf unruhige Wellen auf dem öligen Wasser unter ihm auf.

Das Schiff lag in der Mitte des Docks. Anders als bei seinem Besuch vor drei Tagen war es aufgeschwommen, es war wieder ein lebendiges Wesen – ein Zerstörer.

Er schlenderte sehr langsam an die nasse Steinkante heran und betrachtete den schlanken Rumpf. Gegen das schmutzige Hafenwasser hob sich der neue Tarnanstrich sauber ab. Die Unterscheidungsnummer leuchtete hell, das ganze Schiff schien wie neu zu sein, aber das Tageslicht würde die Wahrheit enthüllen. Dann konnte die frische Farbe nicht länger die vielen Beulen in dem knapp 100 m langen flachen Rumpf verdecken, auch die veraltete Silhouette mußte dann wieder unübersehbar sein; sie hatte die Schiffe dieser Klasse in der Marine so bekannt gemacht. Anders als ihre modernen Kollegen und besonders die nach Kriegsausbruch schnell zusammengeschusterten Geleiter, hatten sie eine unverwechselbare Linienführung. Hinter der wuchtigen offenen Brücke standen zwei Schornsteine. Der vordere war hoch und dünn, der hintere niedrig und wuchtig. Die Hauptbewaffnung bestand aus vier 10-cm-Geschützen, die mit nach hinten offenen Schilden versehen waren. Auf dem Höhepunkt ihrer Karriere hatten die Zerstörer zwei Dreiersätze mit Torpedos gefahren. Einer war jetzt ausgebaut, damit mehr Platz für kleinkalibrige Fla-Waffen geschaffen werden konnte.

Trotz seiner Unruhe mußte Drummond lächeln. Sein Erster Offizier Frank Cowley hatte es sehr treffend ausgedrückt: Das Schiff war wie eine alte Nutte, die ihre besten Jahre hinter sich hatte, aber mit einem neuen Make-up und dank ihrer großen Erfahrung einen Vergleich mit jüngeren Konkurrentinnen nicht zu scheuen brauchte.

Er blickte ins Wasser hinunter. Frank war nicht mehr sein Erster, er lag drüben in Canterbury und wurde von strengblickenden Krankenschwestern versorgt.

Drummond hatte die Nacht in einem Hotel in Canterbury verbracht. Franks Frau Helen hatte ihm zwar angeboten, in ihrem Haus in der Nähe des Hospitals zu übernachten, aber er hatte in ihren Augen gelesen, daß es ihr nicht lieb gewesen wäre. In ihnen stand die stumme Frage: *»Warum Frank und nicht du?«*

Drummond hatte versucht, das Schweigen zwischen ihnen zu brechen, aber alles schien sich nur um das Schiff zu drehen. Schließlich war das sein Metier. Er hatte versucht, ihr von den Schwierigkeiten zu erzählen, die es bereitete, ein Schiff nach einem Monat Werftliegezeit wieder in eine schlagkräftige Einheit zu verwandeln. Neue Männer würden an Bord kommen, andere hatten Urlaub, wieder andere lagen wie Frank im Lazarett.

Er konnte sich gut an Franks Hochzeit erinnern, an die Party in der Offiziersmesse, als das Schiff zwischen zwei Konvois in Harwich lag. Helen hatte ihn gefragt, warum er nicht heiratete. »Nicht in Kriegszeiten«, hatte er geantwortet. Jetzt würde sie sich daran erinnern und ihn dafür hassen, daß er heil und gesund war, obwohl er keine Familie besaß – während Frank beide Beine verloren hatte.

Er ging über die breite Gangway auf das Deck des Zerstörers hinunter und spürte die Wachsamkeit des Schiffes. An einem frischgemalten Bügel hing die Schiffsglocke, der nächtliche Regen hatte sie mit Feuchtigkeit überzogen. Er rieb mit dem Finger darüber, die Inschrift war kaum noch zu fühlen. Jahrzehntelanges Messingputzen hatte sie fast eingeebnet: *HMS Warlock 1918.*

Eine Gestalt trat aus dem Gang unter dem Geschütz. Es war Bootsmannsmaat Rumsey, der Gefechtsrudergänger, ein Bär von Mann, der immer fröhlich war. Auch während eines schlimmen Anpfiffs verlor er nicht sein schläfriges Grinsen. Drummond war froh, daß er an Bord geblieben war.

Rumsey meinte heiser: »Morgen, Sir. Ich habe Sie noch gar nicht erwartet.« Er schlug die behandschuhten Hände zusammen. »Wollte gerade die Männer wecken«, er grinste, »und den schönen jungen Morgen einläuten.«

Durch die feuchte Luft erklang traurig ein Trompetensignal, das von Schuppen und Schiffen zurückgeworfen wurde. Andere Hörner fielen bei den Kasernen und auf den großen Schiffen ein, die sich solchen Luxus leisten konnten.

Reise, reise, nach alter Seemannsweise, jeder weckt den Nebenmann, daß der nicht länger schlafen kann! Der alte Witz war auch nicht totzukriegen.

Drummond trat in den Gang und blickte auf das kleine Brett neben dem Pult des Quartermasters. Alle Offiziere mit Ausnahme des Chiefs und des Torpedomixers waren an Land.

Er fuhr herum und fragte scharf: »Wo ist der neue Erste?«

Rumsey ließ einen Finger auf der Sprechtaste der Wechselsprechanlage liegen; die silberne Bootmannspfeife hing an seiner Unterlippe.

Vorsichtig erwiderte er: »Noch nicht an Bord, Sir. Wir haben einen Anruf bekommen, daß er aufgehalten wurde. Der Zug ist außerhalb Londons entgleist – oder so.«

Drummond kletterte eine Niedergang hinunter, und Rumsey bellte in das Mikrophon: »Reise, reise! Morgendienst!« Gleich würde er sich den UvD greifen, mit ihm zusammen durch die Messedecks gehen und die Leute purren. Wer dann noch in der Hängematte lag, würde sein blaues Wunder erleben. Auch die Männer, die in der Nacht auf Wache gewesen waren, hatten keine Schonung zu erwarten.

Drummond wanderte in die verwaiste Messe. Er kannte blind jeden Schritt, sogar den Flicken auf dem ausgetretenen Teppich hätte er vermißt, wenn er nicht da gewesen wäre. Er schaltete ein paar Lampen ein. Überall frische Farbe, aber das Mobiliar war das alte geblieben. Die dunkelroten Ledersessel würden auf See wieder gut abgedeckt werden, denn dann würden die Offiziere erschöpft, naß und durchgefroren von ihren Stationen – so von der offenen Brücke – heruntergewankt kommen und hier oft genug in Schlaf fallen, bis sie wieder gebraucht wurden. So wie während des letzten Einsatzes. Als plötzlich die Alarmglocken geschrillt hatten, war sofort danach das Heulen der Granate und der Einschlag erfolgt. Frank war in der Brückennock zusammengebrochen, er hatte noch nicht einmal Zeit gefunden, seinen Schmerz hinauszuschreien.

Auf der einen Seite der Messe befanden sich der blankpolierte Eßtisch, die Anrichte und die Durchreiche zur Pantry, wo die Stewards dem Geschwätz der Offiziere begierig lauschten, bevor sie es in den unteren Decks verbreiteten.

Drummond blickte zur anderen Seite auf die mitgenommenen Sessel, das Bild des Königs, das Bücherbord und den Verschlußschrank, der ein paar Revolver enthielt. Über dem altmodischen Ofen hingen Wappen und das lateinische Motto des Schiffes. Übersetzt hieß es ungefähr: *Wer mich anrührt, stirbt!*

Er verließ die Messe und passierte die Tür zur Pantry. Sie wurde vorsichtig geöffnet, und Unteroffizier Owles, der älteste Steward, sah ihn erstaunt an.

»Morgen, Owles, ist schon Kaffee fertig?«

Der Mann nickte. »Ich schließe Ihnen die Kajüte auf, Sir.« Dabei zog er ein großes Schlüsselbund aus der Tasche. »Ich hoffe, Sie hatten einen schönen Urlaub, Sir?«

Owles stellte immer die gleichen Fragen. Immer fragte er, wie der Urlaub gewesen war, ganz gleich, aus welchem Anlaß der Kommandant weggegangen war. Niemals erwartete er eine Antwort oder hörte sie sich an.

So antwortete Drummond nicht, aber Owles sagte begeistert: »Das ist ja prima, Sir, so muß es sein, freut mich ehrlich, das zu hören.«

Er schloß die Tür am Ende des Flurs auf, über der *Captain* stand. Er knipste das Licht an.

»Kaffee kommt sofort, Sir.«

Drummond schloß die Tür hinter sich und lehnte sich dagegen. Er war wieder da, wo er hingehörte.

Leutnant David Sheridan, RNVR*, erwiderte den Gruß einer Gruppe von Seeleuten, die durch das Werftgelände marschierten, mit welchem Auftrag auch immer. Dann setzte er seinen Weg fort. Er war groß und breitschultrig wie ein Athlet. Unter seiner Mütze quoll schwarzes Haar hervor und kräuselte sich widerspenstig über den Ohren. Als er den Kopf drehte, um ein paar Werftarbeitern zuzusehen, die sich über das

* Royal Navy Voluntary Reserve = Freiwillige Einsatzreserve der britischen Kriegsmarine

Deck eines Kreuzers verteilten, fühlte er, wie seine Bartstoppeln am Kragen des Uniformrocks schabten. Dieser verdammte Zug, dachte er wütend. Er hatte in einem überfüllten, ungeheizten Abteil gesessen, um ihn herum drängten sich jammernde Zivilisten und ein niederer Heeresdienstgrad, der aussah, als ob er eine ausgedehnte Sauferei hinter sich hätte. Als Sheridan daran dachte, mußte er grinsen; die Falten um seinen Mund verschwanden, und er sah jungenhaft aus. Er hatte sich während der langen unerfreulichen Bahnfahrt genug mit Selbstmitleid herumgeplagt. Ein schlimmer Luftangriff, eine Entgleisung – niemand wußte es genau oder wollte es auch nur genau wissen.

Die schlechte Nacht, die hinter ihm lag, ließ die Luft noch kälter erscheinen, und der Himmel bezog sich schon wieder; es würde bald regnen. Komisch, immer wenn er nach Chatham kam, schien es zu regnen.

Er wanderte am nächsten Dock vorbei. Hier lag ein Zerstörer drin. Er zögerte und blickte hinunter: ein altes Schiff, ein Veteran aus dem Ersten Weltkrieg. Von dieser Serie hatte man ungefähr siebzig Schiffe gebaut, sie gehörten zur sogenannten V- und W-Klasse. Genau wie der Zerstörer, auf dem er jetzt als Erster einsteigen sollte. Der Unterschied war, daß dieses Schiff hier schon einmal Teil seines Lebens gewesen war.

Kreischende Trennscheiben und zischende Schneidbrenner rissen dem Rumpf die Eingeweide auf, damit ihm größere Treibstofftanks eingesetzt werden konnten. Es wurde zum Langstreckengeleiter umgebaut. Sheridan musterte den wachsenden Metallberg auf der Pier: frisch herausgeschnittene Stahlplatten und Rohre, Kabel und Geschützfundamente, die einmal Teil eines lebendigen Schiffs gewesen waren – auch Teil seiner selbst. Aber mit der Zeit würden die Kabel und Platten an anderen Stellen benötigt werden, das Schiff würde einen neuen Anstrich bekommen, eine andere Mannschaft würde an Bord gehen, ein neuer Kommandant würde Schiff und Mannschaft von Aufgabe zu Aufgabe führen.

Geleitschutz! Langweilig und lebenswichtig, zermürbend und tödlich. Wieder fühlte er die alte Bitterkeit in sich aufsteigen. Über ein Jahr war er Erster auf dem Schiff hier gewesen, hatte seinen Job gelernt und seinem Kommandanten Schiff und Mannschaft stets in guter Verfassung für die anstehenden Aufgaben präsentiert.

Der Kommandant hatte ihn in seine Kajüte gebeten, um ihm alles zu erklären, aber es hatte sich mehr wie eine Entschuldigung angehört.

»Ich hatte gehofft, selber ein Kommando zu bekommen, Sir.« Sheridan klang der Satz noch in den Ohren. Es war so verdammt unfair, ein Schlag ins Gesicht. Viele seiner Kameraden von den anderen Schiffen hatten inzwischen ihr eigenes Schiff, ganz gleich, ob sie Berufssoldaten oder Reservisten waren. Ihn aber hatte man auf die Rolle geschoben. Wie es aussah, würde er seinen alten Job unter einem neuen Kommandanten machen. Kapitänleutnant Keith Drummond, Distinguished Service Cross*, Royal Navy; Sheridan hatte ihn einmal auf einer Einsatzbesprechung gesehen und ihn nicht vergessen, trotz der vielen Dinge, die inzwischen geschehen waren. Ihm war Drummonds ruhige, ernste Sprechweise in Erinnerung geblieben, die Art, wie er mit den Kapitänen der Handelsschiffe umgegangen war, von denen jeder alt genug gewesen war, um sein Vater sein zu können.

Drummond mochte achtundzwanzig oder neunundzwanzig Jahre alt sein, verfügte aber über die Erfahrung eines Veteranen – zu denen er tatsächlich zählte. Als Sheridan den Namen seines neuen Kommandanten in der Gegenwart anderer Kameraden erwähnte, hatte einer bedenklich mit dem Kopf gewackelt. »Hast du Drummond gesagt? Ich glaube, der ist ein bißchen karrieregeil. Er hat sein Schiff prima im Griff – aber er ist Berufssoldat, David, also sei auf der Hut.« So wurde auch nach vier Kriegsjahren noch immer gesprochen, obwohl die Freiwilligen und die Ehemaligen von der Handelsmarine gegenüber den Berufssoldaten schon bei weitem in der Überzahl waren.

Sheridan hatte es auf seinem Schiff erlebt: Die Berufssoldaten wurden vorzeitig befördert, um aus einer Marine der Amateure eine der Profis zu machen. Immer neue Männer strömten herein, um die Verluste durch Minen, Torpedos, Bomben und die Unbilden des Nordatlantiks auszugleichen.

Das Schlimmste war, daß *HMS Warlock* gerade eine Generalüberholung hinter sich hatte. Das bedeutete, daß viele neue Männer an Bord sein würden, die integriert werden mußten. Kein Kommandant war unter diesen Bedingungen scharf darauf, einen fähigen Ersten zur Beförderung vorzuschlagen.

Sheridan beschleunigte wieder seine Schritte. Vor dem Krieg hatte er es in keinem Job lange ausgehalten. Er hatte zur Uni gehen wollen, um Jura zu studieren, aber er war der Ernährer seiner Familie gewesen. Sein Vater war aus dem ersten großen Krieg als Krüppel heimgekehrt. Trotzdem hatte es den Sohn zur Marine gezogen wie eine Ente zum Wasser, sonst hatte ihn nichts interessiert. Der Krieg konnte noch

* Tapferkeitsauszeichnung für Offiziere

jahrelang so weitergehen, auch wenn es 1943 kleine Erfolge gegeben hatte. Die Schlacht um Nordafrika war beendet, und die Reste des zerschlagenen Afrikakorps waren vor einem Monat aus der Wüste vertrieben worden. Nach Jahren der Rückschläge, Frontbegradigungen – »strategische Rückzüge« hatten die Journalisten sie genannt – kam die Armee endlich in die Lage, zurückschlagen zu können. Schon wurde davon gesprochen, daß eine Invasion des besetzten Kontinents geplant war. Sie wurde sogar verlangt – besonders von denen, die keine Uniform trugen.

Nach allem, was Sheridan schon bei der Navy erlebt hatte – wie man von einem Desaster ins nächste gestolpert war, nach Norwegen, Dünkirchen, Kreta und Singapur –, schien es ihm erstaunlich, daß die Marine durchgehalten hatte. Große Schiffe waren binnen Sekunden vernichtet worden. Stolze Schiffe, die in den fernen Friedenstagen als Garanten von Britanniens Sicherheit gegolten hatten: *Hood, Royal Oak, Repulse, Courageous*; aber auch neue Schiffe wie *Prince of Wales* und *Ark Royal* waren in dem verzweifelten Kampf unterlegen, die Seewege offenzuhalten.

Es war schon eine große Sache, ein Schiff zu kommandieren. Den Krieg als Kommandant beenden zu können, war Sheridans Traum. Eine kleine Korvette, ja sogar ein Trawler hätte ihm schon genügt. Vielleicht sogar einer dieser seltsamen Raddampfer, die früher Ausflügler nach Southend gebracht hatten und jetzt als Minensucher tätig waren. *Alles!*

»Bitte, Sir?« Eine jugendliche Stimme ließ ihn herumfahren. »Ich frage mich, ob Sie mir vielleicht helfen könnten?«

Es war ein Fähnrich zur See. Sehr jung, völlig außer Atem und dem Schnitt seiner Uniform nach grün wie Gras.

»Worum geht's?«

Der Fähnrich deutete auf eine Gruppe Seeleute, die lässig um eine Pfütze standen. Ihre Seesäcke und Hängematten hatten sie auf zwei Karren geworfen. Die meisten rauchten.

»Befehlen Sie den Männern, das Rauchen einzustellen! Es ist kurz vor acht Uhr.« Sheridan wartete und beobachtete die zunehmende Unsicherheit im Gesicht des Jungen. »Jeden Moment kommt das Signal zur Flaggenparade.«

Die Zigaretten verschwanden wie durch Zauberhand, und Sheridan fragte: »Wo liegt Ihr Problem?«

»Man hat mich beauftragt, äh, man hat mir befohlen, diese Männer auf die *Warlock* zu bringen.« Er richtete sich auf und setzte stolz hinzu: »Das ist ein Zerstörer, wissen Sie, Sir? Ich werde darauf einsteigen.«

»Ich auch«, meinte Sheridan trocken. »Er liegt im nächsten Hafenbecken.«

Eine Trompete plärrte über das Wasser, und an den Masten der Schiffe und den Flaggenstangen vor den Baracken stiegen die weißen Kriegsflaggen in die Höhe, um den offiziellen Beginn des Tages anzuzeigen.

Sheridan knirschte mit den Zähnen. Es war schon schlimm genug, am ersten Tag zu spät zu kommen, aber sogar nach der Flaggenparade – das war kaum entschuldbar.

Der Fähnrich fiel neben ihm in Gleichschritt und sagte vertrauensvoll: »Mein Name ist Keyes, Sir, Fähnrich.«

»Ich heiße Sheridan«, er grinste, »Erster Offizier.«

»Oha!«

Hinter ihnen schlurften die neuen Männer mit ihrem Gepäck und blickten so neugierig auf die Schiffe wie Kinder vor dem ersten Schultag.

»Neu?«

»Jawohl, Sir, von der *King Alfred*.«

Sheridan blickte zur Seite. Schon wieder einer frisch von der Schule! Ein netter Junge, wie es schien, aber ohne jede Ahnung – man würde ihn praktisch an der Hand führen müssen.

»Dann ist die *Warlock* Ihr erstes Schiff?«

»O nein, Sir, bevor ich auf dem Ausbildungslehrgang war, diente ich fast drei Monate auf einem Kreuzer.« Lahm fügte er hinzu: »Allerdings lagen wir meist vor Anker.«

Sie erreichten das Hafenbecken, und der Junge stöhnte: »Ist sie *das*?«

Ruhig blickte ihn Sheridan an. »Enttäuscht?«

»Nun ja, Sir«, Keyes wand sich unter seinem forschenden Blick, »immerhin ist es ein Zerstörer – und auf so ein Kommando sind doch alle scharf.«

Sheridan lächelte. Jetzt konnte es nur noch Sekunden dauern, bis der Spruch von den »Windhunden des Ozeans« kam. Das sagten die Grünschnäbel immer.

Aber plötzlich war da eine andere Stimme. Ein kleiner, vierschrötiger Unteroffizier mit den Bootsmannsabzeichen an den Ärmeln stand auf dem Landgang. Er hatte die Arme vor der Brust verschränkt, sein Gesicht wirkte wie eine Gewitterwolke vor dem ersten Donnerwetter.

»Was ist denn das für ein Sauhaufen?« Er sprach einen Dialekt, den man fast mit dem Messer schneiden konnte. »Kommt da etwa schon meine Künstlertruppe?«

Die Männer rissen sich zusammen, der Schreck war ihnen in die Glieder gefahren. Eilig stürmten sie auf den Landgang zu.

Der Bootsmann sah Sheridan und salutierte.

»Mangin, Sir.« Über Keyes sah er hinweg. »Schön, Sie an Bord zu haben, Sir.« Angeekelt blickte er auf die Männer, die über die steile Gangway an Bord stolperten. »Vergeßt bloß eure Furzmulden und Knochensäcke nicht!« Der Anpfiff ließ sie wieder zurückfluten. Leise fuhr er fort: »Die habe ich bald auf Vordermann gebracht, die armen Hunde.«

Der Bootsmann wartete, bis ein Obermatrose etwas Ordnung in die Ankömmlinge gebracht hatte, dann fuhr er fort: »Käpt'n Drummond ist achtern, Sir, er erwartet Sie.«

Sheridan nickte, das konnte er sich lebhaft vorstellen.

»Danke, Mangin. Das Schiff sieht ganz gut aus.«

»Aye, Sir.« Der Bootsmann betrachtete ihn neugierig. »Hab' mir letztens Ihr altes Schiff angesehen, Sir. Armes altes Mädchen, die reißen ihm alle Eingeweide raus.«

Sheridan studierte den Bootsmann. Männer wie er waren das Rückgrat jedes Schiffes, besonders das eines Zerstörers. Der Mann war erfahren und pfiffig, er wußte mit Sicherheit schon mehr über ihn als umgekehrt.

»Sie war ein glückhaftes Schiff.«

»Das gilt auch für dieses.« Mangin blickte auf die brandneue Flagge am Heck, die gerade erst ihre Falten in der leichten Brise verlor. »Und ich habe schon das eine oder andere Schiff erlebt. Die *Warlock* ist alt, aber verläßlich.« Zum ersten Mal sah er Sheridan voll in die Augen. »Anders als manche.«

Nacheinander gingen sie den Landgang hinunter, wo sie die Gangwaywache und der Quartermaster ohne Anzeichen von Überraschung oder Interesse erwarteten. Ein paar Werftgrandies wuselten noch an Bord herum, aber das Schiff machte schon einen einsatzfähigen Eindruck. Man spürte die Vibrationen einer Maschine, warmer Dieselmief kam aus den Ventilatoren bei den Schornsteinen.

Keyes drängte sich vor. »Wo ist meine Kabine, äh, Bootsmann?«

Mangin lächelte freudlos.

»*Kabine*, Sir? Ich nehme an, daß man Sie achtern irgendwo in einen Schrank quetschen wird – in einen ganz kleinen.« Damit wandte er sich wieder Sheridan zu. »Für Sie gibt es noch nicht viel zu tun, Sir. Das Gros der Leute kommt erst heute nachmittag, jetzt ist nur ein Teil der Sicherheitswache an Bord.« Finster starrte er die wartenden Männer an. »Und diese Tölpel natürlich.«

»Wie sieht's bei den Offizieren aus?«

»Ein paar neue, Sir.« Mangin zog sich die Mütze tiefer über die Augen, sein Kopf reichte kaum bis zu Sheridans Schulter. »Der Artillerie- und der Navigationsoffizier sind schon einige Zeit bei uns, genau wie der Chief und der Torpedomixer, aber die Unterleutnants, der Doktor, *dieser* junge Gentleman hier und Sie sind Neuzugänge, wenn ich mal so sagen darf.«

Schweigend gingen sie nach achtern. Sheridan wunderte sich, wie groß das Schiff jetzt wirkte. Aber wenn erst der Rest der Besatzung an Bord war, würde kaum genug Raum bleiben, um auch nur allein einen Gedanken zu fassen.

Die Einheiten der V- und W-Klasse waren ausgezeichnete Seeschiffe und dabei leicht zu handhaben. Früher waren sie der Stolz der Navy gewesen. Jetzt aber waren sie überladen mit modernen Waffen und Ausrüstungen, damit sie in einem Krieg mithalten konnten, der ganz anders war als der gegen die Marine des Kaisers. Deshalb war die Besatzungsstärke enorm gestiegen – von etwa hundert auf gut einhundertundvierzig Männer, bei eingeschränktem Platz.

Sheridans Überlegungen wurden von Mangin unterbrochen. »Ich lasse Sie jetzt allein, Sir. Sobald Ihr Gepäck an Bord kommt, wird es in Ihre Kammer gebracht. Nach ›Besanschot an‹ führe ich Sie durchs Schiff.«

»Vielleicht sollte ich mir schnell den Bart schaben.«

Mangin zog eine Grimasse. »Wenn ich Sie wäre, Sir, würde ich lieber bald beim Käpt'n auf der Matte stehen.«

Keyes fragte beklommen: »Und was soll ich machen?«

Mangin strahlte ihn an. »Folgen Sie mir«, er machte eine winzige Pause, »Sir.«

Sheridan duckte sich unter einem Stahlschott durch und seufzte. *Na dann, auf ein Neues!*

Drummond saß am Schreibtisch seiner Kajüte und unterschrieb ein weiteres Dokument. Im Unterbewußtsein hörte er die Schiffsgeräusche um sich herum, das Poltern der Füße auf den stählernen Decks, das Quietschen der Blöcke, wenn noch mehr Ausrüstung an Bord gehievt wurde, um sortiert und verstaut zu werden.

Neben sich hörte er das Schnaufen seines Schreibers, der Berichte zusammenfaltete oder neue Papiere vorbereitete, die er dem Kommandanten vorlegen wollte. Pickerell war ein guter Sekretär, immer überarbeitet, aber sehr diskret. Sein Auftreten war eher das eines Schulmeisters, und genau das war er im Zivilberuf bis vor zwei Jahren gewesen.

Das Getrampel an Deck wurde intensiver, die harsche Stimme des Bootsmanns klang gedämpft, aber unverkennbar herunter. Der gute alte Tommy Mangin, er war eisenhart, schnell und beleidigend mit dem Mundwerk, aber trotzdem mochte ihn fast jeder.

»Das war's erst mal, Sir.« Pickerell nahm das Funktagebuch und die anderen Ordner an sich. »Der Werftmanager kommt gegen Mittag zur Abschlußprüfung an Bord.«

»Danke.«

Drummond stand auf und ging in seinen Schlafraum. Sein Quartier war fast so groß wie die ganze Offiziersmesse, ein Relikt aus weniger demokratischen Tagen, als ein Kommandant noch verpflichtet war zu repräsentieren. Er ging zum Spiegel hinüber und betrachtete sich kritisch. Am besten, er blieb so lange wie möglich in seiner Kajüte. Wenn erst die Ansteuerungstonne hinter ihnen lag, würde er nicht mehr von der Brücke kommen. Entweder würde er dann in seinem Brückenstuhl sitzen oder ein Auge Schlaf in der Brückenkammer hinter dem Ruderhaus nehmen. Auf diesen alten Schiffen lagen die Unterkünfte der Offiziere achtern. So wurden sie von der überfüllten Mannschaftsmesse nicht nur durch den Rang, sondern auch noch durch Maschinen- und Kesselraum getrennt. Mehr als einmal hatte er es erlebt, wenn ihn die schlimmen Stürme des Atlantiks auf der Brücke festhielten, daß die Offiziere in der Messe gefangensaßen, weil sie den gefährlichen Weg über das ständig überschwemmte Seitendeck nach achtern nicht wagen konnten. Sie wären über Bord gewaschen worden.

Er berührte die Falten um seine Augen. Verwundert stellte er fest, daß etwas von seiner nervösen Anspannung verschwunden war. Er hatte braunes Haar, das schon wenige Minuten nach dem Kämmen wieder strubbelig aussah. Die braunen Augen blickten ruhig und klug. Er zog eine Grimasse. Nächsten Monat würde er neunundzwanzig Jahre alt werden, aber er fühlte sich wie achtzig.

Er mußte an seine neuen Männer denken. Sie würden sich schnell herauskristallisieren, die Willigen oder die Faulen, die Kaltblütigen oder die Feigen. Wie würde sich sein neuer Erster machen? Frank war Berufsoffizier gewesen, aber das besagte heute nichts mehr – nur die Tüchtigen überlebten, die Leichtsinnigen erwischte es.

Das Gros seiner Offiziere würden Reservisten sein, wenn der Bug der *Warlock* erst wieder durchs offene Meer pflügte. Der Artillerieoffizier, Leutnant Giles Rankin, hatte früher Autos verkauft, die Unterleutnants waren zu jung, um vor dem Krieg einen Beruf gehabt zu haben. Der Schiffsarzt hatte von Schiffen jeder Art keine Ahnung und anscheinend gerade erst mühsam sein Examen gemacht. Leutnant Richard Wingate, der Navigationsoffizier, war ein Paradiesvogel. Er war als Junge in die Marine eingetreten und hatte sein Patent kurz vor dem Ausbruch des Krieges erhalten. Wingate war eher ein Gelehrtentyp, so etwas traf man in Friedenszeiten selten auf Kriegsschiffen: jung, voller Energie, äußerlich durch nichts zu erschüttern und zudem noch religiös. Das verband ihn mit Bruce Galbraith, dem Leitenden Ingenieur, der, obwohl er nur einen Streifen auf seiner gewöhnlich schmuddeligen Uniform hatte, einer der ältesten Männer an Bord war.

Ein anderer Oldtimer war Mr. Noakes, der Torpedooffizier, der älteste Offizier an Bord. Aus dem Ruhestand hatte man ihn wieder aktiviert, als klar wurde, daß Hitler alles wörtlich gemeint hatte, was er in »Mein Kampf« geschrieben hatte. Noakes war 1911 in die Navy eingetreten, damals hatte man auch die Marine des Kaisers noch nicht als ernsthaften Gegner angesehen. Aber er hatte sich seinen Weg in die Offiziersmesse Schritt für Schritt erkämpfen müssen und war nun ein verbitterter Mann. Er steckte voller Vorurteile gegen die »verdammten jungen Amateure«, die über seinen Kopf hinweg befördert worden waren. Nie kam er auf die Idee, daß sie vielleicht intelligenter als er gewesen waren. Aber er hatte seine Abteilung im Griff, alles lief wie eine gut geölte Maschine – und das war schließlich am wichtigsten.

Drummond zog den Kamm durchs Haar und berühte dann das blau-weiße Band auf seiner linken Brustseite. Alles in allem war es eine durchschnittliche Besatzung – für Kriegszeiten. Er grinste, was ihm ein jungenhaftes Aussehen verlieh, aber das eines jungen Mannes, der wenig Ziehungsrechte auf die Zukunft hatte.

Er hörte, daß die Tür geöffnet wurde. Pickerell ging hinaus, sprach aber mit jemandem.

Drummond durchquerte die Kajüte und fragte unvermittelt: »Sie müssen Sheridan sein?«

»Jawohl, Sir. Tut mir leid, daß ich mich verspätet habe. Es soll nicht wieder vorkommen.«

Drummond deutete auf einen Stuhl. »Gut.«

Er betrachtete seinen Ersten interessiert. Der Mann sah erfahren aus, ausgeglichen, aber verschlossen. Er hatte ein scharfes Raubvogelgesicht, Frauen würden auf ihn fliegen.

»Wie ich gesehen habe, waren Sie Erster auf der *Venture.*«

Sheridan sprach ruhig und ohne Akzent; schwer einzuordnen. »Jawohl, Sir.«

»Dann waren Sie bei dem berüchtigten Rußlandkonvoi dabei?«

Sheridan antwortete scharf: »Ich und viele andere, Sir.«

Drummond entspannte sich etwas. Also das war Sheridans Problem. Die *Venture* war einer der Geleiter für einen Murmanskkonvoi gewesen. Drummond hatte zwei davon mitgemacht, man mußte ihm nichts erzählen, er sah alles vor sich: das Eis, die brüllenden Schneestürme, die schneidende Kälte – es war die Hölle. Wenn das Wetter besser wurde, kamen die Bomber, die U-Boote oder wie in diesem Fall die Schlachtschiffe. Sie hatten sich aus ihren Verstecken in den norwegischen Fjorden geschlichen, um mit ihren großen Kalibern reiche Ernte unter den Handelsschiffen zu halten.

Der Konvoi hatte gleich nach der Zusammenstellung bei Island Schwierigkeiten bekommen. Das Wetter war noch schlechter als üblich gewesen. Der einzige Geleitflugzeugträger hatte in den Heimathafen zurücklaufen müssen, weil ihm eine Monstersee das halbe Flugdeck zerschlagen hatte.

Nur so, für alle Fälle, war ein Schlachtschiff mitgeschickt worden. Die alte *Conqueror* hatte alle Flottenparaden mitgemacht und war bei den Auslandsbesuchen der Flotte gern von Partygästen besucht worden. Sie war gleich nach dem letzten großen Krieg fertiggestellt worden und so etwas wie ein weißer Elefant; niemals hatten ihre acht 38-cm-Geschütze einen scharfen Schuß abgefeuert.

In Kriegszeiten kommt es vor, daß wichtige Nachrichten falsch interpretiert werden, weil die Männer, die sie aussenden oder empfangen, unter erheblichem Druck stehen. Die Nachricht lautete, daß ein deutsches Schlachtschiff auslaufen würde. Es sollte von dem alten Intimfeind der Royal Navy, dem Schlachtkreuzer *Scharnhorst*, und starken Zerstörern begleitet werden. Der Zusammenstoß mit dem Konvoi stand unmittelbar bevor. Dann wurde der Befehl zur Auflösung des Geleits gegeben. Später hörte man, daß das vielleicht zu früh geschehen war, der Befehlshaber vor Ort hätte vielleicht etwas länger abwarten sollen. Aber hinterher war es immer leicht, schlaue Sprüche zu machen.

Der Konvoi zerstreute sich in alle Windrichtungen, die Begleitfahrzeuge bildeten einen dünnen Schutzschirm dahinter. Die *Conqueror* blieb allein zurück – ohne Luftunterstützung und zu langsam, um den schnellen deutschen Schlachtschiffen entkommen zu können, die aus den Schneeböen herausstießen. Deren Geschütztürme waren schon mittels Radar gerichtet. An derartige Hilfsmittel hatten die Erbauer der *Conqueror* nicht einmal im Traum gedacht. So wurde es kein Gefecht, sondern eine Metzelei. Von den dreizehnhundert Offizieren und Mannschaften der *Conqueror* wurden nur drei von einem neutralen Schweden gerettet – sie waren die einzigen Augenzeugen des Geschehens. Die Handelsschiffe kamen durch – zumindest die meisten, aber die Geleitzerstörer empfanden das Schicksal der *Conqueror* als persönliche Entehrung.

Bitter sagte Sheridan: »Es geht mir nicht aus dem Kopf.«

Drummond trat ans Bulleye und sah eine Wren* auf dem Fahrrad vorbeikommen. Die Seeleute an Deck vergaßen ihre Arbeit und gafften ihr bewundernd nach.

»Das Schicksal der *Conqueror* war schon lange entschieden, bevor sie auf die deutschen Schlachtschiffe traf.« Er dachte laut. »Sie war im Frieden gebaut worden – ohne ausreichenden Panzerschutz. Eine einzige Granate hätte ausgereicht. Wenn sie diese Papierschotten durchschlug, dann . . .« Er drehte sich abrupt um. »So ging alles zwangsläufig seinen Gang.«

Sheridan blickte ihn so abschätzend an, als sei er nicht sicher, ob das der richtige Moment war.

»Ich vermute, daß ich deshalb kein eigenes Kommando bekommen habe, Sir.« Er konnte seine Enttäuschung nicht länger verbergen. »Mein Schiff war mit vielen anderen dabei. Wir haben uns so gut wie möglich geschlagen. Aber heißt das, daß wir alle für immer gebrandmarkt sind, weil wir das Desaster nicht verhindern konnten?«

»Glauben Sie das?«

»Ich fürchte, es war so. Mein Kommandant war der ranghöchste Offizier der Geleiter. Er hat nur seine Befehle ausgeführt. Wie Sie sicherlich wissen, hat er nach der Untersuchung Selbstmord verübt.«

»Das war eine idiotische Entscheidung, meine ich.«

Sheridan blickte Drummond an, als ob er ihn ins Gesicht geschlagen hätte. »Er war ein verdammt guter Kommandant, Sir!«

Drummond ging langsam zum Schreibtisch und stützte sich schwer mit beiden Händen auf die Tischplatte.

* Abkürzung für Women's Royal Naval Service – weiblicher Hilfsdienst der britischen Kriegsmarine

»Wir sind nicht hier, um über die *Conqueror* zu diskutieren oder über Ihr letztes Schiff. Die *Warlock* ist mein Schiff. Ich muß vertreten, was auf *diesem* Schiff passiert, und hoffe, daß Sie sich diese Einstellung zu eigen machen!« Er war immer lauter geworden, aber er konnte sich nicht länger zügeln. »Sie sind hier, weil ich einen neuen Ersten brauche, und nicht, weil das Schiff für Sie gerade noch gut genug war! Es ist ein verdammt guter Zerstörer, seine Leistungen können sich mit denen moderner Flottenzerstörer messen, die in Scapa vor Anker vergammeln.«

Sheridans Augen folgten ihm, als er ruhelos auf die andere Seite des Raumes ging.

»Sagen Sie nie wieder etwas Abfälliges über diese alten Schiffe, wenn ich dabei bin. Im letzten Februar sind die Schlachtschiffe *Scharnhorst, Gneisenau* und der Schwere Kreuzer *Prinz Eugen* vor unseren Augen durch den Kanal gedampft und haben unseren Nachrichtendienst bis auf die Knochen blamiert. Wer wurde ausgeschickt, um sie zu stoppen? Eine Handvoll dieser alten Zerstörer! Die modernen Schiffe lagen oben in Scapa – da waren sie auch, als die *Conqueror* zu den Fischen geschickt wurde. Also erzählen Sie mir nichts so Lächerliches wie daß man Ihnen deshalb ein eigenes Kommando vorenthält.«

»Tut mir leid, Sir.« Sheridan stand auf. »Ehrlich!«

»Setzen Sie sich, Nummer Eins!« Drummond blickte zur Seite. »Es war mein Fehler. Wenn man Vorgesetzter ist, hat man sicherlich bestimmte Privilegien, aber nach meiner Auffassung gehört dazu nicht, daß man Untergebene anbrüllt.«

Sie blickten sich einen Augenblick an.

»Ich bin heute sehr früh an Bord gekommen. Wenn ich etwas mehr Gespür gehabt hätte, wäre ich bis jetzt in diesem fürchterlichen Hotel geblieben.« Drummond lächelte traurig. »Dann müßten Sie jetzt nicht annehmen, daß Ihr Kommandant halb verrückt ist.«

Sheridan grinste. »Wie wir alle, Sir.«

Drummond drückte auf einen Knopf und wartete, bis Owles um den Türpfosten schielte.

»Drinks, Sir, sofort, Sir.« Er blickte Sheridan an. »Der neue Erste, Sir? Hoffentlich hatten Sie eine gute Reise, Sir?«

Bevor Sheridan antworten konnte, war er wieder verschwunden.

Drummond lächelte. »Kümmern Sie sich nicht darum, er lebt in einer anderen Welt.« Er warf einen Blick auf die Uhr am Schott, es war genau neun. »Vielleicht ein wenig früh für einen Drink, aber nach dem gestrigen Tag kann ich jetzt einen vertragen.« Er taxierte Sheridans Bartstoppeln. »Sie auch, sollte man meinen.«

Nachdem Owles Flasche und Gläser gebracht hatte, erklärte Drummond: »Unsere Befehle liegen vor. Wir werden übermogen nach Harwich verlegt. Dort wird es eine Besprechung über die weitere Zukunft der Flottille geben.«

Sheridan sah ihm zu, wie er die Drinks einschenkte.

»In Harwich bin ich schon einige Male gewesen. Ich habe gehört, daß die Flottille einen neuen Kommandeur bekommen hat, seit ich das letzte Mal dort war.«

Drummond drehte sein Glas vorsichtig in der Hand.

»Sie haben völlig recht, Nummer Eins. Wir haben einen neuen Kommandeur, um genau zu sein, seit einer Woche.«

Sheridan sagte nichts. Er wußte, das dicke Ende würde kommen.

»Es wird Sie interessieren, daß es Kapitän zur See Dudley Beaumont ist, der einzige Offizier, der den Untergang der *Conqueror* überlebte.« Er hob sein Glas. »Na, dann Prost.«

Die Schrottflottille

Drummond lehnte sich im Deckstuhl zurück und stopfte sorgfältig seine Lieblingspfeife, bevor er sie in die Jackentasche steckte. Nur ein Bullauge war noch nicht durch eine Panzerblende abgedunkelt. Auf dem ganzen Schiff waren alle Öffnungen, die nicht unbedingt wichtig waren, verschlossen worden, weil das Schiff den Hafen verlassen sollte. Alles mußte besonders sorgfältig gehandhabt werden, weil ein großer Teil der Besatzung noch nie auf See gewesen war.

Das Deck erzitterte, als Galbraith die üblichen Tests veranstaltete. Darüber brauchte er sich keine Gedanken zu machen. Ein kratzendes Geräusch zeigte an, daß die Gangway an Land gezogen worden war. Der letzte Landgänger, der »Briefträger«, war also wieder an Bord. Drummond schaute auf Sheridans kleinen Notizblock. Nur zwei Männer fehlten. Der eine hatte Urlaub bekommen, weil sein Haus vor drei Tagen zerbombt worden war. Der andere war schlicht achteraus gesegelt, wahrscheinlich lag er stockbesoffen in einem falschen Zug herum. Darum konnte man sich später kümmern.

Er überdachte, wie sich Sheridan während der letzten Tage ins Zeug gelegt hatte. Er hatte sich als außerordentlich energisch und fähig erwiesen. Drummond konnte die Verbitterung verstehen, die Sheridan hegte, weil er kein eigenes Kommando bekommen hatte.

Die anderen Männer waren rechtzeitig an Bord gewesen. Seitdem war die Arbeit nicht mehr abgerissen. Munition aller Kaliber, Verpflegung von der Kondensmilch bis zum Rum, Bootsmannstores, Leinen, Farbe und Segeltuch, das man für Reparaturen der Brückenverkleidung, aber auch zum Einnähen der traurigen Überreste, die in treibenden Rettungsbooten gefunden wurden, benutzen würde, mußten übernommen werden. Drummond war jedesmal wieder überrascht, wieviel so ein Schiff schlucken konnte. Dann wurde von einem benachbarten Tanker Treiböl gebunkert. Galbraith und sein Oberheizer standen gelangweilt daneben und betrachteten die pulsierenden Schläuche, als könnten sie so die Ölmenge auf den Liter genau bestimmen.

Die Arbeiten waren gestern in der Abenddämmerung beendet worden. Sheridan hatte ihn auf ein Glas in die Offiziersmesse eingeladen, um ihm die Neulinge vorzustellen. Aber er hatte abgelehnt, nicht aus Arroganz, sondern weil er wußte, daß Sheridan selbst noch keine Zeit gehabt hatte, seine Messekameraden kennenzulernen. Sheridan, nicht der Kommandant, hätte sich als Außenseiter gefühlt.

Draußen nuschelte ein Lautsprecher: »Klar vorn und achtern in zehn Minuten!«

Drummond lehnte sich wartend in seinem Sessel zurück. Die nächste Durchsage würde ihm mehr über das Format seines Ersten verraten.

Die Stimme des Quartermasters fuhr fort: »Beide Wachen an Deck! Vorschiffsgang auf die Back, Achterdecksgang auf die Poop. Tagesuniform ist Päckchen Nummer drei!«

Drummond stand auf und schraubte die Panzerblende zu. Sheridan war am Ball. Normalerweise hätte eine Wache zum Ablegen ausgereicht, die andere hätte sich für die Gefechtsstationen vorbereiten können. Aber mit soviel untrainierten Männern und Offizieren ging er kein Risiko ein. Sie würden lernen, als Team zusammenzuarbeiten, außerdem mußten sie erst den Medway hinunterlaufen, und im offenen Wasser hinter Sheerness konnte man jederzeit mit Ärger rechnen.

Wichtig war, daß Sheridan seinen Kopf benutzt hatte – er hatte nicht gefragt. Er hatte gehandelt, wie er es für richtig hielt.

In der Tür erschien Owles und blickte ihn nachdenklich an. »Na, denn auf ein Neues, Sir.«

Drummond klopfte auf seine Taschen und blickte sich schnell in der Kajüte um. Frischgewaschene graue Pullover, lederne Seestiefel, ein Fernglas, ein Dufflecoat, der noch Farbflecke vom letzten Werftaufenthalt aufwies. Das war vor einem Jahr gewesen, schien aber ein ganzes Leben her zu sein.

Er griff nach seiner Mütze und setzte sich wieder hin. Er wollte nicht ungeduldig erscheinen.

»Zum Supper werden wir in Harwich sein, Owles.«

Wenn wir Glück haben, dachte er. Der Kalender auf seinem Schreibtisch zeigte Sonntag, den 13. Juni. Es konnte länger dauern, die Navy war da sehr seltsam. Egal ob im Krieg oder Frieden, ein Sonntag war immer etwas Besonderes.

Es klopfte; Fitzroy, der Nachrichtenunteroffizier, stieg über das Süll, seinen Block in der Hand.

»Vom Kontrollturm, Sir: ›Ablegen, wenn fertig!‹« Er grinste. »Ich glaube, sie meinen ›sofort‹, Sir. Ein anderer Zerstörer hechelt schon draußen herum, er will unseren Liegeplatz.« Das schien ihn köstlich zu amüsieren.

Der Lautsprecher quäkte wieder: »Klar vorn und achtern! Standby an Leinen und Fendern!«

Das Deck schüttelte sich erneut. Drummond sah den Chief mit seinen Männern vor sich in ihrer abgeschlossenen, glitzernden Welt aus Stahl, Instrumenten, Handrädern, Schweiß und Dampf.

Er blickte auf die Uhr. Noch vier Minuten. Sheridan erschien jetzt mit der Mütze unter dem Arm, das Raubvogelgesicht ausdruckslos.

»Klar zum Auslaufen, Sir!«

Drummond stülpte sich die Mütze auf und ging mit ihm hinaus.

»Gut in der Zeit.«

Es war ein schöner Tag ohne Wolken, die Luft war sauber und klar, aber die dunstige Sonne spendete nur wenig Wärme. Drummond eilte an der Backbordseite über die offenen Treppen zur Signalbrücke empor. Die Oerlikons in den Nocken schränkten den Platz stark ein. Dann war er oben auf der Brücke, die er voraussichtlich nicht mehr verlassen würde, bis sie wieder festgemacht hatten.

Die Brücke war voll Ausguckposten, und Bootsmannsmaaten drückten sich überall herum. Leutnant Wingate, der Navigationsoffizier, stand mittschiffs auf der Kompaßplattform und sprach leise mit seinem Signalgast. Artillerieoffizier Rankin stand eingeklemmt zwischen den beiden Unterleutnants, dem Fähnrich Keyes und dem neuen Schiffsarzt Adrian Vaughan. Das war ein merkwürdig ernster junger Mann mit so hellem Haar und Teint, daß er fast wie ein Albino wirkte.

Sie fuhren herum, als Rankin schnarrte: »Ich dachte, alle sollten mal beim Auslaufen zusammen auf der Brücke sein, Sir. Dieses eine Mal.«

Drummond nickte ihnen zu. »Guten Morgen, Gentlemen. Halten Sie die Augen offen und fragen Sie – wenn nötig.«

Er drehte sich um, als eine Stimme neben ihm meldete: »Alles klar zum Auslaufen, Sir, der Bootsmann ist am Ruder.«

Wingate rief: »Der Erste hat auf eins-eins aufgekürzt, Sir.«

Drummond ging zur Vorkante Brücke und legte sein Fernglas hinter die Glasscheiben. Sheridan stand am Bug auf dem frischgestrichenen Vordeck. Die langen Rohre der beiden Geschütze ragten voraus. Neben dem Ersten wartete ein Signalgast darauf, die Gösch niederzuholen, sobald die letzte Landverbindung abgebrochen war.

»Stand by!«

Er ignorierte die Offiziere im Hintergrund und konzentrierte sich auf das Fieren und Steifkommen der Festmacherleinen. Das Vorschiff war ein einziger Drahtverhau, in dem sich die Matrosen bewegten, als suchten sie einer gefährlichen Riesenschlange auszuweichen. Aber das täuschte. Er sah, wie der Vormann der Back, Bootsmannsmaat Eaden, durch das Durcheinander schlenderte. Er drückte mit seinen Handschuhen dem einen Mann eine Leine in die Hand, dann löste er geschickt einen Stopper, damit eine andere Leine gefiert werden konnte. Sogar von oben konnte Drummond die Neulinge leicht erkennen. Sie standen an den Trossen, ohne zu wissen, was zu tun war. Sie warteten ab, was die anderen machten.

»Stand by, Sir.«

Der Signalobermaat, Unteroffizier Tucker, sagte zähneknirschend: »Von *Observer*, Sir: ›Länger geworden?‹«

Tucker, ein alter Hase, war klein und breit und hatte einen so dichten Bart, daß man nicht sehen konnte, was er dachte.

Drummond blickte zum wartenden Zerstörer hinüber. Nagelneu, nur ein Schornstein, Doppeltürme. Er stand unruhig vor der Pier auf und ab. Sogar die Fender waren schon ausgebracht. Drummond konnte den Kommandanten mit dem »Rührei« auf dem Mützenschirm erkennen, der ungeduldig zur *Warlock* herüberstarrte.

»Geben Sie zurück: ›Habe beschlossen, 312 Fuß lang zu bleiben.‹« Dann vergaß er das andere Schiff und befahl: »Alles los achtern!«

Zufrieden sah er, daß Sheridan Männer mit dicken Fendern zum Bug schickte, nachdem er den Befehl gehört hatte.

»Achtern alles los, Sir.«

Er spürte förmlich, wie der alte Zerstörer unter ihm zum Leben erwachte. Da drehte er sich auf der Gräting um und musterte die neuen Offiziere. Einer hatte das gestickte »New Zealand« auf den Schulterstücken.

»Der Platz, den wir hier haben – besser: den wir *nicht* haben –, erlaubt uns nur, in die Vorspring einzudampfen. Sobald das Heck frei ist, werden wir uns mit Rückwärtsfahrt ins Fahrwasser ziehen.« Alle nickten. »Denken Sie bitte daran, Sie haben immer viele Möglichkeiten zum Manövrieren – aber nur *ein* Schiff!« Sie lachten alle, wie beabsichtigt.

»Voraus langsam, Steuerbord!«

Die Brücke vibrierte, ein Bleistift rollte über den Kartentisch und fiel klappernd hinunter.

Drummond stand in der Nock und beobachtete, wie die Spring steifkam; die Vorschiffsgang fierte sie sinnig über den Poller mit. Bei zuviel Druck mußte die Leine brechen und wie eine tödliche Sense über das Deck peitschen.

Er blickte zum Achterschiff. Torpedooffizier Noakes hatte dafür gesorgt, daß die Festmacherleinen schon aufgeschossen waren. Die Männer standen in zwei sauber ausgerichteten Linien angetreten, um den Hafen »in style« zu verlassen. Drummond atmete langsam aus. Der silbrige Wasserstreifen zwischen Heck und Pier wurde breiter, die Achterspring hielt das Schiff vorn fest und sorgte dafür, daß das Heck wegklappte.

Über das Wasser höhnte ein Lautsprecher: »Na endlich! Ich dachte schon, Sie hätten dort Wurzeln geschlagen!«

Drummond winkte, ohne sich umzudrehen.

Das Heck der *Warlock* zeigte jetzt etwa 45° ins Fahrwasser hinaus, die Pier wurde von der Backverschanzung verdeckt.

»Stopp Maschine Steuerbord!« Er machte Sheridan ein Handzeichen. »Alles los vorne!«

Die Gösch war verschwunden. Drummond sah die Wren auf ihrem Fahrrad sitzen und interessiert zusehen. Ein paar Werftarbeiter lungerten herum und warteten auf den nächsten Zerstörer. Sonst herrschte Ruhe. Man machte hier nicht viel Wesen um veraltete Schiffe, die wieder an die Front mußten.

»Rückwärts langsam beide!«

Er hörte die Rückmeldung des Bootsmanns im Sprachrohr. Wingate behielt die Schiffe in unmittelbarer Nähe im Auge.

Die *Warlock* schob sich hinter dem neuen Zerstörer vorbei,

rauschte mit dem Heck hinein zwischen zwei ankernde Transporter und einen Bagger. Ihr Schraubenwasser wirbelte das Öl und die Abfälle auf, die zu jeder Werft gehörten.

»Stopp beide!«

Unter seinen Füßen hörte Drummond das Klingeln der Maschinentelegraphen, dann kam die Rückmeldung: »Beide Maschinen stopp, Sir.«

Schnell blickte er sich um. Zwei kleine Hafenleichter, ein Kreuzer, stromabwärts vermurt. Den würde man grüßen müssen. Vickery, der Oberbootsmannsmaat, stand schon mit seinen Gefolgsleuten bereit, die Pfeifen blitzten.

Es war wie immer. Er hatte nichts vergessen.

Drummond merkte, daß Keyes ihn anstarrte. Ein großer Moment in seinem Leben. Achtzehn Jahre, und diesmal nicht in einer Kaserne oder in einem Klassenraum, sondern auf der Brücke eines Kriegsschiffs, ohne daß ein grauhaariger Ausbilder besserwisserisch hinter ihm stand. Auf der Brücke eines seewärts laufenden Zerstörers.

Impulsiv sagte er: »Zu mir, Mr. Keyes!« Er sah, wie der Junge sich verkrampfte, deshalb fügte er hinzu: »Hopp, hopp! Gleich werden wir die Sandbänke passieren.«

Der Junge stand neben ihm, die Hände zu Fäusten geballt, als erwarte er einen Schlag ins Gesicht.

»Mr. Keyes.« Drummond deutete nach vorne und sah, daß Wingate an den Sprachrohren grinste. »Bringen Sie bitte das Schiff aus dem Hafen. Mit voraus langsam! Dann Steuerbord zehn! Ist das Schiff auf Kurs, dann recht so! Überlassen Sie das Steuern dem Bootsmann, er kennt sich aus.«

Verblüfftes Schweigen, dann flüsterte Keyes: »Voraus langsam beide!«

Nichts passierte.

Wingate klopfte mit seinem Messingzirkel gegen das Sprachrohr. »*Hier* rein, Goldschatz!«

Keyes versuchte es wieder; er zitterte und war kreidebleich. »Voraus langsam beide.«

Drummond spürte sofort die Antwort der Maschinen. Das Schiff nahm Fahrt auf, schnell. Leise bemerkte er: »Sehen Sie die Tonne dort, Mr. Keyes?« Keyes nickte heftig. »Lassen Sie diese Tonne an *Steuerbord*, sobald wir die Werftmole passiert haben.«

Keyes schien sich zu erholen. »Steuerbord zehn!« Er tastete sich zur Kreiseltochter hinüber. »Äh ... Recht so!«

Mangins Stimme bestätigte durchs Sprachrohr: »Recht so, Sir, Kurs null-vier-fünf.«

Drummond blickte zur Seite, um sein Lächeln zu verbergen. Mangin hatte alle Befehle ignoriert und selbständig gehandelt, nachdem er die Stimme des Fähnrichs erkannt hatte.

Der wuchtige Rumpf des Kreuzers wuchs vor ihnen in die Höhe. Ein Trompeter stand neben dem Wachoffizier. Drummond nickte, ein Bootsmannsmaat drückte auf den Knopf der Sprechanlage.

»Achtung, Oberdeck! Zum Grüßen an Steuerbordseite antreten!«

Die *Warlock* schob sich langsam vorwärts, auf Back und Poop standen die Seeleute in ihren blauen Uniformen, die Offiziere hatten grüßend die Hände an die Mützen gelegt. Über der Brücke standen die Bootsmannsmaaten mit ihren silbernen Pfeifen und erwiesen dem Kreuzer ihren Respekt. Als Antwort erklang das Horn.

»So, Mr. Keyes, Sie haben uns gut aus dem Hafen gebracht und können nun wegtreten. Die Ausbildung wird später fortgesetzt.«

Wingate murmelte leise: »Den Tag wird er nie vergessen, Sir.«

Der Navigator war ein dunkelhäutiger Mann, der an einen Zigeuner erinnerte; irgendwie wirkte er theatralisch. Zu diesem Image trugen noch sein schwarzer Ledermantel und die pelzgefütterten Stiefel bei, die er auf See immer anhatte. Seine Mütze saß schräger als bei den anderen. Es schien, daß er seine Dienstzeit in vollen Zügen genoß. Jedenfalls war er ein ausgezeichneter Navigator.

Das andere Extrem verkörperte Rankin, der ehemalige Autoverkäufer. Er hatte einen Windhundkopf und die Haare exakt in der Mitte gescheitelt. Seine Gesichtszüge waren so hochmütig wie die eines Herzogs, und er sprach ein schnarrendes Oxfordenglisch, was Drummond vermuten ließ, daß er sehr teure Autos verkauft hatte.

Rankin sagte von oben herab zu den Versammelten: »Rundgang durchs Schiff, Kontrolle des Vorschiffs und der Kombüse, dann können Sie sich Ihren üblichen Pflichten widmen.« Seine spitze Nase zuckte herum. »Verstanden?«

Alle schlurften offensichtlich beeindruckt zum Niedergang.

Drummond setzte sich in den hohen hölzernen Stuhl, der auf der Backbordseite am Deck festgebolzt war. »Lassen Sie die Männer unten wegtreten. Backbordwache besetzt die Gefechtsstationen.«

Sheridan kam auf die Brücke geklettert und salutierte. »Auf der Back ist alles klar, Sir.«

»Danke.« Drummond lehnte sich in seinem Stuhl zurück und kramte nach seiner Pfeife. »Hat ja alles ganz gut geklappt.«

»Ja, das denke ich auch, Sir.« Sheridan schien zufrieden. Aber dann fügte er hinzu: »Dieser neue Zerstörer, die *Observer*, das ist ein Schmuckstück. Muß Spaß machen, so was zu kommandieren.«

Drummond warf das Streichholz in die Blechbüchse, die an der Armlehne befestigt war. Über der Windschutzscheibe konnte er die Küste mit ihren kleinen Häusern sehen. Möwenschwärme standen über unsichtbaren Fischerbooten. Nachdenklich sah er dem Rauch seiner Pfeife nach.

Er machte sich kaum Gedanken über das Problem, das den ehrgeizigen Sheridan beschäftigte. Wahrscheinlich hatte er schon auf zu vielen Schiffen unter zu unterschiedlichen Bedingungen gedient. Neunundzwanzig Jahre wurde er im nächsten Monat, und mit zwölf war er auf das Naval College gekommen, in eine in sich geschlossene, fremde Welt eingetaucht. Danach folgten ein Schlachtschiff, ein Kreuzer, eine Korvette und viele andere, die er schon fast vergessen hatte. Er konnte sich gut vorstellen, wie sich Keyes fühlte, obwohl dessen Leben sehr spartanisch war. In Drummonds Jugend war das anders gewesen. Die Schiffe hatten geankert, Sonnensegel wurden ausgespannt, Kapellen spielten, die Häfen und Buchten spiegelten das Licht der Bulleyes und der Festbeleuchtung wieder. Die Demonstration von Englands Seemacht wurde durch Cocktailparties, Regatten, Abendkleider und Monokel kaschiert.

Langsam sagte er: »Kann schon sein«, und strich über das ausgebleichte Teakholz vor der Scheibe. Warum liebte er gerade dieses Schiff? Was war das Besondere an ihm? Es war verrückt für einen Berufsoffizier. Einen Profi. Sollte er überleben, würden für ihn andere Schiffe mit mehr Verantwortung folgen.

Schritte waren auf der Gräting zu hören, Owles sagte hinter ihm: »Ich bringe Kaffee, Sir.«

Drei Spitfires flogen dicht über dem Wasser quer vor ihnen vorbei. Ihre Motoren hatten den typisch heulenden Ton.

Vielleicht lag es daran, daß die *Warlock* ungefähr sein Jahrgang war. Als er ins Naval College eintrat, war sie bereits neun Jahre im Dienst gewesen. Ihr Lebenslauf war beeindruckend, so viele Meilen, jahrein, jahraus. Sie war nicht mehr rechtzeitig fertig geworden, um gegen die Marine des Kaisers zu kämpfen, hatte nur die Flanke geschützt, als sich die Flotte ergab. 1919 war sie in Odessa gewesen, um verängstigte russische Aristokraten zu evakuieren, danach kam die Chinastation, wo britische Niederlassungen geschützt wurden. Schließlich war sie während des Bürgerkriegs in Spanien eingesetzt, zur Evakuierung Neutraler, zusammen mit einem anderen Zerstörer. Das war ein Deutscher gewesen, der vor wenigen Monaten durch die Royal Air Force versenkt worden war.

Als der Krieg ausbrach, hatte die *Warlock* ihre besten Jahre hinter sich, aber zusammen mit ihren rund sechzig Schwestern tat sie ihr Bestes, wenn es darum ging, erschöpfte Soldaten von Stränden abzuholen. Dann folgte die Geleitzugsicherung an der Ostküste, an der »Schnellbootallee«, im Atlantik und auf den Seewegen nach Rußland. Sie lief noch immer ihre 34 Knoten * – *bei achterlichem Wind*, wie Frank immer gespottet hatte.

Sheridan unterbrach seine Gedanken. »Haben Sie Kapitän Beaumont schon kennengelernt?«

»Vor Jahren habe ich mal unter ihm gedient.« Drummond wandte sich um und sah in das erstaunte dunkle Gesicht. »Die Marine ist eine kleine Familie. Vor langer Zeit war ich Fähnrich auf dem Schlachtschiff *Agincourt*, er war damals Artillerieoffizier.« Er beugte sich über das Sprachrohr. »Wer steht jetzt am Ruder?«

»Der Erste Quartermaster, Sir.«

Er sah Rumseys lässiges Grinsen förmlich vor sich. »Gut. Achtung nach der nächsten Kursänderung, da liegen ein paar verankerte Zielscheiben an Steuerbord.«

Er blickte wieder Sheridan an. »Wovon sprachen wir?«

»Von Beaumont, Sir.« Er wirkte unsicher. »Ich habe natürlich viel über ihn gelesen, alles, was in den Zeitungen stand. Viele Leute meinen, er hätte das Viktoriakreuz verdient für das, was er geleistet hat.«

Drummond blickte prüfend in seine Pfeife. *Für das, was er geleistet hat?* Er würde es Sheridan nicht auf die Nase binden, aber auch er hatte sich seine Gedanken gemacht.

Er kannte Beaumont nur als sarkastischen Tyrannen. Dieses neue Heldenimage paßte nicht zu ihm. Aber vielleicht hatte er sich geändert? Und was war wirklich an diesem schrecklichen Tag vor acht Monaten passiert? Er fühlte wieder das Erschrecken, mit dem er von der Versenkung der *Conqueror* gehört hatte, das Mitleid, als die drei Überlebenden, in Wolldecken gehüllt, in Schottland an Land gingen. Es mußte schrecklich gewesen sein, als das riesige Schlachtschiff unter ihren Füßen versenkt wurde. In der aufgewühlten See, in eisiger Kälte ohne Hoffnung zu treiben . . . Drei von dreizehnhundert! Was, außer zu überleben, hatte Beaumont damals getan?

* 1 Knoten (kn) = 1 Seemeile (1,852 km) pro Stunde

Ein Signalgast trat heran. »Telegramm, Sir. Wir sollen nach dem Einlaufen bei der *Lomond* längsseit gehen, Sir. Kapitän Beaumont will unsere ETA* wissen.«

»Danke.« Er blickte Wingate an. »Nennen Sie dem Signalgast die Zeit, und machen Sie die Antwort fertig.«

Sheridan bemerkte säuerlich: »*Lomond* ist das Schiff des Flottillenführers, soweit ich weiß. Es wäre doch ein schöner Beginn, wenn wir Beaumont gleich beim ersten Anlegen rammen würden.«

»Wohl eher das Ende.«

Drummond lehnte sich wieder zurück und blickte auf das Fahrwasser, aber seine Gedanken waren ganz woanders. Im Spiegel der Glasplatten sah er die Stahltür, durch die Sheridan verschwand. Sie war eingehakt, damit sie nicht klappern konnte, brandneu und wie die alte einen Viertelzoll dick.

Das deutsche Schnellboot hatte an einer Fahrwassertonne ein paar Meilen östlich von Flamborough festgemacht. Es regnete, und es war finster wie im Ofenrohr. Die *Warlock* war das Führungsschiff eines Geleits, das nach Norden bestimmt war. Fünfzehn verschiedene Schiffe, einige noch älter als sie selbst, schlichen durch die Nacht. Ihr Geleitschutz bestand außerdem aus einer Korvette, zwei Trawlern und einer bewaffneten Yacht. Man mußte das Beste daraus machen.

Das war das Schlimmste beim Geleitfahren – der ständige Streß. Stets mußte man aufpassen, dem Schiff voraus nicht ins Heck zu fahren. Noch schlimmer war es, die Schützlinge, die natürlich alle ohne Licht fuhren, in einem Minenfeld aus den Augen zu verlieren.

Der Radarbeobachter hatte ein Echo ausgemacht. Wahrscheinlich war er schon zu lange auf diesem Posten und sah, was er sehen wollte. An dieser Stelle mußte die Tonne sein, also war sie dort!

Das Geleit stampfte weiter durch den dichten Regen.

Die starken Dieselmotoren des deutschen Schnellboots jaulten völlig unerwartet auf. Gleichzeitig fingen seine Maschinenkanonen an zu feuern. Dann jagte es durch die nur schwer manövrierbaren Handelsschiffe und schoß unbehelligt seine Torpedos ab.

Es stand alles im Bericht, wie üblich. Ein gescheiter Nachrichtensprecher der BBC hatte es wie folgt ausgedrückt: »In der letzten Nacht haben feindliche Schnellboote einen unserer Konvois angegriffen. Es gab Verluste, aber ein feindliches Schnellboot wurde versenkt.« Das war ein Verdienst der Korvette gewesen. Sie war beinahe von dem 30

* Estimated Time of Arrival = geschätzte Ankunftszeit

Knoten schnellen Boot gerammt worden, als es hinter dem Geleit vorbeiziehen wollte, und hatte innerhalb weniger Minuten zwei Volltreffer angebracht.

Aber das Feuer des Schnellboots hatte in der kurzen Zeit auf *Warlock* fürchterlich gewütet. Ein Signalgast und ein Melder waren gefallen, während sie dabei waren, auf der Brücke Kakao auszugeben. Drummond sah das Bild noch vor sich: Kakao und Blut mischten sich mit dem Regenwasser auf dem Boden. Franks schockgeweitete Augen funkelten im Schein des explodierenden Schnellboots. Beide Beine abgerissen. Drummond schüttelte sich. Dann schon lieber tot.

Wingate behielt ihn von der anderen Brückennock her im Auge. Er konnte sich vorstellen, was im Skipper vorging, weil er wußte, wie nahe er dem Ersten gestanden hatte.

Er lächelte müde. Wie hatte dieses verdammte Mädchen in Maidstone gefragt, bei dem er seinen Landurlaub verbrachte? »Wie ist das so? Hast du schon mal einen Menschen getötet?« Er hatte allerdings eher das Gegenteil von Töten im Sinn . . .

Er beugte sich über das Sprachrohr. »Backbord zehn!« Pause. »Mittschiffs! Recht so!«

Sie war schon ein tolles Weib gewesen. Schließlich hatte er sein Ziel erreicht, aber danach hatte sie geheult, die blöde Kuh.

»Flugzeug aus Grün eins-eins-null!«*

Kalt lief es ihm über den Rücken. Metall quietschte, als sich die schlanken Rohre der Flakgeschütze auf die Peilung ausrichteten.

»Belegt! Einer von uns, ein Beaufighter!«

Drummond entspannte sich wieder. Zwei Asdictrawler kamen ihnen entgegen. Er spürte, wie er gegen den Stuhl gedrückt wurde, als der Nordseeschwell sich meldete.

Während der zweiten Hundewache schob sich die *Warlock* langsam zwischen den Geleitzerstörern und dem Sammelsurium an Schiffen hindurch, das die Harwichflottille bildete. Selten hatte er einen schöneren Abend erlebt. Der Himmel war lachsrosa, die Luft still, und selbst die berüchtigte Strömung, die sonst am Zusammenfluß des Stour und des Orwell entstand, war kaum merkbar.

Wieder hatten sich die neuen Offiziere in der hinteren Brückenecke versammelt. Sie sollten alles beobachten, aber niemandem vor die Füße laufen. Die *Lomond* leuchtete trotz ihres Tarnanstrichs im

* Richtungsangabe in Grad, Grün = Steuerbord (rechts), Rot = Backbord (links)

Abendlicht orangefarben. An Deck lungerte die Wache herum, um die Wurfleinen anzunehmen, wenn sie längsseit kamen.

Die kurze Reise von Chatham war ereignislos verlaufen. Fast schien es, als ob ihnen der Feind Zeit lassen wollte, sich erst zusammenzufinden.

Drummond blickte über den Hafen. All diese alten, vernarbten Schiffe, die an einem der gefährlichsten Küstenabschnitte Dienst taten. Luftangriffe aus heiterem Himmel, Minen, Schnellboote und sogar U-Boote mußten in diesem lebenswichtigen Sektor bekämpft werden.

»Backbord zehn!«

Er vernahm Mangins ruhige Rückmeldung.

»Mittschiffs! Recht so!«

Die Männer standen wieder auf Stationen,. die Trossen waren klar zum Festmachen. Für wie lange diesmal? Sheridan auf der Back beobachtete drei Motortorpedoboote, die mit grummelnden Maschinen der Hafenausfahrt zustrebten. Sie lagen tief im Wasser, ihre Flaggen waren ausgefranst. Sobald sie die Mole passiert hatten, würden sie losstürmen, vielleicht nach Hoek van Holland. Sollten sie es überstehen, würden sie morgen mit leeren Torpedorohren wieder einlaufen. Die blutjungen Besatzungen würden erst dann begreifen, daß sie wieder mal davongekommen waren. Für wie lange?

Nachdenklich musterte Drummond die *Lomond.* Was würde der Kommandowechsel bringen? Der alte Kommandeur war ein Veteran gewesen, hatte aber Verschleißerscheinungen gezeigt. Jetzt leitete er ein Ausbildungscamp im Norden und machte aus Milchmännern und Versicherungsvertretern Seeleute.

Obermatrose Eaden stand an der Reling auf der Back und hielt die Wurfleine in der Faust. Drummond beugte sich über die Scheiben und blickte nach achtern. Dort stand der Torpedooffizier, einen Fuß auf dem Wasserbombenwerfer und die Arme in die Seiten gestemmt. Noakes war untersetzt und fast halslos, und die Mütze saß platt auf seiner Glatze.

Drummond wandte sich wieder den Fahrzeugen zu, die vor dem Führungsschiff lagen. Es waren alte Bekannte. Sogar in einer pechschwarzen Nacht bei Stromausfall hätte er sich in diesen Schiffen zurechtgefunden. Trotzdem hatte jedes seine Eigenheiten. Es war schon merkwürdig, überlegte er, ein Schiff konnte dem einen Mann zu Ehren verhelfen, dem anderen aber die Karriere ruinieren. War es Vorsehung, Glück, Pech oder schlechte Führung? Es gab zu viele Erklärungen.

»Steuerbordmaschine stopp!«

Warlocks Schatten schob sich über die Aufbauten der *Lomond.* Sie war etwas größer als die *Warlock* und natürlich besser bewaffnet. Zwei Männer standen mit Pinseln in der Hand auf einem Scheinwerferstand und beobachteten die vorsichtige Annäherung der *Warlock.* Sie arbeiteten am Sonntag, das konnte nur bedeuten, daß sie Strafdienst hatten. Ein Koch mit hochgekrempelten Ärmeln und Schürze eilte mit schwerem Eimer nach achtern – entweder enthielt die Pütz ein Deputat für die Messe der Unteroffiziere oder seine eingeweichte Unterwäsche.

»Steuerbord zehn.« Er beugte sich über das Schutzschild.

»Mittschiffs. Rückwärts langsam Steuerbord.«

Er sah, daß Eadens Arm ausholte, die Wurfleine landete auf dem Nachbarschiff. Keyes und die anderen Leutnants hätten mehr gelernt, wenn sie das Geschehen unten an Deck verfolgt hätten.

»Stopp Backbord! Rückwärts halbe Steuerbord.«

Er mußte sich bemühen, die Schärfe in seiner Stimme zu unterdrükken, als das Vorschiff zu steil auf die *Lomond* zuschwang. Aber durch das Maschinenmanöver wurde der Winkel wieder korrigiert.

Die Vorleine wurde mit einer Wurfleine hinübergeholt, die Achterleine und die Achterspring folgten.

Er hörte die scharfe Stimme eines unsichtbaren Unteroffiziers: »Klar bei Fender, und bißchen flott, sonst reißt euch der Erste den Arsch auf! Außerdem würde *ich* in Tränen ausbrechen, wenn unsere schöne neue Farbe einen Kratzer abbekäme.«

»Stopp Steuerbordmaschine!«

Das Deck erzitterte, als der Schraubenstrom am Rumpf entlanggurgelte.

Fender quietschten, weitere Leinen wurden übergeben und auf den Pollern belegt. *Warlock* kam zur Ruhe.

Er hörte, wie der Leutnant aus Neuseeland, Hillier, leise meinte: »War kaum etwas zu spüren. Wir hätten ein rohes Ei dazwischen halten können.«

Drummond erwiderte den Gruß eines Offiziers auf der Brücke der *Lomond.* »Es ist nicht immer so leicht.«

An Deck wurden die Leinen eingestellt, bis Sheridan zufrieden war. Eine kurze Gangway wurde vom anderen Schiff herübergeschoben. Ein Mann mit Postsack wartete schon an der Reling: Briefe, Päckchen, ein Geburtstagskuchen, den eine Mutter oder Ehefrau sich von den knappen Rationen abgespart hatte. Drummond lächelte müde. Wahrscheinlich eher von der Mutter, denn das Durchschnittsalter lag auf der *Warlock* bei dreiundzwanzig Jahren.

»Schiff ist in Position und fest, Sir.«

»Danke, klingeln Sie bitte die Maschine ab.«

Er sah, daß Kapitänleutnant Dorian de Pass über die Gangway geeilt kam. Er war der Erste Offizier der *Lomond* und in dieser Eigenschaft die rechte Hand von Kapitän Beaumont. Er war dünn wie ein Besenstiel und hatte eine riesige Nase, die er beim Laufen schnüffelnd hin und her bewegte. In der Flottille war er als schwieriger Charakter bekannt.

De Pass erreichte in wenigen Minuten die Brücke, seine Nase schnüffelte in Richtung der neuen Offiziere, dann entdeckte er Drummond und grüßte ihn zackig.

»Willkommen, Sir«, er blieb immer strikt formell, auch wenn er betrunken war, »alles in Ordnung, vermute ich?«

Drummond lächelte. »Natürlich. Wie läuft es hier?«

De Pass hob die Hände. »Ein Irrenhaus! Aber ich . . . Will sagen, der Captain und ich haben neue Befehle.« Traurig schüttelte er den Kopf. »Große Ereignisse werfen ihre Schatten voraus.« Er musterte Drummonds ausgeblichenen Dufflecoat und die ausgelatschten Seestiefel. »Er will Sie sehen, sobald es Ihnen paßt.«

Drummond gab einem Bootsmannsmaaten sein Fernglas.

»Also sofort, meinen Sie.«

»Nun ja . . .«

Sheridan erschien auf der Brücke und salutierte. »Befehle, Sir?«

Drummond blickte de Pass fragend an.

Der andere Mann musterte Sheridan ein paar Sekunden, seine Nase schnüffelte nervös. »Kein Landgang, jedenfalls nicht heute abend . . .« Er zuckte mit den Schultern.

»Machen Sie weiter, Nummer Eins, ich gehe zum Chef hinüber.«

De Pass folgte ihm zur Gangway, wo Vickery eine Ehrenwache aufgestellt hatte. »Ihr neuer Erster ist auch so ein Zeitsoldat. Wo soll das nur enden?«

Drummond grinste. »Passen Sie bloß auf, einer von ihnen wird noch Ihren Job übernehmen.«

Die Pfeifen zwitscherten, Ehrenbezeigungen wurden ausgetauscht. Drummond schritt über die schmale Gangway und nickte dem W.O.* der *Lomond* zu.

»Wie geht's Ihrer Frau?«

Der Leutnant grinste. »Schon wieder ein Mädchen, Sir, fürchte ich.«

* Wachhabender Offizier

Er fühlte, daß de Pass die Unterhaltung mißbilligte, aber das war ihm egal. Für ihn war's wie Heimkommen.

Bevor er durch ein Schott stieg, blieb er stehen und blickte auf sein Schiff zurück. Leinen wurden sauber aufgeschossen, dünne Rauchfahnen kamen aus beiden Schornsteinen, Leutnant Rankin kletterte zum Geschütz X hinauf, ein Mechaniker folgte ihm. Wie der seine Kanonen liebte, sogar die teuren Autos würden sie ihm nach dem Krieg nicht ersetzen können.

Im Aufbau gab es hier erheblich mehr Platz als auf der *Warlock*, denn der Flottillenführer mußte zusätzliche Offiziere beherbergen. Aus der Messe erklangen Stimmen, Gelächter und das Klirren von Gläsern. Ein Hafensonntag sorgte immer für hohe Messerechnungen. Vielleicht lag es auch daran, daß man den üblichen Sonntagslunch nicht anders verdauen konnte: kalte Platte, Pickles und Trockenkartoffeln.

»Gehen Sie gleich rein, Sir. Er wird Ihnen allerhand zu erzählen haben.« De Pass hängte seine Mütze sorgfältig auf einen Haken vor der Messe.

Drummond klopfte und trat ein. In der geräumigen Tageskajüte waren alle Lichter eingeschaltet. Kein Wunder, denn auf der einen Seite lag die Pier, auf der anderen die *Warlock*. Ohne Lampenlicht wäre es so finster gewesen wie in einem Sarg.

Captain Dudley Beaumont stand im Hintergrund, eine Hand auf dem Rücken, die andere in die Knöpfe des Jacketts eingehakt. Er war ein mittelgroßer, bulliger Mann, aber sein Übergewicht wurde durch den guten Schnitt der Uniform kaschiert. Er mochte Anfang Vierzig sein, doch sein Gesicht würde sich jahrelang nicht ändern, sondern rosig, glatt und sauber bleiben. Sein blondes Haar war kurz geschnitten und glatt nach hinten gebürstet. Er sah aus, als sei er gerade aus der Dusche gekommen.

»Schön, Sie zu sehen, Drummond.« Er streckte die Hand aus. »Der letzte in meiner Herde.« Er kicherte.

Drummond beobachtete seinen Vorgesetzten. Alles an Beaumont war perfekt. Die Manschetten, die aus den Ärmeln mit den vier goldenen Kolbenringen hervorlugten, saßen absolut symmetrisch. Die Manschettenknöpfe schienen Goldnuggets zu sein. Er bewegte sich, als ob er sich ständig selber überwachte, wie ein Tänzer oder Schauspieler. Man konnte sich Beaumont nur schwer entspannt vorstellen.

Er setzte sich Drummond gegenüber und faltete die großen, kräftigen Hände über dem Bauch. Ihre Haut war weiß und empfindlich, die Nägel waren manikürt.

»De Pass wird Ihnen schon gesagt haben, daß sich einiges geändert hat.« Das war eine Feststellung. »Der Kommodore will alle Kommandanten zusammenrufen, aber ich ziehe es vor, zuerst mit meinen Leuten zu sprechen.« Er löste die Finger und betrachtete sie sorgfältig. »Ich habe dieses Kommando bekommen, um etwas aus unserer Flottille *zu machen.*« Seine Hand schoß warnend in die Höhe, dabei hatte ihn Drummond gar nicht unterbrechen wollen. »Ich weiß, was Sie sagen wollen, und kann es Ihnen nicht verübeln. Sie wollen sagen, daß die Leistungen Ihres Schiffs hervorragend waren, daß man von einem so, äh, *alten* Schiff nicht mehr erwarten konnte. Das ist natürlich richtig. In der Vergangenheit haben die Schiffe der Flottille eben nur einzeln oder höchstens als Lückenbüßer mit anderen zusammen operiert.« Er lehnte sich zurück und sah Drummond ruhig an; er hatte so hellblaue Augen wie ein Baby. »Das wird sich ändern. Ich werde diesen Zerstörern eine neue Aufgabe geben. Sie kämen nicht im Traum darauf.«

Drummond räusperte sich. Er fühlte sich in seiner alten Uniform wie ein abgerissener Landstreicher. Vielleicht war das Beaumonts Absicht?

»Kein Geleitschutz mehr an der Ostküste, Sir?«

Geistesabwesend klopfte Beaumont seine Taschen ab. »Nein. Ich habe die Schiffe studiert, seit ich wußte, was Ihre Lordschaften planten. Sie werden die Schrottflottille genannt, aber auch das werde ich ändern.«

Drummond hatte diesen Spitznamen nie als beleidigend empfunden, eher als Ausdruck der Bewunderung dafür, daß sie mit den alten Schiffen soviel geleistet hatten.

Beaumont schob eine Manschette zurück und blickte auf die Uhr.

»Jetzt muß ich zum Dinner bei Nick Brooks. Da gibt es immer was Feines.«

Drummond stand auf. »Dann sehe ich Sie bei der Konferenz, Sir?«

Nick Brooks. Beiläufig hingeworfen, oder vielleicht doch nicht, denn es handelte sich um Admiral Brooks, eine sehr einflußreiche Persönlichkeit.

»Ja. Ich wollte Sie nur vorher sehen.« Beaumont erhob sich und zog sein Jackett glatt. »Seit den alten Zeiten auf der *Agincourt* haben Sie sich verändert.« Er lächelte mit blitzenden Zähnen. »Das eigene Kommando scheint Ihnen zu bekommen.«

»Es ist ziemlich lange her, Sir.«

»Ich habe eben ein gutes Gedächtnis.« Beaumont sah ihn lauernd an. »Ich höre, Ihr Erster war auf der *Venture*?«

Drummond spannte sich, der Tonfall war keineswegs beiläufig.

»Jawohl, Sir. Wir kommen recht gut miteinander aus.«

»Ja, ja, die Erinnerungen kehren immer wieder.«

Beaumont ging zu einem Bullauge und versuchte, schweigend in den schmalen Streifen Himmel zu starren. Die plötzliche Spannung war physisch zu spüren. Er schien geistesabwesend, abgeschaltet wie eine Maschine. Das Sonnenlicht reflektierte auf seinem Haar, eine blasse Hand stützte sich an der Bordwand ab. Bewegungslos.

Als er wieder sprach, schien seine Stimme aus weiter Ferne zu kommen.

»Den Tag damals werde ich nie vergessen. So was hinterläßt Narben.« Er riß sich zusammen und wandte sich wieder Drummond zu. »Immerhin wußten die Jungs, als sie starben, daß der Gegner uns weit überlegen gewesen war.« Seine Augen begannen zu blinken. »Ich war so stolz, so verdammt *stolz* auf sie.«

Ein Obersteward blickte durch die Tür.

»Der Wagen des Admirals steht an der Pier, Sir.« Er warf einen Blick auf Drummond. »Ich habe den Wein schon einladen lassen, Sir.«

Beaumont nickte, wirkte aber immer noch geistesabwesend.

»Sagen Sie dem W.O., daß ich gleich komme.« Wieder streckte er seine Hand aus, die Haut war weich und trocken. »Dann bis morgen, gleich nach dem Frühstück.«

Drummond quälte sich ein Lächeln ab.

»Ich würde gern meinen Offizieren sagen, wohin wir fahren, Sir . . .«

Beaumont bellte: »Erzählen Sie ihnen, daß wir einen Krieg zu gewinnen haben!« Er tippte Drummond auf die Brust. »Auf unsere Art! Auf *meine* Art!«

Drummond ging an Deck und wunderte sich über Beaumonts Verhalten. Was zum Teufel hatten sie denn die letzten Jahre anderes gemacht?

Sheridan und Wingate erwarteten ihn an der Gangway. Eines zumindest war sicher: *Warlock* würde nicht mehr den mühseligen Konvoischutz fahren müssen.

Vermutungen

Sheridan lehnte sich an den kalten Kamin der Messe. Gesprächsfetzen und Gelächter umbrandeten ihn. Hinter dem halb zugezogenen Vorhang hörte er, wie die Stewards den Lunch vorbereiteten. Die Messe war überfüllt. Einschließlich des Kommandanten fuhren zehn Offiziere auf der *Warlock*, neun davon drängten sich jetzt in dem dicken Tabaksnebel.

»Wie haben Sie sich eingelebt, Nummer Eins?«

Sheridan blickte auf den abgenutzten Ledersessel hinunter, in dem Galbraith, der Ingenieuroffizier, lümmelte: ein dünner, etwas unordentlicher Mann mit einer kreisrunden Glatze, die ihn wie ein Mönch aussehen ließ.

Sheridan lächelte. »Recht gut, danke. Was ist mit Ihrem Glas, Chief?«

Er wollte eigentlich keine Unterhaltung, obwohl er eine hohe Meinung von Galbraith hatte. Der Chief war nicht gerade ein Schwätzer, er ging mit Worten genauso sparsam um wie mit dem Treibstoff. Aber Sheridan wollte lieber über den Kommandanten nachdenken. Er war noch immer nebenan beim Flottillenführer mit den anderen Kommandanten. Was zum Teufel gab es da so lange zu besprechen? Politik, Strategie, den Ginpreis?

Galbraith hielt einem Steward sein Glas hin.

»Das Übliche, Napier.«

Sein »Übliches« bestand aus einer Mischung von Rum und Sherry. Das klang so schrecklich, daß niemand den Versuch machte, es auch einmal zu probieren.

Sheridan meinte: »Sie sind schon lange an Bord, länger als jeder andere?«

»Aye.« Galbraith ergriff das gefüllte Glas. »Auf daß unsere Kinder lange Hälse kriegen!« Er leckte sich die Lippen. »Ich bin an Bord, seit das Schiff für diesen Krieg in Dienst gestellt wurde.« Seine Augen blickten in die Ferne. »Wir haben schlechte und gute Tage erlebt.«

»Der Alte ist erst seit achtzehn Monaten Kommandant.« Sheridan überlegte, daß sich das merkwürdig anhörte, denn Drummond war nur wenig älter als er.

»Das ist richtig«, lächelte Galbraith. »Aber wenn Sie mich fragen, wie er ist, dann muß ich passen. Wie Sie mit ihm auskommen werden, kann ich nicht beurteilen. Ich mag ihn, und das nicht nur, weil wir beide Schotten sind. Er ist fair. Ich bin schon unter richtigen Arschlöchern gefahren; im einen Augenblick waren sie scheißfreundlich, im nächsten drehten sie durch.« Er seufzte. »Unser Skipper ist schon in Ordnung, aber ...« Er studierte Sheridan, dann hatte er sich entschlossen. »Aber er steht unter enormem Streß. Hoffentlich können Sie ihn etwas entlasten. Er verdient es, glauben Sie mir.«

»Ich glaube, er ist Besseres gewöhnt.« Sheridan bemerkte, daß der Torpedooffizier seinen zehnten Gin hinunterkippte. »Mein Vorgänger, Cowley, muß ein As gewesen sein.«

Galbraith stand auf. »Ich gehe jetzt auf ein Glas zu meinem Oberheizer, er hat heute Geburtstag. Zwar sollte ich nicht in der Unteroffiziersmesse trinken, aber es ist noch nicht lange her, da war ich selber Unteroffizier, das vergißt man nicht so schnell.« Er packte Sheridans Arm. »Wir werden gut miteinander auskommen, also hören Sie zu, denn ich wiederhole mich nicht. Wenn Sie auf unser Gespräch vor anderen zurückkommen, werde ich alles abstreiten.«

Sheridan sah Verbitterung in seinen Augen.

»Leutnant Frank Cowley war der beste Freund des Skippers, aber ein verdammter Narr. Wenn der Alte nicht so schnell reagiert hätte, hätten wir mehr als zwei Tote und einen Verwundeten zu beklagen gehabt. Das ganze verdammte Schiff wäre hingewesen!« Er tippte sich mit dem Zeigefinger an die Nase. »Denken Sie darüber nach und handeln Sie entsprechend.«

Er verließ die Messe.

Sheridan ging zu Leutnant Wingate und dem neuen Arzt hinüber, die an einem geöffneten Bullauge standen. Wenn Galbraith recht hatte, konnte es Drummond nicht leicht gehabt haben: Das Schiff zu führen und gleichzeitig seinen Freund, den Ersten, mitzuziehen. Vielleicht gab es ein Geheimnis in ihrer Vergangenheit?

Er nickte Wingate zu. »Sie warten wohl wie ich darauf, was uns diese Besprechung bringt?«

Wingate grinste breit. »Das tun wir alle. Vielleicht brauche ich ja ein paar neue Seekarten?«

Der Navigator war immer freundlich zu ihm, aber Sheridan fragte sich, ob es ihn insgeheim nicht wurmte, daß ihm ein Reserveoffizier vor die Nase gesetzt worden war. Wingate hatte als Waise von unten bei der Navy angefangen und sich aus eigener Kraft emporgearbeitet. Man konnte sich ihn gut auf einem alten Gemälde vorstellen: ein verwegener Pirat oder einer von Drakes Männern vor Cadiz.

Der Arzt meinte vorsichtig: »Ich muß sagen, ich fühle mich etwas unwohl unter all diesen Profis.«

Leichthin meinte Wingate: »Nur keine Sorge, Doktor. Ihnen obliegt ja die Zensur der Briefe, da werden Sie bald feststellen, daß die Lümmel auf anderen Gebieten noch viel professioneller sind als beim Kämpfen.«

Sheridan merkte, daß Rankin neben ihn trat. Der Mund des Artillerieoffiziers war ein schmaler, verkniffener Schlitz.

»Geschütz X war total mit Farbe verkleistert, Nummer Eins.« Er griff sich einen Gin vom Tablett des Stewards. »Ich hab's meinem Mechaniker vorher gesagt. Aber dieser Idiot kann ja keinen Geschützverschluß von einem Bullenarsch unterscheiden.«

Wingate gluckste. »Machen Sie sich nur keine Sorgen, Guns*. Nächstes Mal bringe ich die alte *Warlock* so nahe an die Hunnen heran, daß Sie sie mit den Granaten persönlich erschlagen können.«

Rankin schnaubte. »Das ist kein Spaß! Es gibt Leute, die kein Pflichtgefühl...«

Alle fuhren herum, als hinter ihnen Noakes' heisere Stimme durch die Messe brüllte. Er war aufgesprungen und stand mit hochrotem Gesicht schwankend vor dem Fähnrich.

»Was zum Teufel verstehen Sie denn davon, *Mister* Keyes?« Noakes reckte streitlustig den Kopf vor, Gin tropfte auf den ausgeblichenen Teppich. »Ihr Jüngelchen wißt doch immer alles besser, dabei scheißt ihr euch noch in die Windeln.«

Keyes sah verschreckt aus. »Entschuldigen Sie bitte, Sir, ich dachte nur...«

Noakes bellte: »Es interessiert mich nicht, was Sie denken!« Er blickte in die Runde. »Der will mir erzählen, daß die Skagerrakschlacht ein Fehlschlag war. Woher will er das wissen? Er war nicht dabei!«

Hillier, der Neuseeländer, meinte ruhig: »Aber *Sie* waren dabei?«

»Natürlich!« Noakes fühlte sich durch die Unterbrechung irritiert.

»Wenn ich mal über den Daumen peilen darf, dann waren Sie damals so alt wie der junge Keyes jetzt, richtig?«

Noakes blinzelte. »Äh, ja, das könnte stimmen.«

»Na also.« Hillier blinzelte Keyes zu. »Ich wette, daß Sie damals ganz schön über die alten Säcke geflucht haben, die Sie Ihrer Meinung nach in so eine sinnlose Schlacht geschickt haben.«

Wingate bemerkte: »Das war gut gekontert. Ich habe Bill Noakes noch nie so sprachlos gesehen.«

* Spitzname für Artillerieoffizier

Ein Telefon klingelte, und der Steward meldete: »Für den Ersten Offizier, Sir. Der Kommandant kommt an Bord.«

Sheridan nickte, eilte aus der Messe, schnappte sich seine Mütze und stürmte die Leiter hinauf.

An diesem einen Tag hatte er schon viel über seine Offizierskameraden erfahren, aber ihre unterschiedlichen Charaktere würde er erst mit der Zeit durchschauen. Jeder hatte bestimmt seine eigene Macke.

Er salutierte, als Drummond über die Gangway kam. »Das war eine lange Besprechung, Sir.«

Drummond blieb schlagartig stehen. Aus seinem Gesichtsausdruck schloß Sheridan, daß er kein Wort gehört hatte. Er hatte die Ehrenbezeugung der Gangwaywache nur automatisch erwidert.

Jetzt fragte er: »Wie spät ist es denn, um Himmels willen?« Aber er wartete die Antwort nicht ab. »Die Flottille wird umorganisiert und bekommt neue Aufgaben. Wir werden gemeinsam operieren, unabhängig von anderen Einheiten.«

»Das klingt nach diesen neuen U-Jagd-Gruppen, von denen man soviel hört, Sir.«

Sheridan sah die Anspannung in Drummonds Gesicht und mußte an die Bemerkung des Chiefs denken: »Er steht unter enormem Streß.« Das war unübersehbar.

»So etwas in der Art. Aber genau weiß ich es auch noch nicht.«

Owles erschien in der Tür. »Ihr Lunch ist angerichtet, Sir.«

»Später.« Drummond wirkte fast verzweifelt. »Später.«

»Wir hatten gehofft, daß Sie auf einen Gin in die Messe kommen, Sir.« Sheridan wartete. »Wir sind zum ersten Mal alle zusammen.«

»Ja, natürlich.« Drummond blickte zu Boden. »Ich werde später dazu kaum Gelegenheit haben.«

Als er über das Süll stieg, flüsterte Sheridan dem Quartermaster zu: »Holen Sie den Chief aus der Unteroffiziersmesse.«

Drinnen wurde es schlagartig still, als der Kommandant eintrat. »Weitermachen, Gentlemen. Ich bin auf einen Drink eingeladen worden.«

Owles erschien wie herbeigezaubert. »Bitte, Sir, hier ist ein Horse's Neck, wie Sie ihn mögen.«

Drummond hob sein Glas. »Cheers.« Er sah in die fragenden Gesichter. »Ich hatte noch keine Gelegenheit, mit den Neuen unter Ihnen zu sprechen, eigentlich mit keinem außer dem Ersten. Deshalb heiße ich Sie jetzt an Bord willkommen und hoffe, daß Sie sich gut eingelebt haben.«

Er sah, daß Keyes ihn fasziniert anstarrte. Dazu waren da noch Unterleutnant Tyson, der trübe vor sich hinblickte, weil er die Nachricht erhalten hatte, daß sein Bruder in Burma verschollen war; Rankin, wie immer stocksteif und mit völlig ausdruckslosem Gesicht, der jeden Befehl widerspruchslos ausführen würde. Da war Wingate, die Augen vor der blendenden Sonne zusammengekniffen. Sein Gesicht war hellwach, er fragte sich wohl schon: wie viele Meilen, welche Karten, welche ETA?

Drummond mußte wieder an die Besprechung denken, die mehr ein Monolog gewesen war. Selbst der Kommodore hatte nach seinen Begrüßungsworten und einer kurzen strategischen Analyse des Seekriegs geschwiegen.

Beaumont hatte langsam und leise begonnen, hatte die Argumente des Kommodore aufgegriffen, aber sie dann verschärft und keinen Widerspruch zugelassen. Der Wüstenkrieg war vorbei. Der Sturm auf Mitteleuropa würde bald beginnen, vermutlich in diesem Jahr, spätestens im nächsten Frühjahr. Er mußte erfolgreich sein, obwohl der Feind viel Zeit gehabt hatte, sich einzugraben. Er wußte, was auf ihn zukam.

Die Lieferungen an Rußland mußten daher verstärkt werden. Verpflegung, Waffen und Fahrzeuge mußten über den langen arktischen Seeweg transportiert werden. Als das erwähnt wurde, hatte Drummond die Angst der Anwesenden fast körperlich gefühlt. Die Gesichter der anderen Kommandanten waren verschlossen gewesen, man konnte spüren, daß sie versuchten, Beaumonts Pläne zu erraten.

Die Flottille sollte wieder als Team zusammenarbeiten und sich nicht zwischen Geleitschutz und Patrouillendienst aufreiben. Das hatte reges Interesse geweckt, und Beaumonts Stimme hatte an Schärfe zugenommen. Jedes Schiff mußte sich in seiner neuen Rolle bewähren. Beaumont hatte erregt und engagiert gesprochen und jeden Zweifel abgewürgt.

Nur einer hatte offen opponiert.

Der Kommandant der *Ventnor*, Kapitänleutnant Selkirk, ein gestandener Mann, der vor dem Krieg Erster Offizier auf einem Südamerikafrachter gewesen war, hatte sich erlaubt zu fragen: »Was ist, wenn unsere alten Kästen den neuen Anforderungen nicht mehr gerecht werden? Unsere Schiffe können zwar Routineaufgaben immer noch bewältigen, aber nicht die Arbeit brandneuer Flottenzerstörer tun.«

Beaumont sah ihn kühl an. »Ein Schiff ist nur so gut wie sein Kommandant. Und ich habe die Ermächtigung zu jeder personellen Änderung, die ich für nötig halte.« Schlagartig wurde er wieder charmant: »Aber lassen Sie uns doch über *Erfolge* reden!«

Wenn man Charme als Waffe einsetzen konnte, beherrschte Beaumont diese Kriegsführung ausgezeichnet. Nach seinem vierstündigen Vortrag hatte er ihnen Glück gewünscht.

Drummond fuhr fort: »Wir werden Harwich in zwei Tagen verlassen. Bis dahin werden Sie die Mannschaft so fit wie möglich machen. Lernen Sie die Männer kennen, teilen Sie sie neu ein, wenn Sie es für sinnvoll halten. Fragen Sie natürlich zuerst unsere Nummer Eins, ich kann's nicht brauchen, daß er mit mir schmollt.«

Einige lachten.

Er sah, daß der Vorhang vor der Pantry zitterte. Die Stewards würden die neuesten Nachrichten schon unters Volk bringen.

Wingate fragte: »Wohin geht es, Sir?«

»Zuerst nach Falmouth.« Er sah das allgemeine Erstaunen. »Das weitere werden Sie früh genug erfahren.« Er lächelte. »Sobald ich es weiß.«

Wingate stieß einen leisen Pfiff aus. »Das wird ein ganz schönes Loch in die Harwichflotte reißen.«

Drummond blickte zur Seite. »Ersatz für uns ist im Anmarsch. Vier neue Zerstörer aus Rosyth, zwei amerikanische Geleiter und ein paar französische Korvetten von de Gaulle. Ich denke, das reicht.«

Aber er wußte, was Wingate gemeint hatte. Ihr alter Klub mit den bekannten Schiffen und Gesichtern würde platzen. Vorbei die Angst, wenn einer der Kameraden mit Schlagseite und durchlöchert in den Hafen gehumpelt kam, der Stolz, wenn die begeisterten Männer an der Reling wie die Verrückten brüllten, sobald ein Schiff einlief, das ein U-Boot versenkt hatte. Vorbei auch die Erinnerung an die, die niemals wiederkommen würden.

Vielleicht war es gut so. Wenn man zu lange denselben Job machte, wurde man nachlässig. Wieder sah er Frank umfallen und die vorwurfsvollen Augen von Helen. *Warum er?*

Plötzlich fühlte er sich müde. Er wollte in seine Kajüte gehen und über Beaumonts Plan nachdenken. Es war offensichtlich, daß der Mann über gute Verbindungen nach ganz oben verfügte. Zu Nick Brooks zum Beispiel. Aber was konnte eine Flottille so alter Zerstörer noch bewirken?

Sie würden in zwei Gruppen durch den Kanal schlüpfen. Die *Lomond* mußte zurückbleiben, um noch Reparaturen auszuführen, und Beaumont würde auf die *Warden*, den Unterführer, übersetzen. Ihr

Skipper Hector Duvall, ein bärtiger, wortgewaltiger Commander, würde sich bedanken, daß er den neuen Kapitän als Passagier, Vorgesetzten und Henker in einer Person an Bord hatte.

Hillier meinte heiter: »Na prima, Jungs, unter Beaumonts Kommando werden wir uns bald einen Namen machen.«

Galbraith erwiderte trocken: »Hoffentlich mag ich den Namen.«

Drummond blickte Sheridan an. »Alles andere überlasse ich Ihnen, Nummer Eins.« Er nickte den Offizieren zu. »Wir werden uns bald besser kennenlernen.« An der Tür blieb er kurz stehen. »Vielen Dank für den Drink.«

Nachdem sich die Tür geschlossen hatte, ging eine wilde Diskussion los.

Wingate bohrte nach: »Was tippen Sie, Nummer Eins, wird es das Mittelmeer oder der Atlantik?«

Sheridan schüttelte den Kopf. »Weder noch, Beaumont hat anderes im Sinn.«

»Sie können ihn nicht leiden, was?«

»Ich kenne ihn nicht mal.« Sheridan blickte ihn nachdenklich an. »Aber er soll ein Held sein. Wahrscheinlich müssen wir jetzt auch Helden werden.«

Drummond fror in seinem Brückenstuhl und schob beide Hände tiefer in seinen Dufflecoat. Es war fast Mitternacht. Die Brise, die über die Brückenfenster wehte, war eiskalt, auch wenn der Tag sonnig gewesen war.

Die Bordroutine nahm ihren Fortgang, Männer duckten sich um die Geschütze, Stimmen murmelten in Sprachrohre und Mikrophone. Die Wachen wechselten.

Es war eine ereignislose, aber trotzdem angespannte Fahrt durch den Kanal gewesen. In den klaren, mondlosen Nächten hatten die Schnellboote an der Ostküste wahrscheinlich wieder viel zu tun gehabt. Die Funkbude hatte ihn auch mit den letzten Nachrichten über den anderen Krieg versorgt, den in der Heimat. Ganze Familien quetschten sich jetzt nachts in Keller oder vergleichsweise bequeme Luftschutzbunker. Sie lauschten auf das Dröhnen der Bombermotoren, das Hämmern der Flak. Am nächsten Morgen krochen sie wieder hervor, um nachzusehen, was übriggeblieben war, und dann wieder an die Arbeit zu gehen. Es war schon merkwürdig: Die Frauen waren so besorgt um ihre Söhne und Männer im Feld, daß sie sich oft keine Gedanken über das eigene Risiko machten. Dabei waren die zivilen

Opfer zahlreich. Im Augenblick tobte wieder ein schwerer Luftangriff über dem East End Londons.

Drummond wandte den Kopf nach Steuerbord. In Richtung der Küste war alles dunkel und friedlich. Nur das gleichmäßige Rumoren der Maschinen und das Klatschen der Wellen war zu hören.

Er merkte, wie Sheridan von Rankin die Wache übernahm. Das Übliche: Kurs, Geschwindigkeit, Wetter, ist noch Kakao da?

Die Gruppen wurden kleiner, die verbleibenden Männer richteten sich für die nächsten vier Stunden auf ihren Stationen ein.

Aus einem Sprachrohr erklang eine Stimme: »Vollmatrose Jevers am Ruder, Sir. Kurs zwei-sechs-fünf. Umdrehungen eins-eins-null.«

Drummond dachte über Quartermaster Jevers nach. Seit sechs Monaten an Bord. Seine Frau war mit einem amerikanischen Soldaten durchgebrannt. Mangin hatte ihm erzählt, wie verzweifelt Jevers immer die Post durchwühlte. Er schien nicht begreifen zu wollen, daß sie ihn endgültig verlassen hatte.

Sheridan kam über die Brücke, seine Gestalt hob sich schwarz von der grauen Farbe ab.

»Steuerbordwache auf Gefechtsstation, Sir.«

»Danke.« Drummond zog seine Pfeife heraus und schob sie in den Mund. »Es ist erstaunlich ruhig. Wenn man sich vorstellt, daß querab jetzt Brighton liegt ... Im Frieden wären die Lichterketten der Promenade und Piers meilenweit zu sehen. Jetzt wirkt es wie das Schwarze Loch von Kalkutta.« Er sah zu, wie Sheridan die Kreiseltochter kontrollierte. »All die Möchtegern-Nelsons liegen dort in ihren weichen Betten und sorgen sich um ihren Einsatz.«

Sheridan grinste. »Der junge Keyes hat mir von der *King Alfred* erzählt. Die Jungs sind fast vor Angst gestorben, daß der Krieg aus sein könnte, bevor sie ihren Kolbenring bekommen haben.«

»Und was denken Sie, Nummer Eins?«

In der Stille konnte er förmlich hören, wie Sheridan die Antwort abwog. Füße scharrten auf Stahl, aus dem ASDIC-Raum erklang das regelmäßige, beruhigende Piepsen des Ortungsgeräts.

»Der Krieg wird noch Jahre dauern. Eigentlich kann ich mir nicht vorstellen, daß wir jemals wieder Frieden haben werden. Ihnen mag das merkwürdig vorkommen, Sir. Sie stammen doch bestimmt aus einer Marinefamilie, da sind Sie an Kriege gewöhnt.«

Drummond schüttelte den Kopf. »Soviel ich weiß, bin ich der erste Seemann in der Familie. Mein Vater war beim Heer.«

Sheridan blickte ihn an. »Wirklich, Sir? Meiner auch, allerdings war er nur im Krieg aktiv.« Seine Stimme wurde härter. »Er hat mich manchmal schockiert. Aber ich war ein Narr, weil ich nicht begriffen habe, was er mir und anderen beibringen wollte.«

»Ihr Vater ist schwer verwundet worden, nehme ich an?«

»Das ist richtig, Sir. Bei Menin Gate haben ihn die Schrapnells in beiden Beinen und im Rückgrat erwischt. Er mußte im Rollstuhl leben, vor einem Jahr ist er gestorben. Ich denke jetzt häufig an ihn.«

Unterleutnant Hillier, der zusammen mit Sheridan auf Wache war, rief nervös: »Boje B-7 eine Meile an Steuerbord querab, Sir.«

»Danke, Sub.« Sheridan rieb sich das Kinn. »An jedem Heldengedenktag rollte sich mein Vater auf die Straße und fuhr unablässig herum. Ein Busfahrer hat gedroht, daß er ihn überfahren würde.« Er kicherte. »Wenn ihm meine Mutter deshalb Vorwürfe machte, brüllte er: ›Was zum Teufel wissen diese Klugscheißer vom Krieg? Sie stehen mit feierlichen Gesichtern herum und fühlen sich als Helden! Sie hätten den Schlamm, die Läuse und die blutigen Leichen erleben sollen! Bei Menin Gate konnten wir sie nicht mal mehr begraben, sie waren zu aufgedunsen!‹ Seltsam, daß viele Männer, die er damit besonders provozierte, wie er im Krieg gewesen waren. Es schien, als stünden ihm die Toten näher als die Lebenden.«

»Wahrscheinlich.«

Drummond blickte auf seine Uhr. Ein paar Stunden Schlaf in der Kammer hinter dem Kartenhaus würden ihm guttun. Die beiden Tage in Harwich waren hektisch gewesen. Die Übungen hatten sich überschlagen, um die neuen Männer vor der Überfahrt nach Falmouth einzugliedern. Nun standen die anderen Zerstörer vor und hinter der *Warlock*, jeder operierte unabhängig. Und auf der *Warden* fuhr Beaumont mit.

Drummond freute sich, daß er mit Sheridan auch persönliche Dinge besprechen konnte. Er schien ihn schon monatelang zu kennen. Ob auch Frank über so private Probleme gesprochen hätte? Vielleicht hatte er ihn doch nicht so gut gekannt, wie er dachte.

Sheridan fragte leise: »Lebt Ihr Vater noch, Sir?«

»Nein.«

Drummond dachte an sein schottisches Zuhause bei Dundee. An die Parade des Bataillons am Sonntag oder bei besonderen Anlässen. Vielleicht hatte er deshalb sein Glück lieber in Dartmouth gesucht? Sein Vater war in Frankreich gewesen wie so viele andere auch. Niemand wußte, was passiert war. Er war eines Nachts mit seinem Kabeltrupp hinausgegangen in diese Mondlandschaft aus Kratern, Leuchtkugeln und Stacheldraht, und keiner war wiedergekommen. Natürlich konnte sich Drummond nicht mehr an ihn erinnern. Seine Mutter wollte nur selten über ihn sprechen, denn sie hatte nach dem Krieg wieder geheiratet, einen Regimentskameraden seines Vaters. Drummond hatte nie herzlichen Kontakt zu ihm bekommen, obwohl sich sein Stiefvater sehr um ihn bemühte. Er war ein großer, fröhlicher Mann mit Khakijacke und Kilt. Wahrscheinlich hatte er immer nur seinen wirklichen Vater hinter all dem Gelächter gesucht.

»Er ist in Frankreich gefallen.«

Er schwieg und hörte, daß Sheridan auf die andere Seite der Brücke ging, um mit Hillier zu sprechen.

Vielleicht hatte er deshalb Helen gesagt, daß er niemals im Krieg heiraten würde? Er hatte immer nur seinen eigenen Vater vor Augen, einen ernst dreinblickenden Leutnant auf einer bräunlichen Fotografie, die er in einer Schublade seiner Mutter gefunden hatte.

Über das Wasser war das Läuten einer Glockentonne zu hören, dort lag ein Wrack. Der Zerstörer war vor ein paar Monaten auf eine Mine gelaufen. Hoffentlich benutzte Hillier die ruhige Überfahrt dazu, soviel wie möglich zu lernen. Er hörte, wie Sheridan sagte: »Ich gehe mal kurz in den ASDIC-Raum, Sub, übernehmen Sie.«

Hillier murmelte etwas und trat an die Frontscheiben. Drummond drehte sich in seinem Stuhl herum.

»Na, wie geht's, Sub?«

Hillier versuchte sich zu entspannen. »Ganz gut, Sir.« Er blickte nach achtern zu dem kleinen Stahlkabuff, wo Sheridan verschwunden war. »Ein komisches Gefühl ist es trotzdem, Sir.« Er grinste. »Aber im Zweifel kann ich Sie ja fragen, nicht wahr?«

Drummond lächelte. Dieser Neuseeländer war ein ganz anderer Typ als Tyson, der zweite Unterleutnant. Zuerst hatte er Tysons Verhalten der Trauer um seinen verschollenen Bruder zugeschrieben, war jetzt aber sicher, daß dem nicht so war. Tyson war arrogant und ungeduldig mit Untergebenen, stritt sich mit seinen Kameraden und schwieg verbissen, wenn ihn ein Vorgesetzter rügte.

»Sollte man annehmen. Sie kommen aus Dunedin?«

»Das ist richtig, Sir. Mein Vater ist dort Arzt, aber ich habe immer die See geliebt. Wenn dieser Mist hier vorüber ist, werde ich versuchen, in der Navy zu bleiben.« Er kicherte. »Oder auf so ein großes Fahrgastschiff zu kommen, wo alle Frauen hinter den schmucken Offizieren her sind.«

Sheridan kam zurück und meinte knapp: »Sagen Sie dem Quartermaster, daß er besser Kurs halten soll, Sub! Unser Heck wackelt hin und her wie ein Lämmerschwanz!«

Hillier eilte zum Sprachrohr, stolperte aber im Dunkeln beinahe über eine Gräting.

Leise murmelte Dummond: »Es war mein Fehler, Nummer Eins. Ich habe ihn abgelenkt.«

Sheridan hob sein Glas, um brechende Seen an Steuerbord zu beobachten. Ein springender Fisch, auffliegende Vögel – jedenfalls kein U-Boot. Er seufzte. »Mein ehemaliger Kommandant hat sich immer rausgehalten, wenn ich meinem Assistenten Feuer unter dem Hintern machte. Ich bin gut mit ihm ausgekommen.«

Drummond biß auf den kalten Pfeifenstiel. Da war es wieder. Sheridan trauerte immer noch dem Kapitän nach, der sich nach der Untersuchung über den Untergang der *Conqueror* erschossen hatte.

»Vielleicht wußte er, was wirklich wichtig ist, Nummer Eins. Ich vermute, daß Ihr Vater ihn verstanden hätte – wahrscheinlich besser als jeder andere. Ein Mann muß durch alle Höllen gegangen sein, um einem anderen in der ersten helfen zu können.«

Ein Bootsmannsmaat murmelte in ein Sprachrohr, dann meldete er: »Vom Funkraum, Sir: Entwarnung für London. Keine feindlichen Flugzeuge mehr.«

»Danke.«

Vor seinem inneren Auge sah Drummond die Bomber über den Kanal fliegen und auf ihre Basen in Frankreich, Holland und Belgien einschweben. Viele Besatzungsmitglieder der *Warlock* stammten aus London. Er hoffte, daß in Falmouth keine Telegramme auf sie warten würden: *»Kommen Sie sofort. Ihre Familie wurde gestern ein Opfer der Bombenangriffe«.*

Plötzlich unterbrach Sheridan seine Gedanken. »Unsere neue Aufgabe, Sir, hat sie was mit der Invasion zu tun?«

»Indirekt sicherlich. Aber wo genau wir unseren Platz haben, weiß ich noch nicht.« Er rutschte von seinem Sessel und reckte die Arme. »Wecken Sie mich, wenn etwas unklar scheint. Ich hau' mich aufs Ohr.«

Steifbeinig ging er zum Niedergang, vorbei an Hilliers blaßem Gesicht. Ein schwaches Nachtlicht wies ihm den Weg zu seiner Brückenkammer. Aus dem Kartenraum hörte er Klappern und Gesprächsfetzen, im Funkraum klickte die Morsetaste. Die Brücke war wirklich entsetzlich klein, aber mit allen anderen Teilen des Schiffes über Sprachrohre und Telefon verbunden. So bekam er alle nötigen Informationen und Beobachtungen. Die Brücke war das Gehirn des Schiffes.

Er schloß die Tür und warf seine Mütze auf das Bücherregal. Auch hier kaum Bewegungsraum. Das Bullauge war dicht verschlossen, deshalb kam nur durch einen Ventilator verbrauchte, stinkende Luft herein. Er dachte an Beaumont, an Frank und an das Schiff, dessen Bewegungen er durch die Matratze spürte.

Das Telefon neben der Leselampe klingelte, mit einem schnellen Griff packte er den Hörer. »Kommandant.«

»Hier ist der Erste, Sir. Wir müssen in zwei Minuten Kurs ändern.«

»Ich komme.« Also mußte er schließlich doch eingeschlafen sein. Er legte den Hörer zurück und rieb sich heftig die Augen. Das war es, was einen schließlich fertigmachte: der Schlafmangel.

Er stand auf und glich die ungleichmäßigen Bewegungen des Schiffes automatisch aus. Starke Dünung, das mußte der Reflektionsschwell von Selsey Bill sein. Dieses verdammte Telefon, daran würde er sich nie gewöhnen. Beim Aufwachen zog sich der Magen sofort zusammen, das Hirn arbeitete fieberhaft. Er mußte an einen anderen Kapitän denken, der vom Telefon geweckt worden war. Als er erwachte, war die Tür aufgesprungen und die See hereingeströmt. Das Schiff war schon auf dem Weg zu den Fischen – und er hatte die Explosion nicht gehört. Nur das Telefon. Der Mann hatte überlebt, jedenfalls für sechs Monate.

Er drückte sich die Mütze auf den Kopf und hängte sich das Fernglas um. Beim Verlassen der Kammer sah er einen Bootsmannsmaaten, der mit einer Büchse Milch zur Brückenleiter lief.

Der Mann erstarrte, dann grüßte er schnell: »Guten Morgen, Sir. Etwas frisch oben.« Er versteckte die Büchsenmilch hinter seinem Rücken.

Drummond lächelte. »Guten Morgen, Toogood. Besorgen Sie mir bitte Kakao, wenn's geht.«

Er griff nach dem Handlauf der Treppe und stieg hinauf. Es war schon komisch, wenn man darüber nachdachte. Der Bootsmannsmaat hatte Milch für die Schiffskatze Badger besorgt. Jeder wußte von der Katze, aber niemand erwähnte sie jemals. Der ehemalige Kommandant hatte etwas gegen Haustiere auf seinen Schiffen gehabt. Andererseits ignorierte Badger gleichmütig den größten Teil der Besatzung. Nur den Mitgliedern der Heizermesse, wo sie schlief, erlaubte sie gnädig, ihr Futter zu besorgen.

Die Luft oben war eisig. Er sah Sheridan an der Kreiseltochter warten.

»Alles ruhig, Nummer Eins?«

Er zog sich in seinen Sessel. Die Armlehnen waren feucht und kalt.

»Nicht viel passiert, Sir. Ein Frachter sinkt beim Wolf Rock. Ursache unbekannt, wahrscheinlich eine Mine. Wir werden vor 0400 Uhr einen ostgehenden Konvoi passieren, und dann laufen uns ein paar Minenräumer aus Richtung Portland entgegen.«

Füße schlurften über die Gräting, und der Bootsmannsmaat reichte ihm einen Henkelbecher mit heißem Kakao.

»Da steht der Löffel drin, Sir.«

Sheridan beugte sich über den Kompaß. »Backbord fünfzehn.« Er blickte auf Hillier herunter. »Vergleichen Sie es mit der Karte, Sub, wir sollten auf Kurs sein. Mittschiffs. Recht so. Kurs zwei-drei- fünf.«

Weit im Binnenland glühte ein roter Feuerschein auf, aber man konnte nicht abschätzen, wie weit entfernt. Vermutlich eine Bombe mit Zeitzünder.

»Radar-Raum an Brücke.«

Sheridan griff nach dem Hörer. »Brücke.«

»Schwache Echos in Grün null-zwei-fünf, Sir. Vermutlich die Minensucher aus Portland.«

»Danke, Yates, behalten Sie sie im Auge.« Und an die Ausguckleute: »Ihr habt es gehört, haltet die Augen offen!«

Drummond schlürfte den dickflüssigen, süßen Kakao, der heiß in seinem leeren Magen explodierte. Das tat gut. Sheridan hatte sich sogar den Namen des Radarbeobachters gemerkt, das sorgte für Vertrauen und unterbrach die Anonymität der Nachtwache. Zweifel oder die Angst, von einem arroganten Vorgesetzten angepfiffen zu werden, konnten wichtige Sekunden kosten. Konnten entscheidend sein.

Ein Licht blinkte dicht über dem Wasser auf, der wartende Signalgast antwortete prompt. Alles lief gut. Aber je eher sie in Falmouth ankamen, desto besser.

Sheridan warf unter der Segeltuchhutze des Kartentischs einen Blick in die Karte. Als er wieder auftauchte, sah er Drummonds Kopf schlafend im Rhythmus der Wellen hin und her rollen. Er grinste und dachte: Na, jedenfalls vertraut er mir.

Der Bootsmannsmaat meldete: »Wir stehen wie befohlen auf der Kurslinie, Sir. Allerdings haben sie im Plotterraum ein paar Schwierigkeiten mit der neuen Karte.« Er verstummte gleichmütig, er hatte seine Pflicht getan.

Sheridan nickte ihm zu. »Danke, Sub, gehen Sie mal runter und benutzen Sie ein paar der Tricks, die man Ihnen beigebracht hat. Sollte alles versagen, geben Sie dem Plottisch einen Fußtritt.«

Fünf Minuten vor vier erschien Wingate auf der Brücke, um die Wache zu übernehmen.

Kurs, Geschwindigkeit, Wetter. Noch Kakao in der Messe?

Die abgelösten Männer polterten hinunter, um noch ein paar Stunden Schlaf zu erhaschen. Sie rollten sich auf Messetischen, engen Bänken und kleinen Verschlägen zusammen, die sie mit Konservenbüchsen und Munition teilen mußten. Es war eigentlich nicht gestattet, auf See die Hängematten auszubringen, trotzdem schaukelten viele herum. Ihre glücklichen Benutzer krochen in die warmen Kissen. Ihre Schwimmwesten und Seestiefel lagen griffbereit für den Fall, daß der schrille Klang der Alarmglocke sie hochreißen sollte.

Hillier lag in seiner Koje unter dem schnarchenden Leutnant Rankin und starrte in die Dunkelheit. Er dachte an Dunedin und das Mädchen, das ihm versprochen hatte, in Neuseeland auf ihn zu warten. Er konnte sich kaum noch ihr Gesicht vorstellen. Das war seltsam, denn er war mit ihr zusammen aufgewachsen.

In seiner weißgestrichenen Koje neben dem Lazarett lag der Arzt ebenfalls wach. Sein Magen rebellierte gegen die rollenden Schiffsbewegungen und den Gestank nach Öl und Kohl. Dazu kamen die scharfen Gerüche seiner Abteilung. Neben seiner kleinen Kammer hörte er den Ersten Sanitätsgast Froud im Schlaf stöhnen. Da knipste Sanitätsleutnant Adrian Vaughan seine Leselampe an und tastete nach seiner Brille. Er würde etwas lesen, um sich abzulenken.

Sanitätsgast Froud drehte sich in seiner Koje um, als der Lichtstrahl unter der Tür durchfiel, grunzte und zog seinen Pyjama enger um den Körper. Er hatte schlecht geträumt. Das Schiff war abgesoffen, und er hatte in der Falle gesessen. Aber dann hatte ihn ein großer hübscher Matrose gerettet – natürlich, denn Froud hegte eine heftige Abneigung gegen Frauen.

Im hellerleuchteten Gang des Maschinenraums sang der Oberheizer Soapy Hudson aus voller Kehle, während er langsam zwischen seinen glitzernden Maschinen herumging. Nur seine Lippen bewegten sich, die Töne gingen im Röhren der Maschinen und dem Heulen der Ventilatoren unter. Ein paar Männer in Kesselanzügen krochen oder hockten in dem schimmernden Durcheinander. Sie unterhielten sich mit Händen und Füßen. Eine gute Truppe, entschied Hudson. Die meisten hatten ihm an seinem Geburtstag einen Drink spendiert, und der Chief hatte sogar eine halbe Flasche Gin aus der Messe ausgegeben.

Seufzend griff er nach seinem Kontrollblock. Gin oder nicht, der alte Galbraith würde ihm einen Streifen abreißen, falls etwas nicht stimmte, wenn er seinen Rundgang vor dem Frühstück machte.

Vom Kommandanten, der in seinem Brückenstuhl döste, bis hin zur Katze, die zusammengerollt in ihrer eigenen Hängematte in der Heizermesse schlief, wurden sie alle gleichmütig von der *Warlock* getragen. Sie war nicht interessiert an ihren privaten Hoffnungen und Enttäuschungen, brauchte die Männer nur für ihre eigenen speziellen Belange.

Sie hatte ihre Atempause gehabt. Jetzt ging es wieder an die Front.

Der Köder

Sheridan stürmte in die Kajüte des Kommandanten. »Sie wollten mich sprechen, Sir? Tut mir leid, daß ich nicht schneller kommen konnte, ich war an Land.« Befremdet sah er, daß Wingate bereits anwesend war. Er lümmelte in einem Sessel und hatte die Beine übereinandergeschlagen.

Lächelnd erwiderte Drummond: »Kein Beinbruch, Nummer Eins. Setzen Sie sich und nehmen Sie sich einen Drink, wenn Sie mögen.«

Sheridan schüttelte den Kopf. »Danke, es ist zu früh.«

Wingate grinste breit. »Na, Sie werden gleich einen brauchen, wette ich.«

»Die Befehle?« Sheridan konnte eine gewissen Schärfe in seiner Stimme nicht unterdrücken.

Vor zwei Tagen waren sie in Falmouth eingelaufen, und inzwischen waren auch die anderen angekommen. Wie die sieben Zerstörer es geschafft hatten, im überfüllten Hafen noch einen Liegeplatz zu finden, war ein wahres Wunder. Da lagen Geleiter, bewaffnete Fischdampfer, Versorger und brandneue Landungsschiffe. Während die Offiziere zwischen ihren Schiffen und den Stabsgebäuden hin und her eilten, genossen die Besatzungen die neue Umgebung. Selbst der überfüllte Hafen, die schweren Befestigungen und die unaufhörlichen Truppenbewegungen konnten ihnen den Spaß nicht verderben. Hinter dem Hafen erstreckten sich grüne Hügel, freundliche kleine Häuser lagen an den Hängen oder am Ufer des lieblichen Helford River. Das alles unterschied sich vom grauen Himmel, den Sperrballons, den Luftangriffen und den Ostküstenkonvois wie Schlagsahne von Trockenei.

Sheridan war fast den ganzen Nachmittag an Land gewesen, hatte die würzige Luft tief in die Lungen gesogen und die Sonne genossen. Ihre Befehle würden früh genug eintreffen. Wahrscheinlich wurden sie schon jetzt in einem staubigen Admiralitätsbunker geschrieben. Damit konnte Sheridan wie die meisten jungen Männer im Krieg leben. Er wußte, wenn seine Uhr abgelaufen sein sollte, war es sowieso egal. Aber der Anblick des lässigen Wingate, der ihn angrinste und offensichtlich die Befehle schon kannte, ärgerte ihn. Er kam sich vor wie ein Kind, dessen Lehrer hinter seinem Rücken abfällige Bemerkungen über ihn macht.

Er blickte auf Wingates Ärmel; vielleicht war das die Erklärung: Berufssoldaten gegen Amateure.

Drummond unterbrach seine Gedanken. »Wir werden um Mitternacht auslaufen. Stellen Sie sicher, daß alle Landgänger um 2100 Uhr an Bord sind. Wir laufen mit vier Schiffen aus, *Warlock*, *Whirlpool*, *Waxwing* und *Ventnor*.« Er lächelte verhalten. »Damit sind wir das Führungsschiff.«

Wingate stöhnte. »Das bedeutet, daß Kapitän Beaumont zu uns an Bord kommt.«

»Darf ich fragen, wohin wir fahren?«

Drummond blickte ihn neugierig an. »Pilot* hier und ich sind gerade die Karten durchgegangen. Offiziell fahren wir als Reserve mit im Schutzschirm eines Gibraltargeleits. *Offiziell*! Alles andere ist streng geheim, Nummer Eins.«

Alles andere hätte mich auch sehr gewundert. Sheridan riß sich zusammen. »Und der Rest der Flottille?«

»Oh, der geht unter Leitung des Unterführers in den Bristolkanal, um mit der Armee zu üben. Uns bleibt das rauhe Leben.« Drummond machte eine Pause, um seine Pfeife anzuzünden. »Die Deutschen sind sehr an allen Konvois zum Mittelmeer interessiert. Sie rechnen mit einer Invasion und sammeln alle Informationen über Schiffe, Ausrüstung, Fahrzeuge und Truppenbewegungen. Versprengte Konvoier, Havaristen und Nachzügler sind in größter Gefahr. In den letzten Wochen sind einige Schiffe ziemlich dicht an neutralen Hoheitsgewässern

* Spitzname für den Navigationsoffizier, von pilot = Lotse

versenkt worden.« Er breitete die Karte der Biskaya aus. »Hier an der Nordwestecke Spaniens, aber auch weiter südlich, nicht weit von Gib. Der Geheimdienst ist beunruhigt.«

»Die besagten Schiffe fuhren immer allein?« Trotz seines Ärgers sah Sheridan den Kern in Drummonds Ausführungen.

»Mehr oder weniger. Ein oder zwei verloren den Anschluß an einen schnellen Konvoi und liefen aus Sicherheitsgründen dicht unter die Küste. Ein anderes hatte Maschinenschaden und suchte vor einem aufziehenden Sturm Schutz.«

Wingate meinte: »Nun, daran ist doch nichts rätselhaft. Ein U-Boot hat sie geknackt, oder sie sind auf Treibminen gelaufen.«

Sheridan antwortete: »Dem kann ich nicht zustimmen. So nahe an neutralen Gewässern ist das ein merkwürdiger Zufall. Wir hätten etwas gehört.«

Wingate lachte. »Sie bezeichnen Spanien als *neutral*?«

»Offiziell.« Drummond unterbrach schnell, er hatte die Spannung zwischen ihnen gespürt. »Aber es gibt zwei Details, die kein Zufall sein können. Bei mehreren dieser Zwischenfälle befand sich ein spanischer Frachter in der Nähe. Unser Geheimdienst hat herausgefunden, daß es die *Aragon* war. Sie ist in der Küstenfahrt eingesetzt, kommt aber auch schon mal bis Irland. Sie fährt unter spanischer Flagge, doch die Eigentumsverhältnisse sind etwas verworren. Niemand weiß Genaues.«

»Sie erwähnten *zwei* Details, Sir.«

»Ja.« Der Pfeifenrauch stieg zur Decke, wo er sofort von einem Lüfter geschluckt wurde. »Alle Angriffe fanden nur bei ruhigem Wetter statt. War das Wetter rauh, blieben andere Schiffe mit gleichen Schwierigkeiten unbehelligt.«

Düster erwiderte Wingate: »Das schließt U-Boote aus, die scheren sich einen Dreck ums Wetter. Auch Minen scheiden aus, denn sogar die spanische Regierung würde protestieren, falls die Krauts sie so dicht vor der Küste legen würden.« Er zwinkerte Sheridan zu. »Sie hatten wieder mal recht, Nummer Eins. Kein Wunder, daß ich nur so knapp durch die Prüfungen gekommen bin.«

Sheridan erwiderte das Lächeln, Wingates offene Art beschämte ihn. »Es waren nur Vermutungen.«

»Vermutungen oder nicht, wir werden den Spanier am Sack pakken, sobald er auch nur den leisesten Versuch macht, sich einzumischen.«

Sheridan starrte ihn an. »Das kann Ärger geben.«

»Wir haben bereits Krieg, Nummer Eins.« Drummond blickte ihn ruhig an. »*Der* Ärger reicht mir. Aber ernsthaft, wir müssen herausfinden, was los ist. Beaumont hat mich informiert, daß ein entsprechender Köder ausgelegt wurde. Alles andere hängt vom Wetter ab und von uns.«

Wingate grinste. »Ich habe Ihnen ja gesagt, daß Sie einen Drink brauchen, Nummer Eins.«

»Soll ich die Besatzung informieren, Sir?«

»Sagen Sie noch nichts, erst wenn wir draußen sind. Der Einsatz könnte schiefgehen, oder der Geheimdienst hat sich geirrt.« Er lächelte kurz. »Beinahe hätte ich *wieder mal* gesagt. Unsere Männer sollen ruhig glauben, daß wir Geleitschutz fahren. Die Umstände sind günstig, ein großer Konvoi von Halifax nach Liverpool und ein zweiter von England nach Freetown hält die U-Boote in Atem. Unser Köder setzt sich von einem schnellen Geleit aus Libertyschiffen ab. Das ist alles, was ich Ihnen sagen kann.« Er nickte ihnen zu. »Dann wollen wir mal wieder.«

Wingate stand auf und faltete sorgfältig seine Karten zusammen. »Ich werde mich einschließen und alles ausarbeiten.«

Sheridan bohrte: »Kommt Kapitän Beaumont bald an Bord, Sir?«

»Nach Sonnenuntergang. Sobald es dunkel ist, lassen Sie bitte unsere Unterscheidungsnummer übermalen. Die anderen drei Zerstörer tun das auch. Man muß uns ja nicht gleich identifizieren können, falls wir hier Beobachter haben.«

Sheridan griff nach seiner Mütze und folgte Wingate.

In seiner Kajüte trat Drummond ans offene Bullauge. Gebannt starrte er hinüber zu dem ersten Hügel hinter der Reede und den Schafen, die darauf weideten. Auch Menschen waren zu erkennen, sie sahen wie Ameisen aus. Er spürte, daß er die Fäuste ballte, bis sie schmerzten. Er hatte das plötzliche Verlangen, auch dort drüben durch das Gras zu laufen und seine Hände auf Ziegelmauern zu legen, die warm in der Sonne standen. Es wäre schön zu wissen, daß es jemanden gefreut hätte, ihn zu sehen.

Hinter ihm öffnete sich die Tür, und Owles murmelte: »Also nach Gib, Sir.«

Drummond drehte sich nicht um. »Ich dachte, das ist geheim. Woher wissen Sie es?«

Owles wich der Frage aus. »Nun, Sir, das lag doch auf der Hand.« Er tappte über den Teppich und deckte den Tisch zum Tee.

Drummond dachte seufzend an die nächsten Tage voller Wachsamkeit und Warten auf den richtigen Augenblick. Commander Duvall mußte Beaumont während der Überfahrt genervt haben, oder er war zu wertvoll, um auf den Spanier angesetzt zu werden. Allerdings schien Beaumont ihre Chancen optimistisch einzuschätzen, sonst hätte er sich rausgehalten.

Gleichmütig beobachtete ihn Owles. »Wird der andere Gentleman hier mit Kapitän Beaumont wohnen, Sir?«

Drummond fuhr herum. »Ein *anderer* Gentleman?«

»Ich dachte, Sie wüßten es, Sir. Er kommt vom Informationsministerium. Ein wichtiger Mann.«

Drummond blickte ihn starr an. Das hatte gerade noch gefehlt. Ein verdammter Kriegsberichterstatter, der Material für eine seiner dämlichen Sendungen brauchte: *Diese Nacht spreche ich zu Ihnen aus vorderster Front.* Oder: *Nur wenige Meter von meinem Platz entfernt bereitet sich der Feind auf einen Angriff vor.* Es hörte sich immer an, als kämpfe der Sprecher völlig allein auf weiter Flur.

»Na, jetzt weiß ich es ja! Gut, bringen Sie ihn hier unter. Aber sehen Sie zu, daß er mir nicht über den Weg läuft.«

Owles verschwand in seiner Pantry, er hatte Drummonds Ärger bemerkt. Er mochte den Kommandanten, obwohl er ihm für sein Alter zu ernsthaft war – und zu ledig. Er dachte an seine Schwester in Rochester. Schade, daß die ihn nicht in ihre Krallen bekam.

An Deck suchte Sheridan den Oberbootsmann, um ihm das Übermalen der Kennziffern aufzutragen. Mangin stand blinzelnd in der Sonne und hörte einem Seemann zu. Als sich der Matrose umdrehte, sah Sheridan, daß es Quartermaster Jevers war, dessen Frau mit dem Yankee durchgebrannt war.

Mangin seufzte. »Das Übliche, Sir, fragte nach Post. Er bekommt niemals welche, der arme Hund.«

Jevers ging langsam zur Back, um in der Hauptmesse zu verschwinden. Zuerst war es schwierig gewesen, sogar beängstigend. Jetzt konnte er es schon gelassener betrachten, wie ein Zuschauer ein gutes Theaterstück genießt. Aber was würden die anderen sagen, wenn sie die Wahrheit wüßten? Seine Frau Janice machte sich kein lustiges Leben mit dem Yankee, sondern lag unter den Trümmern seines Hauses in East London. Seine Erinnerung daran war kristallklar: das Krachen der Bomben, die wackelnden Wände, und ihr Mund, ein dunkles Loch. Sie hatte geschrien, aber er hatte nichts gehört. Er hatte auch nichts gefühlt, als er wieder und wieder mit dem Ziegelstein zuschlug. Wenn ihre Leiche inzwischen entdeckt worden war, hatte man sie sicherlich als weiteres Bombenopfer beerdigt. Falls man ihn verdächtigte, hätte er es inzwischen hören müssen. Er ballte die Fäuste und versuchte, ihren Namen auszusprechen: Janice, du verdammte, blöde Kuh...

Chiefquartermaster Rumsey kam die Treppe von der Back heruntergeklettert, ein Handtuch und eine Badehose unterm Arm. Er sah Jevers an und fragte: »Alles klar, Junge?«

Jevers nickte und achtete sorgfältig auf seinen Ton, als er antwortete: »Ja, danke, Harry. Ich hab' nur mal nachgeschaut, ob Post gekommen ist.«

Befriedigt sah er, wie sich Rumseys Züge umwölkten. Die Mitleidstour funktionierte immer, da war er völlig sicher.

Unterleutnant Victor Tyson wanderte die andere Schiffsseite entlang zum Quarterdeck. Er war zweiundzwanzig, hatte aber schon tiefe Falten um Augen und Mund. Humorlosigkeit und Perfektionismus waren seine besonderen Eigenschaften. Seine Uniform saß immer perfekt, seine Mütze – ohne Draht im Deckel – thronte in einem verwegenen Winkel auf dem Kopf, was eigentlich nicht zu ihrem Träger paßte. Bei einer Parade hatte mal jemand spaßhaft gefragt: »Ich möchte zu gern wissen, welche Uniform sich solch einen Mann leistet?« Es war scherzhaft gemeint, aber Tyson war vor Wut fast außer sich gewesen.

Er kam von der Back, wo er den Festmacher überprüft hatte, der sie mit der Muringtonne verband. Ein paar Matrosen hatten sich dort in Badehosen gesonnt wie verdammte Urlauber in Southend. Die hatte er barsch zusammengestaucht, was ihn jetzt noch freute.

Er hörte längsseits ein Planschen und blieb stehen, um die Schwimmer zu beobachten. Ein Rettungsboot hielt sich in ihrer Nähe. Tyson erstarrte, als Fähnrich Keyes halb aus dem Wasser schoß und einem anderen einen Gummiball zuwarf. Tyson fühlte sich angeekelt. Was dachte sich dieser Lümmel? Schließlich kam er doch aus einer guten Familie!

Tyson beugte sich über die Reling. »Mr. Keyes!«

Der Fähnrich drehte sich um und trat Wasser, seine Augen waren vom Salz gerötet. »Ja?«

»Ja, *Sir*! Ich bin der W. O., erinnern Sie sich?«

Die anderen Schwimmer verdrückten sich mit dem Ball.

Tyson brüllte: »Badestunde ist nur für das gemeine Volk, falls Sie das nicht wissen sollten!«

Keyes blickte ihn verblüfft an. »Ich dachte, es geht in Ordnung...«

Das machte Tyson nur noch wütender. Diese dumme Ignoranz! Er hätte Keyes gern an Deck gezogen und ihm in den nackten Arsch getreten, bis er die Lektion verstand.

»Sie sind der W. O.?«

Tyson fuhr wutschnaubend herum und erblickte einen Kapitänleutnant, von dem er wußte, daß er der Operationsoffizier der Basis war.

»Jawohl. Ich meine, jawohl, Sir.«

»Mir kamen schon Zweifel.« Die Augen des Offiziers waren kühl. »Ich dachte, ich wäre in eine Transvestitenshow geplatzt!«

Tyson verschlug es die Sprache, das Blut pochte in seinem Kopf. Aber der Stabsoffizier fügte ungerührt hinzu: »Wenn ich an Bord komme, erwarte ich, daß der W. O. mich findet und nicht umgekehrt.«

Gemächlich entfernte er sich in Richtung Eingang, ohne Tyson noch eines Blicks zu würdigen.

Der W. O. beugte sich über die Reling.

»Das Wasser räumen! Alle Schwimmer an Bord!«

Aber als er genauer hinsah, fand er keine Schwimmer mehr. Nur Obermatrose Rumsey saß im Heck des Rettungsboots, blickte in Tysons hochrotes Gesicht und fragte: »Is' was, Sir?«

Tyson trat den Rückzug an.

Unten in der Kapitänskajüte schüttelte der Stabsoffizier Drummond grinsend die Hand.

»Das ist ja ein richtiger kleiner Bastard, den Sie da an Deck haben, Keith.«

Drummond nickte, konnte aber den Blick nicht von dem dicken Umschlag wenden, den der andere jetzt langsam öffnete.

Bastard oder nicht, wenn die Zeit kam, mußte Tyson genau wie der Rest von *Warlocks* Besatzung den Kopf hinhalten, dachte er bitter.

Drummond lehnte sich bequem in seinem Brückenstuhl zurück und klemmte seine Füße zwischen die Sprachrohre. Mit der ökonomischen Fahrt von zwölf Knoten schob sich *Warlock* durch die Seen. Es war abends, kaum ein Luftzug milderte die Hitze, die von den Stahlplatten abgestrahlt wurde. Vor drei Tagen hatten sie Falmouth verlassen, zusammen mit ihren drei Begleitern. Die ersten zwei Tage waren zirkusreif gewesen, denn Kapitän Beaumont hatte die Schiffe mit pausenlosen Blinksprüchen durcheinandergejagt: Kiellinie, Dwarslinie, dann mußten sie wechselweise das Kielwasser des Vorgängers kreuzen.

Jetzt standen die drei anderen Schiffe an Steuerbord außerhalb ihrer Sichtweite. Drummond hoffte nur, daß das Radar nicht gerade jetzt ausfiel.

Er hörte eine fremde Stimme unter sich in der Backbordnock: Miles Salter, Beaumonts Begleiter während des Einsatzes. Ihm war immer noch nicht klar, warum Salter an Bord war. Sollte er der Öffentlichkeit berichten, wenn alles gutging, oder sammelte er Material für das Informationsministerium? Vielleicht war er auch nur an Beaumont interessiert? Das würde erklären, warum dieser die Schiffe so vorgeführt hatte. Aber auch Drummond hatte es begeistert, wie die vier Zerstörer durch die lange atlantische Dünung gebraust waren – wie in alten Zeiten, als sie die Grand Fleet begleitet hatten.

Aber das war jetzt vorbei, *Warlock* schien von der restlichen Welt abgeschnitten. Auch die See hatte ein anderes Gesicht bekommen, kein Katzenpfötchen zeigte sich, nur der lange Schwell rollte heran. *Warlock* legte sich erst auf die eine Seite, schien minutenlang zu verharren, dann fiel sie auf die andere Seite. Es war noch schlimmer als die berüchtigte Nordseewelle. Drummond sah so manchen unglücklichen Seemann, der an die Reling stürzte und sich übergab.

»Darf ich hinaufkommen, Captain?«

Drummond nickte, ohne sich umzudrehen. »Bitte, bitte.«

Miles Salter war klein und dick. Seine Figur wurde noch unförmiger durch die Windjacke, unter der er immer eine Schwimmweste trug. Er mochte zwischen dreißig und vierzig Jahren alt sein. Beim Sprechen verdeckten die Lider die Augen, so daß man niemals sagen konnte, was er wirklich dachte.

Salter hielt sich an den Sprachrohren fest. »Heute abend werde ich lieber nichts essen.«

Drummond hörte, wie Sheridan, der W. O., etwas zu Hillier sagte, blickte aber weiter nach vorn. Der Himmel war hinter hellen Wolken verborgen, und vor der Kimm lag dichter Dunst.

»Ich wollte bloß mal sehen, wie sich die Dinge entwickeln«, fuhr Salter fort.

Langsam wandte sich Drummond ihm zu. Er hatte den Anfang des Gesprächs absichtlich Salter überlassen. Falls es nur einer seiner ziellosen Brückenbesuche war, würde er Sheridan und Hillier den Nerv töten.

»Kapitän Beaumont hat mich natürlich eingeweiht«, schloß der Mann vom Informationsministerium.

Natürlich.

»Wir laufen jetzt nahezu rechtweisend Süd.« Drummond deutete über die salzverkrusteten Brückenscheiben. »Dort drüben, etwa einhundertsiebzig Meilen entfernt, liegt Kap Finisterre, Spaniens Nordwestecke. Der Rest ist die Biskaya.«

Leichthin warf Salter ein: »Ich dachte, in der Biskaya stürmt es immer?«

»Wie in den Seemannsliedern, meinen Sie?«

Er versuchte sich zu entspannen, um die Zeit bis Sonnenuntergang mit Salter besser herumzubringen – oder wann immer der sich entschließen würde, wieder von der Brücke zu verschwinden.

Stunde um Stunde war in der Funkbude aufmerksam Horchwache gegangen worden. Notsignale, Sichtmeldungen, verschlüsselte Signale von Freund und Feind wurden ständig aufgefangen. Ein westwärts laufender Konvoi war drei Tage nach Liverpool angegriffen worden. Irgendwo war ein Frachter mit einem Geleiter zusammengestoßen, während ein Verwundeter zur Behandlung übergeben werden sollte. Nichts Ungewöhnliches.

Beaumont war immer ungeduldiger auf der Brücke erschienen, fast schien es, als ob selbst er Zweifel an seinem Plan bekäme.

»Wir warten immer noch auf eine Bestätigung der Admiralität. Falls sie vor Sonnenuntergang eintrifft, müssen wir uns bewegen, wenn nicht, müssen wir einen neuen Versuch starten oder die ganze Sache vergessen.«

Da Salter nichts sagte, fuhr er fort: »Der Köder ist von einem Gibraltargeleit detachiert worden, so als ob er Schwierigkeiten hätte. Er sollte sich jetzt vor uns befinden.« Oder er liegt schon auf dem Meeresgrund, dachte er bitter. »Ein Hochseeschlepper kommt von Gibraltar, um das Schiff in Schlepp zu nehmen.«

»Verstehe.« Salters Augen verschwanden in einem Gewirr von Krähenfüßen. »Jetzt liegt die Initiative also beim Feind.«

»So ist es.« Er drehte sich in seinem Stuhl um. »Sub, checken Sie nochmals das Radar.«

»Hab' ich gerade gemacht, Sir.«

»Dann machen Sie es nochmals!« Er wunderte sich über die Schärfe in seiner Stimme, aber Salter ging ihm auf die Nerven. »Der Schlepper wird eine große Schau abziehen, denn in Gib herrscht kein Mangel an Spionen. Ich wette, daß der Gegner inzwischen informiert ist.«

»Aber wird er nicht mißtrauisch werden, weil der Köder keine Eskorte hat?«

Drummond betrachtete ihn ernst. *Wo bist du bloß die ganzen Jahre gewesen*?

»Es war ein schneller Konvoi. Wir haben nicht genug Geleiter, um Nachzügler zu eskortieren. Entweder muß er sich allein durchschlagen, oder die Besatzung wird abgeborgen und das Schiff versenkt. Nur diese beiden Möglichkeiten gibt es – meistens.«

Salters Lippen kräuselten sich leicht. »Das klingt bitter.«

»Dazu habe ich auch Grund.« Er blickte zur Seite. »Ich habe zu viele Schiffe untergehen sehen, weil wir sie nicht schützen konnten. Im Frieden sind die Leute daheim desinteressiert, aber im Krieg sollen wir Wunder vollbringen.« Er sah, daß Hillier wieder auftauchte. »Was Neues?«

»Nein, Sir.«

Sheridan befahl: »Bootsmann, pfeifen Sie die Backbordwache auf Gefechtsstationen.«

»Wenn man sich vorstellt, daß da drüben in Spanien und Portugal jetzt die Lichter angehen . . . Diese Leute haben keine Sorge, ob sie am nächsten Morgen noch leben.«

Ein paar Seeleute nahmen Haltung an, als Beaumont auf die Brücke kam, die Mütze mit dem goldenen Eichenlaub verwegen in die Stirn gezogen. Ein weißer Seidenschal schmückte seinen Hals. Neben den abgerissenen Wachgängern sah er aus wie der Hauptdarsteller eines Kriegsfilms.

Er nickte Drummond zu. »Bleiben Sie sitzen, Keith, wir brauchen all Ihre Kraft später.« Er lächelte Salter zu. »Wenn man doch noch mal jung sein könnte . . .«

Neugierig beobachtete Drummond die beiden. Warum hatte er ihn mit Vornamen angeredet? Wollte Beaumont wirklich weniger formell werden, oder wollte er nur die anderen Zuhörer beeindrucken?

Hillier machte Stielaugen. Wahrscheinlich plante er bereits einen weiteren Brief nach Dunedin: *Heute erklärte uns Kapitän Beaumont, wie es ablaufen wird.*

Slater beugte sich vor, um zu verfolgen, wie die Besatzung des B-Geschützes in Sekundenschnelle abgelöst wurde.

»Der C. O.* scheint nicht viel Glück mit dem Einsatz zu haben.«

Beaumont blickte Drummond an. »Schon kalte Füße?«

»Das sind nicht meine Worte, Sir.« Er blickte auf Salters Rücken. »Warten Sie ab, wie darüber berichtet wird.«

* Commanding Officer = Befehlshaber

Das Grinsen vertiefte sich. »*Touché*! Damit ist nicht zu spaßen.«

Füße klapperten auf der Leiter, und Fähnrich Keyes erschien atemlos neben Drummonds Stuhl.

»Telegramm an die deutsche Admiralität, Sir. Ich habe beim Entschlüsseln geholfen.« Erst jetzt sah er Beaumont und wurde rot. »Verzeihung, Sir.«

Drummond fuhr ihn an: »Lesen Sie vor!«

»Das spanische Schiff *S.S. Aragon* hat gestern Bilbao verlassen – mit Westkurs.« Das klang verwundert.

Beaumont schlug ihm auf die Schulter, blickte aber weiter Drummond an.

»Der Hund hat den Köder geschluckt! Falls unser Lockvogel rechtzeitig vor Ort ist, sollten wir unseren Punkt machen können.«

Drummond lächelte. »Die *Aragon* muß ein Relaisschiff sein. Wenn wir ihren Funkverkehr überwachen und Nachrichtenübermittlung an den Feind beweisen können, ist sie fällig!«

Salter lachte. »Klingt aufregend.«

Beaumont sah ihn fest an. »Es wird Zeit, daß wir zurückschlagen, Miles. Das ist gut für unser Land und gut für Ihre Sendung, nicht wahr?« Es klang, als amüsiere er sich prächtig.

Sheridan trat heran. »Die Backbordwache ist auf Gefechtsstation. Ich bleibe noch, bis der Pilot aus der Funkbude kommt.« In seinen Augen lag eine unausgesprochene Frage.

Drummond sagte: »Gut, Nummer Eins, Sie können jetzt alle einweihen. Sagen Sie ihnen, was wir vorhaben. Danach gehen Sie durchs Schiff und kontrollieren, ob nichts übersehen wurde.« Er blickte auf seine Uhr. »Sorgen Sie für die Ausgabe von Kakao und Broten.«

»Aye, aye, Sir.« Sheridan packte den Ärmel des Fähnrichs und sagte leise: »Paß auf, Junge, daß dir nicht die Augen rausfallen.«

Keyes grinste und folgte ihm.

Drummond schob die Hände in die Taschen und runzelte die Stirn. Noch ein Brief in die Heimat: *Heute überbrachte ich ein Telegramm des Feindes. Ich habe es entschlüsselt und gab es Kapitän Beaumont.* Drummond warf Beaumont einen Blick zu. Der schien das alles zu genießen.

»Radar an Brücke.«

Sheridan packte das Mikro. »Brücke.«

»Starkes Echo in Rot null-drei-fünf, Entfernung zwölftausend Meter.«

Drummond sprang aus dem Sessel und hastete zu dem kleinen Radarschirm hinüber, der während der Überholung in Chatham eingebaut worden war. Er mußte sich erst an das Bild gewöhnen, wie immer. Wenn man stundenlang auf die See geblickt hatte, war es schwer, sich auf dem kleinen Bildschirm zurechtzufinden. Dann sah er den kräftigen Blip: ein Schiff – und daneben ein kleineres.

Sheridan bestätigte seine Beobachtung. »Radar meldet ein zweites Echo, Sir. Das muß der Schlepper sein. Sonst ist nichts zu sehen.«

»Das kommt noch«, murmelte Beaumont.

Drummond richtete sich auf und ging zu seinem Stuhl zurück. Er rechnete.

»Sehen Sie sich's auch an, Nummer Eins.« Wingates Kopf tauchte über der Verschanzung auf. »Checken Sie das Radar, Pilot, dann geben Sie mir den Abfangkurs. Und verbinden Sie mich mit dem Chief. Ich brauche bald Höchstfahrt.«

Er merkte, daß Salter ihn anstarrte. Der Mann registrierte alle Details, fasziniert wie jemand, der eine große, komplizierte Maschine zum Leben erwachen sieht.

»Der Chief, Sir.«

Er ergriff das Mikro. »Chief? Hier Kommandant. Wir haben unseren Radarkontakt. Also Standby für voraus voll!«

Galbraiths Stimme klang sehr ruhig. »Aye, Sir. Ist mit Ärger zu rechnen?«

»Das weiß Gott allein.« Er sah Wingate am Kartentisch mit dem Zirkel hantieren. »Nun?«

»Kompaßkurs eins-drei-null, Sir.«

»Gut, ändern Sie bitte den Kurs entsprechend.« Zu Beaumont gewandt, meinte er: »Der Lockvogel wird noch vor Sonnenuntergang in Sicht kommen. Ohne den Dunst würden wir ihn jetzt schon sehen.«

Wingate blinzelte Sheridan zu. »Na denn, Waidmannsheil!« Ins Sprachrohr befahl er: »Backbord fünfzehn!«

»Backbord fünfzehn liegt an, Sir.« Durchs Sprachrohr war zu hören, daß der Rudergänger den Mund voller Kekse oder Schokolade hatte.

»Mittschiffs! . . . Recht so! . . . Kurs eins-drei-null.«

»Voraus voll!« Drummond blickte zum höchsten Schornstein empor, aus dem plötzlich dunkler Qualm quoll.

Es war, als hätte das Schiff nur auf diesen Befehl gewartet. *Warlock* preßte ihren Steven durch den Schwell. Mit jeder zusätzlichen Umdrehung wuchs die Bugwelle, bis sie die Höhe des vorderen Decks erreichte. Jede Platte und Niete vibrierte protestierend. In der Messe hielten sich die abgelösten Männer an den Tischkanten fest, um ihr Abendbrot löffeln zu können. Es wurde nur wenig gesprochen.

Sheridan war auf dem Weg zur Messe. Er hielt sich an einem Handlauf fest und beobachtete die vorbeischießende See. Mangin und der Oberheizer standen unter dem Pom-Pom* beisammen, auch sie beobachteten die glitzernde Bugwelle mit professionellem Interesse.

»Gefällt's Ihnen, Bootsmann?«

Mangin zuckte mit den Schultern. »Das arme alte Mädchen fällt gleich auseinander!« Er grinste. »Sir.«

Sie blickten alle zur Brücke empor, als dort ein Signalscheinwerfer klapperte.

Mangin bemerkte: »Also ist er in Sicht.«

Sheridan beobachtete die schwarze Silhouette des Signalgasten. Jeder wußte, daß es zum Kampf kommen würde. Ob das richtig oder falsch war, ging niemanden was an – außer den Skipper.

Wie um Mangins Worte zu bestätigen, fiel die Bugwelle langsam in sich zusammen. Schließlich fuhr die *Warlock* sogar langsamer als vorher. Nur die große weiße Heckschleppe, die vom Schwell zerrissen war, erinnerte an den furiosen Spurt.

Sheridan ging nach achtern. Jetzt mußten sie nur das andere Schiff im Radar behalten und auf alle Hinweise lauschen, die von dem spanischen Schiff ausgingen. Dann würde es eine wilde Jagd geben.

Auf der Brücke bedachte Drummond den kurzen Kontakt mit dem anderen Schiff. Er war wie ein Versprechen gewesen. Der kurze Signalaustausch zwischen dem alten Zerstörer und dem wartenden Handelsschiff bewies, daß das Warten bald vorüber war.

Wahrscheinlich würde es ein einzelnes U-Boot sein, das der Spanier informieren wollte. Die Deutschen konnten für versprengte Schiffe auch nicht mehr so viele Boote abstellen wie früher. Die anderen drei Zerstörer waren nahe genug, das U-Boot zu jagen. *Warlocks* Aufgabe war es, das Spionageschiff zu stellen.

Für die unbekannten Männer an Bord des Köderschiffs war nur eins sicher: Sie boten ein erstklassiges Ziel. Da war der kurze Sichtkontakt für sie ein Hoffnungsschimmer gewesen.

Beaumont meinte: »Es bleibt ruhig. Kein nennenswerter Wind, leichter Schwell.« Er nickte zufrieden. »Ich gehe essen.«

* Schnellfeuergeschütz

Er verließ die Brücke, und Salter blickte ihm bewundernd nach. »Gott, was für ein Mann! Kein Wunder, daß die Menschen zu ihm aufblicken.«

Drummond stieg von seinem Sessel herunter. Es war hoffnungslos. Wahrscheinlich meinte Salter es gut, aber Drummond wollte allein sein, wollte nachdenken. Alles schien wie am Schnürchen zu laufen, genau wie Beaumont geplant hatte. Aber irgend etwas stimmte nicht. Seine Unruhe quälte ihn wie ein Geisterecho auf dem Radarschirm oder wie ein unfertiges Bild.

»Ich gehe in meine Kammer, Pilot. Lassen Sie mir ein Sandwich bringen, ja?«

Als er die Brücke verlassen hatte, meinte Salter: »Ich glaube, er versucht, Kapitän Beaumont zu kopieren.« Er schüttelte den Kopf. »Muß eine ziemliche Herausforderung sein, so einen Helden zum Vorgesetzten zu haben.«

Wingate studierte ihn ernst. »Wir versuchen es alle mit Macht.« Dann begann er zu kichern.

Salter war pikiert. »Ich gehe hinunter.« Er murmelte immer noch vor sich hin, als er hinabkletterte.

Wingate wischte die Linsen seines Fernglases sauber, bevor er nach dem Köder Ausschau hielt. Schwülstiger Sprücheklopfer, dachte er, während das Schiff wieder in ein tiefes Wellental fiel. Salter würde einen Schock bekommen, wenn er sein Abendessen sah: fettige Würstchen und zerkochte Kartoffeln. Gerade das Richtige für ihn.

Er sah, daß Keyes sich krampfhaft an den Sprachrohren festhielt. »Na, mein Sohn, soll ich Ihnen mal erzählen, wie es war, als ich in die Firma eingetreten bin?« lenkte er ihn ab.

Keyes erwachte wie aus einer Trance. Er hatte daran gedacht, wie Beaumonts Hand auf seiner Schulter gelegen hatte. Freundschaftlich. Er mochte den Navigationsoffizier, aber es war falsch gewesen, Salter vor der ganzen Brücke zu veralbern. Das war, als ob er Beaumont selbst einen Tritt vors Schienbein gegeben hätte.

Er seufzte. »Davon haben Sie mir schon erzählt.«

»Tatsächlich?«

»Objekt im Wasser! Grün vier-fünf.« Der Ausguck zeichnete sich vor dem dunkel werdenden Himmel wie ein Holzschnitt ab.

Wingate sprang neben ihn, das Fernglas bereits ausgerichtet.

Keyes schrie aufgeregt: »Ich seh's!« Dann fügte er hinzu: »Oh, es ist nur ein Stück Holz.«

Wingate ging langsam an der Brückenseite entlang, das Treibgut ständig im Auge, bis es im Kielwasser der *Warlock* verschwand. Es war ein Stück von einem Bootskiel.

Er drehte sich um und knurrte barsch: »Nur ein Stück Holz?« Keyes zuckte zurück, überrascht und verletzt. »Das war einmal ein verdammtes Rettungsboot!«

Die anderen Wachgänger bewegten sich unruhig. Nur Parvin, der Signalmeister, der Wingate schon lange kannte, hatte verstanden und bedauerte ihn.

Leise sagte er: »Wenn ich Sie wäre, Mr. Keyes, würde ich mich in die Messe verdrücken. Erinnern Sie Owles an die Sandwiches für den Skipper, bevor der alte Halunke die Pantry dichtmacht.«

Es hatte keinen Zweck, Keyes Wingates Verhalten zu erklären. Entweder würde er's von allein verstehen lernen oder zerbrechen. Wie die letzte Nummer Eins.

Parvin wußte eine ganze Menge über Wingate. Dieser war Navigationsoffizier auf einer kleinen Korvette in den westlichen Zufahrtswegen gewesen. Das Schiff war in einem Schneeschauer torpediert worden, vierhundert Meilen weit draußen auf dem Atlantik. Die meisten Überlebenden wurden von einem anderen Geleiter aufgenommen, aber Wingates Boot hatten sie irgendwie übersehen. Als ein Zerstörer es vier Tage später fand, waren nur sechs Mann von den ursprünglich zehn am Leben. Einer war an Wingates Ölmantel buchstäblich festgefroren. Es hieß, er sei Wingates bester Freund gewesen.

Parvin hatte immer noch Wingates bittere Worte im Ohr: »Erzählen Sie mir nichts von Helden. Ich habe schon zu viele gesehen!«

Als Drummond wieder auf die Brücke kam, war es kurz vor Mitternacht. Die See war ruhiger geworden, und durch eine dünne Wolkenschicht lugte von Zeit zu Zeit der Mond. Eine gute Nacht für ihr Vorhaben.

»Alles klar, Sir.«

Er blickte Wingate an, denn er fühlte die gespannte Stimmung auf der Brücke. Eine Auseinandersetzung, eine Disziplinlosigkeit? Hatte Keyes mal wieder ins Fettnäpfchen getreten?

Er strich ihn aus seinen Gedanken. Das alles war jetzt unwichtig.

»Danke. Alle Mann auf Gefechtsstationen!«

Wichtige Entdeckung

Drummond stützte die Ellbogen auf die Brückenfenster und blickte durch sein starkes Nachtglas nach Backbord. Er mußte sich sehr konzentrieren, weil das Schiff wie verrückt rollte. Nach sorgfältigem Absuchen des Horizonts kehrte er neben den Kartentisch zurück.

Beaumont hatte den Brückenstuhl besetzt. Er saß sehr aufrecht und schien angestrengt zu lauschen. Wie er schien das ganze Schiff zu warten.

Es war fast vier Uhr morgens. Der Mond spielte immer noch Verstekken hinter den dünnen Wolken und tauchte die Dünung in silbernes Licht. Die Wellentäler sahen deshalb viel tiefer aus, als sie tatsächlich waren. Die Schiffsbewegungen waren übelkeiterregend, denn die Maschinen waren gestoppt und die meisten Lüfter abgestellt. *Warlock* holte in jeder Welle weit über.

Vor einer Stunde hatte der Ausguck ein fernes Licht am östlichen Horizont gesichtet. Radar hatte es als Schiff identifiziert. Es war wahrscheinlich, daß das Licht von einem Neutralen stammte, alle anderen fuhren verdunkelt. Das mußte die *Aragon* sein, hatte Beaumont steif und fest behauptet. Aber jetzt wußte niemand mehr etwas sicher, außer daß ihr Schiff gestoppt im Mondlicht lag und ein prächtiges Ziel bot.

Drummond fragte: »Was macht der Köder?«

Gemurmel, kratzendes Metall, als der Gürtel eines Ausguckpostens gegen einen Schrank klapperte. In der Stille hörte es sich an, als ob ein Panzerschott zugefallen wäre.

»Ist auf Position, Sir, fast recht voraus, Entfernung sechstausend Meter.«

»Verdammt!« Beaumont fuhr im Sessel herum. »Wir werden ihn in Nullkommanichts erreicht haben. Der andere Hurensohn beobachtet alles und wartet ab, ob der Köder stoppt oder Kurs ändert.«

Drummond antwortete nicht. Sollte das Spionageschiff wirklich dort draußen sein, verhielt sich sein Kapitän völlig richtig. *Warlock* konnte nur abwarten. Am Morgen würden sie so dicht vor der spanischen Küste stehen, daß sie nichts Entscheidendes mehr tun konnten. Die Falle mochte für sie zuklappen.

»Was Neues aus dem Funker-Raum?«

Hillier murmelte in ein Sprachrohr hinten auf der Brücke.

»Nichts, Sir.«

Drummond griff nach seiner Pfeife. Er sah Wingate am Kartentisch stehen, den Signalgast neben sich.

»Wo wohl die anderen Zerstörer sind?«

Beaumont erwiderte giftig: »Die halten sich wahrscheinlich die Bäuche vor Lachen.«

Mike Salter kam um die Kompaßplattform herum, die Arme wie ein Blinder ausgestreckt. »Vielleicht probieren wir es später noch mal?«

Beaumont blickte auf ihn herab. »Vielleicht. Jedenfalls müssen wir dicht beim Lockvogel bleiben und ihn hier rausholen. Er hat Schlagseite, durch Fluten erzeugt. Er hat seine Rolle gut gespielt, aber der Weg nach Gib ist noch weit.« Er drehte sich um. »Wer hat unseren Nachbarsektor?«

»*Ventnor*, Sir.« Wingate brauchte nicht in seine Notizen zu sehen. »Unter Kapitänleutnant Selkirk.«

»So, so.« Beaumonts Blick suchte Drummond. »Erinnern Sie sich an die Besprechung? Ein verdammter Stänkerer!«

Salter lächelte milde. »Vermutlich Reservist.«

Beaumont blickte zur Seite. »Ja.«

»Radar an Brücke!«

Sheridan war zur Stelle. »Brücke?«

»Starkes Echo in Rot vier-fünf, Entfernung siebentausend Meter.«

»Warum zum Teufel hat er das nicht früher gesehen?« Beaumont schien unter starkem Streß zu stehen.

Der Radarbeobachter mußte mitgehört haben. »Wir haben viele Störechos, es kann auch eine Abdeckung gewesen sein. Das kann ich unter diesen Bedingungen nicht feststellen.«

»Licht an Backbord voraus, Sir.«

Drummond sprang schnell auf die Gräting hinter dem Stuhl. Er sah sofort den roten Schein.

Der Ausguck ergänzte: »Ablaufend, Sir.«

»Er muß den Braten gerochen haben.« Salters Stimme hörte sich seltsam erleichtert an. »Er zieht Leine.«

Als die Druckwelle das Schiff erreichte, war es wie Donnergrollen. Aber Sekunden davor war drüben eine haushohe Feuersäule in die Höhe geschossen. Drummond meinte, die Hitze auf seinem Gesicht zu spüren. Die Explosion ließ viele Männer aufschreien.

»Verdammt! Der Köder ist torpediert worden!«

Beaumont stand an der Verschanzung und hatte die Scheiben mit beiden Fäusten gepackt. Seine Silhouette zeichnete sich deutlich gegen den Feuerschein ab.

»Voraus voll!« Drummond ignorierte alle Rufe und Fragen. »Geschütz B klar zum Abfeuern von Leuchtgranaten!«

Der Maschinentelegraph klingelte, mit einem gewaltigen Satz schoß *Warlock* auf das brennende Schiff zu.

Drummond stand neben Beaumont, sein Fernglas zitterte unter den Vibrationen.

»Es ist der Schlepper, Sir.« Er wartete, bis sich Beaumont wieder faßte. »Sehen Sie, er legt sich auf die Seite.« Dann wandte er sich um. »Sagen Sie dem Artillerieoffizier, er soll die Leuchtgranate nach Grün vier-fünf schießen. Dort muß ein U-Boot an der Oberfläche liegen.«

»Asdic hat keinen Kontakt, Sir.« Sheridan bemühte sich, gleichmütig zu sprechen.

Beaumont brüllte: »Ich scheiße auf das verdammte Asdic! Der Idiot von Selkirk hat den Jerry vor seiner Nase durchschlüpfen lassen!« Er grunzte, als Geschütz B unter der Brücke feuerte.

Drummond wartete und zählte die Sekunden. Das Schiff stürmte weiter, die Kartusche polterte an Deck, als der Verschluß geöffnet wurde.

Die Leuchtgranate explodierte und beleuchtete die beiden Schiffe vor ihnen, den Köder und den sinkenden Schlepper. Das Mondlicht und die Flammen verblaßten.

Kein U-Boot.

Drummond blickte zu dem sterbenden Schiff hinüber. Auch der Köder brannte jetzt, die Flammen hüllten ihn ein. Nichts! Kein U-Boot auf dem Radar, kein Asdic-Kontakt. Trotzdem war eben ein Schiff vor ihren Augen in die Luft gejagt worden, und dort drüben verbrannten Menschen.

Kurz befahl er: »Fender am Vorschiff ausbringen, Steuerbordseite!« Er drehte das Gesicht hin und her, wie um die Windrichtung zu prüfen. »Der Doktor soll an Deck kommen.«

Beaumont kam über die Gräting gestakst und sagte scharf: »Suchen Sie den verdammten Spanier!«

»Da drüben sterben Menschen. Wir können ein paar retten.« Er sah den inneren Konflikt in Beaumonts Gesicht. »Wenn wir uns ohne Beweise mit einem Neutralen herumschlagen, opfern wir nur unsere Zeit und diese Menschen hier vergebens.«

Als Beaumont schwieg, drehte er sich um. »Nummer Eins auf die Back! Feuerstoßstrupp und Lecksicherungstrupp ebenfalls. Ich lasse das Motorboot zu Wasser, wenn wir nahe genug dran sind. Sorgen Sie für eine gute Besatzung.«

Eine dumpfe Explosion erschütterte die Brückenscheiben, dunkle Qualmwolken zogen am Mond vorbei. Das Feuer wurde kleiner, wahrscheinlich wurde das Deck schon überspült. Es mußte ein großes Schiff mit starker Besatzung gewesen sein.

Er konnte sich die Bestürzung bei den anderen Kommandanten vorstellen, die den Feuerschein in der Ferne sahen. Sie würden jetzt herangestürmt kommen und *Warlock* beschimpfen, weil sie noch kein U-Boot geortet hatte.

Füße stampften über die eiserne Brücke. Auf der Back sah er den Oberbootsmann mit einem Dutzend Männern, sie laschten Fender und Hängematten fest, alles, um den Anprall zu mildern.

Salter stöhnte: »Allmächtiger, seht nur, wie sie brennt!« Das wiederholte er immer wieder.

Weitere Explosionen rollten übers Wasser, das Meer leuchtete rot und orange. Die Leuchtgranate verlöschte. *Warlocks* Mannschaft blickte in ein Inferno.

Verbissen meinte Beaumont: »Sie gehen ein großes Risiko ein.«

»Ich weiß, Sir.« Er beugte sich über das Sprachrohr. »Voraus langsam beide. Standby Motorboot.« Zu Beaumont gewandt, fügte er hinzu: »Aber ich habe keine andere Wahl, Sir.«

»Boot ist klar zum Fieren, Sir.«

»Gut. Beide Maschinen stopp!« Er fühlte, wie *Warlocks* Bug ins Wasser zurückfiel. Unter der Brücke wurden Befehle gebrüllt. »Laschings los! Fier weg!« Der Motor heulte auf, noch ehe das Boot im Wasser war.

»Voraus halbe!« Mangin bestätigte. Angespannt beobachtete er den Feuerball voraus. »Mit Steuerbordseite längsseits gehen, Bootsmann. So zart wie möglich!«

Mangin antwortete: »Ich werde die Farbe schon nicht ankratzen, Sir.«

Drummond musterte *Warlocks* Deck. Die Männer warfen seltsame Schatten, die Luft war voller Qualm und Asche. Er sah den Doktor in seinem weißen Kittel. Froud, sein Gehilfe, stand bei ihm, eine Tasche in der Hand. Alle verfügbaren Männer, Heizer, Stewards, Köche und Assistenten, waren in Bereitschaft. *Warlock* war jetzt ein ideales Ziel für ein lauerndes U-Boot: langsame Fahrt, eine schwarze Silhouette gegen die Flammen, die perfekte Zielscheibe.

Drummond biß so fest auf das Pfeifenmundstück, daß es fast geborsten wäre. *Es gab kein U-Boot.* Aber wie zum Teufel war es dann passiert?

Er wandte sich an Hillier. »Warnen Sie den Wasserbombenwerfer vor. Zündung auf geringe Tiefe einstellen.«

Das Achterschiff des Köders ragte an ihrer Steuerbordseite noch hoch aus dem Wasser, nur eine Kabellänge* entfernt. Es war eins der schnell zusammengeschusterten Libertyschiffe, und im letzten Jahr hatte es sich bei einem Sturm vor Miami den Kiel gebrochen. Eine Reparatur lohnte nicht. Es sollte nun genauso tapfer sterben wie andere Schiffe.

»Voraus langsam!«

Er fühlte die Hitze und roch verbrannte Farbe und Holz. Das brennende Öl floß wie glühende Lava aus dem Havaristen. Er sah Männer von einer Stelle zur anderen springen. Sie riefen, aber man konnte nichts hören, der ausströmende Dampf übertönte alles.

Etwas Schweres durchbrach ein Schott, eine Funkenwolke sprühte über das Vordeck. Einige Männer wurden über die Seite geschleudert. *Warlocks* Motorboot hielt auf die Flammen zu, die Matrosen zeichneten sich wie Bronzestatuen gegen das Feuer ab.

»Stopp!«

Drummond mußte sich zusammennehmen, um sich nicht an der Verschanzung hochzuziehen, damit er besser sehen konnte. Er fühlte förmlich, wie der Rumpf des anderen Schiffes näher kam. Seine Bauchmuskeln zogen sich zusammen, als ob sie und nicht *Warlocks* Steven den Zusammenstoß aushalten mußten.

Irgend jemand fiel drüben außenbords, und Drummond hörte Hillier würgen, als *Warlock* am Heck des Köders entlangschabte. Der Unglückliche mußte wie eine Melone zerquetscht worden sein.

»Rückwärts langsam!«

Er stellte sich Galbraith im Maschinenraum vor, wie er seine Instrumente beobachtete, zwischen sich und der Hölle nur dünne Stahlplatten. Und das Vertrauen zur Brücke.

Die Schrauben peitschten das Wasser, das Vorschiff stieß taumelnd gegen das brennende Wrack, Fender flogen wie lebende Wesen durch die Luft.

»Backbord voraus langsam! Steuerbord stopp!«

Drummond blinzelte in den Feuerschein. Der Vormast drüben war mit den Ladebäumen über Bord gegangen. Das Schiff brannte lichterloh, würde aber nicht so schnell sinken, weil es teilweise mit Bauholz beladen war. Es wäre besser gewesen, wenn es gleich wie der Schlepper auf Tiefe gegangen wäre, das hätte den Eingeschlossenen unter Deck einiges erspart.

* Kabellänge = 185 m

Rufe erschollen auf der Back, Wurfleinen schlängelten sich zwischen die Flammen. Ein paar Matrosen drüben wichen vor der sengenden Hitze zurück, andere lagen wie tot an Deck.

Beaumont meinte heiser: »Es sind nicht viele übrig.«

Drummond rieb sein schwitzendes Gesicht. Eine Handvoll vielleicht, und einige davon waren schon zwischen die Schiffe gefallen.

Sheridan signalisierte von Geschütz A her mit der Taschenlampe. »Vorn absetzen!«

Drummond beugte sich über die Verschanzung, da sah er die beiden Männer, die durch eine Flammenwand von der Poop des Frachters isoliert waren. Ihm war rätselhaft, wie sie so lange überlebt hatten. Plötzlich war es ihm wichtig, gerade die beiden zu retten. Er konnte nicht zurücksetzen und sie ihrem Schicksal überlassen.

»Feuerstoßtrupp! Wasser marsch auf die beiden da oben!«

Er beobachtete mit zusammengekniffenen Augen, wie immer mehr Flammen durch das Achterdeck schlugen, einige leckten schon nach *Warlocks* Back. Ein Wasserstrahl traf sein Ziel, Dampf stieg aus der Kleidung der beiden auf, während sie sich einen Weg nach achtern suchten. Bootsmannsmaat Vickery und ein Koch hielten den zuckenden Schlauch.

Hillier rief: »Sie sind an Bord!« Es klang wie ein Schluchzen.

»Rückwärts langsam!« Drummond steckte die Hände in die Taschen, sie flogen wie im Fieber. »Hart Backbord!«

Sheridan kam auf die Brücke, keuchend und hustend.

»Fünfzehn Überlebende, Sir. Einige können natürlich auch vom Schlepper sein.« Er lehnte sich gegen den Kartentisch.

Wingate meinte leise: »Gut gemacht, alter Freund.«

Drummond ging zur Backbordseite und beobachtete den sich ausbreitenden Feuerteppich.

»Stopp! Ruder mittschiffs! Ausschau halten nach dem Motorboot!« Dann hörte er sich fragen: »Wie geht's den beiden letzten?«

Sheridan blickte ihn an. »Einer wird durchkommen. Der andere hat kein Gesicht mehr.«

»Das Motorboot ist an Steuerbord querab, Sir.« Pause. »Sie haben sechs Mann aufgefischt.«

»Rufen Sie das Boot zurück.« Er warf seine Mütze auf den Kartentisch und atmete tief durch. »Also insgesamt einundzwanzig.«

Salter sagte bewegt: »Ich hätte es nicht für möglich gehalten. Das war verdammt tapfer!«

Beaumont fuhr herum. »Verdammt riskant sollten Sie sagen!« Er zischte: »Wir haben nichts erreicht und zwei Schiffe verloren.«

Hillier wischte sich die Augen und beobachtete das Motorboot, das sich langsam dem Schiff näherte. Im Feuerschein des brennenden Frachters konnte er die ölverschmierten Männer erkennen, die hustend und keuchend im Boot lagen. Er stand regungslos, keiner Bewegung fähig. Beaumont und Salter stritten sich, Drummond kommandierte das Schiff; alle anderen schienen ihm nur ausführende Roboter zu sein.

Hillier stand immer noch unbeweglich, aber plötzlich sah er etwas in die Dunkelheit abtreiben.

Drummond beobachtete das Motorboot, als er plötzlich Hilliers zitternde Stimme hörte: »Da unten, Sir, in der See!«

Schnell eilte er hinüber und ergriff Hilliers Arm. Er fühlte durch den Dufflecoat und die Uniformjacke, wie der Unterleutnant zitterte.

»Was ist los, Sub?«

Verstört erwiderte Hillier: »Weg, Sir, weg. Aber ich war sicher . . .« Er drehte sich um, sein Gesicht war das eines alten Mannes. »Sah aus wie ein Torpedo, Sir.«

Drummond löste seinen Griff, seine Stimme klang neutral, als er befahl: »Rückrufsignal an Barkasse. Klar bei Geschützen und Wasserbomben!«

Hillier schüttelte den Kopf, das plötzliche Durcheinander erschreckte ihn. »Ich habe mich sicher geirrt. Da trieb nur ein Stück Holz. Vielleicht war es . . .«

»Sir!« Der Signalgast zeigte in Richtung Barkasse. »Das Boot hat etwas gesichtet!«

Beaumont sagte rasch: »An Ihrer Stelle, Keith, würde ich mich etwas beeilen.« Das klang sehr kühl und distanziert.

»Ein U-Boot hätte schon längst angegriffen, Sir.«

Aufmerksam beobachtete er das Motorboot, das über die langen Wellenkämme stampfte. Ein Lichtschein suchte die Oberfläche ab. Etwas Schwarzes, einem toten Delphin nicht unähnlich, schwamm im gelben Schein.

Hillier murmelte: »Also doch!«

Der Signalgast knirschte: »Himmel und Hölle!«

Eine aufgeregte Stimme meldete: »Wir haben den Kontakt mit dem Spanier verloren, Sir.«

Salter meinte: »Die werden den Zwischenfall ganz schön ausschlachten.«

Aber Drummond beobachtete nur das Ding im Wasser.

»Das werden sie nicht. Nicht, wenn wir diesen Torpedo nach Hause bringen.« Er klopfte Hillier auf den Rücken. »Gut gemacht, Sub. Gehen Sie jetzt nach achtern und sagen Sie dem Torpedomixer Bescheid, er soll alles klarmachen, um das Ding an Bord zu hieven.«

Salter sprang alarmiert in die Höhe. »Es könnte doch explodieren!«

Beaumont räusperte sich. »Da hat er recht, Keith.«

»Ich dachte, deswegen sind wir hier, Sir?« Verbittert blickte Drummond in die sterbenden Flammen. »Auch wenn wir zuerst nicht wußten, wonach wir suchen sollten.«

Sheridan meldete: »Radarkontakt mit den anderen Zerstörern, Sir. Entfernung sechstausend Meter, abnehmend.«

»Sobald wir wieder Fahrt aufnehmen, werden sie merken, daß alles vorbei ist. Je weniger wir funken, desto besser. Richtig, Sir?«

Beaumont nickte langsam. »Ja. Wir werden nach Falmouth zurückkehren.« Er schien voll innerer Zweifel zu sein. »Mit unserem Fang.«

»Der Frachter sinkt, Sir.«

Mit lautem Zischen kenterte das brennende Schiff und verschwand in einem brodelnden Strudel. Herumschwimmendes Treibgut wurde mit hinabgesogen. Plötzlich herrschte Stille.

Beaumont bemerkte: »Sie können nach achtern gehen, Keith, wenn Sie wollen. Ich übernehme hier solange.« Er grinste schief. »Schließlich sollten Sie sich auch mal die Beine vertreten.«

Drummond nickte Sheridan zu. »Sobald ich Bescheid gebe, nehmen Sie Fahrt auf. Kurs auf die anderen Zerstörer. Wir wollen in der Morgendämmerung zu ihnen stoßen.«

Er stieg die Leiter hinab, an einem vermummten Oerlikonschützen vorbei. Die Davits der Barkasse waren noch immer leer.

Männer hasteten an ihm vorbei. Er sah, wie der Sanitäter sanft das Gesicht eines Mannes verband. Die Luft roch nach Diesel, Erbrochenem und Rauch.

Das Ding lag bereits längsseits am Achterschiff, ein paar große Fender schützten es vor Beschädigung. Es sah wirklich fast aus wie ein Torpedo, allerdings hatte es eine Plexiglaskuppel in der Mitte. Noakes ließ den Schein seiner Taschenlampe über den runden Rumpf gleiten.

Drummond musterte die Kuppel. Sie enthielt ein totes Gesicht, das unter einem Gummihelm steckte.

Leise meinte er: »Ein Kleinst-U-Boot. Kein Wunder, daß wir keinen Kontakt bekommen haben.«

»Hiev rund!« Noakes trat zurück, als die Seeleute die Taljen des Ladebaums durchholten.

Sobald der torpedoförmige Zylinder auf Deckshöhe war, schwang er im selben Rhythmus wie die *Warlock*. Der behelmte Kopf rollte hin und her. Drummond sah, daß aus dem Mund Wasser floß.

Noakes murmelte: »Rum würde den Jungs jetzt guttun, Sir.«

»Ja.« Hinter ihnen heulte ein Mann vor Schmerz plötzlich auf. »Ich hoffe nur, daß es sich gelohnt hat.«

»Entschuldigen Sie, Gentlemen.« Ein Sergeant der Marineinfanterie hielt ihnen die Tür auf. »Sie werden jetzt erwartet.«

Beaumont warf seine Zigarette in eine weißgestrichene Büchse. »Wird auch Zeit«, brummte er.

Drummond folgte ihm aus dem Wartezimmer in einen langen Gang. Er fror am ganzen Körper, wußte aber nicht, ob es an diesem Gebäude lag oder an der Tatsache, daß er in den letzten sechs Tagen nie mehr als zwei Stunden zusammenhängend hatte schlafen können.

Sie hatten am Nachmittag in Falmouth festgemacht und überrascht das Empfangskomitee beobachtet, das sofort ihr Oberdeck überschwemmte und dann ihre Beute auf einem sorgfältig getarnten Lastwagen entführte. Eine Eskorte aus Marineinfanterie und Militärpolizei hatte ihn begleitet.

Drummond war an Bord geblieten, um den Abtransport der Überlebenden zu beaufsichtigen. Es war eine kleine, stille Prozession bandagierter, humpelnder Männer, und viele lagen auf Tragbahren. Der Mann, dessen Gesicht verbrannt war, hatte nicht überlebt.

Kurz vor Falmouth hatte es noch einen Luftangriff gegeben. Ein deutscher Bomber hatte zufällig ihren Weg gekreuzt. Der Pilot wollte wohl einen Blitzangriff auf die Küste fliegen, aber als er aus den Wolken stieß, sah er die *Warlock* und die anderen drei Zerstörer unter sich.

Es hätte ein Desaster werden können, besonders bei einer so unerfahrenen Besatzung. Denn kurz vor dem Hafen dachten die Männer immer mehr an ihre Mädchen und Frauen als an die Gefahren der See und des Himmels.

Vielleicht waren die Männer der *Warlock* noch immer zornig über das Erlebte oder sahen wieder die brennenden Kameraden vor sich. Jedenfalls feuerten sie wie die Teufel aus allen Rohren.

Ob sie den Bomber getroffen hatten oder nicht, spielte keine Rolle. Er machte sich im Tiefflug über dem Wasser schnell davon.

Beaumont war sofort an Land verschwunden, eine protzige Dienstlimousine des Stabs hatte ihn an der Pier erwartet. Drummond war durch das Schiff gegangen. Er sprach mit den Männern, die Verbrennungen erlitten hatten, als sie am Havaristen angelegt hatten. Er hatte die Schäden besichtigt und Sheridan angewiesen, die geschwärzte Narbe an Steuerbord vorn übermalen zu lassen.

Er wußte, daß Dr. Vaughan recht gehabt hatte, als er sagte: »Sie sollten sich ausruhen, Sir. Ich glaube, Sie haben sich zuviel zugemutet.«

Der Arzt war ein komischer Vogel. Distanziert, kühl, schwer einzuschätzen, aber er hatte bewiesen, daß er seinen Job verstand. Die Tatsache, daß nur einer seiner Patienten gestorben war, sprach für ihn. Auch Drummonds Zustand hatte er richtig erkannt.

Nach der Inspektion wollte er nach achtern gehen und duschen, aber da war ein Melder an Bord gekommen. Er hatte die Aufforderung mitgebracht, daß er sich in der örtlichen Leichenhalle melden sollte.

Jetzt folgte er Beaumont durch den kalten Flur. Er merkte, daß sein Vorgesetzter nicht sonderlich begeistert davon war, daß man ihn von seiner Beute fernhielt, während Experten sie untersuchten.

»Verdammte Eierköpfe! Was verstehen die schon von neuen Waffen?«

Die Bemerkung war unlogisch, aber Drummond konnte ihn verstehen.

Der Marineinfanterist öffnete eine Tür, und sie betraten die ehemalige Leichenhalle. In der Mitte ruhte das Kleinst-U-Boot auf massiven Stützen und sah in dieser beengten Umgebung viel größer aus. In der Nähe, unter starken Lampen, lag nackt sein unglücklicher Kommandant. Auf einem anderen Tisch war seine Ausrüstung aufgebaut. Das Ganze erinnerte an ein Museum, nur roch es stechend nach Desinfektionsmitteln, Diesel und Tod.

Etwa zwei Dutzend Personen waren anwesend. Einige trugen Kampfanzüge des Heeres, andere waren Marineoffiziere unterschiedlicher Ränge. Zwei ernste Herren in weißen Kitteln umrundeten das U-Boot, mit einigem Abstand folgte ihnen ein schmuckes Mädchen in Uniform, das sich auf einem Stenoblock Notizen machte.

Der größere der Weißmäntel meinte: »Ah, da sind Sie ja.«

Er schüttelte Beaumont herzlich die Hand und nickte Drummond zu. Auf der anderen Seite des Raumes sah sich Drummond in einem Spiegel, über dem ein Schild warnte: »*Waschen Sie sich hinterher die Hände!*« Hinterher.

Kein Wunder, daß ihn der Mann im weißen Kittel ignoriert hatte.

Neben Beaumonts eleganter Erscheinung sah er wie ein Strauchdieb aus.

»Bitte suchen Sie sich einen Sitzplatz.«

Ganz offensichtlich war der Weißkittel ein wichtiger Mann, denn alle Personen setzten sich schnell. Das Mädchen nahm mit übereinandergeschlagenen Beinen nur Zentimeter neben der Leiche Platz. Sein Gesicht war völlig ausdruckslos, ja gelangweilt.

»Natürlich ist das alles streng geheim.« Der Experte warf einen strengen Blick in die Runde. »Es wird einige Köpfe in Whitehall zum Rauchen bringen.«

»Ich wußte gar nicht, daß es dort welche gibt.«

Der zweite Weißkittel schien den Part des Komikers übernommen zu haben, dachte Drummond angewidert. Einige lachten.

»Wie wir alle wissen, hat es einige erfolgreiche Einsätze von Zwei-Mann-Torpedos gegeben, sowohl von unserer Seite als auch von den Italienern. Die ›Chariots‹ unterscheiden sich aber erheblich von *diesem* Gerät.« Er machte eine Pause und legte die Hand auf das schwarze Metall. »Sie trugen einen Sprengkopf, der am Unterwasserschiff des feindlichen Fahrzeugs befestigt wurde. Ein Zeitzünder wurde aktiviert, dann brachte das ›Chariot‹ die beiden, äh, Reiter zum Treffpunkt mit ihrem U-Boot zurück.«

Ein paar Männer scharrten mit den Füßen. Drummond blickte Beaumont an, er saß kerzengerade da, die Finger zwischen die Knöpfe seines Jacketts geschoben. Sein Gesicht war undurchdringlich.

Der Weißkittel senkte die Stimme. »Dieses Kleinst-U-Boot aber trug einen Torpedo unter dem Rumpf. Beachten Sie die Kupplung.« Wie ein Schulmeister tippte er auf die hintere. »Der Torpedo wurde auf See abgefeuert. Aber das wissen Sie ja besser als wir.«

Drummond rief sich seine Unruhe in Erinnerung. Die Indizien waren alle dagewesen, jeder hätte die richtigen Schlüsse daraus ziehen können. Die Abfolge der Angriffe, das System: gutes Wetter, ruhige See und klare Nächte. Er blickte auf den Leichnam, die Haut glänzte im Licht wie Wachs. Er hatte schon viele Tote gesehen, dieser hier sollte ihn eigentlich kalt lassen. Ein Mann, der so viele andere in den Flammentod geschickt hatte, durfte ihm nicht leid tun. Aber es war widerlich, wie alle auf den Toten starrten, so gelangweilt und desinteressiert.

»Beachten Sie die Arme des Mannes.«

Jeder Arm wies Tätowierungen auf. Die Augen waren halb geöffnet, als lausche er ihren Worten.

»Offensichtlich ein Mannschaftsgrad. Ein deutscher Offizier hätte sich kaum mit Tätowierungen geschmückt.«

Irgend jemand lachte, und Beaumont murmelte: »Dummkopf.«

Der Weißkittel fuhr fort: »Also ein wichtiger Punkt: nur *ein* Mann navigiert, steuert und feuert den Torpedo ab – und er ist nicht mal ein Offizier! Stellen Sie sich vor, wenn der Feind diese Waffe zu hunderten produzieren könnte . . .«

Beaumont fragte höflich: »Und wo kommen *wir* ins Spiel?«

»Wir?« Der Mann lächelte.

Beaumont wies mit der freien Hand auf Drummond. »Das ist Kapitänleutnant Drummond, er hat das Schiff geführt. Ich glaube, daß auch er einiges Interesse an der Sache hat.« Sein Ton war sarkastisch.

»Ich nehme an, daß weitere Berichte an Sie gehen werden. Ihr Schiffsarzt war so umsichtig, den Mann unangetastet im Cockpit zu lassen. Wahrscheinlich hat er den Torpedo aus zu kurzer Distanz abgefeuert. Panik oder so.«

Langsam ging Drummond zum Tisch und blickte in das Gesicht des Toten. Es war ein junges Gesicht, gebräunt vom Dienst an Bord seines Mutterschiffs.

Leise sagte er: »Der Wind hatte gedreht.« Er erinnerte sich an das Gefühl auf seiner Wange.

Ringum herrschte Stille, als ob niemand das Bild stören wollte, das er entwarf.

»Ich beobachtete die Dünung, weil ich eine Barkasse aussetzen wollte. Dieser Mann mußte sich weit von seinem Mutterschiff entfernt haben, allein in diesem kleinen Fahrzeug. Es sieht hier drin ziemlich groß aus, aber stellen Sie es sich draußen auf dem offenen Meer vor.« Seine Stimme wurde härter. »Ich glaube, Sie haben recht, Sir: Er hat aus zu kurzer Entfernung gefeuert. Aber bei der herrschenden Dünung und der niedrigen Glaskuppel muß er halb blind gewesen sein. So hat er nur den Schlepper getroffen. Wahrscheinlich hat ihm die Explosion den Rumpf aufgerissen und seine Kanzel vollaufen lassen.« Er nahm ein schmutziges Tuch auf und deckte den Mann zu. »Aber Panik? Davon ist nichts zu sehen.«

Alle starrten ihn an, als hätte er einen unanständigen Witz gemacht.

Sie haben kein Wort verstanden, dachte er. Wie sollten sie auch? Bei ihnen drehte sich alles um die technische Neuerung, die menschliche Komponente vernachlässigten sie völlig. Trotzdem war es für ihn unverständlich. Er hatte den schwachen Punkt geahnt, auch wenn er nicht genug Erfahrung gehabt hatte, ihn klar zu erkennen. Aber jetzt war er in seinem Hirn verankert. Beobachtung – Problemlösung – Ausführung. Das nächste Mal würde er bereit sein.

Der Weißkittel meinte leise: »Danke, Commander Drummond. Sie müssen sehr müde sein.«

Beaumont blickte auf seine Uhr. »Natürlich ist er das nicht. Meine Kommandanten sind immer fit.« Er klopfte Drummond auf den Arm, ein breites Grinsen im Gesicht. »Richtig, Keith?«

Drummond nickte. Er ärgerte sich jetzt über seinen Alleingang. Vielleicht war er doch nicht mehr so in Form, wie er angenommen hatte. Eher halb verrückt, so wie andere vor ihm.

Beaumont stülpte sich seine Mütze über. »Ich melde mich wieder, Gentlemen.« Als die Tür hinter ihnen zugefallen war, fügte er hinzu: »Schneller, als die denken.«

Drummond sah Salter an einer Telefonzelle stehen, ein ärgerlicher Militärpolizist funkelte ihn an. Der Mann vom Informationsministerium hielt ihnen den Hörer entgegen und ignorierte die rote Mütze.

»Ich habe ihn für Sie an der Strippe. War nicht einfach.«

Beaumont studierte beim Sprechen sein Spiegelbild in der glänzenden Scheibe.

»Beaumont hier. Jawohl, Sir, da stimme ich Ihnen zu. Ein gelungener Einsatz. Lief wie am Schnürchen.« Er verabschiedete sich und zwinkerte Salter zu. »Morgen. Bereiten Sie sich vor.«

An Drummond gewandt, fügte er hinzu: »Ich kehre mit Ihnen an Bord zurück, mir ist nach einem großen Drink zumute. Auf *Ihr* Wohl.«

Drummond fiel neben ihm in Gleichschritt, Salter trottete hinterdrein.

»Wir fahren nach London, Keith.« Zackig erwiderte er den Gruß zweier Wachposten. »Die Räder müssen in Bewegung bleiben.«

Salter unterbrach ihn: »Ich habe das Meinige dazu getan.«

Beaumont schien ihn nicht zu hören. »Tätowierungen, Dienstgrade – was wissen die schon? Sie sollten mal die armen Teufel brennen sehen.« Das klang ärgerlich.

Drummond lächelte trotz seiner Müdigkeit. »Jawohl, Sir.«

Beaumont beschleunigte den Schritt. »Wir werden es ihnen zeigen.«

Hinter seinem Rücken hörte er Salter murmeln: »Was für ein Krieg!«

Da hatte er ausnahmsweise mal recht.

Nichts bleibt, wie es war

Der Kartenraum, in einem Betonbunker unter der Admiralität untergebracht, war fast genauso kalt wie die Leichenhalle in Falmouth. Während er darauf wartete, daß Beaumont ihn vorstellte, sah sich Drummond in dem spartanisch eingerichteten Raum um. Er betrachtete die See- und Landkarten und das wenige Personal, das hier benötigt wurde. Beaumont und er waren mit einem total verrückten Fahrer hierhergerast und hatten nur eine kurze Frühstückspause gemacht. Nach vielen Überprüfungen und gemurmelten Bestätigungen am Telefon waren sie in das Allerheiligste der Navy Special Operations gelangt. Er hatte die Übersicht verloren, wie viele Treppen und Aufzüge sie benutzt hatten, auch hatte er keine Vorstellung mehr, wie tief sie sich unter der Erde befanden. Da oben lag eine Welt aus schäbigen, zerbombten Häusern, die Straßen waren überfüllt, meistens von Menschen in Uniform: Polen, Franzosen, Hunderte von Amerikanern, Norweger, Dänen und Briten aller drei Waffengattungen. Das hatte ein besseres Bild über den Widerstand gegen Nazideutschland vermittelt als dieser stille Bunker hier.

Ein kleiner Mann in grauem Anzug trat auf sie zu und hielt ihnen die Hand hin. Wie der ganze Mann war sie klein und schrumpelig.

Beaumont stellte vor: »Kapitänleutnant Drummond, Sir – Vizeadmiral Brooks.«

Sein Händedruck war erstaunlich fest. Vizeadmiral Brooks oder »Nick«. Man konnte ihn sich nur schwer in der Uniform eines Stabsoffiziers mit den vielen Goldlitzen vorstellen. Vielleicht trug er deshalb lieber Zivil.

»Schön, Sie zu sehen«, begann Brooks. »Ich habe Ihnen allerhand zu sagen, mehr, als ich ursprünglich vorhatte.« Er unterbrach sich und fischte eine Zigarette aus der Tasche, dann wartete er darauf, daß ihm einer der Diensttuenden Feuer gab.

»Fertig, Sir«, meldete ein Offizier, der an einer Karte saß. Seine Stimme klang so ehrfürchtig wie in der Kirche.

Brooks setzte sich an den Tisch und legte ein Bein nachlässig auf einen Papierkorb.

»Ich habe alles über Ihren Fang gelesen und auch die Fotografien gesehen, die meine Leute in Falmouth gemacht haben.« Er sprach schnell, beinahe gehetzt, ein Energiebündel. »Wir wußten, daß die Deutschen etwas ausbrüten, aber sie sind weiter, als wir ahnten. Ich habe noch nähere Untersuchungen anderenorts angeordnet.« Er warf

Beaumont einen schnellen Blick zu. »Aber es scheint keinen Zweifel zu geben.«

Drummond bewunderte die Schnelligkeit, mit der sich die Dinge entwickelt hatten. Erst gestern waren sie in Falmouth angekommen, aber schon jetzt hatte Admiral Brooks alle Berichte gesehen, die Bilder geprüft, Geheimdienstinformationen kontrolliert und neue Entschlüsse gefaßt.

Brooks wandte sich an ihn. »Ich habe mich auch über Sie erkundigt.« Er betrachtete Drummond mit einem abschätzenden Blick. »Gute Beurteilung.« Die Zähne klappten zu wie ein Fallgitter. »Sie stammen aus einer Infanteriefamilie?«

Lächelnd erwiderte Drummond: »Damit muß ich leben, Sir.«

»Richtig. Sie haben ohne große Höhepunkte von Anfang an gedient: Geleitschutz, U-Boot-Bekämpfung, Mittelmeer und Atlantik.« Er rasselte die Einsätze wie eine Einkaufsliste herunter. »Aber was jetzt kommt, ist die größte Herausforderung.«

Er wandte sich um und zeigte mit seiner Zigarette auf die erste Karte: Norwegen, die ganze lange zerklüftete Küstenlinie vom Skagerrak bis zum Nordkap.

»Ich kann kaum abschätzen, wie viele wertvolle Kriegsschiffe dort gebunden sind, weil die Deutschen noch über schwere Einheiten verfügen. Die *Bismarck* ist weg, die *Graf Spee* und andere sind entweder versenkt oder schwer beschädigt. Aber dort oben liegen noch Wölfe auf der Lauer. Die *Tirpitz* und ihr erfolgreicher Begleiter, die *Scharnhorst*, können jederzeit unsere Transporte nach Rußland angreifen. Um sie in Schach zu halten, müssen wir die Konvois mit Schlachtschiffen und Kreuzern schützen, aber sie werden bald an anderer Stelle benötigt.«

Leise meinte Drummond: »Um die Invasion zu unterstützen, Sir?«

»Ja.« Brooks blickte sich um. »Schon das Wort schmeckt nach Geheimnisverrat.« Er lachte kurz auf. »Aber man kann wohl kaum eine Million Männer und tausend Schiffe unsichtbar machen.«

Durch einen schmalen Türspalt hörte Drummond das Ticken von Fernschreibern und das Klingeln von Telefonen; er stellte sich vor, welche Informationsflut in diesem Bunker zusammenlief und diesem kleinen, bemerkenswerten Mann zur Verfügung stand.

Leise setzte Brooks hinzu: »Ihr alter Freund ist auch dort.« Er beobachtete Beaumonts Reaktion. »Jener, der die *Conqueror* zu den Fischen geschickt hat und eine Menge guter Männer dazu.«

»Darum bin ich froh, hier mitmachen zu dürfen, Sir.«

Drummond sah, daß sich Beaumonts Hände krampfhaft öffneten und schlossen; er blickte starr auf die Karte.

»Ja. Im letzten Jahr haben wir den Versuch gemacht, die *Tirpitz* in den norwegischen Fjorden mit Hilfe unserer Kleinst-U-Boote zu verkrüppeln. Wir brachten sie mit einem Fischerboot hin, in der Nähe des Schlachtschiffs sollten sie dann selbständig operieren. Es klingt verrückt, wenn man es hier nur auf der Karte sieht. Ich bin immer noch überrascht, daß sich Männer für solche Einsätze freiwillig melden. Aber die Dinge haben sich inzwischen weiterentwickelt. Wir haben jetzt ein Kleinst-U-Boot mit größerem Aktionsradius, das mit etwas Glück die Netzsperren überwinden und direkt unter das *Biest* gelangen kann, bevor es seine Ladung löst. Wir .werden mehrere dieser Boote hinschicken und nach dem, was ich von den Besatzungen gesehen habe, auch Erfolg haben. Wir brauchen nur noch ein paar Monate. Wenn die *Tirpitz* außer Gefecht gesetzt ist, muß die *Scharnhorst* aus ihrem Loch kommen und wird einen Rußlandkonvoi angreifen. Dann machen wir sie fertig. Und anschließend sind unsere Schiffe für die Invasion frei.«

»Was ist unsere Aufgabe, Sir?«

»Gleich.« Brooks betrachtete ihn durch den Zigarettenrauch. »Ihr Fang hat mir Kopfschmerzen bereitet, aber schließlich wird er uns wertvolle Zeit und Menschenleben ersparen.« Er nickte einem Adjutanten zu. »Zeigen Sie's ihm.«

Der Mann nahm einen langen Zeigestock und deutete auf die Karte.

Brooks erklärte: »Da oben liegt die *Tirpitz.* Um sie für die RAF zu einem stationären, weil beschädigten Ziel zu machen, müssen die Kleinst-U-Boote völlige Bewegungsfreiheit haben.«

Er nickte, der Zeigestock wanderte nach Süden. »Hier in diesem angrenzenden Fjord liegt eine deutsche Versuchsanstalt für Unterwasserwaffen. Die kleinen U-Boote oder menschlichen Torpedos werden dort rund um die Uhr gebaut und getestet. Durch Ihren Fund wissen wir, daß sie nahezu perfekt sind, und das ist beunruhigend. Schlimmer noch: Der Anmarsch unserer Boote könnte durch die Übungen des Feindes gestört werden. Unsere Boote werden durch normale U-Boote ins Einsatzgebiet geschleppt, dann wird die Überführungscrew gegen die Einsatzcrew ausgewechselt. Alles an der Oberfläche, in Reichweite dieser verdammten Basis.«

Beaumont warf ein: »Ich vermute, daß ein Luftangriff nicht in Frage kommt?«

»Richtig, es gibt kaum ein überirdisches Ziel.« Er blickte Drummond an. »Nun?«

»Ich sehe zwei Probleme, Sir. Erstens, jeder Unterwasserangriff auf die *Tirpitz* wird von dieser Basis bedroht. Zweitens, wenn die Invasion startet, könnten die deutschen Kleinst-U-Boote den schweren Landungsschiffen hohe Verluste zufügen.« Er biß sich auf die Lippen. »Als Zerstörermann würde ich einen Überwasserangriff vorschlagen.« Er zögerte, wartete auf eine Reaktion. »Oder aber den Angriff unserer Kleinst-U-Boote absagen.«

»Verstehe.« Brooks zog eine neue Zigarette heraus und wartete auf Feuer. »Was sagen Sie, Beaumont?«

»Ich stimme dem zu, Sir. In Narvik hat es damals auch gut geklappt, warum nicht jetzt wieder?«

»Die Deutschen sind wachsamer geworden.«

»Vielleicht wiegen sie sich auch in Sicherheit, Sir.« Drummond trat einen Schritt vor und betrachtete die norwegische Küstenlinie. »Schließlich rechnen auch wir wohl kaum mit einem Überwasserangriff auf den Clyde. Es wäre natürlich Wahnsinn, aber ein entschlossener Kommandant könnte ein Chaos verursachen.«

Brooks lächelte. »Ein neues Narvik, wie? Außer der Zerstörung wäre auch der moralische Effekt höchst wünschenswert.«

»Bekommen wir den Auftrag, Sir?« Beaumont schien atemlos.

»Dazu muß ich den Stab konsultieren.« Brooks blickte auf die Uhr. »Ich muß wie jeder andere meinen Vorgesetzten Bericht erstatten. Denken Sie daran, niemand darf ein Wort von dem erfahren, was hier gesprochen wurde. Ich habe über die Presse verlauten lassen, daß unsere Überwasserstreitkräfte in der Biskaya ein U-Boot versenkt oder schwer beschädigt haben. Der Feind weiß also nicht, daß wir eines seiner Kleinst-U-Boote intakt erbeutet haben. Wenn er es wüßte, hätte Ihr Überraschungsangriff die gleiche Chance auf Erfolg wie eine Nonne, die ihre Unschuld in einer Kaserne der Royal Marines verteidigen will.«

»Wird sich die spanische Regierung über unsere Aktion an ihrer Seegrenze beschweren, Sir?«

»Würden Sie das tun, nachdem sie nicht verhindert hat, daß sich der Feind eines spanischen Fahrzeugs bediente? Nein, wir müssen jetzt den nächsten Zug machen.« Er ging zur Tür. »Ich sehe Sie später. Heute abend gibt es eine Pressekonferenz, danach essen wir zusammen.«

Beaumont nickte. »Im Savoy, Sir?«

»Wo sonst?« Brooks stürmte zur Tür. »Erwarten Sie nicht zuviel. Das Savoy ist auch nicht mehr, was es mal war.«

Beaumont blickte Drummond lange an, er schien noch zu verarbeiten, was Brooks gesagt hatte. Drummond stellte sich *Warlock* und den Rest der Schrottflottille vor, wie sie sich den Weg in den engen Fjord freischossen, aber je mehr er sich damit beschäftigte, desto aussichtsreicher erschien es ihm. Brooks hatte in einem Punkt recht: Der moralische Effekt, besonders auf die Norweger, würde bemerkenswert sein. Ihr Land war besetzt, alle Rohstoffe wurden von der deutschen Kriegsmaschinerie geschluckt, die Familien lebten in steter Furcht vor Bestrafung und Unterdrückung. Danach würden sie wissen, daß man sie nicht vergessen hatte.

Sie verließen den Bunker, die Passierscheine in der Hand.

»Diese Pressekonferenz ist ungewöhnlich, nicht wahr, Sir?«

Beaumont schnippte ein imaginäres Stäubchen von seinem Ärmel. »Ach, von diesem Quatsch verstehe ich nichts.« Es klang gleichgültig. »Aber wenn es den Topf am Kochen hält, kann es ja nicht schaden.«

Sie erreichten den Lift zur Oberfläche, Drummond fragte sich, ob die Sonne oben scheinen würde. Es war wie ein anderes Leben: der Bunker, Admiral Brooks, sogar das Savoy.

Beaumont schien damit vertraut zu sein. Nur wenige Minuten, nachdem sie dem Labyrinth der Admiralität entkommen waren, saßen sie in einem Stabsauto und flitzten durch London. Er betrachtete die eiligen Fußgänger auf den Gehwegen, die schäbige Kleidung der Zivilisten und die Uniformen von einem Dutzend Nationen. All das erinnerte ihn daran, daß der Krieg wieder auf ihn wartete.

Abrupt fragte Brooks: »Wir wollen vor der Pressekonferenz einen Drink nehmen. Sie kennen sich hier doch aus?«

Drummond musterte die glitzernde Fassade des Hotels. Hier würden sie mit Nick Brooks speisen.

»Nur aus zweiter Hand, Sir. Ich muß von meinem Sold leben.«

Beaumont zog eine Augenbraue leicht in die Höhe. »Ach ja.« Mehr sagte er nicht.

Die Pressekonferenz verlief völlig anders, als sich Drummond vorgestellt hatte. Sie fand im Hinterzimmer irgendeines Ministeriums statt, und die müde blickenden Journalisten hielten keinen Vergleich mit ihren Vorbildern im Kino aus. Alles konzentrierte sich auf Beaumont. Blitzlichter flammten auf. Drummond sah Salter, unordentlich wie immer, mit seinen Kollegen sprechen. Er hörte ihn sagen: »Ihr kennt den Tenor: *Der Held der Conqueror kommt zurück.* So etwa in der Art.«

Noch mehr Blitzlichter, dann reichte jemand ein Tablett mit Getränken herum. Niemand nahm Notiz von Drummond in seiner Ecke.

»Warten Sie auf jemanden?«

Er drehte sich um und sah, daß ein Mädchen auf ihn herabblickte. Es trug einen grünen Rock und hatte an einer Manschette Tintenflecke.

»Ich begleite Kapitän Beaumont.«

Sie setzte sich hin und reckte die Arme. Sie hatte kurzes rotbraunes Haar, dunkle Augen und nach allem, was er erkennen konnte, eine sehr gute Figur.

»Lieber Gott!« Sie drehte sich zu ihm um und musterte ihn ernst. »Wie halten Sie das nur aus?«

»Es ist ein Job wie jeder andere.«

Sie lächelte. »Ich meine nicht die Navy, sondern *ihn* und den Rest der Bande.«

Drummond blickte in das Durcheinander. Beaumont schien zwischen den zerknautschten Jacken der Journalisten förmlich zu leuchten.

Sie fuhr fort: »Sind alle so von sich selbst überzeugt? Es ist obszön.«

»Ich habe so eine Veranstaltung noch nie mitgemacht.«

»Das merkt man.« Sie stützte das Kinn in die Hand und sah ihn forschend an. »Sie sind der Kommandant der *Warlock*. Jünger, als ich dachte. Tummeln Sie sich auf dem Atlantik?« Wieder lächelte sie, aber ihre Augen blieben unbeteiligt. »Schon gut, ich bin auch vom Informationsministerium, eine der vielen Imagemacherinnen. Vermutlich weiß ich mehr über den Krieg als Sie.«

»Wie es aussieht, tummle ich mich nicht mehr auf dem Atlantik.« Ihre Wortwahl ärgerte ihn.

»Schade.« Sie hob ein Knie. »Sie hätten mir ein paar vernünftige Nylons von den Yankees besorgen können. Meine Laufmaschen bekommen bereits Laufmaschen.«

Er betrachtete sie, während sie den Blick gesenkt hielt. Sie war sehr attraktiv, trotz der merkwürdigen Art, wie sie sich bei ihm eingeführt hatte.

»Können Sie mir erklären, was das hier alles soll?«

Sie blickte ihn wieder an. »Ihr Boss, Kapitän Beaumont, hat einigen Einfluß. Lesen Sie einfach morgen die Zeitung.« Sie schrieb in die Luft, als ob sie Überschriften zeichnete: »›Der einzige überlebende Offizier der *Conqueror* kehrt zurück, um die Rechnung zu begleichen!‹ Oder: ›U-Boot durch den Tiger Beaumont vernichtet‹ und so weiter.« Sie zeigte auf die Menge, die immer lauter wurde. »Mit einem Foto von ihm ist es perfekt.«

»Sie mißbilligen das?«

Sie überhörte die Frage. »Wahrscheinlich war es wirklich ein Unfall.« Als er nicht antwortete, fügte sie hinzu: »Aber Beaumont scheint Unfälle anzuziehen.« Sie stand auf, schnell, ärgerlich. »Ich schaue mich ein bißchen um.«

Drummond blickte ihr immer noch nach, als ihn Salter am Arm packte. »Das reicht für heute. Kommen Sie mit in zivilisiertere Gesellschaft.« Er folgte Drummonds Blick. »Das ist unsere Sarah, ein tolles Mädchen. Lassen Sie sich nicht durch ihr Auftreten schockieren, das probiert sie immer.«

»Sie scheint Beaumont nicht zu mögen.«

Es war ihm nur so herausgerutscht, aber er sah, daß Salters Blick wachsam wurde.

»Ihr Bruder war auf der *Conqueror*, vielleicht ist sie deshalb verbittert. Aber das ist jetzt nicht unser Thema.«

»Was ist es denn?«

Salter packte ihn wieder am Arm. »Hören Sie, ich weiß, daß Sie ein verdammt guter Zerstörerkommandant sind, daß man einen Krieg nur gewinnt, indem man Menschen umbringt oder Schiffe in die Luft jagt. Nun, alter Freund, es gibt noch andere Wege. Aber alles muß zusammenwirken.«

Drummond erinnerte sich an die stille Feindseligkeit Sarahs: *die vielen Imagemacher.*

Beaumont kam quer durch den Raum auf sie zu, sein Gesicht strahlte. »Es ist gut gelaufen, denke ich.«

»Ja.« Salter warf Drummond einen warnenden Blick zu.

Beaumont nickte. »Auch Nick Brooks scheint zufrieden. Jedes bißchen hilft.« Er lächelte Drummond herzlich zu. »Sie hatten Glück, daß es gerade Ihr Schiff war. Ich sehe große Dinge für Sie voraus.« Er schien Salters Blick richtig zu interpretieren und fügte schnell hinzu: »Aber noch ist es früh am Tag, nicht wahr?«

Salter erläuterte trocken: »Er hat mit unserer Sarah gesprochen.«

»Verstehe.« Beaumont winkte den abrückenden Journalisten freundlich nach. »Ich würde meine Zeit nicht mit ihr verschwenden, Keith. Sie ist tüchtig bei ihrer Arbeit, aber sonst . . .«

»Außerdem ist sie verheiratet.« Salter wurde ungeduldig. »Aber wenn sie so weitermacht, lasse ich sie in eine andere Abteilung versetzen.«

»Nur weil Sie bei ihr keinen Erfolg hatten? Ich finde es gut, wenn eine Frau schwer zu erobern ist. Also bleiben Sie ruhig auf dem Teppich, Miles.«

»Ich muß telefonieren.« Salter sah auf die Uhr. »Wir treffen uns in einer Stunde.«

Beaumont trat mit Drummond in den einbrechenden Abend hinaus. Leute hasteten an ihnen vorbei. Sie kamen aus Büros und Läden und versuchten, ihre Wohnungen zu erreichen, bevor die Sirenen wieder aufjaulten. Beaumont hielt inne, den Blick auf einen einzelnen Sperrballon gerichtet, der bewegungslos am Himmel stand und im Licht der untergehenden Sonne wie ein schlafener Wal aussah.

»In was für einer Zeit leben wir bloß? Man muß dankbar, ja sogar demütig sein, so viel Mut erleben zu dürfen.«

Drummond blickte ihn von der Seite an, dachte an die brennenden Schiffe und all die durchwachten Tage und Nächte. Entweder versuchte Beaumont, den Atlantik zu vergessen, oder glaubte tatsächlich, was er sagte.

Er hörte sich fragen: »Den Bruder dieses Mädchens, kannten Sie ihn?«

»Welches Mädchen?« Beaumont drehte sich rasch um, seine Euphorie war verflogen. »Ach so. Ja, ich habe ihn flüchtig gekannt. Kein großes Licht.« Er seufzte tief. »Jetzt ruht er mit den anderen armen Teufeln in der Tiefe.«

Drummond fiel neben ihm in Schritt. In diesen Sekunden hatte er einen anderen Beaumont kennengelernt, unsicher und schuldbeladen. Es war so deutlich gewesen wie der Vorwurf in Helens Augen.

Beaumont fügte hinzu: »Aber die Bastarde werden mir dafür bezahlen!« Er lächelte. »Ich kann es kaum erwarten!«

Leutnant Sheridan hatte die Füße auf das Kamingitter gelegt und blätterte eine alte Ausgabe des *Lilliput* durch. Er genoß den Frieden und die Entspannung um sich herum. Dazu trug die warme Sonne bei und ein paar Drinks, die er sich genehmigt hatte. Ein weiterer stand neben seinem Ellbogen.

Gelegentlich erklang ein Klirren aus der Pantry, wo der Steward geduldig darauf wartete, die Gläser wieder zu füllen. Sheridan fühlte sich, als ob er die ganze *Warlock*, ja die ganze Reede von Falmouth für sich alleine hätte. Seit Drummond mit Kapitän Beaumont nach London abgereist war, hatten die Zerstörer Ruhe. Andere Schiffe liefen geschäftig ein oder aus, Patrouillenboote gingen bei Tankern längsseit und verschwanden wieder auf See. Nur die sieben Zerstörer unter Beaumonts Kommando hatten Ferien, der Krieg rückte für sie in weite Ferne. Kaum jemand an Bord dachte an die anderen, die arbeiten mußten, während man selber Landgang hatte und genoß, was Falmouth zu bieten hatte. Wie Mangin richtig gesagt hatte: »Wir haben unseren Teil geleistet, jetzt können mal die anderen Idioten die Köpfe hinhalten.«

Sheridan hörte Schritte auf dem Achterdeck und lächelte. Das war Unterleutnant Tyson, der W. O. Wie dem Rest der Messe fiel es Sheridan leicht, Tyson nicht zu mögen, aber als Erster mußte er das verbergen. Er griff nach seinem Glas und nahm einen Schluck. Ein langer Nachmittag. Es gab nichts zu tun, nur das Strafkommando zu kontrollieren. Es vervollständigte den neuen Anstrich der Back. Die Pinsel bewegten sich in Zeitlupe, während die Männer halbnackt auf den Stellagen saßen und gierig zum Land hinüberblickten.

Seit vier Tagen war Drummond in London. Außer einem täglichen Anruf, den ein gelangweilter Stabsoffizier vermittelte, bestand keine Verbindung zwischen ihnen.

Sheridan hatte sich mehrfach mit Ersten Offizieren der anderen Zerstörer getroffen, teilweise sogar mit den Kommandanten. Einige waren sauer, weil Beaumont nur den Kommandanten der *Warlock* mit nach London genommen hatte. Jedem war ein schlimmeres Schicksal als der Tod angedroht worden, falls er etwas über das Geheimnis ausplauderte, auch wenn die Schiffe noch länger im Hafen liegen sollten. Aber Sheridan konnte sich nicht vorstellen, wie man das verhindern wollte.

Tyson stürzte in die Messe, das Gesicht in wichtigtuerische Falten gelegt. »Blinkspruch von der Pier, Sir.« Mißbilligend blickte er auf das halbleere Glas. »Ein Besucher will an Bord. Der Hafenkapitän hat bestätigt.«

Sheridan blickte ihn nachdenklich an. Tysons Auftreten, seine Unfähigkeit zu argumentieren, ohne die Beherrschung zu verlieren, nahm jeden gegen ihn ein.

»Dann sollten Sie die Barkasse hinüberschicken.« Er wartete, doch Tysons Gesicht wurde nur noch faltiger. »Nun?«

»Es ist eine Frau, Sir.«

Sheridan setzte die Füße auf den Boden und ging zum Bullauge hinüber. »So, so.«

»Ja, eine Mrs. Kemp vom Informationsministerium.«

Sheridan schüttelte den Kopf. »Mrs. ääh? Seltsam . . .«

»Ich glaube nicht, daß es richtig ist, Frauen an Bord zu lassen. Nicht im Krieg.«

Sheridan betrachtete ihn düster. »Sie müssen noch viel lernen, Sub. Nun pfeifen Sie schon das Boot klar, bevor der Steurer im Rum ertrinkt.« Er trat an die Pantryluke. »Frische Gläser«, sagte er zum Steward. »Außerdem könnten Sie ein paar Sandwiches machen.«

Das Gesicht in der Pantry blieb ausdruckslos. »Das ist aber außerhalb der üblichen Zeit, Sir. Ich habe schon alles abgewaschen.«

»Keine Sorge, Napier, ich übernehme die Verantwortung.«

Sheridan trat vor den Spiegel und richtete seine Krawatte. Die letzten vier Tage hatten ihm wieder gezeigt, wie großartig es sein mußte, selbst das Kommando zu haben. Er genoß den Umgang mit Werftingenieuren und den Marineausrüstern, den gesellschaftlichen Umgang mit anderen Offizieren. Er war sogar in Drummonds Kajüte gewesen, um die Post durchzusehen.

Was für ein Typ diese Mrs. Kemp wohl war? Wahrscheinlich ein zäher Inquisitor, der ihm noch mehr Informationen über das »Ding« entlocken wollte. Er erinnerte sich an die Aufregung, die geherrscht hatte, als sie einliefen, an die Bewunderung auf den Gesichtern der Männer, die das Kleinst-U-Boot verladen hatten. Als es auf den wartenden Transporter gesetzt wurde, hatte er den toten Deutschen gesehen. Auch er schien über den ganzen Trubel verwundert.

Aber nach dem Bunkern hatte *Warlock* wieder an die Boje verholt und war seither dort geblieben. Alle Offiziere und fast alle Mannschaften waren an Land. Der unerwartete Besuch mochte die Erklärung dafür bringen, warum sie so isoliert gehalten wurden.

Er hörte Füße an Deck scharren. Der Quartermaster hatte sich wohl aufgerafft, um das zurückkehrende Boot zu begrüßen. Sheridan ergriff seine Mütze und rannte die Treppe hinauf in den strahlenden Sonnenschein.

Die Barkasse schwang bereits an die Gangway heran, und der Bugmann wurde rot, weil er einen zweiten Versuch benötigte, um den Bootshaken einzupicken. Dann sah er die Besucherin. Der Bootssteurer half ihr respektvoll auf die kurze Gangway, doch dabei verlor er niemals ihre Beine aus den Augen. Sie trug ein schlichtes, ärmelloses blaues Kleid, eine kleine Tasche und einen Fotoapparat. Das war bemerkenswert, denn man mußte schon eine Menge Beziehungen haben, wenn man eine Kamera auf die gesperrte Reede mitbringen durfte.

Aber er vergaß die Kamera, als sie an Deck stand und sich umblickte.

»Ich bin David Sheridan.« Er streckte ihr die Hand entgegen. »Ich weiß nicht, warum Sie hier sind, aber es ist schön, Sie zu sehen.«

Sie lächelte ihn an. Er konnte nur ihren Mund sehen, denn die Augen wurden von einer großen dunklen Sonnenbrille verdeckt. Sie hatte einen festen Händedruck, aber die Haut war heiß und feucht. Einen Augenblick stellte er sich vor, wie das blaue Kleid an ihrem Körper kleben mußte.

Ruhig fragte sie: »Gefällt Ihnen der Anblick?«

»Entschuldigung!« Er grinste. »Ich bin etwas entwöhnt.«

»Das kann ich mir vorstellen.« Sie strich sich eine rotbraune Locke aus der Stirn. »Sie sind der Erste Offizier.«

»Woher wissen Sie das?« Das interessierte ihn zwar nicht, aber so blieben sie im Gespräch.

»Ich weiß alles.« Sie öffnete leicht die feuchten Lippen.

»Na, dann kommen Sie mal unter Deck, dort können Sie einen Drink oder was anderes bekommen.«

Sie schob die Brille auf die Nasenspitze und musterte ihn kritisch. Er sah, daß ihre Augen dunkelbraun waren.

»Na, wenn ich die Wahl habe, nehme ich lieber den Drink.«

In der Messe sah Sheridan erleichtert, daß Napier saubere Gläser auf einem Tablett bereitgestellt hatte, auch appetitliche Sandwiches waren angerichtet.

»Gin und ...?«

Er beobachtete, wie sie langsam durch die Messe ging. Sie hatte eine perfekte Figur.

»Alles.« Sie drehte sich um und nahm die Brille ab. »Solange es nur kalt ist.«

Nachdem er die Drinks gemixt hatte, nahmen sie in den schäbigen Sesseln Platz. Sie schlug die Beine übereinander und betrachtete ihn nachdenklich.

»Nun, äh, Mrs. Kemp, was kann ich für Sie tun? Der Kommandant ist zur Zeit nicht an Bord, also ...«

»Ich weiß, ich habe ihn in London getroffen.« Wieder lächelte sie matt. »Ich wette, er macht sich einen schönen Tag.«

»Den hat er auch verdient.«

Sie hob ihr Glas. »Cheers.«

Das sagte auch Drummond immer, erinnerte sich Sheridan.

»Sie sind ja so ernst?« Sie leckte sich die Oberlippe. »Womit haben Sie den Gin verdünnt? Mit *mehr* Gin?« Sie winkte ab. »Schon gut, ich werd's überleben.«

»Wohnen Sie hier in der Gegend?«

»In einem Hotel. Ich bin erst gestern abend angekommen.« Sie lehnte sich in das verschlissene Leder zurück. »Nun zu Ihnen. Ich habe erfahren, daß Sie im selben Geleit waren, als die *Conqueror* versenkt wurde.«

Sheridan starrte sie an. Wenn sie ihm erzählt hätte, daß sie gerade vom Hafenkapitän belästigt worden sei, hätte er nicht überraschter sein können.

»Ihr damaliger Kommandant war Befehlshaber der Eskorte, richtig?«

Verkniffen antwortete er: »Das ist allgemein bekannt.«

»Ich weiß. Er hat sich nach der Untersuchung erschossen.«

»Verdammt!« Sheridan sprang auf. »Ich weiß nicht, ob Ihre Fragen rechtmäßig sind oder nicht. Ich weiß nur, daß es mich ankotzt, wenn der Name dieses Mannes in den Schmutz gezogen wird. Die Klugscheißer waren nicht dabei, aber er war es. Er hat mehr gesehen und getan, als die jemals . . .«

»*Langsam!* Seien Sie doch nicht so empfindlich.«

»Ich hab's eben satt!«

»Das haben Sie sehr klar zum Ausdruck gebracht.« Sie blieb völlig ruhig. »Setzen Sie sich bitte.« Sie stellte ihr Glas ab. »Der springende Punkt ist, daß Sie mit dabei waren. Sie müssen sich doch über die Befehle gewundert haben?« Sie beugte sich vor. »Sagen Sie es mir, danach werde ich nicht weiter in Sie dringen. Außerdem wäre das verboten.« Sie preßte die Lippen zusammen. »Ich habe all meine Beziehungen spielen lassen, um hier an Bord zu kommen. Nun will ich auch eine Antwort.«

Sheridan beruhigte sich. Der Ton ihrer Stimme, der kurze Moment ihrer Verzweiflung hatten alles verändert. Sie war extra aus London gekommen, um mit ihm zu sprechen.

»Wir sollten mit offenen Karten spielen. Warum interessiert Sie das?«

»Mein Bruder war auf der *Conqueror.* Als Decksoffizier.«

»Oh, das wußte ich nicht. Es tut mir leid.«

Sie griff nach dem Glas. »Das sagt jeder.«

Sheridan nickte. »Sie haben natürlich recht, alle sagen das. Ich habe mal einen Mann verbrennen sehen und konnte ihm wegen der Flammen nicht helfen. Später habe ich einem Offizier an Land davon erzählt. Er sagte: ›Wenn seine Zeit gekommen war, war es eine gute Art zu sterben.‹ Er blickte sie wieder an und sah ihre Augen schimmern. »Können Sie sich soviel Ignoranz vorstellen?«

»Ja.« Sie erhob sich und ging ruhelos zum offenen Bullauge. »Mein Bruder hat mir viel von Ihrem Kapitän Beaumont erzählt. Er war damals Commander im Stab des Admirals.«

»Die *Conqueror* war das Flaggschiff.«

»Aber er hat sich verändert. Er ist völlig umgekrempelt. Das verstehe ich nicht.«

»In welcher Weise verändert?«

Sie zuckte mit den Schultern. »Tim, mein Bruder, hat ihn als sarkastischen Bastard beschrieben, der jeden schikanierte und immer recht behalten wollte.« Sie wandte sich schnell um, ihre Augen lagen im Schatten. »Können Sie sich das erklären?«

Er schüttelte den Kopf. »Vielleicht hat sich Ihr Bruder geirrt? So was kommt vor.«

»Das glaube ich nicht. Es war nicht seine Art.«

»Wann haben Sie Beaumont kennengelernt?«

»Gleich nach der Katastrophe, auf einer Pressekonferenz. Dabei wirkte er auf mich wie ein anderer Mensch, nicht wie Tims Beaumont. Dieser Mann war charmant, erschüttert und voller Menschlichkeit. Aber als ich ihn näher kennenlernte, kam ich zu der Überzeugung, daß alles nur Heuchelei war. Beaumont ist eine taube Nuß, er ist hohl. Deshalb möchte ich Ihre Version der Geschichte hören. Die großen Strippenzieher des Kriegshandwerks stehen hinter mir.«

»Haben Sie den Skipper nach ihm gefragt? Er war vor dem Krieg mit Beaumont auf einem Schiff.«

»Ich bin nicht hier, um einen Gegencheck zu machen. Was hat er Ihnen über Beaumont erzählt?«

»Sie haben Drummond doch getroffen. Hatten Sie den Eindruck, daß er ein Schwatzmaul ist?«

»Ich habe ihn mir nicht näher angesehen. Dafür war ich zu ärgerlich.«

»Er ist Berufsoffizier, ein tüchtiger Schotte. Ich habe noch nie eine so perfekte Schiffsführung erlebt.«

»Wie ist er – als Mensch?«

Er blickte zu Boden. »Ich bin nicht sicher, ob ich ihn wirklich kenne. Klingt das unloyal?«

»Nein, ehrlich.«

Er lächelte sie an. »Wie wäre es, wenn wir heute abend essen gingen?«

»In Ordnung. Sind Sie abkömmlich?«

»Kein Problem. Der Skipper kommt heute nicht zurück.«

»Nein. Er kommt morgen nachmittag. Ich sagte Ihnen ja, daß ich alles weiß. Fast alles.«

Er folgte ihr von der Messe zur Gangway und fühlte ihre Wärme, als sie an ihm vorbeiglitt. Er wollte sie berühren, aber er wußte, daß er damit abblitzen würde. Außerdem war sie verheiratet.

Sehnsüchtig sah er dem Motorboot nach, aber die junge Frau blickte sich nicht um.

Steif bemerkte Tyson: »Eine Schönheit, würde ich sagen, Nummer Eins.«

Aber Sheridan war wie auf einem anderen Stern. Ein gutes Essen in einem Hotel . . . Vielleicht konnte er dabei ihren Schutzwall durchbrechen, so wie sie seinen niedergerissen hatte. Über Beaumont konnte er ihr nicht viel erzählen, aber es war einen Versuch wert.

»Was haben Sie gesagt?« Doch Tyson war schon gegangen.

Vizeadmiral Brooks tupfte sich den Mund ab und griff nach den Zigaretten. Ein ältlicher Kellner wartete mit Streichhölzern neben ihm.

»Hat Ihnen das Essen geschmeckt, Sir?«

Brooks nickte kurz. »Es ging.« Er sog den Rauch ein.

Drummond nippte am Wein und beobachtete die vollbesetzten Tische. Jede nur denkbare Uniform war vertreten. Das Summen der Unterhaltung und das Klappern der Bestecke übertönte die fernen Geigenklänge fast völlig.

Er wußte, daß Brooks irgend etwas mit Beaumont diskutierte und daß Salter betrunken war. Aber er hielt sich aus allem raus.

Es ging, hatte Brooks gesagt. Dabei hatten sie Fasan mit Minze und Spargelspitzen in Madeirasoße genossen, hinuntergespült mit einem 28er Chateau Yquem. Es war unglaublich. Drummond mußte an das Essen an Bord denken, hastig verschlungen in seiner Brückenkammer, nachdem es den gefährlichen Weg übers Deck überstanden hatte. Sogar der fürsorgliche Owles konnte nicht verhindern, daß dabei Salzwasser darüberklatschte: Kartoffelbrei, Dosenwürstchen und von Zeit zu Zeit etwas hartes Rindfleisch. Er sah, daß der Ober Eislöffel auflegte.

Plötzlich mußte er an Sarah denken. Ein hübscher Name. Es wäre schön gewesen, jetzt mit ihr zusammen am Tisch zu sitzen. Alle Stabshengste würden sich die Hälse verdrehen und Stielaugen bekommen. Aber wahrscheinlich speiste sie jede Woche im Savoy.

Der Oberkellner trat an ihren Tisch.

»Gerade ist Luftalarm gegeben worden, Sir.« Es klang entschuldigend.

Brooks grunzte: »Verstehe. Wir sollten in meinen Klub gehen und noch weiterdiskutieren, Gentlemen.«

Der Oberkellner blickte Salter an, dessen Kopf haltlos hin und her rollte. Weinflecke näßten seine Hemdbrust.

»Vielleicht sollte ich für den Herrn ein Taxi rufen, Sir?«

Beaumont grinste breit. »Tun Sie das.«

Der alte Ober wartete, bis Brooks und Beaumont aufgebrochen waren, dann fragte er hastig: »Sind Sie Commander Drummond, Sir?« Er hielt sich gebeugt und sah aus, als ob er nur wenig Schlaf bekäme.

»Ja. Was gibt's?«

»Mein Junge, Sir. Er hat unter Ihnen gedient ...« Der Ober zerknautschte eine Serviette in den Händen. »Ich habe Sie gesehen, bei seinem Begräbnis.«

Drummond nahm seinen Arm. »Wie war der Name?«

»Jelkes, Sir. Er war ...«

»Ich erinnere mich.« Er sah das runde freundliche Gesicht wieder vor sich. Konnte das wirklich der Sohn dieses alten Mannes gewesen sein? »Er war Oberfunker, ein sehr guter sogar. Es tut mir sehr leid.« Wieder ein Bild: Eine Bombe war dicht neben *Warlocks* Rumpf im Meer explodiert und hatte das Deck mit ihren Splittern beharkt. Der Sohn des alten Kellners war fast in zwei Stücke zerrissen worden.

»Mein Sohn hat immer sehr gut von Ihnen gesprochen, Sir.«

»Freut mich, daß Sie mir das sagen.«

»Hat Ihnen das Essen geschmeckt, Sir?«

Sie blickten einander in die Augen.

»Es war verdammt gut. Ich hoffe nur, daß ich bald wieder so was Feines genießen kann.«

Der Kellner sah ihm nach. Das würde er seiner Frau erzählen, wenn er in den frühen Morgenstunden nach Hause kam.

Ein rotgesichtiger Kapitän fragte scharf: »Wer war das, Jelkes?«

Der Kellner betrachtete ihn gleichmütig. »Ein Gentleman, Sir, nur ein Gentleman.«

In der Stille der Nacht

»Sagen Sie mal, Keith«, Beaumont lehnte sich in den bequemen Segeltuchstuhl zurück und tupfte sich den Mund mit der Serviette ab, »glauben Sie an das Schicksal?«

Drummond verscheuchte eine lästige Fliege und versuchte in die

Wirklichkeit zurückzufinden. Der Stabswagen, der sie von London zurückbrachte, stand im Schatten zweier großer Eichen. So weit man sehen konnte, gab es nichts als offene Felder, grüne Hecken und verstreute Wäldchen. Hinter der nahen Hecke hörte man von Zeit zu Zeit das dumpfe Röhren eines Lastwagens oder das höhere Brummen eines Personenwagens. Sonst war von der Hauptstraße nichts zu merken.

Der Marineinfanterist hatte den Kofferraum geöffnet und arrangierte Sandwiches auf Papptellern, außerdem konnte Drummond etwas in einem silbernen Kübel glitzern sehen.

»Manchmal.«

Beaumont beobachtete ihn amüsiert. »Sie sind zu vorsichtig, das ist Ihr Problem.«

Drummond lächelte. Ganz offensichtlich war Beaumont mit sich hochzufrieden.

Er fuhr fort: »Ich dachte, das wäre ein schöner Platz zum Rasten. Zufällig gehört mir hier ein bißchen Land, aber wegen des Krieges kann ich mich natürlich nicht darum kümmern. Doch was tut man nicht alles für das Vaterland.«

Der Fahrer fragte: »Darf ich die Flasche jetzt öffnen, Sir?«

»Soll ich etwa den Korken mit den Zähnen herausziehen? Seien Sie vorsichtig, Mann, Ihre Art zu fahren hat dem Wein ohnehin nicht gutgetan.«

Drummond beobachtete den Rücken des Mannes, als er sich über die Flasche beugte. Er war beleidigt.

Beaumont ließ das kalt. »Merkwürdig, wie sich die Dinge entwikkelt haben.« Er blickte zu dem Marineinfanteristen hinüber und senkte die Stimme. »Unter uns gesagt, Nick Brooks hat allerhand bewegt, seit wir in Falmouth eingelaufen sind. Es gibt inzwischen mehr als einen Grund für den Angriff auf den norwegischen Fjord.«

»Das habe ich vermutet.«

Beaumont schien enttäuscht zu sein wie ein Kind, dessen Rätsel zu leicht gewesen ist.

»Das Wetter an der russischen Front ist gut, und der Iwan heizt den Deutschen ein. Aus diesem Grund haben sie jeden Tropfen Treibstoff bitter nötig. Hitler ist ein Mann des Heeres, er bevorzugt Panzer und Infanterie und vernachlässigt die teuren und in seinen Augen nutzlosen Großkampfschiffe.«

Er unterbrach sich, weil der Fahrer ihnen die Teller reichte und die Gläser auf einen Klapptisch stellte.

Drummond fragte leise: »Die großen deutschen Schiffe liegen also aus Treibstoffmangel fest?«

Es klang wieder wie eines dieser üblichen Propagandamärchen. Als die Deutschen in Polen einmarschiert waren, hatte es geheißen, ihre Panzer seien aus Holz. Auch sollte nur eine Handvoll ihrer U-Boote einsatzbereit sein und keines davon im Atlantik operieren können. Er fragte sich, wie viele Verluste diese schönfärberischen Lügen verursachten, die von Männern wie Salter erdacht wurden.

Beaumont hob die obere Sandwichscheibe an und nickte befriedigt. »Geräucherter Lachs, gut. Ich weiß, was Sie denken. Aber diesmal stimmt alles. Unser Geheimdienst und der norwegische Widerstand haben keinen Zweifel daran gelassen, daß die Deutschen mit der Treibstoffversorgung in einer bösen Klemme stecken. Natürlich könnten die Großkampfschiffe jederzeit Angriffe auf einen schönen dicken Rußlandkonvoi fahren. Aber sonst wird Treibstoff nicht vergeudet, das können Sie mir glauben.«

Der Wein funkelte im hellen Sonnenlicht. Drummond beobachtete Beaumont, der ihn vorsichtig probierte. Was würde er tun, wenn er ihn unakzeptabel fand? Weggießen? Oder den Fahrer nach London zurückjagen, um eine andere Flasche zu besorgen? Er freute sich an der Wärme, dem Brummen der Insekten und dem Zwitschern der Vögel. Der Himmel war tiefblau, nichts, noch nicht mal ein Kondensstreifen, erinnerte an den Krieg. Nur zwei Marineoffiziere saßen auf einer Wiese, aßen Lachssandwiches und tranken Rheinwein. So ließ er sich den Krieg gefallen. Er grinste.

»Na, sehen Sie, jetzt entspannen Sie sich. Wir haben eine Pause verdient.« Beaumont blickte wieder zum Fahrer hinüber, der seine Thermoskanne aufschraubte und Käsebrötchen auspackte. »Die deutsche Marine hat in demselben Fjord auch ein Treibstofflager.«

Drummond starrte ihn an, ein angebissenes Sandwich zwischen den Zähnen. Die Sonne, der blaue Himmel, die flinken Insekten und fröhlichen Vögel schienen plötzlich verschwunden zu sein. Der Friede war doch nur ein Märchen.

Er war bei der zweiten Schlacht um Narvik dabeigewesen, als die Briten verlängerten, was nur in einer Niederlage enden konnte. Dennoch war es ein großer Augenblick gewesen. Das Schlachtschiff *Warspite* lag wie ein großer grauer Berg im engen Fjord, seine schweren Geschütze spien Feuer und Eisen. Die Zerstörer umkreisten es wie aufgeregte Terriers. Aber das lag drei Jahre zurück – eine Ewigkeit in Kriegszeiten.

Beaumont nahm einen langen Zug aus seinem Glas. »Es wird nicht leicht sein, aber es kann gelingen.«

»Wollen Sie meine Meinung hören, Sir?«

»Nicht unbedingt.« Beaumont lächelte. »Aber legen Sie los.«

»Admiral Brooks sagt, daß wir den Russen jede Hilfe gewähren müssen. Um die Invasion vorzubereiten, müssen wir außerdem die deutschen Großkampfschiffe an der norwegischen Küste ausschalten. Bald. Im Herbst werden die Deutschen so kampfbereit wie immer sein. Dann wäre es für uns zu spät, um wirksam helfen zu können.«

»Ich stimme Ihnen völlig zu, alter Freund.« Er goß Wein nach. »Tatsächlich habe ich genau das auch zu Nick Brooks gesagt. Deshalb«, er blickte in Drummonds Augen, »werden wir auch nicht länger warten.« Er konnte seine Erregung nicht verbergen. »Wir beginnen mit den Angriffsvorbereitungen, sobald wir zurück sind.«

Drummond zog seine Pfeife aus der Tasche und hielt sie mit beiden Händen fest. Es verhinderte das Zittern.

»Bei schlechtem Wetter stehen unsere Chancen fünfzig zu fünfzig.« Er blickte zum Himmel und dachte an die langen hohen Wogen hoch im Norden und an die Bomber, die aus der Mitternachtssonne herabstießen. Die Konvois mußten ihnen wie hilflose Käfer erscheinen. Heiser fuhr er fort: »Doch jetzt im Sommer ist es Selbstmord.«

»Danke, Sie machen mir richtig Mut. Aber mir ist es lieber, Sie sagen ehrlich Ihre Meinung, als mir nach dem Munde zu reden.« Er blickte auf seine Uhr. »Wir sollten aufbrechen, es gibt viel zu tun.«

Er beugte sich vor und legte eine Hand auf Drummonds Schulter.

»Machen Sie sich nicht zu viele Sorgen. Nick Brooks tanzt auf vielen Hochzeiten. Wenn er sagt, daß er diese Operation voll unterstützt, dann tut er das auch. Mit ganzer Kraft.«

Drummond hielt ein Streichholz an die Pfeife und sah dem Rauch nach, der über die Hecke davonzog. So mußte man sich fühlen, wenn man zum Tode verurteilt wurde. Ärgerlich schüttelte er sich. Es stand viel mehr auf dem Spiel als sein eigenes Leben.

Abrupt sagte er: »Wenn es klappt, wird es der spektakulärste Angriff dieses Jahres.«

»So ist's schon besser. Der alter Zerstörergeist: ran an den Feind!«

Drummond folgte Beaumont zum Wagen, wo der Marineinfanterist Gläser und Segeltuchstühle verstaute. Er stieg in den Fond und blickte zur Wiese zurück. Ein Vogel hüpfte durch das Gras, pickte wahrscheinlich ihre Brotkrumen auf. Nichts erinnerte mehr an Menschen, und diese Vorstellung beunruhigte ihn fast stärker als Beaumonts verrückter Plan. Was würde von ihm zurückbleiben, wenn er nicht mehr da war?

Beaumont drückte sich in den Sitz und bemerkte lässig: »Wenn dieser Einsatz vorbei ist, sollten Sie Urlaub nehmen. Sie stehen zu sehr unter Streß.«

»Mir geht es gut, Sir.« Drummond zuckte die Achseln. »Jedenfalls nicht schlechter als anderen.«

Das Auto setzte sich hinter einen Lastwagen voll singender Flieger. Wieder blickte er zurück, aber die Hecken verdeckten schon die beiden Eichen. Beaumont war eingeschlafen, die bleichen manükierten Finger über dem Bauch gefaltet. Sein Gesicht war so friedlich wie das eines Mannes, der im Besitz der reinen Wahrheit ist.

Drummond blickte seufzend auf das schlingernde Lastwagenheck. Also ging es wieder los. Oder, wie Beaumont es ausgedrückt hatte: ran an den Feind!

Oberschreiber Pickerell nahm den letzten Ordner entgegen und meinte: »Das war das Wichtigste, Sir. Die anderen Funksprüche liegen da drüben.«

Drummond blätterte den Stapel durch. Er hatte sich alle wichtigen Nachrichten sofort nach der Ankunft angesehen, aber sie enthielten weder einen Hinweis auf ihren neuen Auftrag noch auf den deutschen Ein-Mann-Torpedo. Seit er wieder an Bord der *Warlock* war, mit all den vertrauten Geräuschen und Gerüchen, konnte er sich kaum noch vorstellen, daß er je weggewesen war. Alles schien nur ein Traum gewesen zu sein. Er seufzte und hielt ein Telegramm hoch.

»Was ist hiermit?«

Pickerell knickte in der Hüfte ab, ganz der Schulmeister, der den Aufsatz eines schlechten Schülers begutachtet.

»Leichtmatrose David, Sir, ist damals achteraus gesegelt, bevor wir ausliefen.«

Drummond starrte ihn an. »Das weiß ich. Aber hier steht, daß er in unserer Arrestzelle sitzt und darauf wartet, abgeholt zu werden, damit er wegen Fahnenflucht angeklagt werden kann.« Er machte eine Pause, Ärger stieg in ihm auf. »Nun?«

Pickerell lächelte dünn. »Der Erste Offizier hat schon alles veranlaßt, Sir. Eine Patrouille hat Davis in der Nähe seiner Wohnung in Gillingham aufgegriffen. Er wurde auf besonderen Befehl direkt hierher geschickt.« Er saugte an seinen Zähnen.

»Na schön, Pickerell«, seufzte Drummond. Der Oberschreiber

wußte natürlich Bescheid, aber es kümmerte ihn nicht. »Wer war W. O., als der Mann an Bord kam?«

Pickerell blickte auf einen Punkt über Drummonds linker Schulter. »Unterleutnant Tyson, Sir.«

»Verstehe.« Er blickte auf die Uhr. »Klingeln Sie nach Owles.«

Die Tür öffnete sich, und Owles dienerte mit sichtlicher Freude. »Ah, Sie sind zurück, Sir. Hatten Sie einen schönen Urlaub?«

»Ich hatte keinen ...« Drummond schüttelte den Kopf. »Aber lassen wir das. Machen Sie mir einen großen Drink und rufen Sie den Ersten.«

»Der ist drüben auf der *Waxwing*. Wir haben Sie erst in einer Stunde erwartet.«

Drummond mußte daran denken, wie Beaumont den Marineinfanteristen gedrängt hatte, immer schneller zu fahren. Es war ein Wunder, daß sie heil angekommen waren.

Pickerell stand immer noch neben dem Schreibtisch, seine Aktenordner unter dem Arm, und blickte bedeutungsvoll auf das letzte verbliebene Buch nieder.

»Sie haben da noch nicht hineingesehen, Sir.«

Waren alle an Bord in den letzten Tagen irrsinnig geworden? Drummond rieb sich die Stirn.

»Ins Besucherbuch?«

Er öffnete es, blätterte die vergilbten Seiten durch und betrachtete die krakeligen Unterschriften. Er sah welche von alten Freunden, die jetzt am anderen Ende der Welt dienten, die Kriegsgefangene oder als dienstunfähig entlassen waren. Auch von Gefallenen. Da waren alle Unterschriften von Frank und Helens Hochzeit, einer tollen Party.

Bei der letzten Seite zuckte er zusammen. »Mrs. Sarah Kemp – hier an Bord?«

Pickerell sagte nichts. Man mußte nicht noch Öl ins Feuer gießen.

Owles erschien mit einer Karaffe und einem Glas, lächelnd wie immer.

»Ich habe den Ersten informieren lassen. Wird nicht lange dauern.«

Auf dem Gang plärrte ein Lautsprecher: »Pause! Die Messeältesten zum Postempfang.«

Drummond stand auf und ging zum offenen Bulleye. Die Seebrise umfächelte seine feuchte Stirn. Über der Küste lag Hitzedunst. Unter dem Vorland zog eine langsame Prozession kleiner Fischerboote in den Hafen hinein. Frieden oder Krieg, Nebel oder Sturm, für sie machte es keinen Unterschied. Gefischt wurde immer.

Sarah war an Bord gewesen. Auf seinem Schiff. Sie wußte, daß er in London festgehalten wurde. Warum also? Eigentlich konnte ihm das gleichgültig sein. Er kippte den Drink hinunter und verschluckte sich. Es war ihm aber verdammt noch mal nicht gleichgültig. Jetzt noch weniger als vorher.

Es klopfte, Sheridan trat ein.

»Ich war auf der *Waxwing*, Sir.« Neugierig musterte er seinen Kommandanten. »Tut mir leid, daß ich Sie nicht an der Gangway begrüßen konnte.«

»Was ist mit Davis?« Die Überraschung und Erleichterung auf Sheridans Gesicht entging ihm nicht. »Zum Teufel, was soll das alles?«

»Ach, Davis. Er wurde in Zivil aufgegriffen, wollte offensichtlich desertieren. Tyson hat ein paar Leute an Land geschickt, die ihn von der Militärpolizei übernahmen. Er sitzt unten in strengem Arrest. Wollen Sie . . .«

»Ist das alles?«

»Jawohl.« Sheridan trat näher heran. »Ich denke schon.«

»Ist Ihnen nicht der Gedanke gekommen, daß Davis, wenn man ihn zu einer förmlichen Untersuchung von Bord läßt, anfangen könnte zu plaudern? Über das, was wir machen, wofür wir trainieren?«

»Tyson sagte . . .«

Drummond fühlte, daß seine Hände zitterten. Er steckte eine in die Tasche, mit der anderen ergriff er das leere Glas.

»Ich rede nicht von Tyson! Ich möchte verdammt noch mal wissen, warum Sie die Angelegenheit so leger gehandhabt haben. Ist Ihnen nicht klar, daß das Leben unserer Männer von Geheimhaltung abhängt?«

Sheridan antwortete schnell: »Sir, ich bin mir keiner Schuld bewußt. Wenn Sie es mir erklären würden, kann ich alles wieder ins Lot bringen.«

»Jawohl!« Er knallte das Glas auf den Tisch. »Das werden Sie auch, Nummer Eins! Ich wünsche, daß Leichtmatrose Davis beschuldigt wird, über den Zapfen gehauen zu haben, sich sinnlos betrunken zu haben, oder daß er von feindlichen Fallschirmjägern bewußtlos geschlagen wurde. Suchen Sie sich aus, was Ihnen gefällt. Aber ich will ihn auf diesem Schiff behalten, *haben Sie verstanden?«* Er merkte, daß Sheridan über seinen Ärger überrascht war, und stellte sich den lauschenden Owles hinter der Tür vor.

Widerspenstig antwortete der Erste: »Aber er wollte desertieren.«

»Vielleicht. Trotzdem war er immer ein guter Mann. Jedenfalls wünsche ich, daß die Sache bis heute nachmittag erledigt ist. Wir haben einen schwierigen Einsatz vor uns, bei dem wir alle den Tod finden können. Verstanden?«

»Verstanden, Sir.« Sheridans Gesicht war versteinert. »War das alles?«

»Weitermachen.« Er ließ ihn bis zur Tür gehen. »Warum waren Sie nicht an Bord, als Davis gebracht wurde?«

Sheridan öffnete schon den Mund zu einer Ausrede, da sah er das geöffnete Besucherbuch auf dem Schreibtisch. Kurz erwiderte er: »Ich denke, das wissen Sie auch so, Sir.«

Nachdem sich die eine Tür geschlossen hatte, öffnete sich die andere, und Owles wieselte zur Ginkaraffe.

»Alles geregelt, Sir. Jetzt können Sie sich ausruhen.«

Drummond blickte weg. »Wenn ein Wort von dem bekannt wird, was eben in dieser Kajüte besprochen wurde . . .«

Owles blickte ihn traurig an. »Was für ein abwegiger Gedanke, Sir!« Es klang verletzt. »Als ob ich jemals tratschen würde . . .«

Gekränkt zog er sich zurück. Drummond saß lange Zeit blicklos am Schreibtisch und bedachte seinen Ärger über Sheridan. War es Eifersucht, oder verlor er tatsächlich schon die Nerven? Er mußte sich sorgfältig beobachten, noch genauer als seine Untergebenen, denn er trug die Verantwortung.

Zwei Stunden später trat Leutnant Rankin in seine Kajüte, das Gesicht ausdruckslos. Er blieb genau in der Mitte des abgetretenen Teppichs stehen.

»Es geht um den Leichtmatrosen Davis, Sir.« Sein schmaler Kopf glänzte im Licht. »Ich habe mit ihm gesprochen, schließlich gehört er zu meiner Division. Es ist zwar etwas ungewöhnlich, aber . . .«

Drummond nickte. Er hatte gehofft, daß Sheridan zurückkommen würde, vielleicht hätten sie zusammen den Riß kitten können.

Rankin fuhr fort: »Er hat sich eingebildet, daß er wegen einer Damenbekanntschaft den Urlaub etwas überziehen könnte.«

»Kein Vorsatz zur Fahnenflucht?«

»Nein, Sir. Ich habe ihm die Optik gerichtet.« Seine Mundwinkel wanderten leicht nach oben. »Mit Nachdruck.«

»Danke, Rankin. Ich spreche später ein Wörtchen mit dem jungen Idioten.«

Wieder klopfte es an der Tür. Es war Wingate, der W. O.

»Entschuldigen Sie die Störung, Sir. Ein Funkspruch von Kapitän Beaumont: ›Alle Kommandanten haben sich in zwei Stunden auf der

Warden einzufinden‹!« Über sein Zigeunergesicht zog ein breites Grinsen. »Endlich wieder Pulverdampf, Sir?«

Drummond fühlte die Spannung weichen. »Wahrscheinlich nur etwas reine Seeluft.« Aber in seinem Inneren wußte er, daß Wingate richtig geraten hatte. Beaumont würde den anderen mitteilen, was er selber schon aus London wußte. Er brannte darauf, die Dinge ins Rollen zu bringen.

Drummond wartete, bis beide Offiziere gegangen waren, dann goß er sich einen weiteren Drink ein. Wingate war wie ein Fels in der Brandung, wenn es darauf ankam. Doch Rankin, diesen Paragraphenreiter, mußte es hart angekommen sein, zu Davis' Bestem zu lügen. Aber schließlich hatten sie ihn doch überzeugt, daß er vorgehabt hatte, an Bord zurückzukehren.

Drummond musterte die kleine Nachbildung des Schiffswappens am Schott. *Wer mich berührt, muß sterben*. Wer immer sich das ausgedacht hatte, er mußte an Beaumont gedacht haben.

Zwei Tage nachdem Drummond wieder in Falmouth eingetroffen war, lief die erste Stufe von Beaumonts Plan an. Er dachte an Sheridans und Wingates Gesichtsausdruck, als er ihnen die Neuigkeit beibrachte.

Wingate hatte sich zuerst gefaßt. »Nach Island, Sir? Und ich fing gerade an, mich an diesen Hafen hier zu gewöhnen.« Aber im Geist beschäftigte er sich schon mit Karten, Kursen, Strömungen und Distanzen. Für einen Navigationsoffizier hörte die Arbeit nie auf.

Sheridan hatte nachgehakt: »Und danach, Sir? Oder ist es noch zu früh, den ganzen Plan zu enthüllen?«

Sie hatten außer über dienstliche Belange noch kaum miteinander gesprochen.

Drummond hatte seinen großen Stoß Befehle geöffnet. »Eins nach dem anderen. Das ist vorerst alles, was ich Ihnen sagen darf.«

Beaumont hatte ohne Aufsehen Falmouth an Bord der *Waxwing* verlassen. Zwei andere Zerstörer, *Victor* und *Ventnor*, hatten ihn begleitet. Sie kehrten nach Harwich zurück, um sich dort mit der reparierten *Lomond*, Beaumonts Schiff, zu treffen. Danach würden sie nach Island versegeln.

Einen Tag später hatten die vier übrigen Zerstörer unter Führung der *Warden* den Hafen verlassen. Alles war bemerkenswert glatt gelaufen. Keine Deserteure, keine Nachrichten vom Geheimdienst in letzter Minute, daß der Feind Wind von ihrem Vorhaben bekommen hätte. Alles lief ab wie ein gut geöltes Uhrwerk.

Vor dem Auslaufen waren sie noch zu einer kurzen Kommandantenbesprechung zusammengekommen. Es ging um Details wie Erkennungssignale, F/T-Abwicklung und Treffpunkte. Nichts Weltbewegendes.

Commander Hector Duval, Beaumonts Stellvertreter und Kommandant der *Warden*, hatte Drummond zurückgehalten, als die beiden anderen Kommandanten gegangen waren. »Einen auf den Weg.« Nachdem er Gin in die Gläser gegossen hatte, fuhr er fort: »Ich kann diese Nacht-und-Nebel-Aktionen nicht ausstehen, konnte ich noch nie. Was ist denn mit den Kommandos, den Combined Ops, dem S. O. E. und der Special Boat Squadron? Alle führen sie einen Separatkrieg, und die Amerikaner machen das gleiche. Bleibt bloß zu hoffen, daß wir am Ende auch den gleichen Sieg erringen.«

Er mochte Anfang Dreißig sein, sah aber mit seinem dichten Bart, der bereits grau gesprenkelt war, um Jahre älter aus.

»Dieser Einsatz ist noch verrückter, als Sie sich träumen lassen«, erwiderte Drummond. »Warten Sie ab.«

»Darum geht es nicht.« Mehr Gin gluckerte in die Gläser. »Mir geht es um Kapitän Beaumont. Ich kann ihn nicht einschätzen. Sie kennen ihn vielleicht besser. Was halten Sie von ihm? Ich meine im Gefecht, unter Belastung.«

So durfte man eigentlich über einen Vorgesetzten nicht reden, aber alle taten es.

»Er stand auf der Brücke, als wir am brennenden Lockvogel längsseits gingen. Mir schien er dabei ganz cool zu bleiben.«

»Ich habe gehört, daß er ein gefühlloser Bastard sein soll.«

Alarmklingeln schrillten in Drummonds Kopf. »Von wem?«

Duval schien einen Moment aus der Fassung zu geraten. »Es war vor ein paar Tagen, ich weiß nicht mehr genau, wann. In dem netten kleinen Hotel in Falmouth. Dort traf ich Ihren Ersten, er war in Begleitung einer Superfrau. Bei der hätte ich auch mal gern Onkel Doktor gespielt.« Zerstreut runzelte er die Stirn. »Wo war ich stehengeblieben?«

»Im Hotel, Sie haben dort etwas gehört.«

»Ja. Ihre Unterhaltung drehte sich um die *Conqueror*. Sie wissen, nur drei Überlebende.«

»Ja.«

»Jemand sagte, daß Beaumont an Bord des alten Schlachtschiffs als gemeiner Hundesohn verschrien gewesen sei, der nur auf seinen Vorteil achtete. So ein richtiges Herzchen. Nun weiß ich nicht, was ich glauben soll.«

Er hatte Duval auch nicht helfen können. Aber das lag jetzt alles hinter ihnen. Drummond schaukelte in seinem Brückenstuhl hin und her. Drei Tage waren sie nun auf See, vier alte Zerstörer auf dem Atlantik. Er hielt seine Uhr dicht vor die Augen. Beinahe ein Uhr morgens. Das Rollen war so unangenehm, daß er froh war, nicht in die Koje gegangen zu sein. Er hörte die Wachgänger auf der Brücke mit Füßen scharren. Gelegentlich waren Stimmen an den Sprachrohren und Mikrophonen zu hören, während die Schiffe in Kiellinie ihrem Anführer über den leeren Ozean folgten.

Bei der langsamen Fahrt und der hohen achterlichen See wurde *Warlock* unangenehm durchgeschüttelt. Sie hatten nur einen Vorteil: Weil sie das letzte Schiff in der Reihe waren, brauchten sie nicht zu fürchten, von denen hinter ihnen übergemangelt zu werden. Der Wachoffizier mußte nur darauf achten, Anschluß zu seinem Vordermann zu halten. *Zwei Umdrehungen mehr! Zwei Umdrehungen weniger!* Es war zermürbend. Das schmale Heck der *Whirlpool* mit seinem schäumenden Schraubenwasser schien nur wenige Fuß vor ihrem Vorsteven auf und ab zu tanzen.

Wingate war W. O. Drummond sah seinen Unterkörper aus der Segeltuchabdeckung des Kartentischs ragen, wo er seine Berechnungen kontrollierte und einen Augenblick lang allein sein konnte.

Hillier stand auf der Steuerbordgräting, das Fernglas nach vorn gerichtet. Er hatte sich gut gemacht. Die Bewegung seines Oberkörpers, mit der er das Rollen ausglich, war die eines gestandenen Wachgängers.

Wingate erschien neben Drummonds Stuhl. »Alles ruhig, Sir.« Er warf einen schnellen Blick auf die Ausgucksleute. »Nur der Doktor wird morgen ein paar Seekranke zu kurieren haben.«

Drummond biß auf seine Pfeife. Er zählte die Sekunden, bis *Warlocks* Heck wieder angehoben wurde, und dann machte die Brücke eine korkenzieherartige Bewegung. Der Aufbau protestierte knirschend, als die Oerlikons an ihren Lafetten rissen. Ein Mann rutschte aus und fiel hin, er fluchte fürchterlich. Ein anderer rief: »Befreit mich bloß aus diesem Eimer!«

Wingate grinste mit blitzenden Zähnen. »Sie ändern sich nie.«

Drummond schüttelte den Kopf. »Das will ich hoffen.«

Ein Bootsmannsmaat sagte etwas in ein Sprachrohr, dann meldete er: »Kapitän Beaumont, Sir. Funkspruch der Admiralität mit Konvoi-Informationen.«

»Danke.« Er blickte Wingate an. »Gehen Sie selber runter und vergleichen Sie mit unseren Unterlagen.«

Wingate nickte. »Das wird der Konvoi nach Reykjavik sein. Ein ziemlich schnelles Geleit, sollte uns nicht in die Quere kommen.« Er blieb bei Hillier stehen. »Übernehmen Sie.«

Hillier ging vorsichtig über die Gräting.

»Na, haben Sie sich eingewöhnt, Sub?« fragte Drummond.

»Es wird langsam besser, Sir.« Der Neuseeländer deutete über die Seite. »Es ist nur so wie Wingate schon sagte: Das nächste Land sind die Faröer, und selbst die liegen zweihundert Meilen im Osten.« Er verstummte. Das regelmäßige »Ping« des Asdic schien seine Worte noch zu unterstreichen.

»Ja, das ist eine üble Gegend. Der Anfang des Schiffsfriedhofs.«

Sie schwiegen, bis Wingate zurückkam.

»Ich hatte recht, Sir. Es ist der Nordkonvoi, Kurs drei-vier-null, Abstand vierzig Meilen.« Er kaute an seinem Bleistift. »Geschwindigkeit zehn Knoten.«

»Ich dachte, es ist ein Schnellkonvoi mit mindestens fünfzehn Knoten?«

»Der Funkspruch besagt, daß er von zwei U-Booten angegriffen wurde. Ein Schiff wurde versenkt, ein anderes beschädigt. Wahrscheinlich wollen sie zusammenbleiben und fahren deshalb langsamer.«

Und nach einer Pause: »Der Konvoikommandeur muß ein Menschenfreund sein. Das hier ist eine verdammt üble Gegend, wenn man allein zurückgelassen wird.«

Drummond blickte zur Seite. Bestimmt erinnerte sich Wingate wieder an damals, als er zurückgeblieben war. Als sein Freund an seinem Ölmantel festfror und starb. Er sprach nie darüber, aber jedesmal, wenn *Warlock* durch Schneegestöber fuhr, paßte er besonders scharf auf: beobachtend, lauschend, auf die fürchterliche Explosion wartend.

»Der Konvoi wird morgen Luftunterstützung bekommen, falls sich die Wolken lichten.«

Wingate murmelte: »Wie die Suche nach der ...« Er wurde unterbrochen, denn der Bootsmannsmaat rief: »Wieder ein F/T, Sir, von der *Warden*.«

Drummond rutschte vom Stuhl und wartete, bis das Deck wieder waagrecht lag. Duval benutzte das UKW-Telefon, was ungewöhnlich war. Wahrscheinlich wollte er mit ihm über den Konvoi sprechen. Drummond erreichte das kleine stählerne Kabuff unter der Radarplattform und zwängte sich durch die Tür. Als das Licht automatisch wieder anging, sah er den Asdic-Beobachter gekrümmt über seinem

Gerät hocken. Ein anderer Mann goß Kakao in eine Reihe abgestoßener Becher, ein dritter fummelte an seiner Rettungsweste. Der Kommandant nahm den Telefonhörer ab.

»Hier spricht *Yoke sieben.*« Er wartete und stellte sich Duvals Bart am anderen Ende der elektromagnetischen Welle vor. »*Yoke eins*, bitte kommen.«

Elektrostatische Entladungen und das Klappern der Becher.

Dann kam Duvals Stimme erstaunlich klar durch: »Hier ist *Yoke eins.* Ich will's kurz machen. Wir haben ein starkes Radarecho recht voraus, Entfernung acht Meilen. Gleicher Kurs und Geschwindigkeit.«

Drummond leckte sich die Lippen. Der Einbau von Radar in der Schrottflottille hatte einen gewaltigen Fortschritt gebracht. Allerdings waren ihre Geräte im Vergleich zu den neuen schon wieder veraltet. Acht Meilen war unter diesen Wetterbedingungen ihre maximale Reichweite.

Duval fuhr fort: »Zu klein für einen versprengten Frachter, zu weit achteraus für einen Lumpensammler des Konvois.«

Drummond wartete, sein Magen machte einen Sprung, als das Schiff in einen tiefen Trog rutschte. »Also ein U-Boot.«

»Ja.«

Drummond blickte über die Schulter und sah die Augen des Asdic-Beobachters wie zwei Glasmurmeln leuchten.

»Der Erste auf die Brücke! Beeilung!« In den Hörer sagte er: »Wir müssen uns freihalten, es ignorieren.«

Er wußte, in welcher Zwickmühle Duval steckte: entweder die Geschwindigkeit erhöhen und das U-Boot stellen – oder ihren Befehlen folgen. Entweder die Admiralität benachrichtigen, die dann den Konvoi warnen würde – oder Funkstille wahren und untätig zusehen, wie Hunderte abgeschlachtet wurden.

Duval meldete sich ab: »Hier ist *Yoke eins. Over and out.*«

»Sie haben mich rufen lassen, Sir?« Sheridan zwängte sich durch die Männer.

»Ja, setzen Sie Ihre besten Radar- und Asdicleute an die Geräte. *Warden* hat ein starkes Echo, gleicher Kurs und Geschwindigkeit, Entfernung acht Meilen.«

Er hörte, wie Sheridans Bartstoppeln am Kragen kratzten.

»Tut mir leid, daß ich Sie wecken lassen mußte.« Es war das erste private Wort, das sie seit ihrem Streit wechselten.

Sheridan zuckte mit den Schultern. »Ich habe sowieso die Morgenwache.« Er lächelte. »Mit etwas heißem Kakao wird's schon gehen.«

»Ich sorge dafür, während Sie Ihre Leute einteilen.« Drummond öffnete die Tür, die Skalen glühten wie rote Augen, als das Oberlicht erlosch. »Ich bin auf der Brücke, bis . . .« Er mußte den Satz nicht beenden.

Wingate wartete schon auf ihn. »Ein Kraut, Sir?«

»Scheint so.« Er steckte den Kopf unter die Kartentischabdeckung und studierte die dünnen Bleistiftstriche. »Was ist mit der Konvoi-Eskorte? Wissen wir etwas darüber?«

Wingate kroch zu ihm, er roch nach Salz und Öl. »Vier Korvetten und ein Asdic-Trawler.«

Sie blickten sich an.

»Nicht gerade die Welt. Ich wette, daß der Bastard sie verfolgt, um den Rest des Rudels heranzuführen. Im Morgengrauen werden sie angreifen.« Er blickte auf die Uhr. »Nicht mehr viel Zeit.«

Füße klapperten auf den eisernen Decks, Stimmengemurmel war zu hören. Es klang gedämpft, aber offensichtlich unwillig: »Was zum Teufel ist denn jetzt los?« – »Kann man auf diesem Scheißdampfer nicht mal während der Freiwache pennen?« – »Vorsicht, der Alte ist auf der Brücke!« Ruhe.

Eine Kakaokanne schepperte so laut wie eine Wracktonne.

Hillier meldete: »Auf unserem Radar ist nichts zu sehen, Sir.«

Drummond dachte an die drei Schiffe vor ihm und machte sich Sorgen um Duval. Nur dieser sah das Objekt auf dem Radar, nur er konnte die Informationen auswerten.

Er tauchte unter der Abdeckung hervor und wartete auf die Rückkehr seiner Nachtsichtigkeit.

Sheridan meldete: »Alle Posten besetzt, Sir.« Er tippte auf das Sprachrohr. »Der Bootsmann steht am Ruder, er hat einen sechsten Sinn für Trouble.«

Sie schlürften den dicken süßen Kakao und warteten.

»F/T-Raum meldet Abstand und Peilung zu *Warden* konstant.«

»Danke.«

Drummond ging nach vorne und packte das Teakholz der Verschanzung. Sie hätten jetzt schon volle Fahrt laufen müssen und in zwanzig Minuten auf Schußdistanz sein können. Er stellte sich auf die Zehenspitzen und blickte auf das nächste Geschütz hinunter. *Leuchtgranate. U-Boot an der Oberfläche. Schnellfeuer.* Aber vielleicht . . . Er schüttelte sich und kehrte zu seinem Stuhl zurück. Duval würde niemals die Geheimstufe ignorieren und Alarm schlagen, dazu war er zu professionell, durch zu viele Feuerstürme abgehärtet.

Ein Telefon summte wie eine gefangene Wespe.

»Brücke?« Hilliers Stimme klang gepreßt. »Der Chief ruft aus der Messe an, Sir.«

Drummond glitt vom Stuhl herunter und wunderte sich, daß der Chief nicht in der Koje lag.

»Kommandant.«

»Hier Galbraith. Ich mache mir Gedanken ...«

»Danke, Chief. Es wäre mir lieb, ein wenig mehr Gewicht unten im Maschinenraum zu wissen, gerade jetzt.«

Er legte auf, und Hillier starrte ihn erstaunt an. Aber er konnte es ihm auch nicht erklären. So wie der Bootsmann und einige andere *wußte* es Galbraith einfach. Dafür gab es keine logische Erklärung.

Er spähte durch die verschmierten Glasscheiben nach *Whirlpools* Heckwasser aus. Die Offiziere auf den anderen Zerstörern hatten natürlich das Gespräch mitgehört und würden sich ihre Gedanken machen.

»Kapitän, Sir – *Warden* ruft wieder.«

Er wußte, was Duval ihm sagen würde, noch bevor er den Asdic-Raum erreicht hatte.

»Hier ist *Yoke eins*, hören Sie mich, *Yoke sieben?*«

»Laut und deutlich. *Over.*«

»Sie übernehmen die Spitzenposition. Behalten Sie Kurs und Geschwindigkeit bei. Bestätigung!«

»Verstanden und bestätigt.« Er konnte sich vorstellen, wie man auf den anderen Zerstörern auf die Tonlage seiner Stimme achtete. *»Over.«*

»Ich greife an. *Over and out.*«

Drummond blickte den Hörer an, dann hängte er langsam ein. Verdammter dickschädliger, tapferer Narr.

Die Luft schien kälter geworden zu sein, als er zu seinem Stuhl zurückging.

»Standby zur Drehzahlerhöhung. Wir lassen die anderen Schiffe an Steuerbord. Informieren Sie Maschinenraum und Ruderhaus.«

»Greifen wir an, Sir?« fragte Wingate heiser.

»Wir nehmen die Spitzenposition ein, Pilot.«

»Radar an Brücke: *Warden* erhöht die Fahrt, Sir.«

»Danke.« Alle blickten ihn an. »Commander Duval kümmert sich um das U-Boot. Es ist seine freie Entscheidung.«

»Fertig, Sir.«

»Danke. Backbord zehn!« Er sah die anderen Schiffe nach Steuerbord auswandern. »Mittschiffs.« Wie ruhig alles war! Man hätte im

Hintergrund das Dröhnen von *Wardens* Maschinen hören sollen, wie es immer in den Filmen gemacht wurde. »Steuerbord zehn ... Stütz ... Kurs drei-vier-null. Umdrehungen eins-eins-null!«

Das Deck vibrierte jetzt heftiger. Der schlanke Schatten von *Whirlpool* stand schon querab, voraus tauchte das nächste Schiff auf, *Whiplash.* Aus ihrem Schornstein zog eine lange schwarze Rauchfahne. Wurde es denn schon hell?

»Wieviel Zeit ist vergangen?«

»Fünfzehn Minuten, Sir.« Sheridan räusperte sich. »Ich sehe nicht ein, warum Duval sich mit dem U-Boot allein herumschlagen muß.« Das klang wie eine Beschuldigung.

»Er hat uns verlassen, hörte ich?« Das war Rankins Stimme.

Also war auch er auf die Brücke gekommen. Drummond beendete das Gespräch: »Das reicht.«

»Radar an Brücke.«

»Brücke.« Wingate hatte das Mikro schon an den Lippen.

»Wir haben jetzt das fremde Echo in ungefähr acht Meilen voraus, Sir.«

Drummond überquerte die Brücke und nahm den Hörer. Dabei wies er Wingate an: »Setzen Sie das Schiff vor die *Whiplash* und nehmen Sie danach wieder den Kurs und die alte Geschwindigkeit auf.« Er sagte ins Gerät: »Hier Kommandant. Wie kommt *Warden* voran?«

»Nähert sich schnell dem Objekt, Sir. Geschätzter Abstand null-acht-fünf.«

»Danke.«

Er versuchte, seine Zweifel und Befürchtungen zu unterdrücken. Immerhin war es schon vorgekommen, daß ein aufgetauchtes U-Boot so mit Jagdfieber oder anderem beschäftigt war, daß die Ausguckleute nicht scharf genug achteraus schauten.

Er hörte Sheridans schweren Atem neben sich. Sauer sagte der Erste: »Ich wünschte, wir wären jetzt bei ihm.«

Ein roter Feuerball zerplatzte am Horizont. Sekunden später folgte die Explosion, knallte wie eine Riesenfaust gegen den Aufbau.

»Er hat's erwischt!« schrie Hillier. »Er hat's geschafft!«

»Asdic an Brücke.« Die Stimme zitterte leicht. »Ein Schiff zerbricht recht voraus, Sir.«

Drummond drängte sich zwischen Sheridan und jemanden, den er nicht mal sah.

»Brücke an Radar. Hier Kommandant. Ist das fremde Echo noch da?«

»Jawohl, Sir, aber es wird schwächer.« Irgend jemand im Radarraum stieß ein Stöhnen aus. »Ziel taucht weg, Sir.«

»Danke.« Er übergab den Hörer an den Bootsmannsmaaten.

Das U-Boot hatte alles perfekt abgepaßt. Sein Kommandant hatte gemerkt, daß er verfolgt wurde, vielleicht hatte sein Reflektor *Wardens* Radarimpulse angezeigt. Also hatte er einen oder zwei Hecktorpedos ausgestoßen. Bei äußerster Kraft voraus war *Warden* getroffen worden und sofort auf Tiefe gegangen.

»Asdic meldet keinen Kontakt mehr, Sir.«

Das Ganze dauerte nicht länger als ein Wimpernschlag.

Er steckte die Hand in die Tasche und griff nach seiner Pfeife. »Scharfen Ausguck halten nach Schwimmwesten, Lichtern und Wrackteilen. Doktor aufs Vorschiff!«

Er merkte, daß seine Beine zitterten. Aber als er sie anfaßte, fühlten sie sich an wie Metall, so kalt und reglos.

Sheridan fragte ausdruckslos: »Und wofür?«

Drummond blickte ihn mehrere Sekunden lang an. »Eine Geste, Nummer Eins. Ich denke, daß wir uns alle daran erinnern werden.«

Sheridan ging unsicher zur Brückenleiter. »Diese Nacht werde ich nie vergessen, Sir, das ist sicher.«

Rankin sagte düster: »Verdammtes Pech!« Er blickte Drummond von der Seite an. »Aber jetzt sind wir das Führungsschiff.« Damit verschwand er, sortierte im Geist wohl schon die neuen Aufgaben, die nun auf ihn zukommen würden.

Drummond atmete tief durch. Vielleicht war es besser, so zu sein wie Rankin. Wo keine Phantasie war, konnte auch kein Seelenschmerz sein. Und kein Schuldgefühl.

Vermißt

Galbraith kletterte auf die Brücke und wartete, bis ihn Drummond bemerkte.

»Bunkern beendet, Sir.« Er deutete auf den rostigen Tanker längsseits, ein paar Maschinisten kämpften noch mit den tropfenden Schläuchen. »Als nächste ist die *Whirlpool* dran.«

Drummond nickte und blickte zum Himmel. Noch immer bewölkt, aber ein paar Sonnenstrahlen fielen auf die Stadt und die fremdartige Landschaft dahinter. Die seltsamen Häuser mit ihren skandinavischen Farben und den Wellblechdächern unterschieden sich stark von den

Häusern in Falmouth. Aber der Hafen sah aus wie jeder andere. Reykjavik war überfüllt mit dem üblichen Durcheinander kleiner Kriegsschiffe, Trawler, Kanonenboote und Korvetten. Die letzteren waren die Eskorte des Geleits.

Drummond blickte über das schmutzige Deck des Tankers zur belebten Pier hinüber. Die Sankas waren verschwunden. Für sie war es wahrscheinlich ein Routinejob gewesen. *Warlock* hatte insgesamt dreißig Überlebende geborgen. Sie waren geschockt und vom ausgelaufenen Öl halb erstickt, einige durch ausströmenden Dampf verbrüht. Ein Wunder, daß sie bisher überlebt hatten. Jetzt waren alle im Lazarett hinter der Stadt, im Marinelager oder dem R.A.F.-Lazarett. Er hatte Dr. Vaughan mitgeschickt. Mehr hatte er nicht tun können.

Ein Glück, daß sie so viele gerettet hatten. Während die anderen beiden Zerstörer ihn abschirmten, hatte er langsam und sorgfältig gesucht. Der Ölfleck war wie gewöhnlich die Markierung. Leichen trieben still davon, die noch Lebenden schlugen wild um sich wie sterbende Fische und waren völlig von schwarzglänzendem Öl überzogen.

Aber jetzt im Hafen mit seiner Normalität kam ihm die Zahl dreißig nicht mehr so groß vor. Über hundert waren geblieben, und nur ein Offizier hatte überlebt, der achtzehnjährige Fähnrich. Er hatte im Ruderhaus am Plottertisch gesessen, hatte den Bootsmann plötzlich etwas schreien hören und dann einen fürchterlichen Schmerz im Rükken verspürt. Dieser mußte vom Anprall herrühren, als das Schiff in der Mitte barst. Das Sinken, den Horror im Wasser, hatte er nicht bewußt erlebt.

Sheridan kam auf die Brücke und grüßte formell.

»Schiff ist klar zum Verholen, Sir.« Seine Wangen waren schwarz von Bartstoppeln, seine Augen wie stumpfe Steine.

»Danke. Wir legen uns vor den Tanker.«

Drummond war so müde, daß er nicht von der Gräting heruntersteigen konnte. Sie waren im Morgengrauen eingelaufen, schneller hätten sie es unmöglich schaffen können. Die Suche nach den Überlebenden, das Warten auf den Konvoi, der vor ihnen einlief und festmachte – all das hatte Zeit gekostet.

Er hörte Hillier erstaunt rufen: »Und ich dachte, hier gibt's nur Schnee und Eis!«

Galbraith wischte sich die Stirn und hinterließ einen Ölstreifen. »Bleiben Sie noch ein wenig, Sub, und Sie kriegen so viel Schnee, daß Ihnen schlecht wird. Island kennt nur zwei Jahreszeiten: Juli und Winter.«

Signalgast Tucker überprüfte die Flaggleinen und knurrte: »Die verdammten Isländer hätten wohl lieber die Deutschen hier als uns.«

Drummond tastete nach seiner Pfeife.

»*Lomond* und die anderen waren schneller als wir.«

Er hatte schon mit Beaumont gesprochen. Seine *Lomond* lag mit ihrem neuen Tarnanstrich am besten Liegeplatz des Hafens, nur zehn Minuten Fußweg zum Offiziersklub entfernt.

Sheridan schlug verlegen vor: »Soll ich jetzt übernehmen, Sir?«

Drummond nickte, mühsam ein Gähnen unterdrückend. »Ja. Verholen Sie nach vorn, wenn die Festmachergang soweit ist. Es gibt hier eine kleine Treidelbahn auf der Pier, Sie brauchen also nur die Leinen zu übergeben, den Rest besorgen die.«

Er tippte an die Mütze und war im Geist schon mit seinem Bericht beschäftigt. Was er schreiben würde, und vor allem wie er Duvals Opfergang würdigen konnte.

Galbraith vergrub die Fäuste in seinem flatternden Kesselanzug und murmelte: »Es hat ihn ganz schön mitgenommen.«

Sheridan starrte ihn an. »Und was ist mit den Leuten der *Warden?*«

»Ich bin Ingenieur, Nummer Eins. Ich habe Ihnen schon mal gesagt, daß ich tapfere Männer bewundere, aber Narren kann ich nicht ausstehen. *Warden* ist freiwillig über die Klinge gesprungen und hat hundert Mann mitgenommen. *Das* steht fest.« Er blickte nach oben zu den hoffnungsvoll kreisenden Möwen. »Was wir niemals wissen werden, ist, ob das U-Boot wirklich eine Gefahr für den Geleitzug darstellte. Daher war Duval in meinen Augen ein tollkühner Narr.« Er schlenderte zur Leiter. »Das eiserne Gesetz des Maschinenraums lautet: Wenn du was tust, dann tu's richtig – oder laß es bleiben. Meiner Meinung nach sollte das auch auf der verdammten Brücke gelten.«

Wingate pfiff durch die Zähne. »Der Chief macht ja wieder richtig Dampf.«

Sheridan blickte ihn bitter an. »Was zum Teufel ist mit euch los? Deprimiert euch das denn nicht?«

»Natürlich.« Wingate zog eine neue Seekarte aus dem Bereitschaftsfach. »Aber was bringt's? Es deprimiert mich, daß dieses Schiff und noch viele andere, die ich kannte, auf Tiefe gegangen sind. Es deprimiert mich, daß die Frau und die Tochter unseres Artilleriemaats gestern nacht bei einem Luftangriff ums Leben gekommen sind. Niemand hat es bis jetzt fertiggebracht, ihm das zu sagen. Ich bin darüber und über vieles andere deprimiert, Nummer Eins. Aber ich weiß, daß ich nicht das geringste daran *ändern* kann!« Er deutete ärgerlich auf die leere Leiter. »Und dem Alten geht's genauso.«

Füße polterten durch die Tür und unterbrachen die plötzliche Stille. Sheridan blickte den Unteroffizier an, der sie mit stummem Vorwurf betrachtete. Es war der Artilleriemaat.

»Verzeihung, Sir, aber die Festmacher an Land sind bereit, unsere Drähte zu übernehmen. Ich habe die Wache auf Stationen geschickt, Sir.«

Sheridan schluckte. »Vielen Dank, Abbot.«

Harsch sagte Wingate: »Haben Sie nichts vergessen, Nummer Eins?«

»Melden Sie sich gleich beim Kommandanten, Abbott.« Er sah, daß der Mann blaß wurde. »Umgehend.«

Als der Unteroffizier gegangen war, fragte Wingate leise: »Sehen Sie? Man muß nur den Schwarzen Peter weitergeben.« Er ging an Sheridan vorbei, seine Augen waren kalt. »Also fragen Sie mich nie wieder, ob ich deprimiert bin!«

Fitzroy, der Funker, erschien hinten auf der Brücke.

»Kapitän Beaumont will den Skipper auf der *Lomond* sehen, Tucker.« Dann bemerkte er Sheridan. »Sorry, Sir, ich dachte, Sie wären unten.«

»Ich werde es ihm sagen, danke.« Langsam ging Sheridan zur Leiter. »Er spricht gerade mit Unteroffizier Abbott.«

Fitzroy und Tucker wechselten einen schnellen Blick, dann sagte der bärtige Signalgast: »Wir nehmen ihn heute abend mit an Land, Maurice. Ein paar Promille werden ihm guttun.«

Sheridan verließ die Brücke, in seinem Kopf drehte sich alles. Wie einen Alptraum empfand er die Ereignisse, die in der Versenkung der *Warden* gipfelten: die verzerrte Stimme im Funktelefon, Drummonds schweigende Zustimmung, die Art, wie er sich zurückgehalten und das Schiff hatte sterben lassen. Es erinnerte ihn an die Geschichte der *Conqueror*. Die Zerstörer damals hatten sich auch ferngehalten – auf Befehl.

Er trat zu Noakes und dem Oberbootsmannsmaat. Die müden Männer der Wache standen mit Trossen und Fendern bereit.

»Fertig?«

Noakes grunzte: »Sehen Sie nur, wie sie alle das Land anstarren.

Sie können es kaum erwarten, sich in Schale zu schmeißen und die Mädchen zu jagen. Allerdings werden sie hier nicht viel Glück haben.«

Abbott eilte vorbei, und Vickery, der Oberbootsmannsmaat, rief ihm zu: »Wenn wir das alte Mädchen angebunden haben, treffen wir uns in der Messe, Ted.«

Abbott ging wortlos weiter.

Vickery blickte Sheridan an und fragte verwundert: »Was zum Teufel ist los mit ihm? Jesus, *doch nicht etwa seine Familie?*« Er drehte sich abrupt um, seine Stimme war barsch. »Auf denn! An die verdammten Trossen, und bemüht euch wenigstens, wie Seeleute auszusehen!«

In seiner Kajüte zog Drummond den Pullover aus und warf ihn auf einen Stuhl. Eine Zeitlang betrachtete er die rostige Bordwand des Tankers, bis sie sich langsam zu bewegen begann und gleichmäßig vorbeiglitt. Dann blickte er in den Spiegel. Vielleicht wäre eine Rasur angebracht. Owles hatte ihm ein frisch gebügeltes Hemd und seine beste Uniform bereitgelegt. Er hatte noch nie jemand anderen das Schiff verholen lassen, obwohl hier alles durch die Treidelloks absolut unter Kontrolle war. Aber er wußte, daß er nicht länger auf der Brücke hätte bleiben können, ohne entweder Sheridan ins Gesicht zu schlagen oder in Tränen auszubrechen. Beides hätte nichts geändert.

Vielleicht war ihre letzte Unterhaltung über Beaumont noch in Duvals Gedächtnis gewesen, als er starb. War Beaumont indirekt schuld an den Ereignissen? Erst die *Conqueror*, dann die brennenden Männer des Köders und schließlich der Feuerball der *Warden*. Es wurde jedesmal schlimmer.

In Harwich hatte Drummond eine ganze Reihe Jagdflieger kennengelernt, irgendwie ähnelten sie den Zerstörerleuten. Sie waren jung, waghalsig und lebenslustig, aber einige hatten ihm von ihren Ängsten erzählt. Beim ersten Abschuß schlug der Schreck noch um in Triumph. Nicht weil man Feinde getötet, sondern weil man im Kampf Mann gegen Mann gesiegt hatte. Die nächsten Male wurde es immer leichter, aber danach verkrampfte man sich, wurde gereizter und tolerierte auch nicht die kleinsten Fehler am Gerät oder bei anderen Piloten. Gewöhnlich starb man dann bald.

Auf den Schiffen dauerte es länger, aber der Streß baute sich genauso zwangsläufig auf. Er sah es an seinem Gesicht, so wie er es aus Galbraiths und Wingates Gesichtern ablesen konnte. Und wie er es in Duvals Gesicht gesehen hatte, als der sich nach Beaumont erkundigt hatte: *Ich kann ihn nicht einschätzen.*

Drummond mußte auch an Unteroffizier Abbotts Gesicht denken, als er ihm den Inhalt des Telegramms mitgeteilt hatte. Abbott war ein sehr harter Mann; zweimal verwundet, diente er schon seit seiner Jugend in der Marine. Er hatte vor dem Schreibtisch gestanden und nicht Drummond angeschaut, sondern nur auf das Telegramm gestarrt.

»Doch nicht sie, Sir! Nicht *sie!*«

Drummond hatte ihm ein Glas Brandy eingeschenkt. »Trinken Sie.« Er hätte viel darum gegeben, die richtigen Worte zu finden. Aber jedesmal, wenn er das glaubte, klangen sie hohl.

Verzweifelt hatte Abbott gefragt: »Was soll ich jetzt bloß tun, Sir?«

»Ich lasse Sie umgehend nach Hause fliegen. Ein anderer kann Ihre Aufgaben übernehmen, bis . . .«

Hoffnungslos hatte ihn Abbott unterbrochen: »Aber *sie* waren mein Zuhause, Sir.« Das Brandyglas blieb unberührt auf dem Tisch stehen.

Drummond legte das Rasiermesser zur Seite und tupfte sich das Gesicht ab. Das Telefon summte.

»Hier ist der Erste, Sir. Eine Nachricht von der *Lomond:* Sie möchten sich an Bord melden.«

»Danke.« Er lehnte sich an das kühle Schott, seine saubere Koje erschien ihm jetzt wie ein ferner Traum. »Er verliert wirklich keine Zeit.«

»Schiff ist fest, Sir. Die *Whirlpool* wird nach dem Bunkern bei uns längsseits kommen.«

»Gut. Schicken Sie unterdessen die Wache zum Frühstück.«

Sheridan schien zu zögern. »Ich möchte mich noch wegen der *Warden*-Geschichte entschuldigen, Sir.«

»Vergessen Sie's. So was kommt vor.« Er sah den Brandy auf dem Tisch. »Sie wissen, wo Sie mich erreichen können, wenn Sie mich brauchen.« Er hängte ein und schob seufzend das Brandyglas zur Seite.

»Nein, zur Abwechslung werde ich mal *seinen* verdammten Brandy trinken!«

Owles lauschte an der Tür und nickte zufrieden. Der Skipper schien über den Berg zu sein – für diesmal. Sorgfältig bürstete er Drummonds Mütze ab. Nur so konnte man durchhalten, dachte er.

Beaumont saß in einem neuen Ledersessel und betrachtete Drummond nachdenklich. Seine Tageskajüte roch nach frischer Farbe und war ungewöhnlich komfortabel ausgestattet.

Schließlich sagte er: »Ich habe Ihren Bericht gelesen. Mein Erster hat noch ein paar Erklärungen hinzugefügt, aber sonst ist er in Ordnung.«

Drummond fühlte, daß ihn wieder Müdigkeit überkam. Er konzentrierte sich auf die Bewegungen der Kräne, die er durch die polierten Bullaugen sehen konnte.

»Schade um Hector Duval. Aber man kann nicht ohne Risiko den lieben Gott spielen. Er ist einfach zu weit gegangen.«

»Hätte es einen Unterschied gemacht, wenn ihm die anderen gefolgt wären? Was denken Sie, Sir?«

Beaumont drohte ihm mit einem Finger. »Das dürfen Sie mich nicht fragen, Keith, ich war nicht dabei. Sie haben die Umstände abgewogen und eine Entscheidung getroffen. Ich meine, daß Ihnen niemand einen Vorwurf machen kann.«

Drummond starrte ihn an. »*Mir* einen Vorwurf machen? Ich habe meine Befehle ausgeführt, Sir.«

Beaumont schnipste etwas von seinem Ärmel und lächelte milde. »Natürlich.«

»Sir, wenn Sie meinen, daß ich so hätte handeln sollen, wie es mir mein Instinkt geraten hat, dann möchte ich das von Ihnen hören!«

»Langsam, Keith.« Beaumont lächelte noch immer. »Es ist vorbei. Ich billige Duvals Vorpreschen durchaus nicht. Loszustürmen wie ein Elefant im Porzellanladen – damit hätte er uns in ernste Schwierigkeiten bringen können. Der Konvoi ist zum Glück fast unbeschädigt eingelaufen. Aber selbst wenn er ausradiert worden wäre, hätten Duvals vier Zerstörer für den Geleitbefehlshaber nicht existieren dürfen. Zu seinem Schutz waren vier Korvetten und ein Trawler abgestellt. Wenn er das für nicht ausreichend hielt, dann hätte er entsprechende Maßnahmen ergreifen müssen. Niemand kann sich auf Wunder verlassen.«

Er stand auf und trat ans nächste Bullauge. Sein Gesicht sah im reflektierten Licht weich und glatt aus.

»Ich wollte damit nur sagen, daß ich nicht weiß, wie ich an Ihrer Stelle gehandelt hätte, nachdem Duval wie ein verrückter Stier losgebraust war.« Er drehte sich um und grinste kameradschaftlich. »Ohne doppelten Boden, ohne hinterlistige Intrigen.«

Sein Steward schielte um den Vorhang. »Soll ich schon die Gläser bereitstellen, Sir?«

»Bald.« Beaumont schob eine schneeweiße Manschette zurück und warf einen Blick auf seine Uhr. »Sie werden in fünfzehn Minuten an Bord kommen.«

Der Steward zog sich zurück.

»Besucher?« Der Gedanke, viele Hände schütteln zu müssen, war Drummond unerträglich.

»Habe ich's noch nicht erwähnt? Miles Salter ist mit seiner Truppe eingeflogen, um hier etwas die Räder zu ölen, wie man so sagt.«

»Noch jemand dabei, den ich kenne?«

»Miles' Sorgenkind, Sarah Kemp. Sie wird sich ihrer Haut wehren müssen, denn die isländischen Mädchen halten sich von unseren Seeleuten fern. Wir sind hier nicht sehr beliebt.«

»Sir, ziehen wir damit nicht zuviel Aufmerksamkeit auf uns?« Er sah wieder Sarahs Gesicht vor sich, als sie sagte: »Die vielen *Imagemacher.«*

»Die Leute hier sind an die Presse gewöhnt, und der Admiral war von der Idee sehr angetan.« Beaumont runzelte die Stirn. »Aber Sie haben recht, wir müssen vorsichtig sein.«

Schritte klapperten übers Deck, der W. O. eilte wohl zur Gangway, um die Besucher zu begrüßen. Beaumont setzte sich in Position wie ein Schauspieler, bevor sich der Vorhang hebt.

Miles Salter schoß zuerst herein. Er war zerknittert wie immer, schien aber bester Laune zu sein.

Er schüttelte Beaumonts Hand, dann lächelte er Drummond zu. »Also sind Sie immer noch unter uns, Commander. Das ist gut.«

Zwei andere Männer folgten ihm. Sie trugen Anzüge, die aussahen, als hätten sie in ihnen geschlafen. Einer schleppte eine große, sehr teure Kamera.

Sarah Kemp ging quer durch die Kajüte, lächelte Beaumont zu und blieb direkt vor Drummond stehen. Sie streckte die Hand aus und blickte ihm ins Gesicht.

»Hallo.« Sie lächelte nicht. »Es freut mich, Sie gesund wiederzusehen.« Ihr Griff verstärkte sich. »Wirklich.«

»Was, Sie haben schon von unserem Verlust gehört?«

»Ja. Auch wenn es leider wie Prahlerei klingt.«

»Nein, ich bin nur nicht an Presse gewöhnt.«

Sie setzte sich neben ihn, schlug die Beine übereinander und strich den Rock glatt, alles in zwei eleganten Bewegungen. Dann sah sie ihn ernst an. »War es schwer?«

»Wie immer.« Er rang sich ein Lächeln ab. »Ich habe gehört, daß Sie bei uns an Bord waren?«

Sie leckte sich die Lippen. »Bei Ihnen klingt es schlimmer, als es war.«

»Entschuldigung.« Er blickte zur Seite. »Ich wollte nicht neugierig sein.«

Beaumont rief fröhlich herüber: »Wie wär's mit einem Drink?«

Sarah lachte. »Ich dachte schon, Sie würden uns überhaupt nicht mehr fragen. Was für ein Land! Nichts zu trinken, die Straßen voll verrückter Männer und hübscher Mädchen, die auch nicht zu haben sind. Das ist nicht fair.«

Die Stewards kamen, und Drummond zog seine Reservepfeife heraus. Ihm war nicht nach Rauchen oder Trinken, aber er würde damit Zeit gewinnen. Er beobachtete Sarah, während sie Bemerkungen mit den anderen austauschte. Sie stand immer im Mittelpunkt und wußte es auch. Trotzdem schien es eher ein Spiel für sie, um etwas anderes zu verbergen. Er mußte daran denken, daß Sheridan wahrscheinlich mit ihr geschlafen hatte.

»Drink, Sir?« Der Steward beobachtete ihn.

»Einen Gin, bitte.«

Immer mehr Menschen kamen, darunter auch hohe Offiziere vom Standortbefehlshaber Navy und R.A.F. Es wurde sehr laut und fröhlich. Sarah verschwand in einer Wolke dunkler und heller Uniformen.

Beaumonts Stimme übertönte alles wie eine Fanfare: »Also fragte ich dieses verdammte Weibsstück in der Oxford Street: ›Was kostet die Nacht?‹ Und sie hatte den Nerv zu sagen: ›Fünf Pfund.‹ Ich wußte ja, daß im Krieg alles teurer geworden ist, aber ich wollte das Ding ja nur mieten, nicht kaufen!«

Drummond wandte sich ab, Sarah stand wieder neben ihm.

»Er ist schon ein Mordskerl, nicht wahr?« Sie zog eine Grimasse. »Ein Mann von echtem Schrot und Korn!«

»Sie haben mit meinem Ersten über die *Conqueror* gesprochen?«

Sie blickte ihn an. »Aha, jetzt kommen Sie zur Sache. Ja, das habe ich getan. Ich wollte etwas über meinen Bruder herausfinden.«

»Man hat's mir erzählt.«

»Sie haben nur gehört, was Sie hören wollten.« Sie senkte die Stimme. »Das meiste war ohnehin falsch, wette ich.«

Er mußte den Kopf senken, um sie im Stimmengewirr noch verstehen zu können. Dabei roch er ihr Haar und ihre Haut.

»Übrigens bin ich *nicht* mit Sheridan ins Bett gegangen.« Sie blickte ihm in die Augen. »Na, war das nicht offen und ehrlich? Jetzt sind Sie dran.«

»Ich habe nicht im entferntesten . . .«

»Ach, hören Sie auf!« Sie lächelte wieder.

»Wen wollen Sie täuschen? Man sieht Ihnen die Eifersucht an der Nase an. Ich behaupte nicht, daß es bei Sheridan leicht war, aber ich bin stärker, als ich aussehe.«

Er bemühte sich, ruhig zu bleiben. »Ich frage mich . . .«

Sie streichelte seinen Ärmel. »Ich hab' schon gewartet, daß Sie mich fragen würden. Die Antwort ist ja.« Sie mußte über seine Verwirrung lachen. »Rufen Sie mich an, sobald Sie frei haben. Ich wohne im Hotel für Frauen, das ist eine Mischung zwischen Kloster und Gefängnis.«

Salter rief ihren Namen, um sie neuen Gästen vorzustellen. Sein Gesicht war bereits vom Alkohol gerötet.

»Ich möchte mich bald mit Ihnen treffen, sehr bald.«

»Mal sehen, was ich tun kann. Und danke.«

»Sie sollten öfter lächeln, Commander.« Sarah trat einen Schritt zurück und betrachtete ihn kritisch. »Das macht Sie fast menschlich.«

Sie verschwand in der Menge. Ihr Platz wurde sofort von einem ernstblickenden Kapitän eingenommen, der erklärte, daß er auf Zeit zum Stab hier abkommandiert sei. Obwohl weder er noch Drummond es aussprachen, war klar, daß er Nick Brooks Verbindungsoffizier in Island war, bis ihr Einsatz befohlen oder abgesagt wurde.

Er nippte an einem großen Pinkgin. »Verdammt hübsche Frau, aber verheiratet, nicht wahr?«

»Ja.« Seltsam, daß ihn das nicht störte. »Ich kenne sie nicht sehr gut.«

Der Kapitän winkte einen Steward heran. »Man sagt, daß ihr Bruder mit Beaumont auf demselben Schiff war. Stimmt das?«

Drummond blickte ihn an und lächelte grimmig. Es gibt wahrscheinlich nicht viel, was du nicht weißt, dachte er. »Das habe ich auch gehört, Sir.«

Der Kapitän entdeckte einen Bekannten im Gewühl. »Entschuldigen Sie mich. Aber besuchen Sie mich bald mal im Hauptquartier.« Sein Blick war fest. »Das Projekt läuft übrigens. Ich dachte, Sie sollten es wissen.«

»Danke, Sir.« Wofür bedankte er sich? Für die Chance, zur Hölle gejagt zu werden? »Ich behalte es für mich.«

»Das will ich hoffen.« Er lächelte knapp. »Ich vermute, daß Duval posthum einen Orden bekommt. Macht sich immer gut.« Sein Blick glitt kurz zu Beaumont hinüber. »Ich mache mir nicht viel aus Helden dieser Sorte.«

Drummond wartete ab. Wen meinte er, Duval oder Beaumont oder beide?

»Nelson fand die richtige Definition. Er sagte, ein Held ist ein Mann, der in anderen Männern Mut entfacht. Nicht einer, der nach persönlichem Ruhm trachtet.« Er seufzte. »Aber die heutige Admiralität ist da anderer Ansicht. Sicher hat das alles seinen Sinn.« Er drängte sich durch die Menge davon.

»Alles klar, Keith?« Beaumont tauchte neben ihm auf.

»Ich denke, ich sollte jetzt auf mein Schiff zurückkehren, Sir.«

»Nette Party.« Beaumonts Augen wieselten über die Menge. »Was hat *er* übrigens gesagt?«

»Er meinte, wir sollten uns bald treffen.«

»Gut, also hat er's Ihnen gesagt.« Er folgte Drummond zur Tür. »Sie bekommen bald Ihre Befehle. Die Flottille wird zunächst in einen Fjord an der isländischen Ostküste verlegten, dort ist es etwas familiärer.« Er war offensichtlich scharf darauf, wieder zu seinen Gästen zu kommen. »Und malen Sie sich den Ring an den Schornstein, Sie sind jetzt offiziell Halbflottillenführer.« Und als Drummond nicht viel Begeisterung zeigte: »Sie sollten sich freuen. Bleiben Sie immer in meiner Nähe, das lohnt sich!«

Er verschwand in der Menge, nur seine Stimme hob sich noch heraus.

Drummond erwiderte die Ehrenbezeugungen des W. O. und der Gangwaywache und lief langsam die Pier entlang. Wie ernst hatte Sarah es gemeint? War es fair, sich mit ihr anzufreunden, obwohl der gefährliche Einsatz noch vor ihm lag?

Ein amerikanischer Jeep mit der Aufschrift U.S.A.A.F. parkte neben ein paar Nissenhütten. Ein aufgeschossener Sergeant saß darin und hielt eine lange Zigarre genau in der Mitte des Mundes, aggressiv wie ein Kanonenrohr. Als sich Drummond näherte, stieg der Yankee aus und betrachtete ihn so gedankenvoll, als ob er eine schwere Entscheidung treffen müßte. Er trug schwere Fliegerstiefel über der Uniformhose und eine Pelzmütze, deren Ohrenklappen oben zusammengebunden waren. Er sah sehr, sehr groß und sehr hart aus.

»Darf ich Sie etwas fragen?« Die Zigarre rollte in den Mundwinkel. »Sir.«

»Versuchen Sie's.«

Der Mann grinste. »Ich weiß nie, woran ich bei euch Limies – äh – Briten bin, Sir.« Er wurde ernst. »Ich bin Sergeant Matthew Wagner. Ich war vor einiger Zeit im Hauptquartier und sah den Namen Ihres Schiffs auf der Tafel. Sie sind doch Skipper der *Warlock?*«

»Ja. Was kann ich für Sie tun?«

Der Amerikaner streckte ihm die Hand hin. »Sie denken wahrscheinlich, daß ich Ihnen nur den Nerv töten will, aber ich habe ein Problem, ein wirklich ernstes.« Das klang plötzlich besorgt. »Sie haben doch einen Seemann namens Jevers an Bord, nicht wahr?«

»Ja.« Die Erinnerung an Jevers' private Probleme kam wieder. »Er ist Quartermaster. Sie müssen der . . .«

Sein Gegenüber nickte reuig. »Yeah. Ich bin der Bursche, der ihm die Frau ausgespannt hat. Aber denken Sie nicht zu schlecht von mir, Sir. Er hat sie mies behandelt. Janice ist ein gutes Kind, ich nehme sie mit in die Staaten, sobald ich diesen Laden hier verlassen kann.«

»Nun, ich glaube nicht, daß ich Ihnen dabei helfen kann. Das ist nicht unsere Sache.«

»Ich weiß, Sir.« Wagner warf die Zigarre auf den Boden und zertrat sie mit seinem großen Stiefel. »Ich verrate wohl keine Geheimnisse, wenn ich Ihnen sage, daß ich den wöchentlichen Milchtransport von Schottland hierher fliege. Ich wollte Janice deshalb ein Apartment in der Nähe des Flugplatzes mieten. Damit sie sich nicht so ängstigen muß. Aber als ich mir freinahm, um es ihr zu sagen, war sie nicht zu Hause.« Das klang, als könne er es immer noch nicht fassen. »Die Nachbarn hatten sie nicht gesehen, und glauben Sie mir, die würden es mir sagen. Es sind nette Leute. Jevers war nicht sehr beliebt.«

Drummond rieb sich das Kinn. »Es gibt eine Nachforschungsstelle bei der Polizei. Vielleicht ist sie bei einem Luftangriff verletzt worden?«

»Sie ging bei Luftangriffen nie aus dem Haus, Sir. Ich habe alles abgecheckt. Unsere Militärpolizei, Ihre, das Rathaus. Ich bin völlig aus dem Häuschen, glauben Sie mir.«

»Hat sie Ihnen geschrieben?«

»Immer. Die Briefe blieben zur gleichen Zeit aus, als sie verschwand.«

»Sie wollen mit ihrem Mann sprechen?«

»Ich bin nicht sicher, Sir, es könnte alles zerstören. Am meisten irritiert mich, daß er in der Nähe des Hauses gesehen wurde. Jedenfalls schwört der Briefträger, daß er es war.« Er sah sehr besorgt aus. »Ist das alles zu weit hergeholt, Sir?«

Drummond sah ihn ernst an. »Überlassen Sie es mir. Wahrscheinlich hat sie sich irgendwo verkrochen, um sich alles reiflich zu überlegen. Frauen haben es im Krieg doppelt schwer.« Er schrieb eine Nummer auf einen Zettel, den er aus seinem Notizblock herausgerissen hatte. »Sie können mich über dieses Büro erreichen, das ist Naval Security. Die werden unser kleines Geheimnis bewahren, bis wir Genaueres herausgefunden haben. Sollten Sie zuerst etwas erfahren, lassen Sie es mich wissen.«

Er ging langsam weiter. Der traurige Jevers erschien ihm nun in einem ganz neuen Licht.

Hinter ihm zog der Yankee eine neue Zigarre heraus.

Drummond erreichte den Landgang, der auf *Warlocks* eisernes Deck führte, und musterte die Bordwand. Mit jeder Beule und Schramme verband er eine Erinnerung. Eines Tages, eher früher als später, würden sie sich trennen müssen. Diese Aussicht bedrückte ihn immer wieder.

Männer arbeiteten an Deck, und unter den Torpedorohren hockte die Katze. Sie hielt in dem anstrengenden Geschäft des Putzens inne, um ihn mit gelben Augen zu betrachten, ohne Überraschung und ohne Anteilnahme.

Sheridan stand bei der Gangwaywache, ihre silbernen Pfeifen zwitscherten, als Drummond das Deck betrat.

»Alles in Ordnung, Sir?«

Drummond nickte. Er sah ihn an und überlegte, wieviel er bei Sarah versucht hatte. Ob sie sich sehr gesträubt hatte?

»Ja. Landgang für alle, mit Ausnahme der Wache. Vergattern Sie die Männer nochmals über die Geheimhaltung. Keine leichtsinnigen Gespräche an Land! Die Einheimischen verstehen mehr Englisch, als sie sich anmerken lassen.«

Schnell fragte Sheridan: »Gehen Sie auch an Land, Sir?«

»Wahrscheinlich.« Er zögerte. »Ich habe Mrs. Kemp getroffen. Sie läßt Ihnen Grüße ausrichten.«

»Oh, danke.« Sheridan lächelte verlegen. »Ein tolles Mädchen.«

Drummond ging durch die Tür. Sarah hatte also nicht gelogen. Sheridans Gesicht war wie ein offenes Buch gewesen.

Er pfiff leise vor sich hin, als er zum Messedeck hinabstieg.

Ein leichter Rückschlag

Der Hauptlageraum des Area Combined Headquarters Island war geräumig und voll stählerner Aktenschränke und beeindruckend bunter Karten. Während er sich umsah, konnte Drummond kaum glauben, daß das nur eine gewöhnliche Nissenhütte war.

Irgendwie fühlte er sich in seiner besten Landgangsuniform selbstsicherer, besonders weil viele der Stabsoffiziere so aussahen, als ob sie direkt aus der Koje kämen. Er hatte gerade an Land gehen wollen, um Sarah Kemp zu besuchen, als das Telefon ihn und die anderen Zerstörerkommandanten zu dieser unerwarteten Sitzung rief.

Vorn im Raum beugte sich Beaumont über eine Karte und sprach mit dem Operationsoffizier und seinem Stab. An der Wand saß der Kapitän, den Drummond morgens auf der *Lomond* kennengelernt hatte, paffte eine Pfeife und beobachtete alles gelassen. Er sah Drummonds Blick und lächelte ihm kurz zu, dann schaute er wieder gleichmütig weg.

Mehrere Offiziere unterhielten sich leise. Als Drummond in die bekannten Gesichter um sich herum blickte, fühlte er es wieder: Eine unsichtbare Barriere stand zwischen ihnen. Sie hatten ihn höflich begrüßt, aber doch mehr wie einen Fremden. Dabei kannte er die meisten seit Kriegsbeginn. Er hatte mit ihnen Seite an Seite gekämpft, hatte einige mit seinem eigenen Schiff gedeckt, wenn sie schwer beschädigt waren und alle beteten, daß der Feind abdrehen, Luftunterstützung eintreffen oder ein Wunder geschehen möge. Jetzt herrschte eine Kühle zwischen ihnen, die ihn isolierte. Vielleicht glaubten sie, daß er Duvals einsamen Angriff hätte unterstützen sollen? Oder sie verübelten ihm, daß er Duvals Rolle als Halbflottillenführer so schnell nach Versenkung der *Warden* übertragen bekommen hatte?

Wahrscheinlich war es einfach der Krieg, nur der verdammte Krieg, sagte er sich zum wiederholten Mal. Sobald sie wieder zusammenarbeiteten, beim Training im Fjord an der Ostküste, würden sich die Dinge schon einrenken.

Die Gespräche verstummten, als Beaumont kräftig auf den Tisch klopfte. Er blickte Brooks Verbindungsoffizier an. »Kapitän Kimber hat Ihnen etwas mitzuteilen, Gentlemen.«

Drummond saß steif auf seinem Stuhl. Also war der Plan geplatzt. Er wußte nicht, ob er sich erleichtert oder niedergeschlagen fühlen sollte.

Kapitän Kimber stand langsam auf und klopfte mit seiner Pfeife in eine Handfläche. »Tut mir leid, daß ich Sie so kurzfristig zusammentrommeln mußte, meine Herren. Die meisten von Ihnen werden nach der Überfahrt müde sein. Aber«, er blickte Beaumont an, »die Zeit drängt.«

Drummond sah in Beaumonts Gesicht: grimmig erregt. Kimber fuhr ruhig fort: »Heute morgen haben die britischen und amerikanischen Truppen im Mittelmeer die Operation Husky begonnen – die Invasion Siziliens.«

Drummond wartete. Vor seinem inneren Auge sah er die treibenden Qualmwolken über der Brandung, die anonymen khakifarbenen Wellen der Soldaten, die auf dem Strand in die Leuchtspurgarben stürmten.

»Es wird Sie freuen zu hören, daß die Invasion ein voller Erfolg war.«

Kimber lächelte warm, sein ganzes Gesicht schien zu leuchten. Wie jeder hier im Raum, ja in der ganzen freien Welt, hatte er auf diesen Augenblick gewartet.

Niemand sprach. Alle dachten an den hohen Preis, an das lange Warten, an die vergeblichen Hoffnungen, die den Weg zu diesem Erfolg säumten, an die vielen Niederlagen und Rückzüge.

»Sie brauchen keine Hellseher zu sein, um sich ausrechnen zu können, daß der nächste Zug die Invasion Italiens ist. Danach muß der Combined Staff den entscheidenden Schlag in Nordeuropa vorbereiten.«

Jetzt hatte er ihre volle Aufmerksamkeit.

»Sie wissen, daß die schweren deutschen Einheiten in Norwegen eine ernste Gefahr für unsere Rußlandkonvois darstellen. Ihre bloße Anwesenheit bindet viele gute Schiffe und Männer. Aber wir benötigen sie alle, wenn unsere Pläne Aussicht auf Erfolg haben sollen. Ich bin ermächtigt, Ihnen mitzuteilen, daß für den Herbst ein Angriff mit Kleinst-U-Booten geplant ist. Natürlich ist das streng geheim. Die *Tirpitz* wird in ihrem Fjord zurückgehalten, um Treibstoff zu sparen, den das Heer benötigt, um die russischen Angriffe an der Ostfront zurückzuschlagen. Aber wenn der Winter kommt, wird die Front wieder einfrieren. Dann hat *Tirpitz* wieder Bewegungsfreiheit und kann Druck auf unsere Versorgungsrouten ausüben.« Er seufzte. »*Sie darf nicht auslaufen!* Unsere Kleinst-U-Boote müssen sie so schwer beschädigen, daß sie später endgültig vernichtet werden kann.«

Beaumont räusperte sich. »Sie kennen unseren bisherigen Auftrag. Gleichzeitig werden wir das Treibstofflager im selben Fjord angreifen.« Seine Augen funkelten. »Wir werden beides schaffen!«

Drummond bemerkte Miles Salter auf der anderen Seite des Raumes, er redete leise auf seine Assistenten ein. Eine große Kamera stand zu ihren Füßen: *Ein Zeitdokument für die Nachwelt.*

Kimber nickte. »Genau.« Er blickte jedem ins Gesicht. »Der Geheimdienst hat uns informiert, daß der Feind die baldige Verlegung der Kleinst-U-Boote nach Süden, wahrscheinlich nach Holland, vorbereitet. Das ist ein leichter Rückschlag für uns, denn es bedeutet, daß wir unseren Angriff schon in der nächsten Woche beginnen müssen.«

Die Kommandanten starrten ihn an, als ob sie nicht richtig verstanden hätten.

Cromwell von der *Whiplash* rief erregt: »Aber das Wetter ist viel zu gut, Sir! Ruhige See, gute Sicht! Sie schießen uns die Schiffe unterm Hintern weg, bevor wir die norwegische Küste auch nur sehen!«

Beifälliges Gemurmel brandete auf, und Drummond sah Besorgnis in Beaumonts Augen. »Ich bin mit den ungünstigen Wetterbedingungen vertraut, Mr. Cromwell, danke«, sagte er.

Eilig warf Kimber ein: »Wir geben Ihnen jede nur mögliche Unterstützung. Der norwegische Widerstand arbeitet seit Monaten eng mit unseren Agenten zusammen. Wir wissen, daß der Feind einen Teil der nördlichen Minenfelder geräumt hat, damit seine Kleinst-U-Boote üben können.«

Er klopfte mit seiner Pfeife auf die Karte, um den folgenden Punkt zu unterstreichen. »Ein Flugzeugträger wird abgestellt, um für Luftunterstützung zu sorgen, sobald Sie sich zurückziehen. Alles nur Denkbare wird unternommen, um Sie zu schützen. Es ist eine gefährliche Mission, manch einer würde sagen, ein Himmelfahrtskommando. Aber vielleicht haben Sie gerade deshalb das Überraschungsmoment auf Ihrer Seite, lange genug, um den Feind da zu treffen, wo es wirklich weh tut.«

Beaumont sah herausfordernd in die Runde: »Noch Fragen?«

Selkirk von der *Ventnor* brummte: »Die Flottille besteht jetzt aus nur sieben Zerstörern.« Kurze Pause, er deutete auf die Karte. »Warum schickt man uns nicht noch zwei Zerstörer zur Unterstützung?«

Beaumont betrachtete ihn aus zusammengekniffenen Augen. »Der Geheimdienst des Gegners ist nicht auf den Kopf gefallen.« Er konnte seine Abneigung gegen Selkirk kaum unterdrücken. »Weitere Schiffsbewegungen würden das Spiel beenden, bevor es begonnen hat. Ich bin sicher, daß die Deutschen hier auf Island jede Menge Informanten haben. Nein, wir bleiben unter uns.«

Selkirk war noch nicht fertig. »*Warlock* ist jetzt Halbflottillenführer, Sir. Bleibt's dabei?« Er blickte Drummond nicht an.

Beaumont lächelte verschmitzt. »Ja, die leidige Rangfrage. Vielleicht hätte ich es eher erwähnen sollen: Kapitänleutnant Drummond ist zum Commander befördert worden.« Sein Lächeln verschwand. »Sind Sie nun zufrieden?«

Verwirrt wandte sich Selkirk an Drummond. »Gratuliere, Keith.« Aber seine Augen waren ärgerlich, verletzt.

Drummond erwiderte leise: »Davon höre ich jetzt zum ersten Mal.«

Beaumont sah ihn freundlich an. »Sie kennen doch die Admiralität.« Er drohte mit dem Finger. »Beten Sie, daß der Krieg noch lange dauert, sonst sind Sie den neuen Kolbenring schneller wieder los, als Sie glauben.«

Die anderen blickten Drummond an: Freude, Neid, Ablehnung. Beförderung über dem Grab eines Kameraden, das war nicht sehr populär.

Kimber erläuterte: »Die Flottille wird in zwei Gruppen zur Ostküste verlegen, beginnend in drei Tagen. Der Stab wird jedes Schiff inspizieren, halten Sie also Ihre Ersatzteil- und Proviantlisten parat. Der Einsatz hat höchste Priorität bekommen.« Bedeutungsvoll blickte er auf die Wanduhr. »Ich vermute, daß Sie viel zu tun haben. Sagen Sie Ihren Männern so wenig wie möglich. Das wird sie jetzt ärgern, aber später werden sie einsehen, daß Schweigen Leben retten kann.«

Füße scharrten, alle erhoben sich. Jeder war mit seinem Schiff beschäftigt, mit seiner Rolle und seinen Überlebenschancen. In diesem Augenblick waren sie alle Fremde.

Kapitänleutnant Mark Kydd, der Kommandant der *Whirlpool*, schlug Drummond auf die Schulter und grinste ihn an. »Prima! Kümmern Sie sich nicht um die anderen. Sie haben es verdient, und bei Gott, wir werden Sie brauchen, bevor dieses Spielchen reif für die Geschichtsbücher ist!«

»Wir alle brauchen einander. Aber vielen Dank.«

Plötzlich mußte er wieder an Frank denken, der viele Meilen entfernt im Lazarett lag. Ohne Beine. Helen würde ihn jeden Tag besuchen und darunter leiden, daß er sich immer mehr von der Welt zurückzog, in der sie zu Hause war. *Warum er?*

Kydd fragte: »Geht's Ihnen gut?«

Er versuchte zu lächeln. »Ja, bin nur etwas müde. Aber ich bin froh, daß die Würfel gefallen sind.«

Kydd ergriff seine Mütze, als Beaumont auf sie zukam. »Ja, der große Zampano hat gesprochen.« Er schlenderte hinter den anderen her.

Beaumont lächelte. »Entschuldigen Sie die kleine dramatische Einlage, Keith. Aber der verdammte Selkirk regt mich eben auf, ich mußte ihn etwas stutzen. Diese Reservisten . . .« Er wandte sich um und sagte plötzlich: »Erzählen Sie Mrs. Kemp noch nichts davon, falls sie fragen sollte. Sie wissen ja, wie neugierig Frauen sind. Miles wird es ihr später in allen Einzelheiten berichten.«

»Wenn alles vorüber ist?«

Beaumont betrachtete ihn nachdenklich. »Ja.«

»Ich verstehe nicht, was Miles Salter hier treibt.«

»Nein?« Beaumont schien sich zu amüsieren. »Sein Ministerium will Berichte aus erster Hand, um die Moral zu heben und so weiter. Er war Herausgeber einer Zeitung vor dem Krieg und ist klüger, als er aussieht.«

Der Besagte kam auf sie zu. »Wir haben ein paar schöne Fotos im Kasten. John wird mit der Kamera auch dabei sein, wenn Sie an Bord Ihres Bootes gehen.«

Beaumont stöhnte: »*Boot* ist gut!«

»Ach ja ...« Salter musterte Drummond. »Ich habe einen Schneider aufgetrieben, der Ihnen eine neue Uniform verpassen wird. Wir müssen Ihren neuen Rang ein bißchen hervorheben.« Er verschwand mit zerstreutem Gesicht.

»Wieso ...« Drummond schwieg, als Beaumont eine bleiche Hand hob.

»Nehmen Sie's, wie's kommt, Keith. Sie sind jetzt mein Stellvertreter. Ich hätte jeden wählen können, Nick Brooks hat es mir freigestellt. Aber ich wollte jemanden, der *zuerst* denkt und dann handelt. Keinen Cromwell, der mit allen gut Freund sein will, oder einen Nörgler wie Selkirk. Unter uns gesagt, ich wollte Duval ohnehin versetzen lassen, wir kamen nicht gut miteinander aus. Tod oder Ehre ...« Er zwinkerte wieder. »Ich habe nichts gegen letzteres, aber ich bin meinem Schöpfer schon einmal zu nahe gewesen, um große Sehnsucht nach ihm zu empfinden.«

Kimber rief: »Sind Sie hier fertig, Dudley?« Er blickte auf die Uhr. »Der Admiral erwartet uns auf einen Drink vor dem Lunch.« Er nickte Drummond zu. »Wir werden uns später noch unterhalten.« Er lächelte. »Commander.«

Drummond verließ das Stabsgebäude und ging zum Tor. Beim Wachposten verlangte er eine Telefonverbindung mit seinem Schiff. Sheridan war gleich am Apparat, als ob er auf den Anruf schon gewartet hätte.

»Wenn nichts Wichtiges vorliegt, bleibe ich noch an Land.« Ferne Stimmen summten in der Leitung, er sah förmlich ein halbes Dutzend deutscher Agenten das Gespräch aufnehmen. »In Ordnung?«

»Jawohl, Sir. Hier ist alles ruhig.« Sheridan zögerte. »Stimmt es, Sir, daß Sie befördert worden sind?«

Der Küstenklatsch arbeitete schnell. »Ja.«

»Meinen Glückwunsch, Sir.« Der Erste schien nach Worten zu suchen. »Muß ein tolles Gefühl sein.«

Drummond sah einen Jeep vorfahren und winkte ihm, daß er mitkommen wollte. Er schloß: »Und sagen Sie Matrose Jevers, daß ich ihn irgendwann morgen sprechen möchte.«

»Jevers?« Sheridan war erstaunt. »Stimmt was nicht mit ihm?«

»Das erzähle ich Ihnen später.«

Er legte auf und ging mit einem kurzen Nicken zum Jeep hinüber.

Der R.A.F.-Offizier darin grinste ihn an. »Auf zu einem Ausflug ins wilde Nachtleben von Reykjavik! Mit Walsteak und Trockenkartoffeln!«

Der Jeep röhrte vom Gelände, roter Lavastaub wehte hinter ihm her. Die zusammengepferchten Insassen hielten sich an allem fest, was sie greifen konnten, um nicht auf die Straße katapultiert zu werden.

Drummond mußte an Sheridans Bemerkung denken: *Muß ein tolles Gefühl sein.* Aber er fühlte nichts außer bösen Vorahnungen.

Sie saßen sich an dem kleinen quadratischen Tisch gegenüber. Das Restaurant des beschlagnahmten Hotels war häßlich und wenig einladend. Die einzige Kellnerin trug einen schlecht sitzenden weißen Kittel. Alles vermittelte den Eindruck von Behelfsmäßigkeit und Besatzungsstatut.

Sarah flüsterte: »Entschuldigen Sie diese Umgebung. Es ist nicht gerade das Savoy.«

Er lächelte. »Es reicht.«

Sarah trug ein einfaches grünes Kostüm. Von den grauen Wänden hob sich ihre Gestalt so hell ab wie eine Figur auf einem nur zum Teil gereinigten Ölgemälde.

»Sie starren mich schon wieder an.«

Die Kellnerin blieb am Tisch stehen. »Wollen Sie Kaffee?«

Drummond nickte, und sie entfernte sich nörgelnd.

Sarah flüsterte: »Schön, wenn man ein so gern gesehener Gast ist.« Sie beugte sich vor. »Miles Salter kam vorhin vorbei und erzählte mir von Ihrer Beförderung. Ich freue mich.« Sie zog ein kleines Päckchen hervor. »Ein Geschenk für Sie.«

»Zur Beförderung?«

Sie lachte auf, was zwei ältliche Krankenschwestern ärgerlich herüberblicken ließ.

Impulsiv streckte sie die Hand aus und ergriff seine. »Sie haben heute Geburtstag!«

»Das habe ich total vergessen.« Bewußt genoß er ihre weiche Hand auf seiner Haut. »Vielen Dank.«

Sie schüttelte den Kopf. »Ich hätte wetten können, daß Sie es vergessen.« Drummond fühlte, wie ihre Hand zur Seite glitt. »Hoffentlich ist es das Fabrikat, das Sie mögen. Wenn nicht . . .«

Er öffnete das Päckchen und nahm eine neue Pfeife heraus.

»Sie müssen Gedanken lesen können. Es ist genau die richtige.«

Sie entspannte sich. »Freut mich. Es war ein ziemliches Theater, sie zu besorgen. Ich rauche nämlich keine Pfeife.« Sie zog die Nase kraus. »Entschuldigen Sie, daß ich hier essen wollte, aber ich dachte, Sie würden mal ganz gern keine Uniformen mehr sehen.«

»Ich fühle mich sehr wohl hier.« Er nahm ihre Hand. »Glauben Sie mir.«

Sie ließ ihm ihre Hand. »Gut. Und wie war es heute bei Dudley Beaumont? Miles hatte das Gefühl, daß Sie etwas genervt waren.«

»Stimmt.« Er musterte die neue Pfeife, sie mußte ziemlich teuer gewesen sein und war nicht leicht zu bekommen. »Ein paar der anderen Skipper glauben wohl, ich sei mit schuld an Duvals Tod.«

»Das ist doch verständlich.« Gelassen sah sie in sein erstauntes Gesicht. »Und genau das wollte Beaumont erreichen.«

»Hassen Sie ihn so sehr?«

Traurig erwiderte sie: »Sie denken, ich spinne? Vielleicht haben Sie sogar recht.«

Vorsichtig bohrte er weiter. »Sie hingen sehr an Ihrem Bruder?«

»Ja. Unsere Eltern kamen gleich am Anfang bei einem Luftangriff ums Leben. Seitdem war Tim für mich meine ganze Familie.«

Tröstend streichelte er ihre Hand und berührte dabei den goldenen Ehering.

»Mein Mann? Sie fragen sich, wie ich zu ihm stehe?«

»Nur wenn Sie's mir erzählen wollen.«

»Da gibt's nicht viel zu erzählen. Tim war auf See, und ich war ein wenig wild. Ich habe Phil auf einer Party kennengelernt. Er war beim Heer, gutaussehend, witzig, genau das, was ich in den Bombennächten brauchte.« Ihre Augen blickten verträumt in die Ferne. »Er hatte Urlaub, viel Zeit blieb uns nicht. Ich glaube, wir sind immer nur für ein paar Minuten aus dem Bett gekommen. Dann mußte er wieder weg.«

Drummond wartete. Erinnerungen zeichneten sich in ihrem Gesicht ab.

»Er ist in Kanada, Verbindungsoffizier in Ottawa.« Sie blickte ihn wieder an, aber ihre Augen waren jetzt ausdruckslos. »Er will seine

Freiheit zurück. Es scheint, daß er dort ein festes Verhältnis mit einem knackigen kanadischen Mäuschen hat.«

»Tut mir leid.«

»Sie tut mir leid.« Sarah zog die Hand weg, als die Kellnerin die Kaffeetassen auf den Tisch knallte. »Phil ist die Sorte Mann, der Frauen nur schwer widerstehen können.« Sie versuchte zu lächeln, aber es gelang ihr nicht. »So, das war also die Geschichte von Sarah, allerdings nicht die, die überall herumgetratscht wird.«

»Ihr Phil sollte sich mal auf seinen Geisteszustand untersuchen lassen.«

Sie blickte ihn wieder an, ihre Augen waren feucht. »Das ist sehr nett von Ihnen. Gewöhnlich denken alle, wenn sie hören, daß ich verheiratet bin, aber getrennt lebe, ich sei Freiwild. Die verheirateten Männer sind die schlimmsten. Eben noch erzählen sie von ihrer lieben Frau und den süßen Kinderchen zu Hause, im nächsten Moment versuchen sie, einem die Kleider vom Leib zu reißen.« Sie schüttelte sich. »Zucker?«

»Ja, danke.«

Sie trank ihren Kaffee. »Und das alles hat mich Tims Verlust noch härter fühlen lassen.« Sie zögerte. »Es gab noch zwei Überlebende der *Conqueror* . . .«

»Ich weiß, einen Heizer und einen Matrosen.«

Sie nickte. »Der Matrose hieß Carson, er war damals Befehlsübermittler und wurde über Bord geschleudert. Irgendwie stieß er auf das Floß. Ich habe einige Berichte darüber gelesen, in meinem Job bekommt man fast alles in die Hände, was man haben möchte. Zuerst waren noch vier oder fünf Männer auf dem Floß. Einer von ihnen war Beaumont, und Carson ist sicher, daß ein anderer Tim war. Aber als das neutrale Schiff die Leute von ihrem Floß abbarg, waren es nur noch Beaumont, Carson und der Heizer. Letzterer war vor Angst halb verrückt.« Sie senkte die Augen. »Armer Teufel.«

»Nur die drei?«

»Ja. Carson kann sich an sonst nichts mehr erinnern. Er liegt noch im Krankenhaus, ich habe ihn besucht. Er hat mir erzählt, daß Tim zunächst überlebt hatte.« Sie zog eine unsichtbare Linie über den Tisch. »Aber Beaumont streitet das ab. Er sagt, da wären wohl zwei weitere Seeleute gewesen, aber trotz seiner Bemühungen seien sie ihren Wunden erlegen und dann untergegangen.«

»Vielleicht hat sich Carson geirrt?« Er ergriff ihre Hand, als sie ihn plötzlich wütend anfunkelte. »Ich sage nur *vielleicht*! Aber haben Sie auch das bedacht?«

»Tut mir leid. Ja, ich habe es erwogen, aber er war ganz sicher, daß es sich um Tim handelte.«

Die Kellnerin kam zurück und sagte kurz: »Das Hotel ist ab zehn Uhr für Männer *off limits.*« Sie schniefte. »Sir.«

Drummond erhob sich. »Danke.« Er nahm Sarahs Arm und geleitete sie in die Halle. »Dann muß ich jetzt wohl gehen.« Er fühlte, daß ihr Arm steif wurde. »Aber ich würde Sie gern wiedersehen. Vielleicht morgen?«

Sie blickte ihn fest an. »Ja, gern.« Und dann hob sie die Hand und streichelte seine Wange. »Auf glückliche Wiederkehr.«

Er fühlte, daß er sie anstarrte wie ein Pennäler. Aber er begehrte sie so stark, daß es schmerzte.

»Ich bin übrigens nicht verheiratet und kann Ihnen nichts von Weib und Kind zu Hause erzählen.«

»Das hab' ich schon überprüft.« Sie lächelte wieder. »Vielleicht könnten wir mal rausfahren und auf einen dieser verdammten Vulkane klettern?«

Er zwang sich zur Ruhe. »Was hat Ihnen Salter sonst noch erzählt?«

»Ach, daß Ihr Einsatz verschoben wird. Ich soll es nicht weitersagen, bin aber Ihretwegen sehr froh darüber.«

»Ja.« Die Wahrheit durfte er ihr nicht sagen.

Sie ging mit ihm zur Tür. »Komisch, diese hellen Lichter hier überall. So wie früher zu Hause.« Sie schüttelte den Kopf. »Nein, ich werde nicht sentimental. Ich bin nur in diesem Augenblick sehr glücklich.«

Mit Gewalt riß er sich los und lief durch die Stadt zum Hafen hinunter, vorbei an hellerleuchteten Geschäften und scherzenden Matrosen und Soldaten. Dabei dachte er über Sarah Kemp nach. Sein Leben hatte plötzlich eine andere Dimension erhalten, und diese Erkenntnis brachte ihn durcheinander und machte ihn atemlos.

Sheridan wartete schon auf ihn, als er an Bord kam.

»Alles ruhig, Sir. Der größte Teil der Freiwächter ist an Land. Zwei schmoren im Loch wegen Trunkenheit und Rowdytum.«

»Also alles normal.«

Er musterte das verlassene Deck. Sarah war die einzige, die an seinen Geburtstag gedacht hatte, sogar seine Mutter hatte ihn vergessen.

»Hatten Sie einen schönen Abend, Sir?«

»Ja.«

»Wingate hat Sie im Hotel mit Mrs. Kemp gesehen.« Er fiel neben Drummond in Schritt. »Hoffentlich hat sie Sie nicht mit ihrem Bruder genervt. Als ich ihr dazu nichts mehr sagen konnte, ging bei ihr der Schlagbaum runter.«

Drummond wandte sich ab. »Bis morgen, Nummer Eins.«

Sheridan sah ihm nach, als er im Niedergang verschwand. Warum zum Teufel hatte er so abfällig über sie gesprochen? War er eifersüchtig auf Drummonds Erfolg bei ihr? Auf seine Beförderung? Er packte die Reling und starrte ins Wasser. Ruhig hatte sie ihn gebeten, sie loszulassen. Aber er fühlte, wie sich ihre Brustwarze unter seiner Hand aufrichtete. Der Schmerz kam ganz überraschend. Er war zurückgetaumelt und hatte sich den Unterleib gehalten.

»Wenn Sie mich noch mal anfassen, muß ich Ihnen richtig wehtun«, hatte sie gewarnt.

Die Demütigung fraß immer noch an ihm.

Unten stand Drummond in seiner Kajüte und studierte die Pfeife. Er erinnerte sich an Sarahs Worte, an ihr Aussehen. Nichts, was Sheridan sagte oder tat, konnte ihm das nehmen. Er setzte sich und stopfte genüßlich seine neue Pfeife.

Sanitätsleutnant Dr. Vaughan stand neben dem Schreibtisch und beobachtete, wie Drummond den täglichen Krankenreport studierte. Der Vormittag war halb vergangen. Die *Warlock* scheuerte unbehaglich an den Federn und stieß den anderen Zerstörer in die Flanke.

Normale Hafenroutine. Drummond unterzeichnete den Bericht: ein paar Beulen von einer Prügelei an Land. Ein Heizer hatte sich den Daumen gebrochen. Einen Mann mit Verdacht auf Geschlechtskrankheit hatte Vaughan ins Lazarett überwiesen.

Stiefel trampelten über Deck, weiter vorne wurde lose Farbe abgekratzt.

»Gut, Doc. Bei Ihnen scheint ja nicht viel los zu sein.«

Vaughan betrachtete seine sorgfältig gebürsteten Fingernägel. »Sie erwähnten den Vollmatrosen Jevers, Sir.«

Drummond nickte. Genau auf den Punkt – wie ein Skalpell.

»Sie kennen seine Geschichte?« Er schob einen Schnellhefter über den Tisch. »Lesen Sie das, und reimen Sie sich die Einzelheiten selber zusammen. Ich mache mir Sorgen um ihn. Unten habe ich ein paar Bemerkungen hinzugefügt.«

Vaughans Augen funkelten, während er die Seiten überflog. »Die Frau wird vermißt? Es hieß doch, daß sie mit einem Yankee durchgebrannt ist.«

»Nun, vielleicht ist sie mit einem Dritten abgehauen, aber das überzeugt mich nicht. Sie sind hier an Bord für die Betreuung zuständig. Sehen Sie zu, was Sie diskret herausfinden können.«

Vaughan lächelte. »Natürlich, Sir.«

»Aber ich will nicht, daß Jevers damit behelligt wird. Vielleicht ist an meinem Verdacht nichts dran, dann würden wir nur unnötig Staub aufwirbeln.«

In wenigen Tagen würden sie wieder unterwegs sein, und dann ... Er spürte, wie sich seine Bauchmuskeln zusammenzogen, als warteten sie auf einen Faustschlag. Hatte Kapitän Kimber deshalb so offen über den geplanten U-Boot-Angriff gesprochen? Wollte er die Wichtigkeit der Zerstörer unterstreichen, oder bestand keine Hoffnung, daß sie überlebten?

»Ich habe gerade zusätzliche chirurgische Ausrüstung erhalten, Sir. Mein Sanitäter war ganz aufgeregt. Gibt es dafür einen besonderen Grund, Sir? Ich dachte, daß ich eigentlich genug Verbandsmaterial und Medikamente hätte.«

Drummond blickte ihn an. »Wir haben unsere Befehle. Mehr kann ich Ihnen jetzt nicht sagen.«

Vaughan zuckte mit den Schultern. »Mir reicht's, Sir.«

Es klopfte, Galbraith lugte durch den Türspalt.

»Was gibt's, Chief?«

Galbraith wischte sich das Gesicht mit einem schmutzigen Putzlappen. »Ich wollte mit Ihnen nur über die Ersatzteil-Liste sprechen, Sir.«

»Der Doktor ist gerade fertig. Kommen Sie rein und setzen Sie sich.«

Und so ging es weiter.

In der Messe stand Sheridan mit dem Rücken zum kalten Kamin. Rankin und Wingate saßen in der Nähe, Notizblöcke auf den Knien. Seit dem Morgengrauen waren die Techniker des Stützpunkts an Bord und untersuchten den Zerstörer gründlich auf Notreparaturen und Schwachstellen.

Rankin knurrte: »Meine Abteilung ist fertig.« Es klang verärgert. »Diese verdammten Sesselpupser haben durch meine 10.5er gepliert, als ob sie Schmuggelgut suchten!«

Wingate blickte Sheridan an. »Also geht es früher los als gedacht?«

»Vermutlich.«

Sheridan dachte an den Kommandanten. Er schien nicht ärgerlich darüber zu sein, daß er am Vorabend über Sarah Kemp gesprochen hatte. Als er zwei Männer bestrafte, die an Land in eine Schlägerei verwickelt gewesen waren, hatte er Drummond im Gespräch mit den

Stabsoffizieren beobachtet. Er wirkte gelassen und kein bißchen nervös.

Der Quartermaster blickte in die Messe. »Der Stab verläßt das Schiff, Sir. Sie gehen jetzt auf die *Whirlpool.*«

»Danke, Jevers.« Sheridan sah sich den Mann genauer an als sonst. »Hat der Kommandant schon mit Ihnen gesprochen?«

»Nein.« Jevers leckte sich die Lippen. Er hatte scharf geschnittene Gesichtszüge, fast wie ein Fuchs, dachte Sheridan.

»Ich vermute, daß er Sie rufen lassen wird, wenn er einen Augenblick Zeit hat.«

Jevers blieb im Türrahmen stehen. »Haben Sie eine Ahnung, worum es sich handelt, Sir?«

»Nein.«

Jevers nickte und eilte davon.

Rankin meinte: »Ich kann mir nicht helfen, aber der Bursche geht mir auf den Geist.«

Wingate grinste. »Wie würden Sie sich fühlen, wenn Ihre Frau mit einem Yankee durchgebrannt wäre?«

Rankin griff nach seinem Notizbuch. »Ich würde ihm ein Festessen spendieren.«

Füße klapperten auf der Treppe. Nach einigen Sekunden schob sich die schnüffelnde Nase von Kapitänleutnant Dorian de Pass um die Ecke. »Ist der Kommandant zu sprechen?«

Wingate erhob sich. »Ich gehe nachsehen, Sir. Der Chief war gerade bei ihm.«

Hastig sagte Rankin: »Ich muß auch los.«

Der Erste Offizier der *Lomond* wartete, bis sie fort waren, dann fragte er kühl: »Warum haben es alle so eilig?«

Sheridan zuckte die Achseln. Erstaunlich, aber de Pass schien der einzige zu sein, der nichts von seiner Unbeliebtheit wußte.

»Ich bringe neue Befehle. Es gibt eine kleine Änderung. Sie laufen heute nachmittag um 17.30 Uhr aus. *Whirlpool, Whiplash* und *Waxwing* begleiten Sie. Auch ein Werkstatt-Tender wird in den Seydisfjord verlegt, für den Fall, daß ein Lahmarsch wieder mal was übersehen hat.«

»Das ist aber sehr früh! Darf ich fragen, warum?«

»Kapitän Beaumont bleibt noch einen Tag mit den anderen drei Zerstörern hier. Es gibt noch Arbeit im A.C.H.Q.« Er blickte Sheridan bedeutungsvoll an. »Aber wir Ersten Offiziere dürfen keine Geheimnisse voreinander haben, nicht wahr?«

Sheridan war verblüfft. De Pass wollte sich anbiedern.

»Sie kennen doch den deutschen Schlachtkreuzer *Moltke*?« Das klang vertraulich. »Den werden Sie bestimmt nie vergessen.«

Sheridan blickte zur Seite. Er mußte wieder an seinen alten Kommandanten denken, der sich wegen der *Conqueror*-Untersuchung erschossen hatte. *Moltke* hatte das alte Schlachtschiff zu den Fischen geschickt. Es war ihr so leicht gefallen, so fürchterlich leicht.

Sheridan hatte sie schon früher einmal gesehen, kurz vor dem Krieg. König George hatte 1937 eine Flottenparade vor Spithead abgenommen, und damals war es üblich, daß andere Nationen dazu Abordnungen schickten. Damals sah er die brandneue *Moltke*. Sie war erst ein paar Monate zuvor in Wilhelmshaven in Dienst gestellt worden.

»Ich dachte, sie wäre in der Ostsee. Wurde nicht berichtet, sie sei durch Bombentreffer beschädigt worden?«

De Pass grunzte: »So sagte man. Jedenfalls ist sie *jetzt* nicht in der Ostsee.«

Sheridan starrte ihn an. »Soll das heißen, sie ist hier oben?«

»Das weiß kein Mensch genau. Im Skagerrak und an der norwegischen Küste hat es kürzlich viel Nebel gegeben. Unsere U-Boot-Patrouillen haben sie nicht gesichtet. Niemand hat sie gesehen.«

»Aber Sie denken . . .«

»Ich weiß nicht, was ich denken soll. Ich weiß nur, daß Kapitän Beaumont verrückt spielt, seit er die Nachricht über ihr Verschwinden bekommen hat. Sie können sich vorstellen, was sie für ihn bedeutet. Er sagt nicht viel, aber ich kenne ihn ganz gut. Er hat ein vollständiges Dossier über die *Moltke*. Über ihr Potential, sogar über ihren Kommandanten, von seiner Kadettenzeit an.«

Sheridan hatte plötzlich einen trockenen Hals. »Das kann unsere Pläne ganz schön durcheinander bringen.«

»Bei Gott!« De Pass' Nase schnüffelte zur Tür, als Galbraith eintrat. »Ich hoffe nur, daß jemand ganz oben die Übersicht behält.«

Galbraith ließ sich schwer auf einen Stuhl fallen.

»Der Skipper ist jetzt frei.« Er zog eine Augenbraue hoch, als de Pass wegeilte. »Ärger?«

»Neue Befehle, Chief.« Sheridan lächelte grimmig. »Sie kriegen wieder Arbeit.«

Galbraith seufzte. »Na ja, nichts dauert ewig, nicht mal der Krieg.«

Vorne auf der Back wachte Unterleutnant Tyson darüber, wie ein paar Seeleute halbherzig Farbe auf die Ankerkette klatschten. Es war angenehm warm in der Sonne. Hinter der Pier konnte man die Stadt sehen, die bunten Röcke einiger Mädchen leuchteten fröhlich herüber.

Es stimmte, die isländischen Mädchen waren wirklich hübsch. Mehrfach hatte er in ein freundliches Augenpaar geblickt, wenn er an Land gewesen war. Aber das war auch alles. Die örtliche Männerwelt huldigte dem Grundsatz: »Wir treten unsere Hühner selbst!« Sobald sich ein isländisches Mädchen mit einem Briten einließ, wurde es als Prostituierte abgestempelt, sogar wenn es sich um einen Offizier handelte. Aber sollten sie noch ein wenig länger bleiben, würde er sein Glück probieren.

Wie zum Hohn blökte der Lautsprecher los.

»Achtung! Achtung!«

Die Farbpinsel verharrten regungslos in der Luft.

»Heute gibt es keinen Landgang, ich wiederhole: *keinen Landgang*! Klar vorn und achtern um 17.00 Uhr.« Der Lautsprecher verstummte.

Angewidert blickte sich Tyson um. Also auslaufen! Was zum Teufel ging hier vor?

Wieder quäkte der Lautsprecher, diesmal nicht so wichtigtuerisch. »Besanschot an!«

Ein Seemann maulte leise: »Heiliger Geist, steh uns bei!«

Tyson fuhr ärgerlich herum. »Halt dein ungewaschenes Maul! Diese Kette wird fertig gestrichen, bevor ihr Pause macht!«

Er drehte sich um, und ein Matrose schlenkerte seinen Pinsel so aus, daß Farbe hinten auf Tysons Hosenbein spritzte.

Fähnrich Keyes hatte gerade das A-Geschütz passiert und den hinterlistigen Anschlag beobachtet. Auch der Seemann sah Keyes und wußte, daß er ertappt war.

Keyes öffnete schon den Mund, aber Tyson blaffte ihn an: »Wo zum Teufel haben Sie gesteckt?« Er deutete vielsagend über die Back. »Um alles muß ich mich selber kümmern.«

»Entschuldigung, Sir.«

Nun war er froh, daß er Tyson nicht aufmerksam gemacht hatte. Der Matrose mit dem Pinsel sah ihn dankbar an.

Niemand konnte Keyes ärgern, nicht mal Tyson, denn zum ersten Mal in seinem achtzehnjährigen Leben war er verliebt. Keine zitternde, atemlose Eskapade mit einem Schulmädchen auf einer sorgsam arrangierten Party. Keine fischmäulige, hochnäsige Tochter aus dem Bekanntenkreis der Eltern, sondern ein richtiges Rasseweib.

Er sah Tyson hinterher, der ärgerlich davonwackelte. Ihm hatte er es zu verdanken, daß er Georgina getroffen hatte. Sogar ihr Name übte einen Zauber auf ihn aus, am liebsten hätte er ihn ständig laut vor sich hingesagt.

Tyson sollte Depeschen vom Hauptquartier abholen, schützte jedoch andere Aufgaben vor und schickte Keyes los. Der Fähnrich hatte sich sehr darüber gefreut, denn er war noch wenig in der Welt herumgekommen, und Island faszinierte ihn.

Im H. Q. wurde er von einem gelangweilten Stabsoffizier wie eine Kreuzung zwischen einem Affen und einem Menschen behandelt. Dann hatte man ihn angewiesen, weiter zu den Amerikanern nach Camp Knox zu fahren, weil dort eine Sendung irrtümlich gelandet war.

Sein Empfang bei den Yankees gestaltete sich etwas anders. Er wurde in eine komfortable Nissenhütte geführt und bekam Kaffee und fette Cremetörtchen. Ein Leutnant machte sich auf den Weg, um höherenorts eine Unterschrift einzuholen.

Da kam Georginas großer Auftritt. Es war wie im Kino gewesen.

Sie war umwerfend, sehr blond und wohlgerundet. Wie sich herausstellte, war sie Schauspielerin und mit einer Gruppe gekommen, die die einsamen Soldaten auf Island unterhalten sollte. Obwohl sie einen starken amerikanischen Akzent hatte, stammte sie ursprünglich aus London, hatte sie ihm mit ihrer tiefen Stimme erzählt.

Er hatte ihr gebannt gelauscht. Sie kannte Geschichten über berühmte Shows im West End, alle großen Namen aus Unterhaltung, Kino und Rundfunk. Später hatte sie ihm ein Foto geschenkt, das sie mit der Widmung versehen hatte: »Für Allan von Georgina!«. Dabei hatte sie ihn angeblickt und mit einem kleinen Lächeln hinzugesetzt: »Auf ewig Dein!«

Keyes schaute auf, als Wingate auf der Brücke erschien. Der Navigationsoffizier hatte ihn seinen Ärger nicht mehr fühlen lassen. Er kam wieder gut mit ihm aus, auch wenn der stets scherzende Leutnant niemanden an sich heranließ.

Wingate setzte sich auf den hölzernen Kommandantenstuhl und rauchte eine Zigarette. Die leichte Brise spielte mit seinem schwarzen Haar.

»Alles klar, Mid*?«

»Die Durchsage – wir laufen schon aus?«

* von Midshipman = Kadett oder Fähnrich, Offiziersanwärter

»Scheint so.« Wingate betrachtete ihn neugierig. »Was ist denn los?«

»Ich möchte jemandem eine Nachricht zukommen lassen. Ich habe versprochen, sie heute zu treffen . . .«

»Sie?« Wingate schwang im Stuhl herum. »Ist das ein Scherz?«

»Nein.« Ihm wurde unter den stechenden dunklen Augen unbehaglich. »Ich habe sie gestern kennengelernt. Sie ist Schauspielerin.«

Wingate spielte mit dem Gedanken, die Sache ins Lächerliche zu ziehen, aber dann sah er Keyes' bittende Augen.

»Nun, Sie kennen das ja: Sicherheit geht vor, niemand darf was ausplaudern.«

»Aber *ich* weiß doch gar nichts, was ich ihr erzählen könnte.« Keyes war verzweifelt.

Wingate nickte. »In Ordnung. Ich muß vor dem Auslaufen noch mal an Land, um die letzten Wetterberichte zu holen. Geben Sie mir also Ihre Nachricht mit.«

Keyes strahlte dankbar. »Sie wohnt in dem Frauenhotel am Borg Square. Sie heißt Georgina.« Schon das laute Aussprechen des Namens war wie ein Verrat.

»Das ist alles?« Wingate grinste. »Macht nichts, ich glaube nicht, daß es im Hotel viele Schauspielerinnen namens Georgina gibt.«

Tyson kam auf die Brücke geklettert.

»Los, los, Herr Fähnrich! Das Oberdeck ist in einem unmöglichen Zustand.«

Wingate deutete auf seine Kniekehlen. »Und was ist denn mit Ihnen, Sub? Ihre Hosen sehen aus, als ob Sie den ganzen Aufbau allein gestrichen hätten.«

Er sah Tyson und dem Fähnrich nach. Das war wieder gelungen gewesen. Tyson zog mit hochrotem Kopf und wutschnaubend ab, über dem Jungen dagegen schwebte eine Aura des Glücks. Er blickte auf seinen leeren Kartentisch nieder. Armes kleines Schwein, hoffentlich machte er das Beste draus.

Aufbruch

Fünf Tage später lief auch die *Lomond* mit ihren Begleitern in den Seydisfjord ein. Damit war die Flottille wieder vollzählig. Für Drummond und die anderen war es eine anstrengende Zeit gewesen. Sogar die unerfahrensten Männer mußten jetzt gemerkt haben, daß ein schweres Gefecht bevorstand, obwohl offiziell noch nichts davon bekannt war.

Im tiefen Bunker von Admiral Brooks wurde jede Bewegung des Feindes in Norwegen beobachtet. Wann immer möglich, flog die R.A.F. Aufklärung über den Häfen und Küstengewässern. Aber Tag um Tag verging, und die *Moltke* wurde nicht wieder gesehen. Die früheren Sichtmeldungen wurden nun offen angezweifelt.

Der wirkliche Feind war das Wetter. Und dabei war es fünf vor zwölf. Kapitän Kimber hatte ein kurzes, streng geheimes Telegramm geschickt, daß die Schließung der deutschen U-Boot-Basis unmittelbar bevorstand. Die kleinen U-Boote, die von ihren Erbauern »Neger« genannt wurden, waren weniger aktiv gewesen, und auch der norwegische Widerstand hatte untrügliche Anzeichen dafür ausgemacht, daß alles nach Süden verlegt werden sollte.

Wenn er nachts wach lag, hatte sich Drummond oft die namenlosen Agenten im besetzten Norwegen vorgestellt. Bei Enttarnung erwarteten sie Folter und Tod. Sogar ihre Familien waren von Strafe und Ausrottung bedroht, um andere abzuschrecken. Aber dieses Risiko ging jeder der Männer ein, die Zeichnungen von militärischen Einrichtungen und Eisenbahnanlagen anfertigten, Militärtransporte notierten, kleine Sender aufbauten, um London zu erreichen, oder auf einem Fischerboot Lichtsignale zu einem unsichtbaren U-Boot vor der Küste gaben. Immer lauerte die Gefahr.

Aber das Wetter kümmerte sich nicht um solche Probleme. Während die Zerstörer an ihren Murings lagen, wurden sie ständig an das Sommerhoch erinnert, das von der südlichen Biskaya bis nördlich Spitzbergen reichte. Strahlend blauer Himmel überall. Und helle Nächte.

Kimber hatte Wort gehalten, ein Reparaturschiff war eingetroffen. Aber es stimmte, was die Ingenieuroffiziere immer sagten: »Die alten Mädchen sind weniger anfällig als die funkelnagelneuen Schiffe.« Daher lag außer der täglichen Routine nichts an, um die Männer zu beschäftigen.

Drummond war wenige Minuten nach Ankunft der *Lomond* an Bord gegangen. Nachdem er de Pass' Bericht über die *Moltke* gehört hatte, dachte er, Beaumont müsse sich verändert haben. Aber äußerlich war diesem nichts anzumerken.

»Wenn man grünes Licht erhält«, sagte er nur, »kann man sich darauf verlassen, daß sofort danach eine ganze Reihe Schwierigkeiten auftauchen.«

Für Miles Salter und seine kleine Mannschaft hatte er kaum noch Enthusiasmus übrig. Sie hatten die Fahrt von Reykjavik mitgemacht und von einem Motorboot aus die wartenden Zerstörer fotografiert.

Drummond mußte viel an Sarah denken.

Fünfzehn Minuten, bevor sie Reykjavik verlassen hatten, war er vom Wachoffizier ans Telefon im Hafenbüro gerufen worden. Er hatte gewußt, daß Sarah Salters Vernebelungstaktik bald durchschauen würde, doch so schnell?

»Ich kann über diese Leitung nicht viel sagen. Aber ich weiß jetzt alles!«

Er hatte sich ihr Gesicht vorgestellt: resigniert, schicksalsergeben, vielleicht etwas ängstlich.

»Tut mir leid. Es mußte sein.«

»Ja.« Sie blieb einen Moment stumm, und er dachte schon, sie hätte eingehängt. »Als Sie mich nicht anriefen, um ein neues Treffen zu verabreden, wußte ich es.«

»Es wird bestimmt alles gut werden.«

Durch die schmutzigen Scheiben des Büros hatte er zu seinem Schiff hingesehen. Schwarze Qualmwolken strömten aus den ungleichen Schornsteinen, stiegen senkrecht in die Höhe und verschandelten den blauen Himmel. Kein Wind, nicht ein Hauch, dachte er verzweifelt. Sie werden uns in Stücke schießen.

»Ich wünschte, Sie hätten mehr als nur eine blöde Pfeife als Erinnerung an mich.« Sie lachte leise auf, es konnte aber auch ein Schluchzen gewesen sein. »Ich hatte nichts Besseres zu tun, als Sie mit meinen Sorgen zu belasten.« Diesmal brach ihre Stimme. »Und die ganze Zeit wußten Sie es schon!«

»Wir werden uns bald wiedersehen, das verspreche ich. So leicht kommen Sie mir nicht davon. Sie wollten doch auf dem Vulkan tanzen, erinnern Sie sich?«

Er hörte sie schniefen. Die Vermittlung klickte ungeduldig.

»Ja, ich erinnere mich.« Pause. »Paß gut auf dich auf, Keith.«

Dann war die Leitung tot. Erst als er an Bord zurückkehrte, kam ihm zu Bewußtsein, daß sie ihn mit seinem Vornamen angeredet hatte.

Am Nachmittag des achten Tages, als Drummond gerade die neuesten Nachrichten über die Erfolge in Sizilien hörte, wurden alle Kommandanten aufs Flaggschiff beordert. Auch Kimber war anwesend. Die Kommandanten trafen mit ihren Motorbooten ein und versammelten sich in der überfüllten Messe der *Lomond.*

Beaumont hatte keine Zeit zu verlieren.

»In wenigen Minuten kommen die Wetterfrösche zu Wort, Gentlemen, danach erhalten Sie die neuesten Informationen. Aber ich will Ihnen gleich zu Anfang sagen, daß unsere Operation jetzt beginnt.«

Er stützte sich auf die Tischplatte. In der plötzlichen Stille konnte Drummond seinen eigenen Herzschlag hören. Beaumont mußte alle Stewards und alle Offiziere, die nicht am Treffen teilnahmen, aus diesem Bereich entfernt haben, denn das Schiff war ruhig wie ein Grab.

Beaumont fuhr im selben gleichmäßigen Tonfall fort: »Nebel ist gewöhnlich einer der größten Feinde des Seemanns, doch diesmal ist er unser Verbündeter. Die Meteorologen werden es Ihnen mit den richtigen Worten erklären, aber jedenfalls ziehen seit einigen Tagen Nebelbänke von der Ostsee nach Norden. Sie liegen jetzt an der norwegischen Küste nördlich des 65. Breitengrades und zeigen keine Auflösungstendenz. Nebel ist hier im Sommer nicht ungewöhnlich, scheint aber in diesem Jahr besonders dick zu sein.«

Die anderen nickten.

Drummond beobachtete Kimber, der nun zum Tisch ging. Er sah so erschöpft aus, als ob er seit Tagen schlecht geschlafen hätte. Aber seine Stimme war unverändert emotionslos.

»Es ist alles vorbereitet. Die Flottille läuft heute nacht aus. An einem Punkt nahe der Bäreninsel werden Sie zwei Tanker antreffen und Treibstoff ergänzen. Gemäß Ihrem Befehl werden Sie dann nach Süden vorstoßen – auf das Angriffsziel.«

Es entstand eine kleine Pause, während der R.A.F.-Meteorologe seine bunten Karten aufhängte. Sie zeigten die Hoch- und Tiefdruckgebiete der nördlichen Halbkugel sowie viele bunte Pfeile, die alles mögliche bedeuten konnten.

Drummond überdachte Kimbers lakonische Mitteilung: Also hoch bis zur Bäreninsel, dem kleinen Felsen südlich von Spitzbergen, dann tausend Meilen weit wieder nach Süden. Alles in allem bedeuteten Hin- und Rückweg leicht sechstausend Meilen. Er biß sich auf die Lippen. Wenn sie vor einem lagen, schien es unmöglich, ein endloser Alptraum zu sein.

Kimber blickte auf die Wetterkarte. »Der Flugzeugträger, der Ihren Rückzug decken soll, ist bereitgestellt. Auch Reservetanker stehen bereit, falls die vorgesehenen Tanker vom Feind versenkt oder beschädigt werden.« Er tippte auf die Karte. »Da die Eisgrenze jetzt weit nördlich liegt, können Sie sich von den üblichen Patrouillenrouten des Feindes freihalten. Ein schneller Konvoi läuft zur Zeit südlich an der

Bäreninsel vorbei in Richtung Murmansk, der sollte die deutschen Aufklärer in Atem halten.« Er blickte Drummond an. »Nun, Commander, noch Fragen?«

Drummond schüttelte den Kopf, fragte dann aber doch: »Falls sich der Nebel lichtet . . .« Er begann noch mal: »Können wir mit der Unterstützung des norwegischen Widerstands rechnen, Sir?«

»Das ist bereits abgesprochen. Eines unserer U-Boote fährt die Grenze des Minenfeldes seit einer Woche ab. Sie werden mit ihm Kontakt aufnehmen, wie in Ihren Befehlen niedergelegt. Bis zum Augenblick, da Sie vom U-Boot aus den endgültigen Angriffsbefehl erhalten, müssen Sie immer noch mit Änderungen rechnen.« Er wandte sich an Kapitänleutnant Kydd. »Ihr Schiff ist mit Minenschienen ausgerüstet?« Es war keine Frage, sondern eine Feststellung.

Kydd nickte. »Jawohl, Sir, *Whirlpool* hat im letzten Jahr ein paarmal Minen gelegt.«

»Gut.« Kimber sprach schneller. »Ich habe angeordnet, daß Ihr Schiff Minen übernimmt. Der Tender sollte schon auf dem Weg sein.« Er studierte Kydds Gesicht. »Eine Vorsichtsmaßnahme, nicht mehr.«

Drummond blickte schnell zur Kydd hinüber und zog eine Grimasse. Ihr Auftrag war auch ohne diese tödliche Fracht auf dem Achterdeck schon schlimm genug.

Kimber blickte Beaumont an. »Das war's.«

Beaumont räusperte sich. »Gehen Sie auf Ihre Schiffe zurück, Gentlemen. Sie können jetzt Ihre Offiziere unterrichten. Erklären Sie ihnen, daß dieser Einsatz von größter Wichtigkeit ist. Kühler Kopf und warme Füße sind angesagt.« Er schien zu stocken.

»Einen Augenblick noch, Keith.« Er wartete, bis die anderen Kommandanten den Raum verlassen hatten. »Ich möchte von Ihnen wissen, was für ein Gefühl Sie haben. Ich meine *ehrlich*!«

Drummond folgte ihm in seine geräumige Kajüte. Auf jedem freien Platz lagen Karten und Handbücher. Er sah sich im Spiegel und mußte an sein erstes Zusammentreffen mit Beaumont denken. In seiner neuen Uniform mit den drei goldenen Streifen sah dieser noch jünger aus.

»Es kann klappen.«

»Kann?« Beaumonts Gesicht war schweißüberströmt. »Das reicht nicht, Keith!«

Drummond blickte ihn ernst an. Er hatte gedacht, Beaumont wolle von seinem Stellvertreter herausfinden, wo die Schwachstellen bei der Schrottflottille lagen, die noch beseitigt werden mußten. Aber das war nicht der Fall, er suchte nur Rückenstärkung. Diese Erkenntnis machte ihn nervös.

»Ich glaube, es gibt zu viele Risiken in diesem Plan, Sir. Das U-Boot, die Tanker, die Lücke im Minenfeld, der norwegische Widerstand, die Ziele und natürlich uns am Ende der Kette.« Er lächelte leise. »*Wenn* die Koordination zwischen allen klappt, kann es funktionieren.«

Beaumont nickte, seine Augen blickten in die Ferne. »Ja, das ist richtig. Aber ich wollte wissen, wie Sie sich persönlich fühlen.« Er drängte. »Haben Sie das Gefühl, daß wir es schaffen können?«

»Ja.« Wie leicht ihm die Lüge von den Lippen kam. »Ja, das glaube ich.«

Beaumont rieb sich die Hände, es klang wie raschelndes Papier. »Ich würde Sie gern auf ein Glas einladen, aber ich habe noch zu arbeiten. Mit Aubrey Kimber.« Er zuckte die Achseln. »Sie kennen den Papierkram.«

Drummond war entlassen. Er wollte gehen und alles überdenken, allein nach den Schwachstellen im Plan suchen.

Beaumont lächelte. »Viel Glück, Keith. Es freut mich, daß ich Sie dabei habe.«

De Pass blinzelte um die Ecke. »Ich habe mich gefragt, Sir...« Weiter kam er nicht.

»Wie zum Teufel können Sie es wagen, hier hereinzuplatzen!« Beaumonts Gesicht war hochrot angelaufen. »Kann man hier denn keinen Augenblick allein sein, ohne daß irgendein Idiot lauscht?«

De Pass schien zusammenzuschrumpfen. »Es... äh, es tut mir leid.« Er flüchtete.

Drummond ergriff seine neue Mütze mit dem Eichenlaub am Schirm. Früher war Beförderung sein Traum gewesen, jetzt schien sie ihm völlig nebensächlich.

Wieder hatte er einen Blick auf den Helden Beaumont werfen können. Er hatte sekundenlang völlig die Beherrschung verloren, und im Gefecht konnten solche Sekunden alles und alle ruinieren.

An Deck war die Luft frischer, aber von jeder Kanone tropfte Kondenswasser. Kein Wunder, daß viele Isländer bei diesem feuchten Klima unter chronischer Tbc litten, dachte er.

Der W.O. meldete: »Ihr Boot ist längsseits, Sir.«

Drummond salutierte dankend und lief rasch die kurze Gangway hinunter. Als sein Boot das Heck der *Whirlpool* passierte, sah er, daß die großen, häßlichen Minen bereits an Bord gehievt wurden. Kydd sprach an Deck mit seinem Ersten Offizier. Drummond kannte Kydd länger als die anderen. Sie waren in Dartmouth im selben Jahrgang gewesen. Knaben in Uniform. Und jetzt? Er winkte, als das Boot vorbeiglitt. Kydd war einer der wenigen, der seine Gefühle für Helen kannte, bevor sie Frank geheiratet hatte. Sie selbst hatte es nie erfahren. Das alles schien eine Ewigkeit her zu sein.

Sie passierten den verbeulten Steven der *Whirlpool*, dann lag sein Schiff recht voraus. Trotz der neuen Farbe sah es müde aus, dachte er. *Wie wir alle.*

Der Bugmann hob den Bootshaken, und die Barkasse legte sich gegen den Taufender unter der Gangway. Er riß sich zusammen, um den Gruß der Wache schneidig zu erwidern, dann stieg er an Bord. Es hatte begonnen.

Drummond rückte sich bequem in seinem Stuhl zurecht und wartete, daß Sheridan den Telefonhörer auflegte.

Schließlich meldete er: »Übung beendet, Sir.«

»Danke.«

Es war stockfinster, die Sterne über der Brücke sahen klein und schwach aus. Die Flottille dampfte mit gleichmäßigen zwölf Knoten in zwei Kolonnen durch die Nacht. *Lomond* führte die kürzere an Steuerbord an. Seit drei Stunden waren sie unterwegs und hatten nun die Geschütze getestet; auch alles andere wurde gecheckt und nochmals gecheckt.

Er rutschte von seinem Stuhl und wartete, bis das Deck in der Waagrechten war.

»Geben Sie mir das Mikro.«

Hillier und Wingate standen an der Kompaßplattform. Wie die Ausguckleute wurden sie steif vor Erwartung. Er drückte die Taste.

»Hier spricht der Kommandant. Die meisten von euch wissen schon, was uns in den nächsten Tagen erwartet. Es wird ein ganz schönes Stück Arbeit werden, aber wir werden es schaffen. In der Vergangenheit waren wir oft auf uns allein gestellt, oder wir kamen zu spät, um unseren Kameraden helfen zu können. Diesmal ist es anders.«

Er stellte sich die anderen Kommandanten vor, wie sie es ihren Leuten beibrachten. Ohne Zweifel würde Beaumont eine druckreife Rede halten, eine richtig denkwürdige. Dabei sah er förmlich vor sich, wie Miles' Kameramann alles aufnahm, sogar Beaumont beim letzten Dinner vor der Schlacht.

Er fuhr fort: »Diesmal sind wir alle zusammen, die ganze Flottille.

Was immer uns am Ziel erwartet, wir können uns aufeinander verlassen. Das ist entscheidend. Viel Glück!«

Weit entfernt über dem Brummen der Ventilatoren und dem Klatschen der Wellen hörte er einen Hurraschrei, wie von dem vereinzelten Fan einer unpopulären Mannschaft.

Wingate grinste mit weißen Zähnen.

»Das klang gut, Sir.«

Drummond kehrte zu seinem Stuhl zurück. »Zumindest einem schien es zu gefallen.« Er wandte sich an Sheridan: »Die Männer können von Gefechtsstationen wegtreten, aber lassen Sie die Backbordwache Kriegswache gehen.«

Die Pfeife schrillte über die Lautsprecher. Er hörte Füße Treppen herunterpoltern, die Freiwächter verschwanden in der Wärme des Meßdecks. Er blickte zur Mastspitze. Es war nicht kalt, roch aber nach Regen, obwohl keine Wolke am Himmel zu sehen war. Die Männer wollten nur nach unten, um das Meer eine Zeitlang nicht mehr sehen zu müssen.

»Ablösung am Ruder, Sir. Jevers hat übernommen.« Sheridan senkte die Stimmte. »Ist mit ihm alles in Ordnung?«

»Ich weiß nicht, Nummer eins. Ich habe vom Doktor nichts Gegenteiliges gehört.«

Sheridan duckte sich, als Spritzwasser über die Scheiben wehte. »Dann gehe ich hinunter, Sir. Ich habe die Morgenwache.«

Wingate wandte sich an Hillier. »Wir werden in zehn Minuten Kurs ändern. Kompaßkurs null-drei-null. Soweit alles friedlich.«

Drummond lächelte. »Ja, ich nehme auch ein Auge voll Schlaf.«

Nachdem der Kommandant die Brücke verlassen hatte, entspannte sich Wingate und öffnete den Kragen seiner Lederjacke. Er hörte Hillier unter der Kartentischabdeckung laut schnaufen und grinste. Alles ruhig, Zeit zum Nachdenken. Plötzlich mußte er an das Mädchen im Hotel denken, an Georgina. Was für ein Superweib! So lebendig und sinnlich und verspielt wie ein junges Kätzchen. Und was für eine Figur! Durch ihr Kleid hatte er die festen Kurven ihres Busens gesehen, die unruhige Art, wie sie die Beine aneinander rieb. Als er ihr ausrichtete, was Keyes ihm aufgetragen hatte, sah er, daß sie aufrichtig erstaunt war. »Ach, *der*...« Sie beugte sich vor und legte ihm eine Hand aufs Knie. »Solch ein süßer Junge.« Danach wußte Wingate Bescheid, was sie von Allan Keyes hielt.

Sie fragte: »Wann kommen Sie wieder nach England?«

»Kann ich Ihnen nicht sagen, meine Liebe.« Er grinste, wohliges

Begehren floß durch seine Adern. »Fragen Sie mich etwas Leichteres.«

»Meine Show kehrt nächsten Monat nach London zurück.« Sie gab ihm eine kleine Karte. »Sie können jederzeit diese Nummer anrufen.«

»Das werde ich.« Sie sträubte sich nicht, als er ihren Arm streichelte. »Ich denke, wir werden uns gut amüsieren.«

Danach war sie weggerufen worden. Aber sie hatte ihn schnell auf die Wange geküßt, und ihre Brust hatte sich dabei fest gegen seinen Arm gepreßt.

»Es wird wunderschön werden.«

Beschwingt war er zum Schiff zurückgekehrt und hatte überlegt, wie er Keyes die harten Realitäten des Lebens beibringen sollte. Aber der Fähnrich wartete so aufgeregt oben am Landgang, daß Wingate nicht weiterwußte; Vielleicht kamen sie ja nie wieder nach London. Es konnte gut sein, daß sie in wenigen Tagen gar nicht mehr existierten.

Er log leichten Herzens: »Georgina schickt Ihnen liebe Grüße, Allan. Sie ist wirklich ein bemerkenswertes Mädchen.«

Keyes' Gesicht war diese Lüge wert gewesen. Er sah überschwenglich glücklich aus.

»Das ist sie, Pilot! Ich schreibe ihr, wenn wir zurückkommen. Dann kaufe ich ihr auch was Schönes.«

Etwas zu laut sagte Wingate: »Dann tun Sie das mal.«

Hillier fragte erstaunt: »Was gibt's?«

»Nichts. Ich werde alt.« Er blickte auf die Uhr. »Halten Sie sich bereit, die Flottille wird gleich Kurs ändern. Informieren Sie den Kommandanten. Er wird es wissen wollen, obwohl er mir ja Gott sei Dank vertraut.«

»Nicht wie andere, was?«

»Das können Sie laut sagen.« Wingate spähte wieder durch sein Glas. »Einige Skipper würden am liebsten nach jeder Wache das Toilettenpapier zählen, um festzustellen, ob ihre Offiziere Verschwender sind.«

Im stickigen Ruderhaus unter Wingates Füßen griff Quartermaster Jevers in die Speichen des Ruders. Seine untere Gesichtshälfte wurde vom Kompaßlicht beleuchtet. Der Telegraphist lungerte untätig herum, und hinter einem Vorhang sprach Fähnrich Keyes leise mit dem Navigationsgast, während sie versuchten, den Plottertisch einzurichten.

Was zum Teufel wollte der Doktor von ihm? fragte sich Jevers. Etwas über Janice herausfinden? Oder dachten sie, daß er so mit den

Nerven fertig sei, daß er Sonderurlaub brauchte? Er entspannte sich etwas und sah, daß die Kreiseltochter ein Grad Abweichung vom Kurs anzeigte. Das wäre der größte Lacher, ein schöner langer Urlaub!

»Backbord zehn!« kam Wingates Stimme aus dem Sprachohr, und er zuckte zusammen.

»Backbord zehn, Sir. Ruder liegt Backbord zehn.«

»Mittschiffs.« Er hörte Fußtritte auf der inneren Treppe. Heißer Kakao für die Wachgänger. »Recht so!«

»Recht so, Sir. Kurs null-drei-drei liegt an.«

»Steuern Sie null-drei-null und schlafen Sie nicht ein, Quartermaster!« Wingates Stimme war nicht ohne Schärfe.

»Aye, aye, Sir.« Jevers grinste und murmelte: »Leck mich, wo ich am schönsten bin.«

Durch den dicken Vorhang hörte Keyes das Geklapper der Kakaobecher und versuchte wach zu bleiben. Der Leuchtpunkt, der die Position und den Kurs des Schiffes anzeigte, wanderte weiter und weiter vom Land weg, weit hinaus in diese Wasserwüste. Er plierte auf die Karte. Und tief war es hier – fast zweitausend Faden*. Eine schwarze, unbewegliche Welt. Auch Wracks würden da unten liegen.

Rigge, der Navigationsgast, kam mit Kakao herein und lächelte, als er sah, daß Keyes' Kopf langsam auf der Karte hin und her rollte.

So dampfte die *Warlock* mit ihren Begleitern durch die Dunkelheit. Die Besatzung schlief oder stand auf Wache. Nur zwei fehlten: der Mann im Hospital und Badger, der Kater. Kurz vor dem Auslaufen war er in seinem Körbchen auf das Reparaturschiff gebracht worden. Dort würde er auf sein Schiff warten, bis es wiederkam. Alle hatten eingesehen, daß es so sicherer für ihn war. Aber sein hochmütiger Blick aus irgendeiner Ecke würde ihnen fehlen, und mehr als ein Seemann fühlte sich unbehaglich.

In seiner kleinen Kammer hinter der Brücke kauerte Drummond auf der Koje und stopfte seine neue Pfeife. Er versuchte sich Sarahs Stimme vorzustellen, die Berührung ihrer Hand. Ihr Mann mußte wirklich ein Trottel sein. Er rollte sich zur Seite und ergriff das Telefon, bevor es noch richtig gesummt hatte.

»Kommandant.«

»Es wird hell, Sir.«

»Schon?« Er rieb sich die Augen, sie waren wund. Dabei hatten sie noch nicht mal die Bäreninsel erreicht. Er gähnte.

* 1 Faden = 1,82 m

»Ich komme. Lassen Sie mir Kaffee auf die Brücke bringen.«

Er schob die Pfeife in die Tasche und reckte die Arme. In solchen Momenten wünschte er sich, er wäre zur Infanterie gegangen.

Seite an Seite

»Blinkspruch von der *Santiago*, Sir.« Der Signalgast hielt die dünnen Beine weit gespreizt, um einen festen Stand zu haben. Er hatte sein Fernglas auf den Tanker gerichtet. »Kommen Sie längsseits, wenn Sie soweit sind.«

»Danke.« Drummond sah, daß die Propeller der *Lomond* schon das Wasser peitschten, als sie vom Tanker wegschor. »Bestätigen Sie.«

Im Morgengrauen hatten sie ihre Positionen eingenommen wie in der Schlange vor einem Lebensmittelladen. Nach und nach hatten die Zerstörer sich dem ermüdenden und gefährlichen Geschäft des Bunkerns auf See unterzogen. Die beiden Tankerkapitäne waren alte Hasen, trotzdem wiesen die dicken rostigen Rümpfe viele Schrammen und Beulen auf, wo andere Schiffe erfahren hatten, daß das Manöver gefährlicher war als angenommen.

Drummond zündete seine Pfeife an und beobachtete, wie Sheridan seine Männer an Deck einteilte. Nach einer Woche hatten sie den Treffpunkt erreicht, aber es kam ihm vor wie ein Jahr. Die Nerven und Temperamente hatten einiges auszuhalten gehabt.

»Backbord fünfzehn!«

Die Blöcke quietschten, als das Bunkersignal an der Flaggleine hochging. Unteroffizier Tucker mit seinen Leuten war froh über die Abwechslung. Es war schön, wieder mal andere Schiffe zu sehen.

Außer den Tankern stand noch ein häßlicher umgebauter Frachter in der Nähe. Im Handbuch wurde er als »Katapultschiff für Abfangjäger« bezeichnet. Admiral Brooks nahm das Unternehmen wirklich sehr ernst, wenn er schon im Anfangsstadium für Jagdschutz sorgte. Jede herumstreunende Focke-Wulf würde so gesichtet, abgefangen und abgeschossen werden, bevor sie ihre Basis über Funk informieren konnte, daß sich britische Marineeinheiten nordwestlich der Bäreninsel sammelten.

»Mittschiffs . . . Recht so, Bootsmann!«

Tommy Mangin würde den Tanker im Auge behalten, während sie das breite Heck umfuhren.

Die *Santiago* war noch immer tief abgeladen, so daß sie so bewegungslos wirkte wie eine Hafenmauer. Der unangenehme Schwell, der die ranken Zerstörer rollen und stampfen ließ, lief an der Bordwand des Tankers nur als endlose weiße Wellenlinie entlang.

Sieben Tage. Drummond biß auf das Pfeifenmundstück und beobachtete, wie das andere Schiff langsam näher kam.

»Etwas abfallen, Bootsmann!«

Er sah, wie die großen verschmutzten Fender über die Seite gehängt wurden, damit ein möglicher Zusammenprall gemildert wurde. Die Bunkerschläuche hingen an den Ladebäumen bereit, um über den sich verengenden Wasserspalt geholt zu werden. Zu dichte Annäherung endete fast unausweichlich mit Schäden, zu großer Abstand bedeutete, daß die Schläuche brachen. Ein neuer Anlauf mußte dann gefahren werden, ganz zu schweigen von der Blamage in Sichtweite der anderen Schiffe.

Das Sonnenlicht kroch wie flüssiges Kupfer über den scharfen Horizont. Drummond zitterte trotz seines dicken Mantels. Die Sonnenstrahlen waren ohne Wärme, trotzdem verbrannten sie das Gesicht, wenn man sich ihnen zu lange aussetzte.

Sie standen jetzt nördlich des Polarkreises, und viele weitere Meilen lagen vor ihnen, bevor sie den Seydisfjord sehen würden. Die Bäreninsel war ein blauer Schatten am anderen Horizont, ein einsamer Ort, der schon versprengten Geleitern oder beschädigten Schiffen Zuflucht gewährt hatte, bevor sie sich an die letzte Etappe nach Murmansk oder Archangelsk wagten, mit Flugzeugen, Panzern und Nachschub aller Art für die Russen. Es war schon merkwürdig. Die Russen hatten einen Nichtangriffspakt mit Hitler geschlossen und sich von denen abgewendet, die das faschistische Regime bekämpfen. Später hatte Hitler ihr Land trotzdem überfallen, und so war Stalin zwangsläufig ein Verbündeter der Alliierten geworden.

»Beide langsam voraus.«

Eine Wurfleine wurde von der Back aus über den Tanker geschossen. Abbott, der Artilleriemaat, hatte sie abgefeuert. Wenn er noch über den Verlust seiner Familie trauerte, so beeinträchtigte es jedenfalls nicht seine Zielsicherheit.

Weitere Leinengewehre krachten, und Leinen flogen hinüber. Bald waren die Schiffe wie mit einem Spinnennetz verbunden. Jetzt lagen sie mit der Brücke des häßlichen Tankers auf gleicher Höhe und hatten noch etwas Fahrtüberschuß. Ein großer Schlauch kroch schon auf die wartenden Heizer zu.

Spritzwasser klatschte zwischen den Schiffen hoch und näßte die

Decks. In ein paar Monaten würde die ganze Gegend wieder mit Eis bedeckt sein und keinen Schutz mehr bieten, wenn er am meisten benötigt wurde: eine See ohne Mitleid.

Das Katapultschiff würde dann nutzlos sein, denn es konnte sein Flugzeug nur starten lassen, einen Landeplatz an Bord gab es nicht. Der Pilot mußte nach dem Wassern in seiner Schwimmweste warten, bis er aufgefischt wurde. Vielleicht wurde er gesehen, vielleicht auch nicht. In diesen kalten Gewässern überlebte man nur wenige Minuten.

Auf dem Tanker erklang eine heisere Sirene, beide Schiffe fuhren nun nebeneinander her. Das eine rollte und stampfte in jeder Welle, das andere schob sich durch sie hindurch wie ein Bügeleisen. Die Männer sprangen an Deck hin und her und holten die Taljen durch. Von Zeit zu Zeit packte ein erfahrener Seemann einen jüngeren, der in Gefahr war, über Bord zu fallen und in dem reißenden Strudel zwischen den Schiffen zu ertrinken.

Auf Mangin konnte man sich verlassen. Er würde den Abstand genau einhalten, aber die Umdrehungen mußten sorgfältig überwacht werden.

Hillier meldete aufgeregt: »Der erste Schlauch ist fest, Sir.«

»Danke.«

Seltsam, daß der Anblick eines blöden alten Schlauchs aufregender sein konnte als die Aussicht, in einem norwegischen Fjord getötet zu werden.

»Kaffee, Sir?«

Owles war auf die Brücke gekommen. In seiner weißen Jacke sah er deplaziert aus und zitterte vor Kälte.

»Gern.«

Wie immer hatte Owles etwas Rum in den Kaffee gegossen. Drummond fühlte ihn wie Lava in seinem Magen brennen. Was hätte er nur ohne Owles angefangen?

Scharf sagte er: »Der Erste soll die Vorleine etwas fieren, sie sägt am Rumpf des Tankers. Bald muß sie brechen!«

Sheridan hätte es selber sehen müssen. In letzter Zeit war er verschlossen gewesen, in sich gekehrt und nicht sehr gesprächig. Eifersucht? Auf Sarah, seine Beförderung oder auf etwas anderes?

Er sah, daß Sheridan die behandschuhte Rechte hob, als ihn die Weisung erreichte. Keine weitere Reaktion.

Ein Bootsmannsmaat rief: »Funkspruch von der Admiralität, Sir!«

»Bringen Sie ihn dem Doktor, er soll ihn sofort dechiffrieren.«

Vaughan hatte nichts aus Jevers herausbekommen, aber sich als nützlich beim Umgang mit Geheimcodes erwiesen. Er besaß den Intellekt dafür. Nur der Flottillenführer hatte einen besonderen Dechiffrieroffizier. Der Mann war wohl sehr schnell, denn schon nach wenigen Minuten meldete der Bootsmannsmaat: »Der F/T-Raum hat ein Gespräch mit Kapitän Beaumont für Sie, Sir.«

Drummond gab Wingate ein Zeichen. »Sprechen Sie mit ihm. Ich kann jetzt nicht weg.« Er beobachtete die großen Schläuche. Es mußte sehr wichtig sein, denn Beaumont wußte, daß *Warlock* beim Bunkern war und ihr Kommandant unter keinen Umständen die Brücke verlassen würde.

Der Signalmeister schob den Messingverschluß über das Sprachrohr zum F/T-Raum und meinte: »Der Doktor wird immer schneller, Sir.«

Drummond drehte sich nicht um. »Lesen Sie vor, Sub.«

Hillier entrollte den Zettel. »Von der Admiralität, Sir: *Geheimdienst meldet, daß der Schlachtkreuzer* Moltke *im norwegischen Hafen Drontheim gesichtet worden ist. Eine unbekannte Anzahl Zerstörer begleitet ihn. Luftaufklärung wird durch Nebel behindert.* Ende des Funkspruchs, Sir.«

Wingate kam stirnrunzelnd zurück. »Kapitän Beaumont lenkt Ihre Aufmerksamkeit auf den Funkspruch, Sir.«

Drummond sah ihn an. »Und?«

»Er sagte, das *darf* keinen Unterschied machen.«

»Verstehe.«

Doch er verstand es nicht. Was zum Teufel war in Beaumont gefahren? Hatte ihn der Gedanke an das deutsche Schiff und die Erinnerung an das, was es der *Conqueror* angetan hatte, aus dem Gleichgewicht gebracht? Es war in Norwegen und offensichtlich in gutem Zustand.

»Sie sollen zurückrufen, sobald das Bunkern beendet ist, Sir.«

»Gut, danke.«

Nachdem *Warlock* ihre Bunker gefüllt und sich vom Tanker abgesetzt hatte, war Beaumont am F/T ganz wie immer. »Ich wollte Sie nur warnen, Keith. Wir müssen an alle Möglichkeiten denken. Das verdammte Schiff darf uns nicht überraschen.«

Drummond hatte darüber nachgedacht. Es schien ihm unwahrscheinlich, daß noch weitere deutsche Einheiten nach Norden verlegt wurden. *Es sei denn, die Deutschen wußten Bescheid!* Die Flottille würde die Ansteuerung ohne Radar vornehmen, um die Möglichkeit der Entdeckung zu minimieren.

Sheridan kam auf die Brücke. »Alles gesichert, Sir. Keine besonderen Vorkommnisse, nur ein Seemann hat sich in die Finger geschnitten.«

»Gut.« Er zog den Funkspruch aus der Tasche. »Lesen Sie das.«

Sheridans Gesicht blieb unbewegt. »Also ist sie wieder da, Sir.« Als er aufblickte, waren seine Augen hart. »Die verdammte *Moltke!*«

»Ich glaube nicht, daß sie in unsere Nähe kommen wird. Aber für den Fall, daß zusätzliche deutsche Zerstörer patrouillieren, sollten wir sehr wachsam sein. Lassen Sie bitte den Artillerieoffizier holen.«

»Moment noch, Sir.« Sheridan stand dicht neben dem Stuhl, so daß keiner auf der Brücke hören konnte, was er sagte. »Ich habe mir Gedanken gemacht. Sollte etwas passieren . . .«

Drummond fragte leise: »*Mir*, meinen Sie?«

»Nun, ja.« Sheridan blickte unsicher. »Müßte ich dann Ihre Aufgabe als Halbflottillenführer übernehmen?«

»Nein. Machen Sie sich darüber keine Sorgen, Nummer Eins. Sobald wir mit dem Gegner in den Clinch gehen, ist jedes Schiff auf sich selber angewiesen. Anders geht es bei Gefechten auf engem Raum nicht.«

»Ist klar, Sir. Sie verstehen hoffentlich, daß ich es erwähnen mußte.«

»Schon in Ordnung.« Jetzt sah er Sheridan wieder in neuem Licht. Leise fragte er: »Ich dachte, Sie wollten befördert werden?«

»Richtig, aber doch nicht *während* einer verdammten Schlacht, Sir!«

Er lächelte. »Ich werde es mir merken, Nummer Eins.«

Der Signalgast rief: »*Ventnor* holt den Stander nieder, Sir. Sie war das letzte Schiff beim Bunkern.«

Drummond blickte zur *Lomond* hinüber, auf ihrer Brücke flackerte ein Signalscheinwerfer.

»Formation wie bisher, Sir.« Der Mann atmete schwer. »Enge Marschkolonne bilden.«

»Bestätigen Sie.« Drummond blickte Sheridan an. »Also, nächste Haltestelle Norwegen.«

Sheridan grinste verkniffen. »Scheint so, Sir.«

Drummond fühlte, daß der Navigationsoffizier ihn anstarrte. »Bringen Sie sie in Position, Pilot. Kurs und Geschwindigkeit nach Maßgabe des Führungsschiffs.«

»Aye, aye, Sir.«

Warlock verabschiedete sich mit einem langen Heulton von den beiden Tankern, dann ging sie in eine langgestreckte Kurve, und ihre

Gefährten folgten gehorsam. Qualmwolken legten sich wie ein fettiger Vorhang über die See.

»Von *Santiago*, Sir.« Tucker setzte das Glas ab. »›Waidmannsheil‹.«

»Antworten Sie.« Drummond sah die Signalscheinwerfer entlang der Reihe aufblitzen. »An *Santiago*: ›Wir würden uns sehr – Wiederholung: *sehr* – freuen, Sie wiederzusehen‹.«

Es war das alte Spiel. Er hatte sich schon oft gefragt, ob der Gegner auch soviel Zeit mit dümmlichen Sprüchen vergeudete. Vielleicht nahm er den Krieg ernster?

»Kurs eins-sieben-fünf liegt an, Sir.« Die Lampe blitzte wieder auf. »Umdrehungen für fünzehn Knoten.«

»Danke.«

Er rückte sich im Sessel zurecht und blickte zum Horizont. Es wurde dunstig.

Der erste Teil war vorbei, der zweite Teil begann jetzt.

»Solchen Nebel habe ich noch nicht gesehen, Sir.« Wingates Stimme klang gedämpft, als befürchte er, seine Worte könnten außerhalb des Schiffs gehört werden.

Drummond versuchte sich in seinem Stuhl zu entspannen, um den Anschein der Gelassenheit zu erhalten, egal wie er sich tatsächlich fühlte. Das Schiff fuhr durch das Zwielicht auf den dunkleren Horizont zu. Nebelfetzen flatterten um die Brücke und verschwanden tanzend wie verrückte Geister. Zu beiden Seiten waren *Waxwing* und *Ventnor* als schattenhafte Umrisse zu erkennen, *Lomond* und die anderen Schiffe folgten außerhalb der Sichtweite, um notfalls Feuerschutz geben zu können.

Drummond hörte, daß jemand an Deck einen scharfen Verweis erteilte, weil etwas laut auf die Platten gepoltert war. Das Schiff war klar zum Gefecht, und so würde es bleiben, bis der Einsatz beendet oder abgesagt war.

Wingate fügte hinzu: »Der nächste Punkt Norwegens ist jetzt hundert Meilen entfernt, Sir.«

»Freut mich für Sie, daß Sie da so sicher sind.«

Drummond hob sein Glas und fluchte laut los, als er weiße Katzenpfoten auf den langen Dünungswellen entdeckte. Früher hatte man Radar für einen Scherz gehalten, aber jetzt, da sie es nicht benutzen durften, merkte er, wie sehr sie sich daran gewöhnt hatten. Es war, als ob man mit verbundenen Augen in einem dunklen Raum umherirrte.

Der Augenblick der Entscheidung rückte näher. In der Dämmerung würden sie in den Fjord hineinstoßen oder wie ertappte Schuljungen auf der Suche nach Kimbers Luftschirm davonlaufen.

Hillier meldete hastig: »Starkes Asdic-Echo in Grün vier-fünf, Sir.«

Drummond blinzelte auf die Leuchtziffern seiner Uhr. Es war fast Mitternacht.

»Achtung, Signalgast!«

War es ein U-Boot?

»Asdic meldet auftauchendes U-Boot, Sir.«

»Objekt an Steuerbord!« Die Stimme des Ausgucks war brüchig.

»Maschinen stopp!«

Auch hundert Meilen vor dem besetzten Gebiet war es nicht ratsam, unnötig zu signalisieren. Die Zerstörer würden sehen, daß *Warlocks* Bugwelle zusammenfiel, das mußte reichen. Außer sie hatten Pech, und es war ein feindliches U-Boot.

Das Grollen der Maschinen erstarb, und die Geräusche der See beherrschten die offene Brücke. Drummond hörte das gedämpfte Zischen der Preßluft, mit der das U-Boot seinen Hauptballasttank ausblies. Dann durchstieß es die Oberfläche.

Der Signalgast sagte: »Da ist das Erkennungssignal, Sir!«

»Bestätigen.«

Er hielt den Atem an, als Tucker mit einer kleinen Taschenlampe seinen Befehl ausführte. Noch konnte er nicht glauben, daß es ein eigenes U-Boot war. Im stillen rechnete er noch immer mit plötzlichem Beschuß oder der Explosion eines Torpedos in den Eingeweiden der *Warlock*.

»Klar machen zum Anbordnehmen von Passagieren. Und keinen Lärm!«

Füße trampelten über das Deck. Wütend zischte Sheridan den Namen eines Mannes.

Für den Kommandanten des U-Bootes mußte es noch schlimmer sein. Er trieb an der Oberfläche in feindlichen Gewässern und war manövrierunfähig, solange er sein Beiboot ausgesetzt hatte. Auch er mußte mit einer Falle gerechnet haben, mit deutschen Patrouillenbooten an Stelle der *Warlock* und ihrer Begleiter.

»Steuerbord nähert sich ein Boot, Sir.«

»Danke. Die Ausguckleute sollen weiterhin gut aufpassen!«

Ein dunkler Punkt hüpfte über die Wellenkämme, die Paddel hinterließen weiße Schaumtrichter. Eine Wurfleine flog hinüber,

Hände packten in das Kletternetz, dann war der Tender schon wieder auf dem Rückweg zum U-Boot.

Die Sekunden dehnten sich, bis Sheridan die Ankömmlinge auf die Brücke geleitete. Sie tasteten sich zu Drummond wie Blinde.

Einer stellte sich vor: »Ich bin Archer.« Er drehte sich zu seinem Begleiter um. »Commander Egil Lyngstad von der Royal Norwegian Navy.«

Beide sahen aus wie Fischer, stanken aber nach U-Boot: Diesel und aufgewärmter Kohl.

Archer fuhr fort: »Alles läuft nach Plan, Sir. Angriff im Morgengrauen. Der norwegische Widerstand ist informiert und wird die örtliche Wache binden, die uns hinderlich sein könnte. Es ist keine große Einheit, der deutsche Kommandeur verläßt sich mehr auf Patrouillen und die beiden Flugplätze in Tromsö und Banak. Es ist das erste Mal, daß der Widerstand eine so große Aktion beginnt.«

Drummond sah zu Wingate hinüber. »Kurs und Geschwindigkeit wie gehabt.«

Der große Norweger sagte ruhig: »Sie werden Erfolg haben, Commander. Ich habe mit den örtlichen Partisanenführern mehrere Monate zusammengearbeitet. Sie warten schon seit langem auf diese Gelegenheit.«

Er sprach ausgezeichnetes Englisch, schien aber völlig erschöpft zu sein.

Das Deck erzitterte wieder, die anderen Zerstörer verschwanden im Dunst. Über dem Summen der Ventilatoren hörte Drummond das Brausen des Wassers, als das U-Boot wieder in seinem angestammten Element verschwand.

»Wir sind in Ihrer Hand, Commander Lyngstad.« In mehr als einem Sinne, dachte er. »*Warlock* ist das Führungsschiff, der Rest der Flottille folgt in Kiellinie.«

Der Norweger nickte ernst. »Ich kenne das Fahrwasser natürlich gut. Es ist gefährlich und deshalb ein guter Schutz für den Feind. Bis jetzt.«

Wingate mischte sich ein: »Ich habe die Kurse bis Vannoy und den Hammerfjord in unsere Karte eingezeichnet, danach . . .«

Der große Mann legte ihm eine Hand auf die Schulter. »*Danach*, mein junger Freund, liegt alles beim Feind.«

»Zeigen Sie ihm die Karte, Pilot. Es ist zwecklos, allein unter der verdammten Abdeckung herumzumalen.« Drummond wartete, bis beide außer Hörweite waren. »Scheint tüchtig zu sein.«

Archer nickte. »Ein guter Mann. Die Deutschen haben eine Belohnung auf seinen Kopf ausgesetzt, aber er geht immer wieder zurück. Er hat seine ganze Familie verloren, sie wurde zur Vergeltung für den Tod eines deutschen Soldaten erschossen. Später kam heraus, daß sich der Deutsche versehentlich selbst erschossen hatte. Vermutlich war er betrunken.« Das klang verärgert.

»Ich muß Kapitän Beaumont anrufen. Er wird heiß auf den Urteilsspruch sein.«

Der Mann, der sich Archer nannte, meinte: »Machen Sie es kurz. Man kann nie wissen, wer sich in diesen Gewässern herumtreibt.«

Drummond eilte in die Asdic-Kabine und ergriff den Hörer.

Beaumont mußte neben dem Gerät gelauert haben. Als er das Codewort *Lipread* hörte, erwiderte er kurz: »Wie geplant, Keith, Phase zwei. Sie führen.«

Drummond ging zurück auf die Brücke. Er hatte schon mit einer Änderung in letzter Minute gerechnet. Also war *Lomond* nicht mehr das Führungsschiff, sondern *Warlock*. Sie deckte die Einfahrt und gab der mit Minen beladenen *Whirlpool* Schutz. So war die Entscheidung wohl richtig, denn sollte das erste Schiff verloren gehen, mußte ihre Taktik sofort geändert werden, und das konnte nur Beaumont.

Archer sagte: »Ich bin übrigens vom militärischen Geheimdienst.« Er grinste. »Freut mich, wieder mal auf einem britischen Schiff zu sein.«

»Ich werde mich bemühen, daß es so bleibt.« Drummond zögerte. »Aber falls wir in Gefangenschaft geraten – haben Sie gute Papiere?«

Archer klopfte auf seine Brusttasche. »Natürlich.« Er grinste breit. »Dann bin ich ein Zahlmeister.«

Der Norweger kehrte mit Wingate zurück, einen Becher Kakao in der Hand.

»Alles klar, Commander. Wir treffen eine Meile vor der Einfahrt auf ein Fischerboot. Die exakte Position müssen wir dessen Skipper überlassen. Er ist ein alter Freund und wird uns führen. Der Rest ist unsere, äh . . .«

»Arbeit?«

»Ja, viel Arbeit.«

»Haben Sie Papiere für den schlimmsten Fall?«

Der Norweger zuckte die Achseln. »Ich werde nicht in Gefangenschaft geraten, machen Sie sich keine Gedanken.« Es klang müde. »Ein Risiko mehr spielt keine Rolle – nicht, wenn es mit einem Sieg enden kann.«

Sheridan überquerte die Brücke. »Befehle, Sir?«

»Wir bleiben auf Gefechtsstationen. Versuchen Sie, heiße Getränke für die Leute aufzutreiben. Gehen Sie durch das Schiff. Sprechen Sie mit den Männern, besonders mit den Neuen. Sie wissen, wie Ihnen vor dem ersten Gefecht zumute war.«

»Das tue ich.« Sheridan klappte seinen Kragen hoch. »Komisch, das mit Kapitän Beaumont, nicht wahr?«

»Was?«

»Er hält sich erstaunlich weit zurück, Sir.« Sheridan deutete nach vorne. »Der Nebel wird dichter. Der Wetterbericht meint, in Küstennähe kann er eine dicke Erbsensuppe werden. Ich hoffe, Beaumont weiß, was er tut.«

»Passen Sie auf sich auf, Nummer Eins. Und keine Heldentaten, nur saubere, gute Arbeit.«

Sheridan zeigte die Zähne: »Von *sauberer* Arbeit verstehe ich nichts, Sir. Aber vielen Dank – und gleichfalls.« Dann war er verschwunden.

Drummond setzte sich im Sessel zurecht. Noch ein schneller Blick auf die Uhr, obwohl er die Zeit im Kopf hatte.

»Auf geht's, Pilot! Umdrehungen für zwanzig Knoten.«

Er hörte ihn ins Sprachrohr zum Ruderhaus reden. Die anderen Schiffe würden folgen wie bei einem verdammten Kavallerieangriff. Vier Stunden Fahrt, vorausgesetzt, das alte Mädchen brach nicht vorher im Seegang auseinander. Aber die See wurde flacher. Das konnte bedeuten, daß der Nebel näher kam.

Er fühlte, wie das Deck erzitterte. Schneller und schneller wirbelten die Propeller durch die See.

Er stellte sich die Zerstörer hinter ihm vor. Die *Waxwing* wurde vom jüngsten Skipper der Flottille geführt: Leutnant James Lovat war der Sohn eines reichen Bierbrauers, jung, aber im Kampf giftig und gefährlich. Die *Ventnor* kommandierte Kapitänleutnant Selkirk, ein eisenharter Reservist, der im Frieden bei der Handelsmarine gewesen war. Sie hatten selten zusammengearbeitet, aber ihm eilte der Ruf voraus, daß er seine Arbeit erledigte – auf die harte Weise.

Die Umdrehungen nahmen immer noch zu. Drummond sah Galbraith vor sich, wie er in seiner ratternden Welt unter der Wasserlinie tätig war, die Manometer ablas und unverständliche Lieder sang.

Rankin saß mit seinem Feuerleitteam hoch über der Brücke, Vaughan überprüfte im Lazarett noch einmal die blitzenden Instrumente, Keyes stand am Plottertisch, der junge Tyson befehligte die leichten Waffen achtern. Und dann war da noch Sheridan. Er würde auf diesem Stuhl sitzen, wenn es ihn selbst erwischen sollte.

Alles in allem kein schlechtes Team, dachte er. Vielleicht sogar etwas besser als der Durchschnitt. Er lächelte, denn das glaubte jeder Kommandant. Und das mußte er auch, wenn er nicht durchdrehen wollte.

Je näher das Land rückte, desto lebhafter wurde der Norweger. Er stand neben Drummonds Stuhl und packte die Verschanzung mit beiden Händen, drehte den Kopf von einer Seite zur anderen, als ob er die Einfahrt wittern könne.

»Tiefe?«

»Siebendreißig Faden, Sir.« Hillier beugte sich vor, um die nächste Frage nicht zu versäumen.

Drummond blickte nicht auf die Uhr, er *fühlte* die Morgendämmerung an Backbord heraufziehen. Die Situation kam ihm völlig irreal vor. Sie preschten mit zwanzig Knoten durch dichten Nebel, nur auf die Ortskenntnis des Norwegers angewiesen.

»Lassen Sie den Kurs einen Strich nach Backbord ändern, bitte.«

Im ungewissen Licht sah er wie das Denkmal eines alten Wikingers aus: groß und breit, der zersauste Bart flatterte über der Fischerjoppe.

»Kurs eins-vier-null, Sir.«

Ruhig bemerkte der Norweger: »Das Boot meines Freundes muß jede Minute in Sicht kommen.«

Drummond erwiderte nichts. Er hoffte nur, daß die anderen Schiffe noch auf ihren Stationen waren. Denn an Steuerbord lauerten Untiefen, und an Backbord lag die Minensperre. Jede Abweichung war tödlich.

Lyngstad fügte hinzu: »Es wird bald aufklaren, aber . . .« Er drehte sich um, als ein Ausguck meldete: »Schiff, Sir, gut an Backbord voraus.«

»Halbe Fahrt!« Lyngstad winkte mit den Armen, als der stämmige Trawler aus dem Nebel auftauchte. »Ich wußte, daß er kommen würde!«

Der Trawler drehte auf der Stelle und übernahm die Spitzenposition. Wenn der Skipper einen Schreck bekommen hatte, als der Zerstörer so auf ihn zugestürmt war, ließ er es sich jedenfalls keine Sekunde anmerken, sondern führte sein Boot mit lässiger Meisterschaft.

Archer stand auf den Backbordgrätings. »Die Funkmeßstation des Gegners ist da drüben auf der Insel Vannoy. Unsere Freunde an Land müssen ihre Sache dort gut gemacht haben, sonst wäre hier schon die Hölle los, egal ob Nebel oder nicht.«

»Zehn Faden, Sir.«

»Danke.« Lyngstad blickte Drummond an. »Weisen Sie Ihren Rudergänger an, so dicht wie möglich hinter dem Fischerboot zu bleiben.«

Wingate beugte sich über das Sprachrohr. Ein Melder rief: »Geschütz X meldet, daß sie die *Ventnor* achteraus sehen können, Sir.« Er grinste erleichtert.

Wingate blickte auf. »Dachten Sie, wir machen alles alleine?«

Drummond fühlte Bewegung in der kalten, feuchten Luft. Sicherlich hatte Lyngstad recht, wenn er ein Lichten des Nebels voraussagte. Er traf eine Entscheidung.

»Gefechtsflaggen setzen, Signalgast!«

Lyngstad wandte den Blick von dem schmalen Streifen freien Wassers am Steven und sagte einfach: »Ich habe auch eine Flagge bei mir, Commander. Ich hatte gehofft . . .« Er fuhr nicht fort, sondern zog die zusammengerollte Flagge aus der Jacke.

»Signalgast! Setzen Sie bitte diese Flagge neben unserer.«

Er sah die weiße Kriegsflagge an der Mastspitze auswehen, die andere war rot und hatte ein blaues Kreuz. Sie knatterte an der Rah. Das Gesicht des Norwegers verriet, was diese kleine Geste für ihn bedeutete. Lyngstad sagte: »Jetzt bin ich sicher, daß wir heute Erfolg haben werden. Danke.«

Die norwegische Flagge wehte seitlich aus wie ein Signal.

Zuerst ganz langsam, dann immer schneller hob sich der Nebelvorhang. Eine große grüne Insel tauchte auf, ein schimmerndes Fahrwasser und ein einzelnes verankertes Wachboot.

Rauh sagte Lyngstad: »Nun ist es an Ihnen, Commander!«

Drummond packte die Verschanzung. »*Feuer frei*!«

Tödlicher Ernst

Es schien eine Ewigkeit zu dauern, bis die vorderen Geschütze auf die Feuerglocke reagierten. Die doppelte Explosion wurde vom nahen Land zurückgeworfen, als ob die *Warlock* und nicht das Wachschiff unter Feuer läge.

Drummond preßte sein Fernglas gegen die Augen. Er fühlte, wie das Deck unter seinen Füßen erzitterte, und hörte Rankin in sein Mikrophon sprechen. Ein Ausguck schrie auf, als die Explosion an der Brücke rüttelte.

»Entfernung null-eins-null! Feuer!«

Wieder zuckten die Feuerzungen aus den Rohren, eine große Wasserfontäne wuchs neben dem kleinen Schiff in die Höhe. Die zweite lag weit ab.

»Einhundert weniger! Feuer!«

Beide Granaten schlugen in das Wachschiff ein. Es mußte aus Holz gebaut sein. Planken und Splitter flogen durch die Luft, das ölige Wasser des Fjords war mit Trümmern übersät. Jetzt schlugen auch Flammen aus dem kleinen kastenförmigen Ruderhaus. Kleine Gestalten krabbelten heraus wie verängstigte Insekten.

Drummond rief: »Leichte Waffen! Feuer frei!«

Als ob sie nur darauf gewartet hätten, ratterten die Oerlikons los. Drummond sah den roten Leuchtspuren nach, die wie höllische Hämmer auf das unglückliche Wachboot einschlugen. Sie vollendeten, was die großen Geschütze begonnen hatten. Funken und Flammen hüllten es vom Bug bis zum Heck ein. Hier und da versuchten Schwimmer, vom schief liegenden Rumpf frei zu kommen, andere wurden durch die Flammen und den Beschuß unter Deck festgehalten.

»Backbord zehn!« Drummond schwenkte sein Glas langsam hin und her. »Mittschiffs . . . Recht so!«

Er hörte Rankin brüllen: »Feuer einstellen! Zielwechsel auf Grün vier-fünf! Entfernung zwei-null-acht!«

Von achteraus hörte er die Geschütze der anderen Zerstörer, die ihm durch die schmale Einfahrt in den Fjord folgten. Überall explodierten Granaten, aber ihre Wirkung wurde meist vom Dunst verdeckt.

Er sah Rankins neues Ziel, es war ein hochaufragender Frachter von gut fünftausend Tonnen. Nach dem, was er trotz Dunst und Pulverdampf erkennen konnte, schätzte er, daß es sich um ein Depotschiff handelte. Kleine Ladebäume standen an Deck. An der Bordwand war ein Schwimmponton befestigt.

Lyngstad rief: »Das ist der U-Boot-Tender. Die Besatzungen der ›Neger‹ wohnen darauf.« Offensichtlich erfüllte ihn wilde Freude über die donnernden Explosionen und das Rattern der automatischen Waffen.

»Feuer!«

Die 10,5-cm-Granaten stanzten rote Löcher in die Bordwand des Tenders, dann explodierten sie tief im Inneren des Schiffs. Decksbeschläge und Stahlteile wirbelten hoch in die Luft.

Irgend jemand erwiderte von der Brücke aus mit einem Maschinengewehr das Feuer. Aus dem gleichmäßigen Geratter und dem gedämpften Ton schloß Drummond, daß es ein ›Spandau-Mg‹, ein MG 42, war. Er spürte den Einschlag der Kugeln im Brückenaufbau, Querschläger jaulten durch die Luft. Dann schlugen wieder Granaten auf dem Depotschiff ein, und eine mußte entweder ein Farblager oder die Signalmunition getroffen haben.

Plötzlich ging ein Ruck durch die *Warlock*, dann beschleunigte sie wieder. Er blickte über die Seite. Der Bug hatte die Reste des Wachschiffs gerammt und zur Seite geschoben. Ein Mann, der sich an einem Lukendeckel festgeklammert hatte, rutschte ab und wurde in den starken Schraubensog gerissen. Sein Mund war in einem lautlosen Schrei weit geöffnet, als er im weiß schäumenden Wasser verschwand.

Drummond befahl Tucker: »Signal an *Waxwing*: ›Greifen Sie mit Torpedos an‹!«

»Sir!« Hillier kam über die Grätings gestolpert. »Kleinst-U-Boote an Backbord voraus.« Sein Gesicht war kreideweiß. »Es müssen hunderte sein!«

Drummond fuhr herum, er nahm alles gleichzeitig wahr: Tuckers Lampe übermittelte den Befehl an Lovats Schiff, das gerade *Ventnors* Kielwasser kreuzte; drüben lagen die grauen Slippbahnen aus Beton, die für die U-Boote erbaut worden waren. Weiter oben standen Hütten unter Tarnnetzen und Baumgruppen, auch Lagerhäuser und Werkstätten waren zu erkennen. Einen Augenblick lang mußte er an den Toten in der Leichenhalle von Falmouth denken, an seine zusammengekniffenen Augen. War er von hier gekommen?

»Klar bei Wasserbomben! Geringste Tiefeneinstellung!« schrie Wingate ins Mikro und fügte hinzu: »Da drüben ist es flach, Sir, nicht mehr als zwanzig Faden!«

Inzwischen begann noch jemand an Land zurückzuschlagen. Leuchtspurgeschosse zischten aus dem Dunst und trafen dann mit der Wucht einer Bandsäge auf die vorwärts jagenden Schiffe.

Weiter entfernt im Binnenland dröhnten die dumpfen Explosionen von Handgranaten oder Minen. Der norwegische Widerstand leistete seinen Beitrag, indem er die deutschen Vorposten niederhielt, die vom Beschuß alarmiert worden waren.

Drummond packte Wingates Arm. »Lassen Sie die anderen Schiffe vor dem Flach warnen. Sie sollen sich freihalten.«

Er duckte sich, als eine Glasscheibe vorn an der Brücke zersplitterte. Kleine Splitter bohrten sich in seine Wange, er schmeckte Blut auf den Lippen.

Die zwei achteren Geschütze konnten nun auch das Depotschiff bestreichen. Ihre schlanken Rohre ruckten zurück. Rankin brüllte: »Noch einen Volltreffer für die Bastarde!«

Sogar jetzt noch konstatierte Drummond, daß er Rankin noch nie so aus dem Häuschen gesehen hatte.

»Wasserbomben sind klar, Sir.«

Er beugte sich über die Verschanzung und sah, daß der Schütze in seinen Gurten ungeduldig auf den Verschluß trommelte, während der Ladeschütze ein neues Magazin einsetzte. Achtern duckte sich die Bedienungsmannschaft des Wasserbombenwerfers, um den Kugeln eines unsichtbaren Maschinengewehrs zu entgehen.

»Werfen!«

An Backbord flogen die Wasserbomben in einer Rauchwolke davon und schlugen wenige Meter von den äußeren U-Booten entfernt ein. Eine Abteilung Soldaten kam um die Ecke eines Gebäudes gelaufen, die Gewehre im Anschlag; die Helme hüpften auf ihren Köpfen, als sie schlagartig stehenblieben, weil sie sich plötzlich den vorbeijagenden Zerstörern gegenübersahen, die aus allen Rohren feuerten.

Die Wasserbomben explodierten mit Urgewalt. *Warlock* wurde von der Schockwelle durchgeschüttelt wie eine Ratte von einem Terrier. Männer stürzten zu Boden, als sich das Schiff auf die Seite legte. Eine Wassersäule stieg auf, die höher war als der Topp des Großmasts.

Tucker rief: »Signal von *Ventnor*, Sir! ›Geschützfeuer achteraus‹.«

»Kapitän Beaumont kommt wohl zu unserer Unterstützung.« Wingate wischte sich Farbsplitter aus dem Gesicht. »Wird auch verdammt Zeit!«

Drummond blickte auf die kriechenden Soldaten, die die restlichen U-Boote zu erreichen suchten. Die Besatzungen, die an Land untergebracht gewesen waren, wollten ihre Boote retten, wie es jeder Seemann versucht hätte. Sie mußten aufgehalten werden.

»Beide Maschinen voraus langsam!«

Er hustete, als sich der fettige Qualm aus dem Schornstein über die Brücke legte. »Der Artillerieoffizier soll dort mit allem, was er hat, dazwischenhalten!«

Eine ohrenbetäubende Explosion rollte über das Wasser und schüttelte das Schiff. Durch Qualm und Dunst blühte eine rotgoldene Feuerblume auf, die sich immer weiter ausbreitete, bis die ganze Wasserfläche zu glühen schien.

»Torpedoangriff erfolgreich, Sir!«

Lovat würde das gefallen, seine drei Torpedos mußten das Depotschiff voll getroffen haben. Auf diese kurze Entfernung hätte auch nur ein Idiot danebentreffen können.

Über das Geschützfeuer und das Echo der Explosion hörten sie das Bersten der Platten und Spanten und das Gurgeln des eindringenden Wassers.

Wingate beugte sich über den Kompaß, der Norweger schrie ihm Anweisungen ins Ohr.

Von Zeit zu Zeit erbebte der Rumpf unter dem Einschlag einer Granate in der Nähe. Über die Brücke pfiffen Geschosse und Stahlsplitter.

Achtern hatte Selkirk ihr Kielwasser gekreuzt und belegte die verbleibenden U-Boote mit vernichtendem Feuer. Unmöglich zu erkennen, welche zerstört und welche bei richtiger Reparatur noch gerettet werden konnten. Überall explodierten Granaten, auf dem Land, im Wasser und zwischen den kleinen schwarzen Rümpfen.

Menschen rannten kopflos durch Rauch und Feuer, andere fielen in den hin und her schwingenden Leuchtspurgarben der Maschinengewehre. Die Kanonen streckten rennende Männer genauso nieder wie Verwundete, wirbelten Tote hoch in die Luft und warfen sie als blutige Lumpenbündel wieder zu Boden. Mehrere Barracken standen in Flammen; in einer explodierte knatternd Munition, dann bekam das Gebäude einen Volltreffer und flog ganz in die Luft.

Alle auf der Brücke duckten sich, als über ihren Köpfen ein doppeltes, scharfes Heulen erklang. Dann folgte die mächtige Explosion. Der Rumpf erzitterte, große weiße Wassersäulen wuchsen nicht weit entfernt empor.

»Die Landbatterie!« schrie Lyngstad. »Sie müssen unsere Leute zurückgeschlagen haben.«

Wieder heulten Granaten über sie hinweg, die Explosionen waren noch lauter. Große Trichter markierten die Einschlagstellen wie weit aufgerissene, melancholische Augen.

»Rufen Sie Kapitän Beaumont an! Ich brauche Unterstützung – sofort!«

Wieder jaulten die Granaten über den Masttopp mit den wehenden Kriegsflaggen. Die Batterie mußte querab stehen.

Rankin bellte: »Zielwechsel auf Rot acht-null! Entfernung null-eins-fünf. Ausführung!«

Die vier Geschütze schwangen herum, ihre Bedienungsmannschaften drehten die Richträder, daß die Speichen verschwammen.

»Feuer!«

Rankin meinte: »Sie müssen hinter den Bäumen dort stehen.«

Wieder krachte es, und ein dumpfer Schlag erschütterte den Rumpf wie ein Hieb auf ein leeres Ölfaß.

Hillier keuchte: »*Waxwing* hat's erwischt, Sir. Sie dreht ab!«

Drummond rannte über die Brücke, unter seinen Stiefeln knirschte Glas. Er starrte durch die Rauchschleier. *Waxwing* war nicht nur eingegabelt worden. Er sah das tödliche Muster der Splitterlöcher auf dem Vorschiff, das große dunkle Loch unter dem B-Geschütz. Sein Rohr zeigte steil in die Luft, die Bedienungsmannschaft lag wie Kleidersäcke herum. Ein dünner roter Bach floß an der Seite herunter. Ein Mann zog sich zur Leiter, seine Beine brannten wie Fackeln. Auch auf der Brücke mußten mehrere Männer verwundet oder tot sein. Sie war getroffen worden, als sie der *Ventnor* folgen wollte, war aus dem Ruder gelaufen und gestrandet. Jetzt legte sie sich über und präsentierte ihre Decks mit den leeren Torpedorohren, die immer noch nach Backbord zeigten, wo sie das Depotschiff versenkt hatten.

»Feuer!«

»Treffer, Sir!« Ein Ausguck schrie triumphierend auf, als die ganze Baumreihe in Flammen aufging. Die Explosion rollte den Hügel hinunter wie geschmolzenes Feuer.

»Zu spät für die *Waxwing*!« Archer, der Geheimagent, versuchte sich eine Zigarette anzuzünden, aber das Schiff zitterte so stark, daß er aussah wie im Nervenschock.

Drummond sah den kleinen norwegischen Trawler auf den gestrandeten Zerstörer zuhalten. Männer warteten mit Wurfleinen in Händen, um Überlebende zu bergen. Der arme Lovat. Er hatte den alten Eimer geliebt.

Hillier schrie ins Sprachrohr, dann meldete er verstört: »F/T-Raum berichtet, daß *Lomond* vor der Einfahrt bleibt. Ein Funkspruch der Admiralität hat das Auslaufen der *Moltke* aus Drontheim bestätigt. Termin vermutlich gestern, Kurs Nord.«

Wingate knurrte: »Ach du liebes Gottchen, die hat uns gerade noch gefehlt!«

Eine helle Stichflamme wurde von einer Explosion begleitet. Als Drummond zur *Waxwing* blickte, sah er, daß das Fischerboot von einer Granate in zwei Teile zerrissen worden war. Offensichtlich von einer zweiten Batterie. Es sank, und brennender Treibstoff trieb auf den gestrandeten Zerstörer zu.

»Von *Ventnor*, Sir: ›Übernehme Überlebende‹!«

Das Deck erzitterte unter dem Abschuß der Geschütze. Die Hügel waren in Rauch und Feuer gehüllt. Eine gut getarnte Batterie zu erkennen und zum Schweigen zu bringen, war unter diesen Umständen fast unmöglich.

»Voraus halbe! Bringen Sie uns zum Ende des Fjords.«

Sein Kopf drohte zu zerspringen. Er rebellierte gegen das Panorama aus Granateinschlägen, umstürzenden Bäumen und gluckerndem Treibgut, das von *Warlocks* scharfem Steven zur Seite geschoben wurde. Alles, was er begriff, war, daß Beaumont beschlossen hatte, mit dem Gros der Flottille draußen vor dem Fjord zu bleiben. Kam die *Moltke* etwa gerade jetzt um das nächste Kap gedampft? Und wenn? Glaubte er wirklich, daß die Flottille ihr länger als ein paar Minuten Widerstand leisten konnte?

Lyngstad rief: »Das Treibstoffdepot liegt eine Meile entfernt!«

Drummond griff nach dem Mikro: »Artillerieleitstand, hier spricht der Kommandant. In wenigen Augenblicken werden wir das Hauptziel in Sicht bekommen. Beschießen Sie es – egal, was passiert!«

»Verstanden!«

Drummond hob wieder das Glas und beobachtete, wie die *Ventnor* auf Lovats Schiff zuhielt. Überall war Rauch, aber er konnte sehen, daß sich Männer an den Kletternetzen festkrallten; andere schwammen zwischen treibenden Leichen, die von ihren Schwimmwesten an der Oberfläche gehalten wurden. Kleine Spritzer markierten die Einschläge von Maschinengewehrsalven.

Ein roter Einschlag glühte an *Ventnors* Flanke auf, aber ihre Geschütze blieben auf das Land gerichtet und behielten das Schnellfeuer bei. Weitere Granaten explodierten in ihrer Nähe und ließen hohe Wassersäulen emporwachsen, die eine halbe Ewigkeit brauchten, ehe sie wieder zusammenfielen. Jedes Mal lag die *Ventnor* scheinbar unberührt wieder an ihrem Platz, aber es waren neue Splitterlöcher zu erkennen und weniger Männer, die die Überlebenden der *Waxwing* an Bord holten.

»Ziel in Sicht! Rot null-fünf, Entfernung null-zwei-fünf.«

»Feuer!«

Drummond klammerte sich an die Verschanzung. Farbsplitter und Rost wurden von den Explosionen durch die Luft geschleudert. Nun sah er das Ziel auch ohne Fernglas.

»*Ventnor* hat wieder Fahrt aufgenommen, Sir!« Ein Signalgast deutete in den Qualm. »Sie folgt uns.«

Drummond nickte, seine Kehle war vom Schreien und dem Rauch wund. Ein Luftwirbel hob den Nebel und schuf eine freie Schneise parallel zur *Warlocks* Kurs. Da sah er an Land Lastwagen und einen

Personenkraftwagen in hellen Flammen stehen. Uniformierte Leichen lagen am Boden. In den Hügeln ratterten automatische Waffen.

Lyngstad schien zufrieden: »Unsere Leute heizen ihnen richtig ein.«

Wingate taumelte gegen ihn. »Zeit für eine Kursänderung, Sir.«

»Ja.« Lyngstad mußte sich gewaltsam von dem Anblick der Patrouille losreißen, die in den Hinterhalt geraten war. »Steuern Sie jetzt nach Osten in Richtung auf die Insel Arnoy, danach können Sie durch den Nordwestkanal in offenes Wasser zurücklaufen.«

Ein Panzer erschien am Ende der Straße und richtete seinen Turm auf die versteckten Widerstandskämpfer. Dann sah sein Kommandant die Zerstörer unter sich im Fjord. Bevor er eine Entscheidung treffen konnte, eröffneten *Ventnors* vordere Geschütze das Feuer. Der Turm flog weg, und der Panzer stürzte in das tiefe Wasser des Fjords.

Atemlos keuchte Archer: »Das war wahrscheinlich das erste Duell zwischen einem Panzer und einem Zerstörer.«

Dann fühlte Drummond, daß der Norweger seinen Arm wie mit einer Stahlklammer packte. Es bedurfte keiner Worte, denn Rankins zweite Salve traf voll ihr Hauptziel, das Treibstofflager. Das ganze grünbraune Ufer verwandelte sich in ein Flammenmeer aus brennendem Treibstoff.

Drummond blickte gebannt auf die sich ausbreitende Feuerwand. Heiser fragte er: »Kann *Ventnor* noch volle Kraft leisten?«

Er dachte schon an den nächsten Abschnitt, den Spurt durch den breiter werdenden Fjord ins offene Wasser.

»Von *Ventnor*, Sir: ›Wann geht's los‹?« Das Licht blinkte wie die Augen einer Katze durch den dichten Rauchschleier. »›Achtzig Überlebende geborgen. Lovat gefallen‹.«

»Bestätigen.«

Er blickte Wingate an, sah dessen tiefe Furchen um Augen und Mund.

»Kursänderung!«

»Backbord fünfzehn. Recht so. Kurs null-neun-null.«

Warlock hielt auf das nächste Land zu. Hunderte von Augenpaaren mußten sie beobachten, aber außer ein paar eifrigen Soldaten auf dem nächsten Vorland war keine Menschenseele zu sehen.

»Null-neun-null liegt an, Sir.«

Drummond nickte. Das Tanklager lief noch immer in den Fjord aus: Treibstoff für die *Tirpitz*, die *Scharnhorst* und für Hitlers Panzer und Lastwagen, Antriebsmittel der ganzen Kriegsmaschinerie.

Hillier rief: »Die Soldaten, Sir – sie bringen ein Feldgeschütz in Stellung!«

Drummond packte das Mikro. »Artillerieoffizier! Zielwechsel auf Feldgeschütz in Rot vier-fünf!«

Dann schien die Welt unterzugehen wie ein Bild, das in Stücke gerissen wird. Er hörte ein Geräusch, empfand aber kaum etwas außer gewaltigem Druck.

Wingate erholte sich zuerst und zog sich am Sprachrohr hoch. Er sprach laut, konnte sich aber nicht hören.

»Brücke an Ruderhaus!« Der Rauch wurde dicker, hüllte alles ein. Er konnte kaum noch atmen. »Volltreffer!«

Dann rollte er zur Seite und fiel gegen Archer. Er sah noch, daß Archer eisern die kalte Zigarette im Mund behielt, obwohl sein Körper unterhalb der Gürtellinie nur eine blutige Masse war. Dann wurde er bewußtlos.

Keyes hielt sich am Plottertisch fest, während die Brücke unter den Abschüssen der Artillerie erzitterte. Er hatte schon vorher Kanonendonner gehört, sich aber nicht träumen lassen, daß es so fürchterlich werden konnte. Kein System, keine erkennbare Kontrolle, nur ein endloser Strom von Geräuschen und Stimmen, von oben und unten, aus den Lautsprechern und Sprachrohren. Es war wie der schlimmste Alptraum, nur daß es hier kein Erwachen gab.

Der Navigationsgast blinzelte ihn durch einen Schauer Farbflocken an, die sich von der Decke lösten, und grinste wild.

»Nicht ganz so, wie man's Ihnen erzählt hat, nicht wahr, Sir?« Er sah verrückt aus – oder verzweifelt.

Keyes schüttelte gerade den Kopf, als der Plottertisch heftig vibrierte und die Glasplatte in tausend Stücke zersprang. Er griff nach dem Sprachrohr.

»Ich sage der Brücke, daß wir außer Funktion sind.«

Rigge packte seine Hand und sagte rauh: »Lassen Sie's, Sir! So, wie sich das anhörte, haben die genug eigene Sorgen.«

Der schwere Leinenvorhang, der die Brücke vom Plottertisch trennte, bewegte sich, als ob er ein Eigenleben hätte. Keyes hörte die vertrauten Geräusche, das Quietschen des Ruders, das gelegentliche Klingeln des Maschinentelegrafen. Die Ruderhausbesatzung sprach wenig, nur wenn Splitter gegen die Panzerung klatschten, fluchte sie kräftig.

Keyes versuchte sich an Georgina zu erinnern, wie sie sich an ihn gedrängt hatte. Ihre Augen waren einladend gewesen, nur als er sie in die Arme genommen hatte, war sie etwas scheu geworden. Aber jetzt war es schwer, sich ihr Bild vor Augen zu halten; seine fünf Sinne ließen ihn im Stich.

Da kam der große Knall, und alles schien zusammenzubrechen. Die ganze Brücke schüttelte sich, als wolle sie abreißen. Als Keyes wieder die Augen öffnete, konnte er nichts sehen. Er konnte auch kaum atmen, überall waberte dichter Rauch.

Er war erblindet! Schreck, Verzweiflung, Verlangen nach Hilfe, alles schoß ihm durch den Kopf. Er rollte sich auf die Seite und tastete mit den Händen umher, bis er feststellte, daß seine Blindheit von dem großen Vorhang herrührte, der ihn und Rigge eingewickelt hatte, so daß sie in einer Ecke des Ruderhauses lagen wie ein Paket.

Er befreite sich und kam schwankend auf die Füße. Am liebsten hätte er laut geschrien. Das Licht, das durch die Panzerblenden fiel, beleuchtete die herumliegenden Körper nur schwach, aber er sah genug: den großen Blutfleck auf dem Boden und wie ihn die Männer mit gebrochenen Augen anstarrten.

»Stehen Sie auf, Rigge.«

Er drehte sich erschrocken um, als eine wie körperlose Stimme schrie: »Hilfe! Volltreffer!«

Dann sah er, daß Rigge sich nicht bewegte. Sein Kopf war gegen das Stahlschott geschleudert worden und wie ein rohes Ei geplatzt. Ein Auge blickte erstaunt, feindselig, das andere war verschwunden.

Keyes klammerte sich an den geborstenen Plottertisch und würgte. Er wollte Georginas Namen sagen, aber als er seine Stimme wiederfand, hörte er sich stammeln: »Mutter, o Mutter, was soll ich nur machen?«

Ein schwankender Geist kam durch den Rauch auf ihn zu und ergriff seinen Arm. Es war Mangin. Unglaublich, daß er überlebt hatte.

»Gehen Sie hinauf! Die Brücke ist ein verdammtes Chaos.« Der Bootsmann merkte, daß der Junge am Rand des Zusammenbruchs stand, und fügte rauh hinzu: »Los, los, mein Sohn, in die Hufe! Du schaffst es. Ich räume hier auf.«

Ein Mann stöhnte in der Dunkelheit: Jevers, der unter einem Schrank eingeklemmt, aber offensichtlich unverletzt war. Verstört fragte er: »Gütiger Himmel, Schmarting*, hat es uns schlimm erwischt?«

* Spitzname für Bootsmann

»Übernimm das Ruder!«

Mangin stieg über die herumliegenden Leichen und blickte auf den Kompaß. Er war intakt und tickte leise vor sich hin. »Steuer genau Ost, Junge.« Mangin ging zum Telefon neben der Tür. »Ich rufe den Ersten.«

Keyes öffnete das Panzerschott und taumelte über das Süll ins blendende Sonnenlicht. Der Oerlikonschütze hing in seinen Gurten und schaukelte im Gleichtakt mit den Schiffsbewegungen hin und her. Sein Gesicht war schmerzverzerrt, die Schultern waren von Splittern zerrissen.

Keyes zog sich die Leiter zur Brücke hinauf und fürchtete sich vor dem Anblick, der ihn erwarten würde. Immer noch explodierten Granaten rundum. Einmal hätte ihn ein Wasserschwall fast von der Leiter gespült. Er schmeckte mehr nach Sprengstoff als nach Salz.

Er zog sich auf die offene Brücke und blickte sich aus halb geschlossenen Augen um, erschreckt, hilflos und angeekelt. Er sah eine Gestalt, die sich mühsam von der Kompaßplattform zu den Sprachrohren zog: der Kommandant.

Keyes rannte zu ihm, die Augen voller Tränen. Er sah nicht die grotesken Dinge: Archer mit der kalten Zigarette im Mund, Hillier, der über dem blutigen Körper eines Signalgasten lag, Tucker, der am Flaggenspind lehnte, die Hände friedlich über dem Bauch gefaltet. Dazwischen lief ein endloser roter Strom aufs Deck hinunter.

Keyes schluchzte: »Oh, Sir! Fehlt Ihnen nichts, Sir?« Er blickte Drummond ins Gesicht, als könne er noch nicht glauben, daß er nicht mehr alleine war. »Ich kam, um zu helfen ...«

Drummond ergriff ein Sprachrohr und schnitt sich die Finger am zerfetzten Messing, wo ein Splitter es durchschlagen hatte.

»Mir geht's gut.«

Er legte dem Jungen einen Arm um die Schultern.

»Was ist mit dem Ruderhaus?«

Keyes nickte. »Jevers steht am Ruder, Mangin kümmert sich um alles.«

»Gut.«

Drummond versuchte zu denken, auf die dunklen braunen Wolken über der Insel zu reagieren.

Eine andere Stimme krächzte: »Verdammt, mein Arm!« Wingate richtete sich auf und betastete erstaunt seinen Ellenbogen. »Ich habe mir die Flosse gebrochen.« Aber der Anblick von Archer und den anderen Toten verwandelte ihn in eine Art Roboter. »Wo bleibt der

Lecksicherungstrupp?« Und zu Keyes: »Suchen Sie den Ersten und sagen Sie ihm, daß wir hier Ärger haben!« Er zwang sich zu einem Grinsen. »Aber ein wenig plötzlich, oder ich verrate Georgina, daß Sie im Bett Spitzenpyjamas tragen!«

»Aber ich ...« Keyes begriff, was Wingate beabsichtigte. »Ich gehe.«

Er duckte sich, als neue Einschläge das Schiff schüttelten und Stahl wie Hagel gegen die Brücke klatschte.

Ein Splitter traf Tucker, aber dessen Gesichtsausdruck veränderte sich nicht mehr.

Wingate meinte müde: »Den alten Signalmeister hat's erwischt, Sir.«

»Ja.« Drummond blickte mit dem Fernglas über die Verschanzung. »Rufen Sie den Chief an, er soll sich auf äußerste Kraft vorbereiten.«

Unter der Brücke waren laute Stimmen zu hören, mit Äxten und Vorschlaghämmern bahnte sich der Lecksicherungstrupp einen Weg unter die Back. Keyes hatte sich eine verdammt blutige Feuertaufe ausgesucht, schoß es Drummond durch den Kopf.

»Alle Abteilungen – Schäden melden!«

Ein Signalgast erschien von irgendwoher und tupfte sich Blut von der Stirn. Er starrte auf Tuckers Leiche nieder und sagte: »Ich übernehme hier, Sir.«

Niemand antwortete, also zog er eine Flagge aus dem offenen Spind und deckte den Signalmeister zu.

»Wir können Kurs ändern, Commander, wenn Sie wollen.«

Drummond war erstaunt. Das kam von Lyngstad, der keinen Kratzer abgekommen hatte. Ausdruckslos schaute der Norweger zu Archer hinunter.

»Wenn Sie auf dieser Seite des Fjords bleiben, kommen Sie in tieferes Wasser. Ich empfehle, mehr Fahrt aufzunehmen. Die Bomber werden inzwischen alarmiert sein, auch wenn unsere Männer die Leitungen gekappt haben.«

Drummond nickte mit schmerzendem Kopf. »Der Beschuß hat etwas abgenommen.«

Lyngstad seufzte. »Auf der Insel Arnoy steht noch eine Batterie, aber wenn Sie sich einnebeln, sollten Sie durchkommen. Die Batterie ist für Neuankömmlinge gedacht, nicht für solche, die gehen.« Er musterte die Splitterlöcher und Blutflecken auf der Brücke und fügte leise hinzu: »Unser Volk hat nicht nur Ihre Opferbereitschaft gesehen, es wird sie auch teilen.«

Rankins Stimme übertönte alle anderen Geräusche: »Feuer einstellen!«

Der Gong ratterte. Die Bedienungsmannschaften starrten einander benommen an, dann blickten sie auf die leeren Munitionskästen und Kartuschen, die stöhnenden Verwundeten, die sich krümmten und auf Hilfe warteten.

Wingate hielt einen Hörer hoch. »Der Chief, Sir.«

Drummond wandte den anderen den Rücken zu. »Kommandant.«

»Also geht's Ihnen gut, Sir.« Galbraith schien erleichtert. »Meine Pumpen laufen, aber wir nehmen eine Menge Wasser ein. Der Lecksicherungstrupp berichtet, daß eine Granate unter der Back explodiert ist und das Messedeck der Heizer verwüstet hat. Ein wenig zu dicht an den Treibstofftanks für meinen Geschmack. Ich glaube, es brennt dort noch, aber die Jungs haben das Feuer wohl unter Kontrolle.«

»Danke, Chief.« Wenn nur die Kopfschmerzen nachlassen würden, sie behinderten ihn. »Freut mich, daß auch Sie in Ordnung sind.«

»Aye. Ein paar Beulen, und mein Assistent hat Nasenbluten, aber sonst ist nichts Ernstes.«

»Danke, Chief.«

Es hätte keinen Sinn gehabt, dem Chief zu erzählen, daß noch ein langer Weg vor ihnen lag, daß sie noch viel aushalten mußten. Das wußte er ohnehin.

Sheridan bahnte sich einen Weg am Lecksicherungstrupp vorbei, seine Seestiefel rutschten aus in Schaum, Wasserlachen und einer Mischung aus Butter und Marmelade, die aus der Hauptkombüse stammte. Dazwischen lagen Töpfe, zerbrochenes Geschirr und, völlig unpassend, eine weiße Schürze, die der Koch wohl zum Trocknen aufgehängt hatte.

Rauch umhüllte ihn, aber er war schon dünner. Schnell blickte er sich nach Keyes um, der sich dicht hinter ihm hielt, seit er ihm gemeldet hatte, daß der Kommandant wohlauf war und alles unter Kontrolle hatte. Er folgte ihm wie ein Schatten.

Sie eilten auf die Rauchwolke zu, die den Einschlag am Fuß der Brücke markierte.

»Mir nach!«

Er schob einen Mann zur Seite und blickte in das ovale Loch, das zum unteren Deck führte. Die Heizermesse war ein einziges Chaos. Geschwärzte Tische, rauchende Kleidungsstücke und Hängematten lagen herum. Sheridan eilte die Treppe hinunter, der Handlauf war noch heiß. Und es war hier viel heller, als es hätte sein dürfen.

Er blieb stehen und musterte das Loch in der Seite. Die weiße Bugwelle schäumte nur knapp einen Fuß darunter vorbei. Das Leck störte die gewohnte Gemütlichkeit des Messedecks und brachte ihm die Zerbrechlichkeit ihres dünnen Schutzes in Erinnerung.

»O Gott, was für ein fürchterliches Durcheinander.« Keyes stand neben ihm. »Aber das Feuer ist aus.«

Er kniete sich hin und schnupperte. Dieselgeruch stieg auf. Auch hier waren überall Splitterlöcher. Hier und da räumten Männer in zerrissenen und angesengten Overalls, die mit Schmutz und Schaum vollgesogen waren, die Trümmer weg. Ein großes Pin-up-Poster lag herum, es war die Attraktion der Messe gewesen. Daneben lag ein Bündel mit Briefen, in einer krakeligen, ungeübten Handschrift geschrieben. An einer Ausgehuniform steckten noch Nadel und Zwirn, mit der jemand ein goldenes Abzeichen hatte annähen wollen, als ihn der Alarm unterbrach. Sheridan hatte plötzlich einen bitteren Geschmack im Mund, Zorn stieg in ihm auf. Das hier war ein gemeiner Einbruch in das Privatleben der Männer. Jeder wußte doch, daß sie verdammt wenig davon hatten.

Er blickte die Leiter hinauf. »Sagen Sie auf der Brücke Bescheid, daß das Feuer gelöscht ist. Der Reinigungstrupp soll hier aufklaren. Später wird da die Werft ran müssen.«

Ein Heizer starrte mit leeren Augen in seine Messe. Aber alles, was er sagte, war: »Ein Glück, daß der alte Badger Landgang hatte.« Er hob einen Stapel durchnäßter Briefe auf und warf sie in einen Schrank.

Sheridan zog sich wieder die Leiter hoch und ging auf der anderen Seite zur Back. Das vordere Messedeck schien unbeschädigt zu sein. Zwei Matrosen wurden vom Sanitäter verbunden, ein anderer lag tot unter Ölzeug; seine Fäuste waren geballt, als zürne er seinen Vernichtern.

Im Durchgang sog er gierig die frische Luft ein. Das Land lag braun und grün da, *Warlocks* Heckwelle umspülte es weiß. Er beugte sich über die Reling und sah die *Ventnor* dicht achteraus. Ihre Kriegsflaggen hoben sich weiß vom verqualmten Himmel ab. Das große Loch in ihrer Seite war sogar aus dieser Entfernung zu erkennen. Hinter der Landzunge wuchs eine riesige schwarze Rauchwolke in den Himmel: das Treibstofflager. Sie war dick, fettig und erweckte den Eindruck, daß sie sich nie mehr auflösen würde.

Ihren Besuch hier würden die Deutschen in Erinnerung behalten, dachte er müde. Das brennende Öl mußte den Rumpf der gestrandeten *Waxwing* inzwischen erreicht haben: eine Feuerbestattung für die Zurückgebliebenen.

Eine Stimme flehte: »Nicht, Sir!«

Sheridan drehte sich um und sah, daß zwei Männer einen Seemann mit einem bandagierten Arm auf einer Bahre vorbeitrugen. Der Doktor ging hinterher, das Gesicht ausdruckslos. Der Mann hielt den verletzten Arm in die Höhe. »Das dürfen Sie nicht tun, Sir! O Gott, warum hört mich denn keiner?« Er wurde bewußtlos, sein Kopf rollte auf seiner Mütze hin und her, die man ihm als Kopfkissen untergeschoben hatte.

Vaughan sah Sheridan und erklärte knapp: »Er *muß* amputiert werden, und zwar sofort!«

Sheridan blickte dem Mann auf der Bahre nach. Ein einfaches, offenes Gesicht, das niemals bei einer Inspektion auffallen würde. Er betastete seinen eigenen Arm. Was würde er tun, wenn es ihn erwischte?

Er wandte sich an Keyes. »Wir wollen auf die Brücke gehen, es scheint ruhiger geworden zu sein.« Dort fand er Drummond in seinem Stuhl vor, das eine Bein steif weggestreckt.

»Fertig mit der Inspektion, Nummer Eins?« Das klang ruhig, zu ruhig.

»Ja, Sir. Sechs Tote, fünfzehn Verwundete.« Er blickte sich auf der verwüsteten Brücke um. »Wie viele waren es hier?«

»Vier Tote. Zwei Verwundete.«

Wingate hob seinen Arm, der in einer behelfsmäßigen Schlinge hing. »Offensichtlich gilt das hier nicht als Verwundung.« Er grinste, aber das ließ sein Gesicht nur noch gequälter aussehen.

Hillier saß auf einer Stahlstufe der Kompaßplattform und hielt sich wimmernd den Kopf mit beiden Händen.

Drummond erklärte leise: »Schock. Aber er wird auf dem Posten sein, wenn er gebraucht wird.«

»Ich habe Streichhölzer gefunden, Sir.« Der Signalgast trat über den Leichnam des Signalmeisters und zündete vorsichtig eines an.

Drummond nahm es und hielt es an die neue, schimmernde Pfeife. Erstaunlich, wie ruhig die kleine Flamme blieb, trotz *Warlocks* Bewegung im Seegang. Und doch hatte er das Gefühl, daß jede Faser seines Körpers zitterte.

Die Flamme spiegelte sich in Sheridans Augen. Es war, als ob sich jemand hinter einer Maske versteckte.

Er stieß eine Rauchwolke aus und konnte sich nicht erinnern, daß ihm jemals eine Pfeife so gut geschmeckt hatte.

Lyngstad rief: »Noch zehn Minuten, Commander.« Er deutete nach Steuerbord auf den verschwommenen Umriß der Insel. »Die Batterie wird Feuer eröffnen, wenn Sie in den geräumten Kanal einlaufen.«

»Ja. Sagen Sie dem Chief Bescheid, daß wir einen schönen, dicken Rauchschleier brauchen. Gott sei Dank steht der Wind günstig für uns.«

Der Signalgast sagte: »*Ventnor* ist auf Station, Sir.« Er versuchte, Tucker nicht anzuschauen. Sie hatten soviel zusammen erlebt, so viele Wachen, so viele Signale.

Rankins Stimme dröhnte aus der Wechselsprechanlage: »Alle Geschütze – laden . . . laden . . . laden!« Die müden Bedienungen kamen wieder auf die Beine. »Die Schnellfeuerwaffen bereiten sich auf einen Luftangriff vor.«

Gut mitgedacht! Er hielt sie in Bewegung.

Ein Bootsmannsmaat senkte seinen Telefonhörer. »Unteroffizier Owels, Sir. Er sagt, daß er für Tee sorgen kann – für die ganze Besatzung, wenn er ein paar Helfer bekommt.«

»Kümmern Sie sich darum, Keyes.« Drummond beobachtete, wie der Junge davoneilte, ohne nach links oder rechts zu schauen. Er hielt sich gut.

An Backbord wich wieder eine Landzunge vor ihnen zurück, ihre Umrisse verschwanden im Dunst. Dahinter lag die unendliche See. Er versuchte, nicht daran zu denken.

»Die *Lomond* kommt in Sicht, Sir!« Der Ausguck fügte verbittert hinzu: »Hat lange genug gedauert!«

Wingate fauchte: »Das reicht! Was sind Sie, ein verdammter Experte?«

Drummond hob das Glas und sah den schlanken Flottillenführer hinter der Landspitze hervordampfen. Wie sauber er im gedämpften Licht aussah! Die anderen Schiffe folgten in Kiellinie: *Whiplash*, *Victor* und etwas weiter zurück die mit Minen schwerbeladene *Whirlpool.* Ihre Besatzungen würden sie beobachten, dachte er bitter. Sie würden die Einschußlöcher studieren und vergeblich auf das Auftauchen der *Waxwing* warten.

»Signal an *Lomond*: ›Wir passieren eine Batterie an Steuerbord innerhalb Ihrer Reichweite. Beabsichtige Fahrt zu erhöhen und mich einzunebeln‹.«

Er hörte das Klappern der Signallampe, und als er sich umdrehte, sah er, wie unten jemand einen amputierten Arm ins Wasser warf.

Sheridan sagte dumpf: »Er mußte abgenommen werden.«

Drummond wandte sich wieder den anderen Zerstörern zu. Ein Licht funkelte über das Wasser.

»An *Warlock*, Sir: ›Operation gelungen – gratuliere. Kein Anzeichen einer feindlichen schweren Einheit. Einsatz beenden‹.«

Wingate meinte leise: »Bei Gott, der hat leicht reden!«

Drummond blickte ihn gelassen an. »Was sind Sie – ein verdammter Experte?«

Der Navigator lehnte sich an die Schanz, seinen Ärmel verschmierte trocknendes Blut.

»Verzeihung, Sir.«

Ein dumpfer Abschuß. Eine Wasserfontäne schoß Steuerbord voraus in die Höhe. Sie wollen zeigen, daß sie es ernst meinen, dachte Drummond. Aber sie haben zu früh geschossen, das gibt Rankin Gelegenheit, seine Geschütze besser zu richten. Jetzt kam Galbraiths Stunde.

»Der Chief soll uns einnebeln.«

»Tee, Sir.«

Owles reichte ihm einen großen Henkelbecher. Dann kniete er sich hin und zog Drummonds Seestiefel aus. Er war blutgetränkt.

»Das geht nicht, Sir.« Er schüttelte den Kopf, völlig gleichgültig gegenüber dem Feuer der Landbatterie und dem erstickenden Qualm, der aus den Schornsteinen quoll. »Da muß was unternommen werden, Sir.«

»Von *Lomond*, Sir: ›Gehen Sie auf Höchstfahrt‹!«

Drummond massierte sich die Stirn. Eine weitere Granate explodierte an Steuerbord, diesmal schon näher. Steilfeuer. Das Geschütz mußte auf der anderen Inselseite stehen. Es gab immer noch Hoffnung. Nicht viel, aber immerhin . . .

Er schlug mit der Faust auf die Teakreling. Owles hatte den tiefen Schnitt in seinem Fuß sauber bandagiert. *Leg los, altes Mädchen*! Er hörte Wingates Stimme, gleichmütig und präzise sprach er mit dem Maschinenraum. Die Umdrehungen nahmen zu.

Wieder blickte er durchs Glas und stöhnte, als er jetzt den Schmerz im Fuß spürte. Da war die *Lomond*, ein schöner Anblick. Gischt flog von ihrer hohen Bugwelle nach achtern. Er dachte an die *Waxwing*, an den toten Archer, den kleinen norwegischen Fischtrawler, der helfen wollte; an die Männer im Widerstand, die ihre Aufgabe mutig und aufopfernd erledigt hatten. Nun würden viele Familien angstvoll in ihren Häusern sitzen und auf das fürchterliche Klopfen an der Tür warten. Die schwarzen Uniformen der SS. Das Ende.

Beaumont hatte sich aus all dem fein herausgehalten!

Sollte er die nächsten Tage überleben, nahm sich Drummond vor, würde er die Wahrheit über Beaumont herausfinden – ein für allemal.

»Beide Maschinen voraus voll, Sir. Kurs drei-drei-null.«

Hillier trat an die zerbrochenen Scheiben. »Das war die beste Tasse Tee, die ich je getrunken habe«, sagte er.

Der Lautsprecher knarrte: »Flugzeug in Rot eins-eins-null. Höhenwinkel zwei-null.«

Die Geschütze schwangen herum, ihre Rohre reckten sich in die Höhe. Drummond suchte den Himmel ab. Da waren sie: kleine silberne Pfeile über den Bergen.

»Sperrfeuer – frei!«

Die achteren Geschütze feuerten zuerst. *Ventnor* eröffnete ebenfalls das Feuer auf maximale Entfernung. Die braunen Rauchwölkchen lagen genau auf dem Kurs der Flugzeuge.

Rankin meldete: »Sechs Flugzeuge, anscheinend Ju 88.« Er legte den Schalter um. »Auf geht's, meine Lieben! Eine Lage für den, der das Ziel trifft.«

Drummond blickte auf Owles hinab, der ihm den Stiefel wieder anzog. »Danke für den Tee. Aber jetzt machen Sie sich besser wieder unsichtbar.«

Der Rest wurde übertönt, als die automatischen Waffen losratterten.

Da kommen sie!

Drummond beobachtete das führende Flugzeug und stellte sich den Pilot zwischen den glitzernden Scheiben der Propeller vor. Wie seine Kameraden würde er nachts gut geschlafen haben. Kein Konvoidienst, kein Einsatz an der russischen Front, Norwegen bedeutete Sicherheit. Aber jetzt war er da oben und kam mit tödlichem Ernst näher.

Er steckte die Pfeife in die Tasche und sagte: »Mal sehen, aus welchem Holz du geschnitzt bist!«

Durch die Hölle

Sobald sie auf Höhe der Hügelkette waren, griffen die Flugzeuge in zwei Gruppen an. Sie kamen jeweils zu dritt im Bogen näher. Drummond beobachtete, wie der Anführer der ersten Gruppe mit den Flügeln wackelte und Höhe gewann. Er hatte das wäßrige Sonnenlicht im Rücken.

Das Sperrfeuer verstärkte sich, als *Lomond* und die anderen einfielen. Der Himmel war mit braunen Fla-Wolken übersät. Rankin hatte recht, es waren zweimotorige Ju 88, die größten deutschen Sturzkampfbomber. Er sah ihre Abbildung im Kartenraum vor sich: Höchstgeschwindigkeit zweihundertfünfundachtzig Meilen und sehr manövrierfähig.

Er hielt den Atem an, als der Anführer in Sturzflug überging. Das schrille Heulen übertönte sogar das Brummen ihrer Ventilatoren und das protestierende Klappern des Brückenaufbaus. Nur dank des Hämmerns ihrer Kanonen war der Anblick des herabschießenden Stuka halbwegs zu ertragen. Er stellte sich den Pilot vor, wie er sich ganz auf den Zerstörer in seinem Visier konzentrierte.

Die *Ventnor* brauchte keine Extrawarnung, sie feuerte aus allen Rohren. Sogar leichte Maschinengewehre zogen ein Spinnennetz von Leuchtspurfäden über den Himmel.

Metall glitzerte, als die Bomben aus dem Rumpf des Flugzeugs taumelten. Es dauerte eine Ewigkeit, bis die Reihe der Wasserfontänen auf die *Warlock* zuwanderte. Der letzte Einschlag lag dicht neben der Bordwand. Er hörte den Knall und den Einschlag der Splitter im Rumpf.

Der Bomber wurde hochgezogen und setzte aus einer Kurve zum nächsten Angriff an. Diesmal würde er die Bomben unter seinen Flügeln auslösen. Er raste über die *Warlock* hinweg und beschoß sie mit Maschinengewehren. Die Geschosse peitschten das Wasser und klatschten über das Achterdeck.

Wingate rief: »Hier kommen die nächsten drei!«

Das Deck schüttelte sich heftig, als die anderen Bomber angriffen. Die automatischen Waffen ratterten hektisch. Ein, zwei Schatten huschten über sie hinweg.

»Hart Steuerbord!«

Drummond sah Wasser hochsteigen, fühlte, wie eine Bombe neben dem Schiff einschlug. Noch mehr Splitter. Irgendwo schrie ein Mann wie ein Tier.

»Treffer! Den Hund haben wir erwischt!«

Der zweite Bomber stellte sich auf den Kopf, Rauch quoll aus seinem Rumpf, dann folgte ein Blitz. Etwas Schwarzes wirbelte durch die Luft, dann fiel der Stuka auseinander, die Bruchstücke erreichten fast die *Lomond.*

»Feuer einstellen!«

Drummond ignorierte die heiseren Rufe und konzentrierte sich ganz auf den Kompaß. »Steuerbord fünfzehn!« Er hörte die Bombermotoren in der Ferne röhren. Sie sammelten sich wieder und leckten ihre Wunden.

»Von *Ventnor,* Sir: ›Kann volle Fahrt beibehalten‹!« Eine Pause, dann blinkte die Lampe wieder. »›Das war Ihr Abschuß, denke ich‹!«

Drummond grinste grimmig, dann drehte er sich um und begutachtete den Rauchschleier. Der Morgendunst, der Qualm des brennenden Tanklagers und ihr eigener Nebelvorhang wälzten sich über das Wasser. Es war, als stürmten die beiden Zerstörer zwischen zwei schwarzen Wänden hindurch.

Er hörte die Batterie irgendwo auf der Insel feuern und blickte auf die Uhr. Eine halbe Stunde. Ihm schienen nur Sekunden vergangen zu sein, seit sie volle Kraft liefen, um das offene Meer zu gewinnen.

»Zwei Männer wurden beim letzten Angriff verletzt, Sir.« Hillier sprach immer noch verstört. »Einer schwer.«

Drummond nickte, hob sein Fernglas und suchte die Bomber. Was zum Teufel hatten sie als nächstes vor? Wenn er richtig rechnete, dann hatten sie bisher zehn Tote und neunzehn Verletzte.

Er bellte: »Flugzeug an Backbord voraus!«

Diesmal versuchten die Stukas einen Frontalangriff auf Beaumonts Schiffe. Sie setzten sich zwar starkem Abwehrfeuer der schwerbewaffneten Zerstörer aus, hatten aber eine gute Chance, mit ein oder zwei Bomben zu treffen.

Lomond fuhr schon wilde Ausweichkurse, an ihrem Heck stieg Schraubenwasser hoch. Hell blitzte ihr Geschützfeuer im Qualm auf. Die nachfolgenden Schiffe übersäten den Himmel mit Sprengwolken und Leuchtspurgarben.

Das führende Flugzeug wurde zur Seite gerissen. Kurz schien es sich wieder zu erholen, aber dann stürzte es mit einem Rauchschweif ins Meer. Das zweite ließ sich nicht entmutigen und setzte den Angriff fort, bis eine Granate vor seinem Bug explodierte und ihm die Kanzel abriß. Der brennende Rumpf folgte dem ersten in sein nasses Grab.

Drummond meinte einen Mann zu sehen, der um sich schlagend

aus dem Bomber fiel, bevor er zwischen die Trümmer ins Wasser stürzte.

»*Whiplash* hat's erwischt, Sir.«

Drummond blickte hinüber. Seine Bauchmuskeln zogen sich zusammen, als er sah, daß das Schiff hinter Beaumont ausscherte. Rauch quoll aus seinen Decks, kaum daß die letzte Wassersäule in sich zusammengefallen war. Ihr Kommandant Cromwell tat sein Bestes, um eine Kollision mit *Victor* zu vermeiden, die dicht in ihrem Kielwasser gefolgt war.

Der Signalgast rief: »*Lomond* befiehlt *Victor*, sie in Schlepp zu nehmen.«

Die Bombe mußte den Maschinenraum getroffen haben. Egal wie lange eine Reparatur dauern mochte, so nahe an der feindlichen Küste war sie erledigt, wenn keine Schleppverbindung hergestellt werden konnte.

»An *Warlock*, Sir, von *Lomond*.« Der Signalgast fluchte, weil eine verirrte Kugel gegen die Brücke klatschte und als Querschläger davonjaulte. »›Unterstützen Sie sofort *Whirlpool*. Der Rest bei mir in Kiellinie‹!«

Ventnor änderte bereits Kurs, um sich *Lomond* und den anderen Schiffen anzuschließen. Auch *Whirlpool* mit ihrer tödlichen Ladung machte gute Fahrt.

Drummond wischte sich die Stirn mit dem Ärmel ab.

»Bestätigen. Pilot, bringen Sie uns zur *Whirlpool*.« Gott, er war fix und fertig, sogar zu müde zum Denken. »Signalgast, an *Whirlpool*: ›Ich komme zu Ihrer Privatparty‹.« Armer alter Mark Kydd, vielleicht würde ihn das etwas aufmuntern.

»Flugzeug, Sir! In Grün eins-eins-null!«

»Es sind zwei von den Halunken.« Wingate legte seinen gesunden Arm um die Sprachrohre.

Diesmal kamen die Bomber dicht über dem Wasser auf die zerissene Schiffsformation zu.

»Sperrfeuer – frei!«

Warlocks Geschütze fielen ein und versuchten einen undurchdringlichen Eisenvorhang um den Havaristen zu legen.

»Achtung – Bomben!«

Jemand seufzte laut auf, als zwei Bomben neben der havarierten *Whiplash* einschlugen. *Victor* hatte gerade Wurfleinen hinüberschießen wollen, aber jetzt schor sie weg, um sie und sich selber verteidigen zu können. Riesige Wassersäulen wuchsen um beide Schiffe auf, auch zwischen ihnen klatschten Bomben ins Wasser. Der Himmel war durch Sprengwolken fast verdeckt.

Der zweite Bomber hielt gleichmäßig Kurs. Seine Maschinengewehre beharkten die Schiffe. Drummond sah, daß Granaten der *Victor* ihm den Bauch aufrissen. Er schüttelte sich, dann kippte er vornüber. Aber das Freudengeschrei am B-Geschütz verstummte entsetzt, als der Bomber wie eine Fackel auf die unbewegliche *Whiplash* zustürzte.

»Von *Lomond*, Sir: ›Wenn möglich Überlebende bergen‹.«

Wingate meinte bedrückt: »Was für eine Scheiße!«

Drummond blickte ihn an. »Der Erste soll Kletternetze ausbringen lassen. Und warnen Sie den Doktor vor. Wir müssen ziemlich schnell sein.«

Mit dem Treffer auf dem Havaristen war *Victor* ihrer Aufgabe entbunden und drehte ab, um mit der *Ventnor* ihren Platz in der Flottille wieder einzunehmen. Alle Schiffe feuerten, also mußten sie die restlichen Flugzeuge trotz des Rauchs noch sehen können.

»Maschinen stopp!«

In der plötzlichen Stille hörte er Stimmen, das Quietschen von Trossen, als die Männer die Kletternetze klar machten. Ein paar Überlebende schwammen auf sie zu, andere trieben bewegungslos, sie waren zu verstört, um sich selbst zu helfen.

»Wir sind frei vom Minenfeld«, meinte Lyngstad.

Als ob das jetzt wichtig wäre, dachte Drummond, aber laut sagte er: »Danke.«

Er blickte nach der *Lomond* und ihren Begleitern aus. Sie entfernten sich in Kiellinie, jede Sekunde vergrößerte den Abstand.

Dann lauschte er dem Husten und Keuchen der Männer, die über die Reling gezogen wurden. Die Geschützbedienungen riefen aufmunternde Worte hinunter, dieselben Männer, die noch ein paar Augenblicke vom Lärm und der Gefahr so betäubt gewesen waren, daß sie nur Augen für ihre Waffen hatten.

»Komm hoch, Junge! Halt dich hier fest!«

Lyngstad sagte langsam: »Es kann Stunden dauern, bis die *Whiplash* sinkt.«

Drummond verstand, was der Norweger meinte, brauchte aber Zeit, den Gedanken in die Tat umzusetzen.

»Ja, Commander Cromwell wird keine Zeit gehabt haben, seine Geheimdokumente zu vernichten.« Er drehte sich um. »Der Torpedomixer soll einen Aal vorbereiten – sofort!«

Sie waren zu geschockt, um sofort reagieren zu können. Er sah Sheridan auf der Backbordleiter erstarren. »Nun?«

Sheridan blickte ihn starr an, erstaunt über die Schärfe seines Tons. Er sagte: »Mehr können wir nicht bergen. Auf der anderen Seite der *Whiplash* brennt Öl. Es kann jeden Augenblick auf uns zutreiben.«

Drummond ignorierte ihn. »Beide voraus langsam!«

Er wartete. Das brennende Wrack wanderte langsam an *Warlocks* Steven vorbei. Er roch den Gestank, die Not. Ein Schiff wie sein eigenes. Sterbend.

»Maschinen stopp!« Er drehte sich um und blickte in Sheridans rauchgeschwärztes Gesicht. »Sind Sie noch immer hier?«

»Aber es ist Wahnsinn, Sir!« Die Worte schienen aus ihm herauszusprudeln. »Der Gegner kann jeden Augenblick mit einer Flottille Zerstörer hier sein, natürlich auch mit Bombern. Wir vergeuden wertvolle Zeit!« Er zeigte über die Verschanzung auf das brennende Schiff. »Warum diese sinnlose Geste?«

Drummond erwiderte: »Ich glaube nicht, daß sie sinnlos ist.« Er wandte sich ruckartig um, seine Stimme war eisig. »Gehen Sie an Deck und holen Sie die armen Teufel an Bord! Nächstes Mal könnten *Sie* an der Reihe sein, und dann würden Sie sehen, wie es ist, wenn die eigenen Freunde zusehen, wie man bei lebendigem Leib geröstet wird!«

Er wußte, daß Sheridan die Brücke verlassen hatte, aber er war vor Wut und Verzweiflung fast blind. Er spürte Lyngstads beruhigende Hand auf seinem Arm.

»Nur ruhig, Commander. Lassen Sie sich Zeit.«

»Zeit?« Er lächelte schmerzlich. »Ich glaube nicht, daß ich viel Zeit habe.«

»Torpedo ist klar, Sir.«

»Danke.«

Hillier rief: »Sie haben den Kommandanten der *Whiplash* aufgefischt, Sir.« Er hing über den Fendern, sein Haar dampfte von der enormen Hitze, die über den schmalen Wasserstreifen herüberschlug.

»Schicken Sie ihm Hilfe.«

Drummond packte die Reling, bis der Schmerz ihn zur Besinnung brachte. Er will hier herauf, dachte er. Weil er weiß, was ich tun muß.

Der Kommandant von *Whiplash* war ein Reservist wie Selkirk, ein Handelsschiffsmann, der seinen Platz im Krieg gefunden hatte. Er wurde vom Sanitäter und einem Matrosen auf der inneren Treppe nach oben getragen, durchweicht von Ölschlamm und Seewasser. An seinen Beinen mischte sich dunkelrotes Blut mit Diesel.

Drummond half, ihn auf den Brückenstuhl zu setzen.

»Hallo, Charles.« Er blickte den Sanitäter an. »Sehen Sie zu, was Sie für ihn tun können.«

Cromwell stöhnte und versuchte gerade zu sitzen, aber der Schmerz lähmte ihn. Er keuchte: »Tut mir leid, daß wir Ihnen solche Umstände machen, Keith. Aber wir haben die Bastarde geschlagen, nicht wahr?«

Der Sanitäter drängte: »Ich muß Sie runterbringen, Sir.«

Cromwell schüttelte den Kopf. »Zu spät. Ich bin erledigt.« Er hustete, Blut rann über sein Kinn. »Schicken Sie sie zu den Fischen, Keith. Lassen Sie sie nicht so leiden!«

Fragend blickte Drummond Wingate an, und der Leutnant sagte gepreßt: »Wir haben alle aufgefischt, an die wir rankommen konnten, Sir.«

»Danke. Beide zurück langsam.« Er wartete und spürte den Schmerz um sich herum. »Backbord fünfzehn!«

Cromwell flüsterte müde: »Meinen Ersten hat es auch erwischt – und viele andere.«

»Stopp!« Das andere Schiff fiel zurück. »Torpedo los!«

Er fühlte das kurze Zittern, als der Torpedo aus dem Rohr sprang. Er schoß durch das ölige Wasser wie eine Schlange.

»Hart Steuerbord! Voraus voll!«

Verzweifelt sagte Cromwell: »Richtet mich auf.« Er klammerte sich an das Schanzkleid, seine Hände hinterließen blutige und ölige Flecke.

Die Explosion erschütterte die Luft. *Warlock* beschleunigte immer schneller, ihre Bugwelle drückte Wrackteile und Leichen zur Seite.

Cromwell öffnete den Mund wie zu einem Schrei, brachte aber nichts heraus. Dann fiel er nach vorne und rührte sich nicht mehr.

Der Sanitäter bemerkte zu seinem Kameraden: »Vorbei.«

»Kompaßkurs drei-drei-fünf.« Wingate sah zu, wie der tote Kommandant von der Brücke getragen wurde.

Drummond tastete nach seiner Pfeife. Voraus konnte er die *Whirlpool* gerade noch erkennen, aber sie holten rasch auf. Er blickte sich um. *Whiplash* war verschwunden. Er fühlte sich alt und krank. Zwei weniger, also blieben nur noch fünf.

Sheridan kam wieder auf die Brücke. »Wir haben fünfzig rausgeholt, Sir.« Er blickte sich um, als erwarte er, Cromwell zu sehen. »Ich mußte die meisten in der Messe unterbringen, wir haben keinen Platz mehr.«

»Gehen Sie jetzt durch die Messedecks und überzeugen Sie sich vom Fortgang der Reparaturen.«

Über die hintere Verschanzung der Brücke sah er Unterleutnant Tyson zusammengekrümmt neben der Pom-Pom-Plattform stehen. Ihm schien übel zu sein. Vage fragte er sich, wie es Keyes gehen mochte, Galbraith und den anderen.

Der Signalgast meldete: »Von *Lomond*, Sir: ›Schließen Sie zu mir auf‹.«

»Bestätigung.«

Wingate hob eine Augenbraue. »Aber wir hecheln doch schon mit voller Kraft hinterher, Sir. Ich habe das alte Mädchen noch nie so schnell erlebt.«

»Ich weiß.« Und Beaumont wußte es auch, er wollte nur etwas befehlen, um kühlen Kopf zu demonstrieren. »Wir bleiben bei der *Whirlpool*, wie ursprünglich befohlen.« Er richtete das Fernglas auf den anderen Zerstörer. »Er wird die Minen bald loswerden müssen.«

Ein drohendes Pfeifen spaltete die Luft, dann folgte eine gewaltige Explosion. Die See stieg eine halbe Kabellänge* an Backbord in die Höhe.

»Was zum Teufel war das?«

Aber der Rauchschleier war noch zu dicht, er konnte nichts erkennen. Eine Granate, mittleres Kaliber, wahrscheinlich blind abgefeuert. Feindliche Schiffe aus dem Altafjord oder aus Narvik, vielleicht auch eine einlaufende Patrouille. Es konnte sogar Beaumonts *Moltke* sein.

Er fühlte, daß er dem Lachen gefährlich nahe war – oder dem Weinen.

»Sagen Sie dem Artillerieoffizier, daß er nur auf meinen Befehl hin Feuer eröffnen soll. Signal an die Flottille.« Er strengte seine Augen an, um den Rauch zu durchdringen. »›Werde aus Südwest beschossen.‹«

Da kam schon der nächste Koffer. Aber der Einschlag lag nicht näher.

Lyngstad meinte schnell: »Es wird die Patrouille vor dem Minenfeld sein, das sind meistens alte Zerstörer.«

»Wie wir.« Drummond stöhnte auf, als die dritte Granate dicht hinter dem Heck der *Whirlpool* explodierte und das Achterdeck mit Spritzwasser bedeckte.

»Von *Lomond*, Sir: ›Aufschließen. *Whirlpool* wirft ihre Minen‹.«

* 1 Kabellänge = 182 m

Hillier fragte: »Was hat das zu bedeuten?«

Wingate lehnte schmerzverzerrt an seinem Kartentisch. »Kapitän Beaumont läßt ein kleines Minenfeld zurück, um den Gegner aufzuhalten.«

Drummond sah die hektische Aktivität an Deck der *Whirlpool.* Ihre Heckwelle fiel langsam zusammen, als sie die Fahrt reduzierte, um die Minen gefahrloser werfen zu können.

»Schiff in Rot eins-fünf-null! Entfernung null-sechs-zwei.«

Drummond befahl scharf: »Feuer frei!«

Er sah eine Schneise im Rauch, die durch eine Fallbö oder den auffrischenden Wind entstanden war. Dahinter stand das feindliche Schiff, es zeigte ihnen fast seine Vorderansicht.

»Feuer!«

Die beiden achteren Geschütze krachten gleichzeitig.

»Signal an die *Whirlpool*: ›Weg mit den Minen‹.«

Eine Granate donnerte über die Brücke wie ein Expreßzug und explodierte weit entfernt im Dunst.

»Backbord zehn!« Drummond biß die Zähne zusammen. »Mittschiffs!« Er mußte auch die beiden vorderen Kanonen zum Tragen bringen.

Der nächste Einschlag fuhr wie eine Axt in ihr Motorboot und ließ Splitter auf das Deck regnen.

Wingate rief: »Die erste Mine ist im Wasser, Sir.«

Whirlpool hatte den Kurs geändert und zeigte nun ihre Breitseite, während sie Beaumonts Kurs rechtwinklig kreuzte. Die nächste Mine verschwand im Heckwasser.

»Von *Lomond*, Sir: ›Wiederhole – aufschließen!‹«

Alle blickten ihn an.

»Signal ignorieren.«

Eine Granate explodierte zwischen den beiden Zerstörern, Sekunden später trieben tote Fische an der Oberfläche.

»Feuer!«

Jemand brüllte: »Treffer!«

Eine rotgelbe Flamme leuchtete auf dem feindlichen Schiff auf und verschwand wieder.

Die Minen rollten jetzt schneller von den Schienen. Die Männer waren offensichtlich gut trainiert.

Es waren nur noch wenige übrig, da kam der Einschlag.

Wingate meinte gerade: »Vielleicht können wir ihn aufhalten, bis...« Da riß ihm die Explosion das Wort von den Lippen. Man mußte sie viele Meilen weit hören. Der rote Feuerball erreichte einen solchen Umfang, daß er wie ein Berg flüssiger Lava aussah.

Als er schließlich zusammensank, war nichts mehr von *Whirlpool* zu sehen.

Drummond fiel in seinem Stuhl zusammen. Mühsam befahl er: »Signal an *Lomond.*« Er starrte blicklos in das schäumende Wasser, seine Augen tränten. Die Granate mußte zwischen den letzten Minen an Deck explodiert sein. Das Schiff hatte sich aufgelöst, als habe es nie existiert.

Der Signalgast blickte ihn fragend an. »Sir?«

»Das Signal lautet: ›Minen gelegt wie befohlen. *Warlock* schließt auf‹.«

Erschüttert sagte Wingate: »Das war's dann wohl.«

»Ja.« Drummond rutschte von seinem Stuhl, er sah nichts mehr. »So sieht es tatsächlich aus, Pilot.«

In der Stunde nach *Whirlpools* Ende überstanden sie noch zwei Luftangriffe.

Mit voller Fahrt und Zickzackkursen wehrten sich die vier Zerstörer. Dabei wurde keine Rücksicht auf Sicherheitsventile und Rumpfbeanspruchung genommen. Zeit wurde bedeutungslos, Entfernungen interessierten nur die Geschützbedienungen oder als Abstand der Bombeneinschläge.

Victor und *Ventnor* teilten sich einen Abschuß. *Lomond* schickte einen Bomber mit einer langen Rauchschleppe zur Küste zurück.

Dann war plötzlich Ruhe.

Drummond klammerte sich an seinen Stuhl, das Echo des Gongs, der die Feuereinstellung befahl, noch in den Ohren. Er blickte zu den anderen Schiffen hinüber. Sie hatten alle etwas abbekommen und viele Verluste zu beklagen, aber alle vier waren noch da. Bis auf *Whirlpool.* Er mußte an Kydds Gesicht denken, als er von den Minen gehört hatte.

Drummond ging zum hinteren Teil der Brücke, überrascht darüber, daß er sich bewegen konnte, ohne sich abzustützen. Das Land war nicht mehr zu sehen, nur ein schwacher Schleier am Horizont erinnerte an die Gefechte und Verluste auf beiden Seiten.

Die Leichen waren von der Brücke geholt worden. Nur Tuckers Mütze lag noch in einer Ecke, daneben sein altes Messingteleskop. Es war nicht zerbrochen.

»Von *Lomond*, Sir: ›Auf Marschgeschwindigkeit gehen‹.«

»Bestätigen.« Er blickte den Navigator an, der am Kartentisch hockte, seine Armschlinge leuchtete weiß vor der dunklen Lederjacke. »Haben Sie's gehört, Pilot?«

Wingate nickte. »Aye, Sir.« Er zog sich zu den Sprachrohren. »Voraus halbe!«

Füße klapperten auf der Leiter, Vaughan erschien. Er war barhäuptig, sein Kittel blutbespritzt wie der eines Schlachters. Er nahm seine randlose Brille ab und blinzelte.

»Es ist noch einer gestorben, Sir.« Hilflos hob er die Schultern. »Ich habe getan, was ich konnte.« Er blickte auf die See und stellte fest, daß kein Gegner in Sicht war, auch kein Land. »Wie ist die Lage?«

Drummond ließ die Schultern sinken. Er war total erschöpft, sein Hirn konnte nur noch einfache Vorgänge verarbeiten.

»Es hat geklappt, Doktor, wir haben sie überrascht.« Er dachte an ihre anderen Helfer, die zurückgeblieben waren, an die tapferen Norweger und Archer, der soviel gewagt hatte. »Mit unserem Mut.«

Wingate brummte. »Trotzdem ist's noch ein langer Weg, Sir. Wir können immer noch vierkant in einen deutschen Flottenverband laufen.«

Hillier zog eine Grimasse. »Wissen Sie was? Ich glaube, meine Rippen sind angeknackst.« Er sah so erstaunt aus, daß Vaughan lächeln mußte.

»Ziehen Sie Ihre Jacke aus, ich sehe es mir mal an.«

Drummond drehte sich um und stieß gegen einen Ausguckposten, ohne es zu registrieren. Unter der Brücke hörte er Metall klappern, die Männer klarten die Geschütztürme auf, um für den nächsten Angriff vorbereitet zu sein. Aber viel mehr konnten sie nicht einstecken. Falls noch eines ihrer Schiffe versenkt wurde, konnten sich die anderen nicht mehr gegenseitig decken.

Sheridan stieg neben ihn auf die Grätings und berichtete: »Die Einschußlöcher sind abgedichtet – so gut es ging, Sir. Der Reparaturtrupp sucht jetzt den Rumpf auf kleinere Schäden ab.«

»Danke, Nummer Eins.« Er musterte Sheridans Profil. »Und was ist mit Ihnen?«

Heiser erwiderte Sheridan: »Mir geht's gut, Sir. Ich bin froh, daß wir das Land hinter uns haben und weg sind von dieser«, er zitterte unter seinem schweren Mantel, »dieser verdammten Hölle!« Langsam drehte er sich um, seine Augen glänzten wie im Fieber. »Nun, Sir, war es das wert?«

»Strategisch gesehen, ja. Wir haben in Narvik mehr Schiffe verloren und weniger erreicht. Und vor Kreta sind mehr Zerstörer gesunken, nur um auszubügeln, was andere verbockt haben. Dies hier wird als Erfolg verbucht werden.« Seine Stimme wurde hart. »Selbst wenn keiner von uns zurückkommen sollte.«

Sheridan befeuchtete sich die Lippen. »Falls wir zurückkommen, Sir«, er blickte zur Seite, »werde ich um meine Versetzung einkommen.«

»So, werden Sie?« Drummond konnte nichts mehr empfinden, weder Betroffenheit noch Sorge.

»Ich glaube, daß ich für solche Einsätze nicht die nötige . . .«

»*Kraft habe*?« Drummond packte den Handlauf, als das Deck plötzlich überholte. »Wollten Sie das sagen?« Er zog eine Grimasse. »Vielleicht wäre ein Krieg ohne Schmerzen mehr nach Ihrem Geschmack. Mir würde er auch besser gefallen.«

»Das ist unfair, Sir. Ich habe meine Pflicht getan.«

Wingate verdrückte sich.

»Man kann es sich nicht aussuchen, verstehen Sie denn nicht? Wir wollen diesen verfluchten Krieg gewinnen, nicht am Ende als freundliche Zweite durchs Ziel gehen. Viele gute Männer und Frauen sind schon gestorben, damit wir diese Absicht verwirklichen können.« Müdigkeit, Erschöpfung und Ärger machten ihn bitter. »Wissen Sie, Nummer Eins, Ihre Einstellung wundert mich. Als die *Warden* blindlings auf das U-Boot zustürmte, waren Sie der Meinung, daß wir sie unterstützen sollten, trotz der anderen Aufgaben, die auf uns warteten. Aber als ich heute stoppte und die Überlebenden rettete, nannten Sie das eine sinnlose Geste.«

Sheridan schluckte. »Ich hab's nicht so gemeint, wie es vielleicht geklungen hat.«

Drummond packte seine Pfeife. »Freut mich, das zu hören. Ich wünschte, Sie wären hier oben gewesen und hätten Charles Cromwells Gesicht gesehen, als ich sein Schiff versenkte. Ich wußte, was er dachte. Und ich glaubte, auch Sie hätten dieses Gefühl in sich.« Er stopfte seine Pfeife, aber eine Menge Tabak fiel auf die Gräting. »Ihre Versetzung? Sollten wir das hier überleben, haben Sie meinen Segen dazu.«

Sheridan ging davon. Er war so geschockt, als ob er einen Schlag ins Gesicht bekommen hätte.

Die Wechselsprechanlage knarrte: »Flugzeug in Grün vier-fünf! Höhenwinkel zwei-null!«

Sheridan, der noch am Fuß der Gräting stand, sagte mit verzerrtem Gesicht: »Da haben Sie Ihre Antwort, Sir!«

Der Lautsprecher bellte kurz: »Belegen! Es sind eigene, ich wiederhole: *eigene* Flugzeuge.«

Drummond wußte nicht, wohin mit seiner Pfeife, als zuerst einige, dann immer mehr und schließlich alle Männer an Deck in Hurrarufe ausbrachen.

»Sie könnten recht haben, Nummer Eins – es ist eine Antwort.«

Wingate kam herüber und packte seine Hand. »Wir haben es geschafft!« Halb grinste er, halb schluchzte er. »Wieder einmal, obwohl uns ein paar hohe Tiere für entbehrlich gehalten haben.« Er blickte nach oben, als das erste Flugzeug tief über sie hinwegflog und grüßend mit den Tragflächen wackelte. »Das zeigt, was man erreichen kann, wenn man nicht aufgibt.«

Lyngstad sagte ruhig: »Zünden Sie Ihre Pfeife an, Commander.« Er legte die Arme um Wingate und Hillier. »Wir danken Ihnen!«

Sheridan blickte sie nacheinander an. »Ich glaube, meine Rede lag etwas daneben. Entschuldigung.«

Wingate sah ihn gelassen an. »Vergessen Sie's.«

Vaughan murmelte: »Ihre Rippen sind tatsächlich geprellt, Sub.« Das kleine Drama und die ekstatische Freude der Überlebenden schienen ihn nicht berührt zu haben.

»Na ja, wenn's weiter nichts ist?«

Drummond lehnte sich im Stuhl zurück und beobachtete die kreisenden Flugzeuge. Hinter dem Horizont warteten der Flugzeugträger und andere Schiffe. Alle zusammen würden nun dafür sorgen, daß sie sicher nach Hause kamen. Trotzdem – es gab noch viel zu tun: ein Treffen mit den Tankern, eine Überprüfung der Schäden, ein Gespräch mit Galbraith über den Treibstoffbestand und – ganz wichtig – Besuche bei den Verwundeten. Sehnsüchtig dachte er an seine Kajüte achtern und an die große Koje. Dazu einen schönen steifen Drink. Und Vergessen.

Er stand auf, sein Schritt riß die anderen aus ihren Gedanken.

»Ich möchte mit den Chefs aller Abteilungen sprechen. Sagen Sie dem Signalmeister ...« Er erblickte Tuckers Mütze. »Sagen Sie Signalgast Murray, er soll für die Brücke heiße Getränke besorgen.«

Der Bann war gebrochen, die Offiziere gingen wieder ihren Aufgaben nach.

Drummond meinte, mehr zu sich selber: »Gut gemacht, altes Mädchen!« Er tätschelte die Teakreling. »Ich hab' auch nie daran gezweifelt.« Plötzlich mußte er an Beaumont denken und fügte bitter hinzu: »Anders als manch andere.«

Zehn Tage später, nach ermüdender Reise mit langen Umwegen, um keine Feindberührung mehr zu haben, ankerten die Schiffe wieder im isländischen Seydisfjord.

Drummond hatte einen großen Teil der Zeit in seinem Brückenstuhl verbracht und nur gelegentlich in der Brückenkammer kurz geschlafen. Fast wie ein Roboter tat er seinen Dienst, beantwortete Anfragen und führte das Schiff, während sein Hirn nach Ruhe schrie.

Am schlimmsten war die Massenbestattung gewesen. So etwas war niemals leicht, besonders wenn man so viele der Männer gut gekannt hatte, die als verpackte Bündel an Deck lagen. Er sah immer noch Tukker auf der Brücke, wie er an seinem Bart zupfte oder einen Signalgast zurechtwies. Er war wie andere, die mal Alf, Ginger, Billy oder Ned geheißen hatten, unter einem grauen Himmel in die tiefe schwarze Finsternis gerutscht, die sich Keyes so oft während der Nachtwachen vorstellte.

Drummond hatte mehrere lange Funksprüche von der Admiralität bekommen und sich gefragt, was Beaumont wohl von ihnen halten mochte. Sein alter Feind, die *Moltke*, war nicht weiter nach Norden vorgedrungen, sondern hatte wieder in die Ostsee verlegt. Offensichtlich war sie durch den Bombenangriff schwerer beschädigt worden, als der Geheimdienst vermutet hatte. Ihr kurzer Besuch in Norwegen war nur eine Probefahrt gewesen, um die Systeme zu testen und die Mannschaft zu trainieren. Ironischerweise hatte die Anwesenheit der *Moltke* nicht unwesentlich zum Erfolg der Schrottflottille beigetragen, denn alle verfügbaren deutschen Zerstörer waren zu ihrem Schutz aus dem Norden abgezogen worden.

Ein Telegramm von Admiral Brooks enthielt Glückwünsche, war aber sehr kurz. Wie alle anderen, die Bescheid wußten, sagte er wenig. Dem britischen Volk hatte man verkündet, daß ein Überfall auf Anlagen im besetzten Norwegen erfolgreich gewesen war. Eine Zeitung schrieb: »In der Tradition Nelsons«, eine andere beschwor den »Geist Drakes«. Jedenfalls freute sich die Bevölkerung, etwas Aufmunterndes lesen zu können. Für einige jedoch bedeutete die Routinemeldung der BBC. Leid und Verlust: »Das Sekretariat der Admiralität bedauert, bekanntgeben zu müssen, daß Seiner Majestät Schiffe *Waxwing*, *Whiplash* und *Whirlpool* während eines mutigen Einsatzes verlorengegangen sind. Die Angehörigen wurden informiert.«

Nachdem sie im Seydisfjord vor Anker gegangen waren, nahmen die Aufräumungsarbeiten ihren Fortgang. Die Verwundeten wurden an Land gegeben, Ersatzleute von der Marinebasis Reykjavik für die

Überreise ausgeborgt. Die Flottille sollte nach Rosyth in Schottland gehen, wenn die Notreparaturen abgeschlossen waren.

Während die Ersatzleute mit offenem Staunen die Splitterlöcher und feuergeschwärzten Platten begafft hatten, tat die Stammbesatzung so, als sei das alles gar nicht der Rede wert. Drummond hatte diese Reaktion schon früher erlebt, die Männer zogen unbekümmert eine große Schau ab. Aber sie würde nur kurz vorhalten. Der Schmerz würde zurückkommen, manch altes Gesicht noch im Schlaf auftauchen.

Drummond saß in seiner Kajüte und hörte, daß Owles sein Duschbad vorbereitete. Aber er wußte, wenn er jetzt eine Pause machte, konnte er nicht weiterschreiben. Er mußte jeder Familie kondolieren, die einen Sohn oder Vater verloren hatte. Er blickte sich in der ruhigen Kajüte um. Auf diesem Schiff. Jetzt schien es schon unvorstellbar.

Durch das Bullauge sah er, wie ein Seemann mit einem Körbchen vorsichtig die Gangway herunterkam. Da mußte er trotz allem lächeln. Badger kam wieder an Bord, inoffiziell wie immer.

Es klopfte, Wingate trat mit einem Stapel dechiffrierter Funksprüche ein.

»Unser Auslaufbefehl, Sir: endgültig nach Rosyth. Das bedeutet eine lange Werftliegezeit.«

Drummond nickte. »Sie hätten ins Lazarett gehen sollen, Pilot.«

»Aber nicht doch, Sir. Diese Schlinge sichert mir daheim einen Empfang, der eines Helden würdig ist. Außerdem benötigt man zum Stricheziehen nur eine Hand.« Grinsend legte er die Papiere auf den Schreibtisch. »Man sagt, daß Kapitän Beaumont direkt nach England fliegt.« Er zögerte. »Mit allen Journalisten und dem Kameramann.« Er hielt ihm einen kleinen Zettel hin. »Das wurde an Bord gebracht, Sir.«

»Danke, Pilot.« Er las den Zettel: ›Ich habe an Dich gedacht. Wir sehen uns drüben. Sarah‹. »Vielen Dank.«

Wingate seufzte. »Wir werden während der Überfahrt die Flottillen führen, Sir.« Er stützte sich mit seinem gesunden Arm auf dem Schreibtisch ab, und einen Moment dachte Drummond, ihm sei schwindlig geworden. Aber als er in sein Gesicht sah, wußte er Bescheid. »Oder das, was davon übrig ist.« Wingates Augen waren feucht. »Mögen sie in Frieden ruhen.«

Owles plierte um die Ecke und fragte leise: »Etwas Brandy, Sir?«

»Ja.« Drummond packte Wingates Handgelenk. »Ja. Mögen sie in Frieden ruhen.«

Glück auf Abruf

»Fest vorn und achtern, Sir.«

Drummond beugte sich über die Verschanzung und studierte die Festmachertrossen, die von den Werftgrandies über die dicken eisernen Poller geworfen wurden. Vor und hinter ihnen machten die anderen Zerstörer an den vorbereiteten Liegeplätzen fest. Werftarbeiter standen in kleinen Gruppen zusammen und beäugten die Schiffe. Es waren Reparaturspezialisten, die darüber entscheiden würden, welches Schiff ins Trockendock mußte und welches im Wasser wieder hergestellt werden konnte. In der Werft von Rosyth war man mit solchen Schäden nur zu gut vertraut.

Drummond rieb sich die Augen. Die Überfahrt von Island war ereignislos und trübe verlaufen. Sie hatten jede Menge Gesellschaft gehabt. Flugzeuge, sowohl von Trägern als auch von Land, deckten sie. Mehrere Male hatten sie Kontakt mit einer Gruppe von drei Kreuzern. Alles war Teil des Services, um sie heil nach Hause zu bekommen. Wer diese Vorbereitungen auch getroffen hatte – und Drummond war sicher, daß Admiral Brooks seine Finger im Spiel gehabt hatte –, er hatte gewußt, daß die Hilfe dringend nötig sein würde. Die Moral der Männer war auf dem Tiefpunkt, wie oft nach einem schweren Einsatz und besonders dann, wenn niemand mehr mit Überleben gerechnet hatte. Erst als sie in Kiellinie den Firth of Forth hinaufdampften und unter der großen Brücke durchkamen, stellten sie fest, daß sich die Dinge etwas verändert hatten.

Mehrere Hafenschlepper und Barkassen empfingen sie, ihre Besatzungen jubelten und winkten. Ein kleiner Leichter voller Wrens* war so dicht herangekommen, daß Drummond ihn mit der Sirene warnen mußte. Die Wrens hatten genauso gejubelt wie die anderen, hatten ihre Mützen geschwenkt und gewinkt. Eine hatte gleichzeitig gelacht und geweint. Es war bewegend, aber auch verwirrend gewesen.

»Klingeln Sie die Maschine ab.«

Drummond trat von der Gräting und rückte seine Mütze zurecht. An das leuchtende goldene Eichenlaub auf dem Schirm hatte er sich immer noch nicht gewöhnt. Er kam sich vor, als ob er eine Rolle spielte.

Wingate meinte: »Es fängt an zu regnen.«

Drummond lächelte. »Macht es Ihnen was aus? Mir nicht.«

* weibliches Marinekorps

Unten wurde ein stählerner Landgang befestigt. Ein Postbote wartete schon mit seinem Sack, blickte zur Brücke und der zerfetzten Kriegsflagge hinauf. An der Pier schoben sich Männer hin und her und versuchten, beschäftigt auszusehen; dabei studierten sie nur neugierig die Narben des Krieges.

Zwischen dem Durcheinander aus Eisenbahngleisen, Pfützen und rostigen Wrackteilen sah Drummond eine glänzende Stabslimousine heranrollen. Alles würde wieder von vorne beginnen: Erklärungen, Fragen, Anweisungen und – am schlimmsten von allem – Mitleid.

Füße trampelten die Leiter hinauf, Rankin stürmte auf die leere Brücke. Er hielt eine Zeitung in der Hand und keuchte: »Die habe ich von einem Burschen an der Pier, Sir. Ich dachte, Sie sollten es gleich sehen.«

Drummond entfaltete die Zeitung und legte sie auf den Kartentisch. Da sah er die Schlagzeilen, sie waren groß und fett, genau wie Beaumonts Bild in der Mitte. Er las:

»Der Held der *Conqueror* hat zurückgeschlagen! Nach einer gnadenlosen Schlacht, wobei der Feind alles einsetzte, was er zur Verfügung hatte, hat Kapitän Dudley Beaumont, der einzige überlebende Offizier des Schlachtschiffs *Conqueror*, gezeigt, was die Royal Navy vermag. In einem der dramatischsten und bewegendsten Gefechte – vieles ist noch geheim – führte Beaumont seine kleine Zerstörerflottille gegen eine wütend verteidigte deutsche Basis an der norwegischen Küste. Trotz der Gefahr und der geringen Überlebenschancen konnte er das waghalsige Eindringen tief in feindliches Territorium zu einem erfolgreichen Ende bringen. Unter seiner bewährten Führung vernichteten die beteiligten Zerstörer mehrere wichtige Einrichtungen an Land, Schiffe und Flugzeuge. Unsere Schiffe wurden beschädigt und hatten einige Ausfälle zu beklagen. Aber wie Kapitän Beaumont unserem Korrespondenten auf einer Pressekonferenz der Admiralität mitteilte: ›Meine Leute haben die größten denkbaren Opfer gebracht. Mir bleibt die Ehre, solche Männer geführt zu haben.‹«

Leise sagte Wingate: »Ich glaube, ich muß kotzen.«

Rankin explodierte: »Aber das ist doch ungerecht, Sir!« Wild blickte er sich auf der Brücke um, »Und es ist auch gelogen!«

Drummond faltete die Zeitung. Der Bericht ging noch weiter, mit Details und mehr Bildern auf den inneren Seiten. Sie zeigten immer wieder Beaumont, einmal mit einem brennenden Schiff im Hintergrund. Es war unglaublich. Zum Verrücktwerden.

»So muß es sein, wenn man aus dem Himmel blickt und liest, was auf dem eigenen Grabstein steht.« Wingate schüttelte sich. »Werden Sie dagegen vorgehen, Sir? Schließlich sind Sie derjenige . . .«

Drummond murmelte: »Vieles ist nur aus dem Fenster geredet.«

Aber die Worte wollten ihm fast im Hals stecken bleiben. Er sah wieder die Flammen und den Rauch und hörte die empörten Kommentare um sich herum, als klar wurde, daß Beaumont draußen vor dem Fjord bleiben würde.

»Der Chief Operations Officer und der Werftkapitän gehen an Bord, Sir.«

»Danke, ich komme. Owles soll ein paar Drinks vorbereiten.«

Am Landgang stand Sheridan mit einer schnell zusammengesuchten Ehrenwache. Während sie die distinguierten Besucher grüßten, studierte Drummond Sheridans Gesicht. Für einen Augenblick meinte er, darin so etwas wie Triumph zu erkennen: Na, was habe ich gesagt?

Der ältere Kapitän trat vor und ergriff Drummonds Hand

»Willkommen, Commander! Auf Sie und Ihre Schiffe ist das ganze Land stolz!«

Der Operations Officer fügte leise hinzu: »Kapitän Beaumont hat Ihren Einsatz lobend erwähnt. Sie haben zum Erfolg erheblich beigetragen, nehme ich an.« Aber es klang wie eine Frage.

»Danke, Sir.« Drummond zeigte auf die Tür. »Wenn Sie bitte nach unten kommen wollen, raus aus dem Regen?« Er wandte sich an Sheridan. »Rufen Sie auch die anderen Kommandanten.« Er blickte die beiden Kapitäne an. »Wenn Sie nichts dagegen haben?«

»Bestimmt nicht. Tapfere Burschen, allesamt. Wie Kapitän Beaumont schon sagte, alle seine Ideen sind hervorragend nachvollzogen worden.«

Galbraith, auf dem Weg zum Maschinenraum und noch schmutziger als üblich, hörte die letzten Worte des Kapitäns. Er rief: »Einige sind sogar seinen Ideen *voraus* gewesen, Sir!«

Der Operations Officer musterte ihn kalt. »Wie war das?«

»Machen Sie weiter, Chief.« Drummond schüttelte den Kopf. »Wir sprechen uns später.«

Zu den Besuchern sagte er leise: »Mein Erster Ingenieur hat in letzter Zeit sehr wenig geschlafen.«

Ihre Irritation milderte sich etwas. »O ja, wir verstehen.«

O nein, ihr versteht gar nichts, dachte er. »Wenn Sie mir jetzt folgen wollen, Gentlemen?«

In der Offiziersmesse war die Luft zum Schneiden dick. Außer den

Offizieren der *Warlock* saßen ein paar Offizielle der Werft, ein oder zwei Leutnants aus dem Hauptquartier und eine braunäugige Wren an den Tischen. Sie war Zweiter Offizier der Nachrichtenabteilung im Stab des Admirals. Der Regen prasselte gegen die verschlossenen Bullaugen und verhüllte die anderen Schiffe, die Werft, alles.

»Trink aus, Guns, das hilft vergessen,« sagte Wingate zu Rankin und lauschte dann wieder dem Elektriker, der Tyson um Informationen anzapfte.

Tyson antwortete wichtigtuerisch: »Es hieß zuschlagen und dann nichts wie weg. Die Jerries waren ziemlich sauer, als sie mitkriegten, was wir alles angerichtet hatten. Sie haben uns alles nachgeschmissen, was sie hatten, bis auf die Abwaschbecken aus der Küche.« Er schüttelte sich dramatisch. »Ich habe Dinge gesehen, kann ich Ihnen sagen . . .«

Der Elektro-Offizier, der bisher nur einmal auf See gewesen war, nickte ernsthaft. »Kann ich mir vorstellen.«

Rankin grollte: »O Gott!«

Wingate drehte sich nach dem Steward um, da sah er Keyes mit düsterem Gesicht in der Tür stehen. Er kannte den Grund für Keyes' Enttäuschung: In Island hatte kein Brief von Georgina auf ihn gewartet. Nun beobachtete er den Fähnrich aus schmalen Augen. Keyes hatte sich verändert, ohne daß er es bemerkt hatte. Aber sie waren ja auch sehr beschäftigt gewesen. Keyes sah älter aus. Zäher.

Er rief ihn an: »Hierher, Allan! Kommen Sie, setzen Sie sich zu den Säufern.«

Keyes schob sich durch die schwatzenden Besucher. »Ich wollte eigentlich in meiner Kammer bleiben.«

»Quatsch!« Rankin zog ihn auf einen Stuhl. »Lesen Sie denn keine Zeitung? Wir sind alle Helden!«

»Lassen Sie das, Guns!« Zu Keyes gewandt, fügte Wingate hinzu: »Wo liegt der Hase im Pfeffer?«

»Ich hatte gehofft, Georgina treffen zu können.« Keyes' Stimme wurde leiser. »Aber sie scheint sich nicht mehr an mich zu erinnern.«

Wingate traf eine Entscheidung, obwohl er wußte, daß er sie später vielleicht bereuen würde. »Was bin ich für ein Vollidiot!« Er kramte in seiner Brieftasche. »Sie hat mir doch ihre Karte für Sie mitgegeben. Das habe ich völlig vergessen.« Er drückte sie dem Jungen in die Hand. »Hier, sie hat sogar eine Telefonnummer draufgeschrieben. Na, wie ist das?«

Keyes drehte die Karte in der Hand und flüsterte bewegt: »Georgina. Georgina Dare.«

Wingate schluckte. »Ein schöner Name.«

Hoffentlich tauchte der verdammte Steward hier bald auf! Bei Keyes' Andacht und Rankins eulenhaften Augen brauchte er dringend einen Drink.

Keyes blickte auf. »Haben Sie eine Freundin, Pilot?«

Wingate seufzte. »Die könnte mich jetzt nicht sonderlich gut brauchen – mit dem gebrochenen Arm.«

Rankin grinste. »Ja richtig, als Gentleman legen Sie das Gewicht natürlich ganz auf die Ellbogen.«

»Laß dich ausstopfen, Guns!«

In einer anderen Ecke unterhielt sich Sheridan mit dem Doktor; er wandte den anderen den Rücken zu.

Vaughan sagte gerade: »Ehrlich – ich habe nicht damit gerechnt, dieses Land noch mal wiederzusehen.«

Sheridan drehte sein halbleeres Glas in der Hand. »Unglaublich. Sie sind alle Relikte, alle ohne Ausnahme.«

»Wer?« Das kam in mildem Ton, aber hinter den Brillengläsern funkelten die Augen des Arztes ungewöhnlich scharf.

»Nun, sehen Sie sich nur selber an, Doktor.« Sheridan zeigte mit dem Glas auf die lautstarke Menge. »Dann der Pilot, der Chief und ganz bestimmt der Alte.« Er blickte auf das Wappen. »Am meisten naütrlich das Schiff: alles Relikte.«

»Sie natürlich nicht, Nummer Eins. Wie haben Sie es geschafft, kein, äh, Relikt zu werden?«

»Ich bin natürlich auch von diesem Krieg gezeichnet. Aber man sollte sich nicht gefühlsmäßig engagieren und die eigene Persönlichkeit bewahren.«

»Gefühlsmäßig? Oder meinen Sie eher ›mit Verantwortung‹?«

»Fangen Sie nicht auch noch an!«

Vaughan lächelte dünn. »Ich bin nur ein kleiner Quacksalber, die Heldentaten überlasse ich meinen Vorgesetzten. Und auch das Reden darüber . . .« Er stellte sein Glas ab. »Ich beobachte schon die ganze Zeit diese Wren. Ich glaube, es ist Zeit, zum Angriff überzugehen . . .« Er drängte durch die Gäste davon.

Sheridan seufzte. Der Doktor hatte seinen Drink nicht mal angerührt. Er blickte sich in dem überfüllten Raum um. Unmöglich, diesen Haufen loszuwerden. Vor der ersten Hundewache würde es wohl keinen Lunch geben.

Er wollte allein sein, um zu entscheiden, was zu tun war. Er war kurz in Drummonds Kajüte gewesen, als die beiden Stabsoffiziere das

Schiff verlassen hatten. Der Kommandant hatte ihn über die Urlaubsregelung informiert, über das Eindocken und die Dienstpläne während der Reparaturen. Es war alles ganz selbstverständlich, wie immer gewesen.

Plötzlich war es Sheridan herausgerutscht: »Dieser Zeitungsbericht, Sir ... Merken Sie, was Kapitän Beaumont treibt? Er beansprucht alle Lorbeeren für sich!«

Drummond war aufgestanden und hatte seine Taschen abgeklopft, als ob er etwas suche.

»Wenn man versucht, einen Vorgesetzten in Mißkredit zu bringen, Nummer Eins, erweist sich das meist als Bumerang. Verlangen Sie eine Richtigstellung, und kein Mensch wird Ihnen glauben. Man würde danach höchstens argwöhnen, der ganze Überfall sei nur eine Ente gewesen. Wollen Sie das?«

Sheridan konnte sich genau an Drummonds Gesicht erinnern: er schien innerlich zu verbrennen, wirkte angespannt bis zum Äußersten. Er wußte nicht, was er tun sollte.

»Trotzdem ist es nicht richtig, Sir.«

Drummond schien ihn nicht zu hören. »Der Überfall war ein Erfolg. Wenn man es mit kühlem Kopf betrachtet, war er sogar ein *voller* Erfolg. Größer, als wir hoffen konnten. Und die Verluste? Betrachtet man die eingesetzten Kräfte, so waren sie minimal.«

»Das glauben Sie doch nicht im Ernst, Sir?«

»Draußen wartete ein Flugzeugträger mit Begleitschiffen. Wie viele Männer waren das – um die zweitausend? Dazu die Tanker, das U-Boot, die Flugzeugbesatzungen und Hunderte anderer, die mit daran gearbeitet haben, daß unser Einsatz ein Erfolg wurde. Im Vergleich zu diesen Zahlen sind unsere Verluste nicht hoch.« Traurig hatte er sich in der Kajüte umgesehen. »Ich glaube mich zu erinnern, daß Sie einmal der Meinung waren, auch dieses alte Schiff sei entbehrlich.« Er setzte sich, die kalte Pfeife in der Hand. »Aber das kümmert Sie ja nicht mehr, da Sie sich versetzen lassen wollen.«

Wieder dieser Schlag ins Gesicht. Die Entlassung.

»Ich brauche noch Zeit, um mich zu entscheiden, Sir. Ich möchte nur ...«

Heftig hatte Drummond die Papiere vom Tisch gewischt und ein paar Gläser umgestoßen. »Alles, was *ich* möchte, ist, daß Sie mich sofort in Ruhe lassen!«

Jemand zupfte Sheridan am Ärmel – Galbraith. Er war in seiner besten Uniform kaum wiederzuerkennen.

»Ich haue ab, Nummer Eins«, lächelte er. »Nach Hause zu meiner Frau, falls sie mich noch haben will.« Er musterte die anderen. »Es wird noch genug Arbeit geben, wenn ich zurückkomme. Dann müssen wir den ganzes Mist wieder ausbügeln, den die Werftgrandies angerichtet haben.« Er streckte die Hand aus. »Na denn ... Sie werden wohl schon auf einem anderen Schiff sein, wenn ich zurückkomme.« Er ging und nickte Wingate und Rankin zu.

Sheridan ballte die Fäuste. Also war er schon abgeschrieben. Eigentlich hatten sie ihn nie angenommen.

Er sah Noakes, den Torpedooffizier, fürchterlich schwitzend seine Drinks hinunterstürzen, als ob sein Leben davon abhinge. Eifrige Zuhörer umringten ihn. Bei diesem Anblick fühlte Sheridan sich noch einsamer. Sogar Noakes amüsierte sich.

Rankin fragte mit schwerer Zunge: »Na, noch immer an Bord, Nummer Eins?«

»Was zum Teufel meinen Sie damit?«

Ein paar Besucher verstummten und blickten herüber.

Scharf fuhr Wingate dazwischen: »Guns schwebt schon in höheren Sphären, beachten Sie ihn nicht.« Er drehte sich um, das Interesse war wieder abgeflaut. »Und ich dachte, Sie würden jetzt zusammen mit dem Skipper eine Flasche köpfen. Das ist doch so üblich – und nach dem, was Sie gerade zusammen durchgemacht haben, sogar notwendig.«

»Der Alte braucht mich nicht.« Er dachte an Drummonds ärgerliche Augen. »Oder jemand anderen.«

Wingate hob die Schultern. »Wenn Sie meinen?«

Sheridan sagte schnell: »Ich weiß, daß ich seit meinem Dienstantritt unpopulär war. Ich passe hier nicht rein. Sogar Sie waren sauer, daß Ihnen ein Reservist vor die Nase gesetzt wurde, oder etwa nicht?«

Wingate stellte sein Glas ab und führte Sheridan am Ellbogen hinaus. Draußen vor der Messe sagte er leise: »Zum Glück kann ich meinen Arm nicht bewegen, das rettet mich vor einem Kriegsgerichtsverfahren. Sonst hätte ich Ihnen jetzt Ihren blöden Schädel zwischen die Schultern gehauen!« Er schwankte leicht, blickte ihn aber fest an. »Sie begreifen immer noch nicht, wie? Sie sind an Bord der *Warlock* mit der Überzeugung gekommen, daß man Sie wegen der *Conqueror*-Untersuchung nicht befördert hat. Hielten es für ein Stigma und sich selbst für einen Sündenbock. Dazu paßt, was Sie gerade über Reservisten gesagt haben. Ist Ihnen nie der Gedanke gekommen, daß Sie Ihr letzter Kommandant so schonend wie möglich behandelt hat?«

»Wie meinen Sie das?«

»Sagen Sie nicht, ich hätte Sie nicht gewarnt.« Wingate holte tief Luft. »Tatsache ist, Nummer Eins, daß Sie verdammt noch mal nicht reif dazu sind, ein Kommando zu übernehmen!« Er fuhr schnell fort, bevor ihn Sheridan unterbrechen konnte: »Als wir den Treffer bekamen und ich wie ein Sack Lumpen über die Brücke geschleudert wurde, war mein letzter bewußter Gedanke: *Lieber Gott, laß den Skipper überleben*! Ich war sicher, daß *Sie* uns nicht aus der Scheiße ziehen konnten – und auch kein anderer. Gott helfe Ihnen.«

Ärgerlich erwiderte Sheridan: »Das war ja eine tolle Rede.«

»Ich habe Sie gewarnt, jetzt werde ich mich vollaufen lassen. Wenn Sie mich entschuldigen wollen?« Er blieb vor der Tür stehen. »Ihr Vorgänger war ziemlich unbrauchbar, ein netter Kerl, aber für den Job nicht geeignet. Der Skipper zog ihn mit durch, weil er sein Freund war. Es gab da auch noch andere Gründe. Als Sie dann an Bord kamen, dachte ich, jetzt haben wir einen Außenstehenden, der dem Skipper die Bürde tragen hilft.« Er blickte Sheridan verächtlich an. »Aber es war, als ob man dem Packsattel sagt, er solle das Muli tragen!«

Der grüne Vorhang flog wieder vor die Tür und dämpfte das Stimmengewirr. Sheridan stand allein da.

Drummond schloß die Tür der Operationszentrale und verharrte unentschlossen auf dem langen Flur. Wrens hasteten mit Telegrammen und mysteriösen Päckchen hin und her, Offiziere aller Art eilten an ihm vorbei. Hier in Rosyth überkam Drummond wieder das Gefühl, das er im Bunker von Whitehall gehabt hatte: daß der Krieg in den Hauptquartieren mit gleicher Intensität fortgesetzt werden würde, auch wenn es draußen keine Schiffe mehr geben sollte.

Er rückte seine neue Mütze zurecht. Zwei Wrens beobachteten ihn und tuschelten. Eine sagte: »Wir haben Sie einlaufen sehen. Es war alles so ergreifend!«

Die andere ergänzte: »Aber die Schiffe waren so angeschlagen. Sie sahen ganz klein aus.«

Er nickte. »Man denkt immer, daß sie eine Nummer zu klein sind, wenn es darauf ankommt.«

Eine andere Stimme fiel ein: »Lobhudeleien für den Helden, wie schrecklich!«

Er drehte sich um und sah Sarah in der Tür stehen. Sie lächelte ihn an, aber ihr Gesicht war wie eine Maske. Er überquerte den Flur und nahm ihren Arm.

Sie zog ihn in ein leeres Büro und schlug die Tür zu. Einen Augenblick sah sie ihn prüfend an. Sie lächelte nicht mehr, in ihren Augen glänzten Tränen.

»Oh, Keith!« Sie warf sich ihm in die Arme und verbarg das Gesicht an seiner Brust. »Was haben sie nur mit dir gemacht!«

Er hielt sie fest, war unfähig zu denken oder zu sprechen. Er wußte nur, daß sie endlich zusammen waren, in Wirklichkeit, nicht im Traum. Sie brauchte ihn genauso wie er sie.

Weich sagte sie: »Als ich dich eben sah, dein Gesicht, konnte ich nicht glauben, daß du deine Gefühle so verbergen kannst. Jeden Tag, immer wenn du vor deine Männer trittst. Du mußt immer perfekt sein, ein Mann ohne Angst oder Gefühle.«

Er drückte sie fester an sich. »Nicht. Jetzt ist ja alles gut.«

Sie befreite sich und blickte zu ihm auf.

»Ja.« Sie versuchte zu lächeln. »Das sehe ich.«

Er ließ ihre Hände los. »*Warlock* geht morgen ins Dock. Ich muß in der Nähe bleiben, falls es Probleme gibt.«

Sie neigte den Kopf. »Ich würde dieses Schiff hassen, wenn ich nicht wüßte, daß ich sowieso nicht mit ihm konkurrieren kann.«

»Ich möchte dich in meiner Nähe haben. Das heißt, wenn du möchtest ...«

Sie nahm sein Gesicht in ihre warmen Hände. Stimmen waren auf dem Flur zu hören. Ihnen blieb nicht mehr viel Zeit.

Hastig sagte er: »In Edinburgh gibt es ein gutes Hotel ...«

Sie stellte sich auf die Zehenspitzen und küßte ihn auf den Mund.

»Ich habe noch Urlaub zu bekommen, Keith.« Sie legte ihr Gesicht an seine Schulter. »Denk bitte nicht schlecht von mir, aber ich möchte dich für mich alleine haben.« Sie schlang die Arme um seinen Hals. »Nur wir beide.«

Die Tür öffnete sich, und ein bebrillter Schreiber fragte verlegen: »Darf ich eintreten?«

Sie drehte sich zum Fenster und betupfte sich das Gesicht mit einem Taschentuch.

»Natürlich. Ich habe dem Commander nur ein paar Fragen gestellt.« Diesmal lächelte sie richtig.

Mein Gott, wie liebe ich sie, dachte Drummond. »Ich rufe Sie an.«

Sie antwortete ernst: »Tun Sie das, *Sir.*«

Drummond nickte dem erstaunten Schreiber zu und verließ den Raum. Sie eilte ihm nach und ergriff seinen Arm.

»Du hast Lippenstift im Gesicht.« Sie lachte und weinte gleichzeitig. »Kein gestandener Marineoffizier darf so herumlaufen.« Sie bearbeitete ihn mit ihrem Taschentuch. »Und laß dich nicht mit diesen Wrens ein. Ein Schiff als Konkurrenz ist schon schlimm genug, aber den Weibern kratze ich die Augen aus!«

Er packte ihr Handgelenk. »Sarah . . .«

Sie nickte. »Ich weiß, Keith, ich weiß. Aber alles wird gut werden.« Sie streichelte seine Hand. »Dafür sorge ich schon.«

Als Drummond den Ausgang erreichte, blickte er zurück. Sie war gegangen, aber er sah sie immer noch vor sich.

Sarah stand in der Tür und blickte sich langsam im Zimmer um. Nachdem der Gepäckträger die Tür hinter sich geschlossen hatte, rief sie: »Aber das ist ja riesig! Wie hast du das hingekriegt?«

»Rang hat auch seine Privilegien.«

Er stellte ihren kleinen Koffer neben das Bett und ging zum Fenster. Der Regen hatte aufgehört, nur Streifen dunkler Wolken zogen noch über den Himmel. Darüber leuchteten die ersten Sterne. Unten auf der Princess Street wälzte sich der Verkehr stadtauswärts. Die Autos sahen aus wie Maulwürfe mit ihren verklebten Scheinwerfern. Alle wollten vor der Verdunkelung zu Hause sein.

Er drehte sich um. In dem großen, exklusiv ausgestatteten Raum sah sie zerbrechlich aus wie ein Kind. Sie trug ein Kleid, das er noch nicht kannte. Sie blickte ihn wortlos an, ihre Arme hingen schlaff herunter.

»Oh, Keith, ich kann gar nicht glauben, daß es wahr ist.«

Er lächelte. »Ich glaube, der Portier hatte Bedenken, uns das Zimmer zu geben. Dieses Hotel ist eben sehr respektabel.« Er ging zu ihr und drückte sie an sich. »Aber ich habe ihn überzeugt: für *Commander und Mrs. Drummond . . .*«

Zusammen gingen sie zum Bett, es war sehr hoch und massiv. Sie drückte seine Hand.

»Ich komme mir vor wie Emma Hamilton.«

Ein diskretes Klopfen, dann blickte ein Kellner herein.

»Schließen Sie die Verdunklungsvorhänge selber, Sir, oder soll ich das machen?« Er blickte Sarah an. »Hat, äh, Mrs. Drummond alles, was sie braucht?«

Drummond gab ihm zehn Shilling. »Ja – auf beide Fragen. Danke.« Er wartete, bis sie wieder allein waren. »Vermutlich haben sie inzwischen unsere Lebensmittelkarten studiert.«

Sie richtete sich auf und legte ihm die Arme um den Hals. »Das ist mir egal. Mir ist alles egal.«

Er setzte sich aufs Bett und öffnete seinen Koffer.

Sie staunte. »Champagner!«

»Ich sagte ja, der Rang!« Er grinste. »Aber um der Wahrheit die Ehre zu geben: Owles hat ihn besorgt. Ich habe lieber nicht gefragt, woher.«

Owles hatte die Flasche in ein Stück Ölzeug eingewickelt, sie war beschlagen und eiskalt. Der Korken sprang mit einem leisen Plopp heraus. Lange standen sie schweigend am Fenster und blickten in die tiefer werdenden Schatten.

Schließlich begann sie: »Ich möchte nicht, daß du denkst . . .«

Er erwiderte ernst: »Du bist sehr schön. Ich glaube, ich werde versuchen, mit dir zu schlafen.« Er stieß mit ihr an. »Ich liebe dich.«

Sie blickte ihn nicht an. »Prost.« Mehr bekam sie nicht heraus.

»Ich muß noch mal mit der Werft telefonieren.« Er zog eine Grimasse. »In zehn Minuten bin ich zurück.«

Neben dem Bett stand ein Telefon, aber er lief die Treppen hinab und schlenderte durch die Lobby, ohne seine Umgebung wahrzunehmen. Er sah kaum die vielen Uniformen, fühlte nicht die Atmosphäre aufgesetzter Fröhlichkeit, das krampfhafte Festhalten am Althergebrachten, das längst Vergangenheit war.

Als er wieder ins Zimmer trat, brannte die Nachttischlampe. Sarah lag in der Mitte des Bettes und blickte ihm entgegen, als er sich auf die Decke setzte. Ihre Lippen glänzten feucht in dem warmen gelben Licht.

»Du siehst hinreißend aus. Ich wünschte nur, ich könnte dir mehr geben. Alles.«

Sie sah ihn weiter gebannt an, als er die Decke zurückschlug und mit der Hand über ihre feste Brust und die weiche Haut ihres Bauchs strich. Sie hatte die Hände zu Fäusten geballt, eine Ader klopfte heftig an ihrem Hals.

Blindlings warf er seine Kleider auf den Boden. Als er das Licht ausschalten wollte, sagte sie heier: »Nein. Ich möchte dich sehen, bitte.«

Langsam näherten sie sich einander, aber noch hielt er sich zurück. Er sah, wie sie zitterte, als er über ihr kniete.

»Jetzt, Keith, jetzt!« stöhnte sie.

Da zog er sie an sich. Sie drückte das Rückgrat durch, um ihm noch näher zu kommen, und umschlang ihn mit den Beinen.

Schmerz und Dunkelheit, Ekstase und Leidenschaft überwältigten sie. Schließlich sanken sie atemlos und erschöpft in die Kissen wie ein einziges Doppelwesen, eine lebende Skulptur.

Später, als er das Licht gelöscht hatte, ging er ans Fenster. Er wußte, daß sie noch wach war. Da zog er die Vorhänge auf, um das Mondlicht ins Zimmer zu lassen.

Er sah sie an, ihre Glieder leuchteten silbern. Langsam ging er zum Bett zurück, streichelte sie und spürte seine neue Erregung, fühlte ihre zärtliche Erwiderung.

Sie setzte sich auf, drückte ihn in die Kissen und beugte sich über ihn. Es war eine süße Marter: ihre Hände, ihr Mund, sie selber waren überall. Diesmal dauerte es lange, bis sie wieder erschöpft waren.

Als sie schließlich den Kopf hob, sah sie, daß er eingeschlafen war. Sein Körper war entspannt, sein Atem ging gleichmäßig. Zärtlich strich sie ihm das Haar aus dem Gesicht, dann nahm sie seine Hand und legte sie vorsichtig auf ihre Brust. »Schlaf, mein Liebling. Ich bin bei dir.«

Mit einem Minimum an Verzögerung eilte *Warlocks* Besatzung an Land, denn jede Minute Freizeit war kostbar.

Einige fuhren wie Galbraith zu ihren Frauen nach Hause. Er war zwar Schotte, wohnte aber wie viele Offiziere der Flottille im Süden Englands, in der Nähe von Canterbury. Seine Frau, eine robuste, unkomplizierte Schottin, hatte ihm zwei Töchter geschenkt, die sein ganzer Stolz waren. Das einzige, was ihm den Urlaub verdarb, war der Gedanke, daß er bald wieder an Bord zurück mußte.

Andere, wie Rankin, waren nicht so glücklich. Er hatte zu früh geheiratet – bevor er sich die Hörner abgestoßen hatte, wie seine Mutter oft genug sagte. Nun saß er in einem schlecht belüfteten Zug auf dem Weg zu seinem Haus in den Außenbezirken Londons. Früher war seine Frau recht hübsch gewesen, aber jetzt war sie schlampig und liederlich geworden. Außerdem war er ziemlich sicher, daß sie durch mehrere Betten hüpfte, wenn er auf See war. Er wollte sich scheiden lassen, aber nicht jetzt. Wenn der Krieg vorbei war, würde er nicht mehr zu ihr zurückkehren. Er gähnte. Aber vielleicht war sie ja diesmal anders und sogar nett zu ihm.

In einem Hotel, nicht weit von seinem schlafenden Kommandanten entfernt, verfluchte sich Vaughan, daß er soviel getrunken hatte. Gewöhnlich trank er sparsam, aber die Wren hatte ihn irgendwie dazu animiert. Auch sie selbst hatte ordentlich gebechert. Nun warf er sein Jackett auf einen Stuhl und blickte auf sie hinab. Sie lag hingegossen auf dem Bett, immer noch in Uniform. Ihr Haar löste sich auf, als sie sich aufrichtete, um nach ihm zu sehen.

»Ich glaube, ich gehe jetzt besser«, sagte sie.

Er setzte sich neben sie und knöpfte ihre Jacke auf. Da schien sie nüchtern zu werden, griff nach seinen Handgelenken und starrte ihn angstvoll an.

»Aber Sie sind doch Arzt!«

Er fummelte an ihrer Bluse herum und betastete ihre Brust unter dem Stoff. Das Blut rauschte in seinem Kopf. Als sie sich wehrte, zerriß der Stoff.

Sie keuchte. »Meine Bluse! Was sollen meine Mädchen von mir denken?«

Er streifte ihr die zerrissene Bluse von den Schultern. Als er halb über sie fiel, sagte sie: »Ich kann sowieso nicht, nicht in diesen Tagen.«

Vaughan sprang zornig auf und blinzelte sie an.

»Du blöde Gans!«

Taumelnd fiel er gegen den Tisch. Ein altes Handwaschbecken brach lautstark in Stücke.

Jemand klopfte an die Wand. »Was für eine hast du denn da drin, Kamerad? Einen widerspenstigen Tiger?«

Vaughan und das Mädchen blickten einander erstaunt und verwirrt an.

Dann streifte sie mit einem kläglichen Lächeln den Rest ihrer Kleidung ab. »Komm her, Doktor! Wir wollen das Beste draus machen!«

Er sah sich selber im Spiegel: rot im Gesicht, mit funkelnden Augen. Da grinste er sie an. »Ich komme, *Tiger*!«

Ein anderer Zug näherte sich London, lange vor dem Rankins. Zwei Besatzungsmitglieder der *Warlock* saßen darin.

Einer war der Vollmatrose Jevers, der trotz seiner Bedenken nach Hause fuhr. Er mußte sich vergewissern, mußte wissen, ob er sicher war.

Der andere war Fähnrich Allan Keyes. Er war hellwach und genoß den Luxus des fast leeren Erster-Klasse-Abteils. Aber einschlafen wollte er nicht, denn dann würden die Alpträume wiederkommen. Er konzentrierte sich lieber auf sein Ziel und auf das Mädchen, das ihn doch nicht vergessen hatte: Georgina Dare.

Ihm gegenüber saß ein Erster Offizier der Handelsmarine. Seine Augen waren rotgerändert und halb geschlossen. Er betrachtete Keyes' junges Gesicht, die Art, wie er ein Foto studierte und seufzte. Armes

Schwein. Diese Sorte hatte keine Chance zu überleben. Jedenfalls nicht lange.

Zeit zum Nachdenken

Vizeadmiral Nick Brooks hielt eine Zigarette in seiner faltigen Hand und studierte Drummond kühl. Im großen Kartenraum tief unter der Admiralität war die Luft trocken und verbraucht.

Drummond versuchte, den aufgehängten Karten Hinweise zu entnehmen, aber sie halfen ihm nicht weiter.

Es waren merkwürdig unwirkliche vier Wochen gewesen, seit *Warlock* ins Trockendock gegangen war.

Andere Kommandanten führten oft ein Doppelleben, aber er hatte nie darüber nachgedacht. Sie teilten ihre Zeit zwischen ihren Schiffen in der Werft und ihren Familien auf, was er damals nicht verstanden hatte. Bis er Sarah kennenlernte.

Außerhalb der Werft und des Hotels war das Leben weitergegangen. Die erwartete Invasion Italiens hatte begonnen, und nach der schweren, verlustreichen Schlacht bei Salerno begannen die Alliierten, Fortschritte zu machen. Aber für die *Warlock* und ihre Crew war das ein ferner Krieg. In der überbeschäftigten Werft drehte sich alles darum, Schäden zu beseitigen, die der Feind, der Atlantik oder die Nordsee angerichtet hatten.

Drummond wußte, daß er früher ungeduldig geworden wäre, sich über die vielen Verzögerungen geärgert hätte, die ihn und sein Schiff daheim zurückhielten. Diesmal war es völlig anders. Er brauchte Sarah und ihre rückhaltlose Liebe, sie schenkte ihm ein neues, unbekanntes Leben.

Jetzt wartete sie da oben auf ihn, während er in einem London war, das sich seit seinem letzten Besuch nur wenig verändert hatte.

Brooks meinte: »Kein Kommandant hat viel Freizeit, wenn sein Schiff repariert und überholt wird. Ich hätte Sie selber in Schottland aufgesucht, aber die Angelegenheiten hier und im Mittelmeer halten uns ziemlich in Atem.« Er blies blauen Rauch aus und klopfte sich Asche von seinem zerknitterten grauen Anzug. »In Anbetracht Ihrer Verdienste und des hervorragend durchgeführten Überfalls in Norwegen wollte ich Ihnen ein paar Neuigkeiten mitteilen.« Er lächelte kühl. »Gestern ist es unseren Kleinst-U-Booten gelungen, die Minenfelder und Netzsperren zu überwinden und ihre Sprengsätze wie geplant unter der *Tirpitz* abzulegen. Die erzielten Zerstörungen sind noch nicht abzuschätzen. Auch hatten wir Verluste, und der norwegische Widerstand berichtet, daß einige unserer Besatzungen in Gefangenschaft geraten sind. Aber die *Tirpitz* ist zweifellos für unbestimmte Zeit aus dem Spiel. Lange genug, damit wir uns auf ihre Begleiter konzentrieren und ihre endgültige Zerstörung mit konventionellen Mitteln vorbereiten können.« Grinsend zeigte er seine langen Schneidezähne. »Aber ohne Ihren Angriff und die Zerstörung des Treibstofflagers wäre die *Tirpitz* zum Auslaufen bereit gewesen, wenn wir es am wenigsten hätten gebrauchen können. Die deutschen ›Neger‹ sind weitgehend zerstört, der Feind ist in seinem Zeitplan weit zurückgeworfen worden. Es war ein hervorragendes Stück Arbeit. Gute, phantasievolle Planung, entschlossene Durchführung.«

Drummond versuchte sich zu entspannen. Das alles war nur eine sorgfältig vorbereitete Rede, ein Verkaufsgespräch.

Er hatte seit dem Überfall Beaumont nicht mehr zu Gesicht bekommen, aber viel über ihn gehört. Die Zeitungen hatten Fotos von ihm gebracht, als er bei einer »Woche der Kriegsschiffe« geredet hatte, wo Leute ihre hart verdienten Spargroschen ablieferten, damit die Navy neue Schiffe bauen konnte. Er hatte kriegswichtige Fabriken besucht. Sein zuversichtlich grinsendes Gesicht war überall zwischen Tyneside und Cardiff aufgetaucht. Der »Held von Norwegen« nahm sich viel Zeit, um den Tausenden Mut zuzusprechen, die in der Heimat Krieg führten, ohne viel Ehre zu ernten.

Einmal, als er mit Sarah in einem Edinburgher Kino saß, war das Unvermeidliche geschehen: Beaumont war in der Wochenschau gezeigt worden. Sarah hatte in der Dunkelheit seine Hand gedrückt und geflüstert: »Laß uns gehen, mir wird übel.«

Nun sagte er: »Jeder hat sich Gedanken über die *Tirpitz* gemacht, Sir. Freut mich, daß es geklappt hat. Aber ich fürchte, zum U-Boot-Fahrer hätte ich mich nicht geeignet. Ich will sehen, wohin ich fahre.«

»Schon recht.« Brooks zündete sich die nächste Zigarette an. »Ich halte mich aus dem Rampenlicht heraus, aber mir entgeht kaum etwas.« Er blickte ihn ruhig an. »Ich habe Dinge über Sie und Kapitän Beaumont gehört, über die ich nicht gerade glücklich bin.«

»Von mir stammt nichts davon, Sir.« Drummond wurde wachsam. »Ich habe Kapitän Beaumont seit unserem Einsatz nicht einmal gesehen.«

»Ich weiß. Aber es geht um mehr. Im Krieg ist nichts so wichtig wie Vertrauen, der Glaube, ja die unbeugsame Zuversicht, daß wir gewinnen werden. Es reicht nicht aus, dem Mann auf der Straße, der jeden Tag trotz der Luftangriffe mit dem Bus oder der Eisenbahn zur Arbeit fährt, obwohl sein Haus gerade ausgebombt wurde, zu erzählen, daß alles in Ordnung ist. Er muß uns auch glauben. Er muß durchhalten, auch wenn alles noch so finster aussieht.«

»Ich denke, das betrifft doch eher die Propagandaleute als uns, Sir.«

Brooks schüttelte den Kopf. »Der Feind macht *Propaganda*, Drummond. Wir geben *Informationen*, das ist ein Unterschied.« Er lächelte. »Aber Sie haben recht, wenn Sie den engen Kontakt meinen zwischen den wenigen, die tatsächlich kämpfen, und den vielen anderen, die leiden müssen, wenn das Land überleben soll.«

»Ich weiß nicht, ob ich Sie ganz verstehe.«

»Sie sind eben ein Mann der See, kein Politiker. Sehen Sie, Drummond, als die *Conqueror* versenkt wurde, war das nicht einfach ein weiteres Schiff, das zu den Fischen ging. Sie war ein Symbol wie die *Hood* oder die *Royal Oak*. Das Land war daran gewöhnt, sich auf sie zu verlassen, obwohl die große Masse sie nie zu Gesicht bekommen hatte. Die Zerstörung der *Conqueror* geschah zu einem sehr unpassenden Zeitpunkt: schwere Verluste bei den Geleitzügen, empfindliche Versorgungsengpässe zu Hause, jede Nacht Bombenangriffe auf die Städte, von denen sich einige wohl nie wieder erholen werden. Auf dem Schlachtfeld machten unsere Truppen auch keine gute Figur. Die *Conqueror* hätte das Faß zum Überlaufen bringen können. Statt dessen bescherte sie uns eine lebende Symbolfigur, jemanden, der das Schlimmste erduldet hatte und nun zurückschlagen konnte. Einen Helden, mit dem man sich identifizieren konnte.«

»Kapitän Beaumont?«

»Genau.«

Nach einer Pause fuhr der Admiral fort: »Als wir beschlossen, eine kleine Flottille unter das Kommando der Special Operations zu stellen, hatte ich keine Ahnung von ihren Erfolgschancen. Darum, das muß ich gestehen, wählten wir ältere, nicht so wertvolle Schiffe aus. Allerdings wußte ich aus Erfahrung, daß alte, schwer beanspruchte Schiffe die besten Besatzungen und Kommandanten hervorbringen. Das müssen sie, um zu überleben. Wenn man in Scapa Flow endlos lange an der Boje schwojt, ist man nicht sonderlich heiß.«

»Das kennen wir alle, Sir.«

»Ganz sicher. Und ich vertraue auch darauf, daß Sie unsere Pläne nicht über den Haufen werfen wollen, gerade jetzt, da sich das Kriegsglück uns zuneigt.«

»Falls Sie auf Norwegen anspielen, Sir . . .«

»Sie sagen es.« Brooks suchte nach einem neuen Päckchen Zigaretten. »Ich hörte, daß einige Ihrer Männer sehr verbittert darüber sind, wie der Einsatz geleitet wurde. Gar nicht zu reden davon, daß Sie und Ihre Schiffe fast ein verdammtes Wunder vollbringen mußten.«

Drummond blickte ihn fest an. »Ich kann nur für mich sprechen, Sir. Aber ich glaube, daß man den Angriff wie geplant hätte ausführen sollen. Hätte der Feind schwere Einheiten herangeführt, einschließlich der *Moltke* und einiger Flottenzerstörer, wären wir so oder so erledigt gewesen. Das Überraschungsmoment war unsere einzige Stärke.«

»Sie sind zu zurückhaltend.« Brooks runzelte die Stirn. »Sie wollen sagen, daß Kapitän Beaumont die ganze Flottille in den Fjord hätte schicken sollen, ohne Rücksicht auf mögliche Bedrohung von außerhalb.« Er machte eine Pause und betrachtete Drummonds ernstes Gesicht. »Sie hätten es an seiner Stelle so gemacht?«

»Jawohl.« Er sah plötzlich wieder alles vor sich: den Zerstörer, der aus dem Ruder lief und strandete. Die haushohen Einschläge der getarnten Landbatterie. *Ventnors* glühende Flanke nach dem Treffer. Die Norweger, die bei den brennenden deutschen Jeeps über den Hügel entlanghasteten. Abschließend fügte er hinzu: »Denn meine drei Schiffe hätten zu leicht ausgeschaltet werden können, bevor wir die Ziele zerstören konnten.«

Brooks trommelte mit den Fingern auf sein Knie. Er saß auf einer Ecke des Schreibtischs und sah ernst und nachdenklich aus. »Noch ist nicht alles Porzellan zerschlagen.« Er hob den Kopf. »Ich darf Ihnen mitteilen, daß Sie für Ihren Einsatz mit dem Distinguished Service Cross ausgezeichnet werden. Andere werden ebenfalls einen Orden bekommen.«

»Danke.«

»Sie scheinen nicht sonderlich beeindruckt zu sein.« Neugierig blickte Brooks ihn an. »Fürchten Sie sich davor, als Held zu gelten?«

»Ich fürchte mich davor, als etwas zu gelten, das ich nicht bin, Sir.« Er dachte an die *Whirlpool*, die in einem Feuerball verschwunden war. »Ich hatte fürchterliche Angst, wie alle anderen auch.«

»Das glaube ich gern. Ich bin auch nicht als Admiral auf die Welt gekommen. Im letzten Krieg war ich etwa soweit wie Sie. Nur die Methoden haben sich geändert.«

»Wollten Sie mich deshalb sprechen, Sir?«

»Natürlich nicht. Ich wollte vor allem hören, was Sie von einem neuen Sondereinsatz halten.«

Drummond erstarrte. »Wir kehren nicht zum normalen Dienst zurück, Sir?«

»Ist das Ihre Antwort?« Er grinste. »Sehen Sie, ich kann Ihnen nicht befehlen, wieder eines Ihrer kleinen Wunder zu vollbringen. Diesmal wird es sogar noch schwerer werden, vielleicht sogar ein totaler Fehlschlag.«

Drummond wurde von seinen Gefühlen hin und her gerissen. Er sah Sarahs Gesicht vor sich. Sie war seine Zukunft. Und jetzt wußte er, was sie ihm bedeutete. »Ist es ein Einsatz von kriegsentscheidender Bedeutung?«

Brooks lächelte dünn. »Es ist kein Propagandaunternehmen, falls Sie das meinen.«

»Gut.«

Wieder mußte er an Beaumont denken, an das *Symbol.* Vielleicht hatte er sich doch nicht verändert, sondern war innerlich immer noch derselbe Mann, den er vor Jahren gekannt hatte. Der Mann, den Sarahs Bruder in seinen Briefen beschrieben hatte. Aber er hatte der Rolle des Helden nicht widerstehen können und war dafür nur in einen anderen Habitus geschlüpft. Ihn fröstelte, wenn er sich an die Sekunden erinnerte, in denen der alte feige Beaumont zum Vorschein gekommen war.

»Wird Kapitän Beaumont das Unternehmen führen, Sir?«

»Eine berechtigte Frage.« Asche fiel unbeachtet auf seinen Anzug. »Ja, das wird er. Und danach«, Brooks zuckte müde die Achseln, »wird er zweifellos zum Stabsoffizier befördert werden. Dann kann er sein Talent, ansteckende Begeisterung zu wecken, voll ausleben.« Er hustete. »Nun?«

»Wieviel Zeit habe ich, Sir?«

Brooks lächelte. »Ein paar Wochen.« Das Lächeln verschwand. »Natürlich ist alles streng geheim. Achten Sie also auf Ihre Worte, und zwar gegenüber *allen.*« Scharf fragte er: »Sie sind doch nicht verheiratet?«

»Nein, Sir.« Offensichtlich wußte Brooks über Sarah Bescheid. »Aber sobald bestimmte Angelegenheiten geregelt sind, werde ich heiraten, Sir.«

»Sehr schön.« Er blickte zur Seite. »Nun will ich Sie nicht länger aufhalten.«

Drummond ging schon zu der schweren stählernen Tür, als die Stimme des Admirals ihn zurückhielt. »Haben Sie sich Gedanken über Ihre Zukunft gemacht?«

Er lächelte und drehte sich halb um. »Spätestens jetzt tue ich es, Sir.«

»Es ist schön, wieder in Edinburgh zu sein.« Sie lagen nebeneinander und blickten in die Dunkelheit über dem Bett. »In London war der Krieg viel näher.«

Er legte ihr den Arm um die Schultern. Vor den Hotelfenstern mit den zugezogenen Vorhängen prasselte der Regen unentwegt, Vorbote eines frühen Winters. Er dachte an Brooks in seinem Bunker und an die Aktivitäten an Bord der *Warlock*, als er morgens nach Rosyth zurückgekommen war.

Die Narben des Schiffes waren unter aufgeschweißten Platten und frischer Farbe verschwunden. Neue Leute hatten die Gefallenen und Schwerverwundeten ersetzt. Die Männer hatten ihn scharf beobachtet, als er vorbeiging. Ihn, den Kommandanten, der ihr Schicksal in Händen hielt.

Sarah drehte sich auf die Seite. Ihre Haut schmiegte sich kühl und seidenweich an seinen Körper. Sie fragte: »Kommt bald wieder ein neuer Einsatz?«

Er drückte ihre Schulter. »Ich dachte, du weißt immer alles?«

Sie ging nicht auf seinen Scherz ein. »Ich habe vergessen, es dir zu sagen: Sobald mein Urlaub vorbei ist, werde ich versetzt. Miles Salter teilte es mir mit, während du in London warst. Ich soll eine Dokumentation über die Geleitzüge zusammenstellen.«

Drummond dachte nach. »Also bleibst du in Salters Abteilung, aber du kommst nicht mehr an Nachrichten über unsere Flottille heran.«

»So ist es.« Sie stützte sich auf einen Ellbogen. »Aber warum? Bin ich so wichtig?«

Er versuchte, seinen Ton beiläufig zu halten: »Du hast mal den anderen Überlebenden der *Conqueror* erwähnt, einen Seemann namens Carson. Weißt du, wo er jetzt ist?«

Er hörte, daß sie scharf Atem holte. »Ja. Er liegt in einem kleinen Lazarett in Manchester. Dort sind noch mehr Verwundete wie er untergebracht. Mit Schock, Gedächtnisverlust und ähnlichem.« Sie fragte leise: »Glaubst du jetzt meine Geschichte? Daß Tim mit Beaumont auf dem Floß war?«

»Es gibt Verschiedenes, was mich über Beaumont nachdenken läßt.«

Sie kuschelte sich enger an ihn. Der Wind peitschte Regen gegen ihre Fenster.

»Erzähl's mir, Keith. Ich kann's nicht ertragen, wenn du dir allein Sorgen machst. Das Leben ist schon schwer genug.«

»Unser letzter Einsatz war schlimmer, als irgend jemand ahnt.« Er fühlte, wie sich ihr warmer Körper über ihn legte, als ob sie ihn schützen wollte. »Einmal dachte ich, Beaumont würde uns alle opfern.«

Jetzt war es raus, aber er fühlte sich nicht erleichtert.

»Ich habe es geahnt. Ein-, zweimal hast du nachts um dich geschlagen wie in einem Alptraum.« Verzagt fragte sie: »Wieviel Zeit bleibt uns noch?«

»Zwei oder drei Tage. Dann ist die *Warlock* wieder soweit, daß wir Brennstoff und Ausrüstung übernehmen können.« Er zögerte. »Was danach kommt, weiß ich noch nicht.«

Sie strich ihm leicht über die Brust. »Ich hasse es, dieses Hotel zu verlassen.«

Er grinste. »Der Manager denkt schon, wir hätten hier Wurzeln geschlagen.«

Sie blickte auf ihn hinunter, ihr Haar streichelte sein Gesicht. »Ich will nur dich, mein Liebling.«

»Und ich dich.«

Fähnrich Allan Keyes stand gegenüber dem Theater und studierte es sorgfältig. Es sah nicht ganz so aus, wie er es sich vorgestellt hatte, und es lag auch nicht im Westend von London. Es stand zwischen einem ausgebombten Fish-and-Chips-Laden und einer vernagelten Schuhfabrik und war fast eine Ruine.

Er überquerte die Straße, stieß den Verdunklungsvorhang zur Seite und ging an einem Schild mit der Aufschrift »Ausverkauft« vorbei zur Kasse. Dort saß ein Mann mit einem Bulldoggengesicht.

»Wohin zum Teufel wollen Sie, mein Jüngelchen?«

Steif erwiderte Keyes: »Ich werde erwartet.« Er zeigte Georginas Karte vor. »Sehen Sie selber.«

Der Mann nahm sie und musterte Keyes mit offensichtlichem Erstaunen. Dann grinste er. »Ich will verdammt sein!« Er faßte sich wieder. »In ein paar Minuten beginnt die Pause. Ich werde Sie zur Garderobe bringen.« Wieder blickte er den Fähnrich an und schüttelte den Kopf. »Na, so was!«

Keyes war es ganz egal, was der Mann dachte. Sein Urlaub hatte sich bis jetzt scheußlich angelassen. Er war bei Freunden seiner Eltern und Verwandten herumgereicht worden und hatte immer wieder von seinen Erlebnissen in Island und Norwegen erzählen müssen.

Schließlich hatte er es herzlich satt. Worüber er wirklich reden wollte, war zu privat. Seine Mutter brach am Ende für gewöhnlich in Tränen aus und schluchzte: »Mein armer Junge!« Sein Vater schloß dann mit dem obligatorischen Satz: »Das muß ein stolzer Augenblick gewesen sein.«

Jeden Tag hatte er im Theater angerufen, um mit Georgina zu sprechen. Zuerst hatte die Sekretärin angeblich nicht Bescheid gewußt, aber nachdem er gebohrt hatte, schlug sie irgendwo nach und bestätigte, daß Miss Georgina Dare in Kürze mit den »Forces Frolics« im Theater gastieren würde. Wieso er darüber Bescheid wisse? Er freute sich, daß er zu den Eingeweihten gehörte.

Seinen Nerven hatte es nicht geholfen. Er hatte seinen Appetit verloren, und zweimal hatte er sich betrunken, was ihm barsche Bemerkungen seiner Mutter einbrachte: »Ich weiß nicht, was sie euch bei der Navy beibringen, aber das gefällt mir gar nicht.«

Jetzt endlich stand er hier im Theater und fühlte sich an die Filme seiner Jugend erinnert: Die Verehrer warteten auf die Tänzerinnen, um sie ins Café Royal auszuführen. Er aber wartete auf einen *Star*. Durch die verschlossenen Türen hörte er das Orchester und einen Männerchor, der »Let's go down the Strand« intonierte. Für ihn klang es in diesem Moment wie klassische Oper.

Der Kassierer deutete auf eine enge Betontreppe. »Ganz nach oben, erste Tür.« Und als Keyes davoneilte: »Mal was anderes für Georgie.«

Keyes zögerte vor der abgeblätterten Tür. Telefonnummern und Nachrichten waren an die Wand gekritzelt, ein Hauch von Verfall lag über allem. Er klopfte und hörte ihre Stimme rufen: »Komm einfach rein, Seemann!«

Georgina saß am Schminktisch. Der große Spiegel wurde von bunten Lampen, Postkarten und alten Telegrammen eingerahmt, wohl eine Hinterlassenschaft ehemaliger Benutzer der Garderobe. Sie saß mit dem Rücken zu ihm und trug Unterwäsche, dazu einen sehr dünnen Umhang mit einem Kragen aus rosa Federn. Der Umhang stand fast bis zur Taille offen. Als Keyes ihr Spiegelbild bewunderte, sah sie ihn zum ersten Mal.

Sie fuhr auf dem Stuhl herum. »*Sie!*« Schnell raffte sie den Umhang zusammen. Aber das hatte nur zur Folge, daß sich ihre Brüste deutlicher abzeichneten und ihre Schenkel entblößt wurden. Sie schluckte. »Wo ... Ich meine ...«

Er hielt ihr die Karte hin und dachte: Sie ist durch mein Erscheinen so überwältigt, daß es wohl besser gewesen wäre, ich hätte mich vorher angemeldet.

»Tut mir leid,« er zögerte und fühlte, wie er errötete, »Georgina.«

Sie atmete tief ein. »Natürlich, aus Island.« Sie klopfte auf einen Stuhl. »Setzen Sie sich, äh . . .«

»Allan.« Er blickte sich in der Garderobe um. »Sie sehen wundervoll aus.«

»Ich glaube mich zu erinnern, daß ich die Karte einem Ihrer Offiziere gab.«

»Ja. Er hat vergessen, sie mir gleich zu geben, sonst . . .«

Sie nickte langsam. »Sonst . . . Ja, ich verstehe.«

Er versuchte es noch mal: »Ich dachte, wir könnten heute abend essen gehen?«

Sie studierte ihn ernsthaft. Er hatte sich verändert, sah mitgenommen und verzweifelt aus. Darüber fiel ihr ein neuer Freund ein, der Pilot Mike, aber sie verdrängte ihn aus ihrem Bewußtsein.

»Nun, Allan, woran dachten Sie denn?«

»Da vertraue ich ganz auf Ihre Empfehlung.«

Sie blickte in den Spiegel und sah, wie er die Hände rang. Plötzlich war sie gerührt.

Georgina Dare, sechsundzwanzig Jahre alt, Geburtsname Grace Wilkins aus Shoreditch, London, war mit einem Soldaten der Ersten Armee verheiratet. Sie wußte genau, was Männer erregte. Jetzt aber rührte sie dieser ernst blickende Fähnrich stärker, als sie es sich je hatte träumen lassen.

»Wieviel Geld haben Sie?«

»Drei Pfund oder so.«

Sie holte tief Luft. Also konnte sie mit ihm nicht in eins der üblichen Lokale gehen. Die drei Pfund würden schon für ein Glas verwässerten Weins draufgehen.

Entschlossen sagte sie: »Weiter unten in der Straße gibt es einen Laden, der Getränke verkauft. Sagen Sie, daß ich Sie schicke, dann kriegen Sie eine Flasche Scotch dafür.«

Er blickte sie verdutzt an. Die Sache entglitt seiner Kontrolle.

Georgina stand auf und strich ihm übers Haar. Er sah ihren Hals und die Schultern sehr weiß unter dem durchsichtigen Umhang leuchten.

»Nach der Show gehen wir zu mir. Ich wohne ganz in der Nähe.« Sie zögerte. »Außer, du willst unbedingt in ein Restaurant?«

»Nein, ganz wie Sie wollen. Ehrlich.«

»Also abgemacht.«

Sie kämmte sich. Nun mußte sie nur noch sicherstellen, daß er nicht mit Mike zusammenstieß.

Zwei Meilen von dem Zimmer entfernt, wo Fähnrich Keyes von einer Expertin zärtlich zum Mann gemacht wurde, stand Matrose Jevers an einer überfüllten Theke und starrte in sein Bier.

Morgen mußte er zurück an Bord.

Er kippte das Bier hinunter und bestellte ein neues. Alles war ruhig geblieben, ganz wie erhofft. Niemand hatte viel über seine Frau gesprochen, vermutlich waren sie zu verlegen dazu. Komisch, die ganze verdammte Stadt fiel in Stücke, und trotzdem hatten diese Spießer Zeit, sich über ungetreue Ehefrauen aufzuregen.

Er würde an Bord zurückkehren und sich seiner Karriere widmen. Schließlich war er reif für eine Beförderung. Danach konnte er als Erster Quartermaster eingesetzt werden. Er hatte sich alles genau überlegt. Da Harry Rumsey, *Warlocks* Erster Quartermaster, es irgendwie geschafft hatte, den Einsatz zu überleben, war seine Stelle nicht frei. Also mußte er selbst auf ein anderes Schiff versetzt werden. Dort würde es dann keine lästigen Fragen mehr geben. Er grinste und stürzte ein weiteres Glas wäßriges Bier hinunter.

Im Schankraum der Bar versteckte sich US-Sergeant Matthew Wagner hinter einem Flaschenregal. Der Briefträger neben ihm nickte eifrig. »Das ist er, Kamerad, ganz sicher!«

Der Amerikaner winkte den Barmann heran. »Scotch für meinen Freund hier, und machen Sie einen dreistöckigen draus.«

Der Barmann grinste. »Wo kommst du denn her, aus USA? Ich kann Bert einen großen Gin verpassen, mehr ist nicht drin.«

Der ältliche Briefträger wollte sich erkenntlich zeigen. »In der Hackney Gazette stand ein Artikel über Jevers«, fuhr er fort. »›Held des Stadtteils‹ und so'n Quatsch. Stand wie ein Fels im feindlichen Feuer.« Er legte den Zeitungsausschnitt auf den nassen Tisch. Es war ein altes Foto, aber eindeutig Jevers.

»Danke, Bert.« Wagner fühlte, wie Wut in ihm aufstieg. »Das werde ich dir nicht vergessen.«

»Ich hab's dir schon am Telefon gesagt: derselbe, den ich an dem Tag gesehen habe, als seine Frau verschwand.« Er plierte um die Ecke, aber der Platz am Tresen war leer. »Er wird zu seinem alten Haus gehen, vermute ich.«

Der Sergeant nickte und drängte zur Tür, seine Gedanken überschlugen sich. Jetzt würde er die Wahrheit aus Jevers herausprügeln. Der Briefträger konnte notfalls bezeugen, daß Jevers in der fraglichen Zeit zu Hause gewesen war. Was für ein glücklicher Zufall, daß die Zeitung das Foto gebracht hatte.

Er zögerte, seine Augen hatten sich noch nicht an die Dunkelheit gewöhnt. Er hörte Jevers' schlurfende Schritte in der schmalen Gasse und sah die weißen Streifen auf dessen blauem Kragen. Da rief er scharf: »Bleib stehen, Junge! Hier bin ich!«

Ein Polizist und ein Luftschutzwart fanden den Mann eine Stunde später. Er lebte noch, aber der Messerstich hatte die Lunge verletzt, und er atmete röchelnd. Der Luftschutzwart alarmierte den Krankenwagen, der Polizist blieb bei dem Verletzten zurück und schützte sein Gesicht vor dem Regen.

Einmal hatte der Amerikaner die Augen geöffnet und ein Wort ausgestoßen. Es klang wie ein Frauenname: *Janice.*

Der Polizist seufzte. Wieder ein Duell. Brite gegen Yankee, Hahnenkampf um ein Mädchen. Er mußte den amerikanischen Gerichtsoffizier anrufen. Der kannte sich in solchen Sachen aus.

Weiter unten in dem kleinen Pub hörte der Briefträger namens Bert die Sirene der Ambulanz. Er nippte an dem großen Gin und dachte an Wagner. Feiner Kerl. Einer der besten.

Leutnant Sheridan saß in einem tiefen Sessel vor dem brennenden Messekamin. Die Füße aufs Kamingitter gelegt, blickte er in die Flammen. Es war angenehm, daß sich das Schiff wieder bewegte. Gelegentlich scheuerte es sich an der Pier, an der sie nach Verlassen des Docks festgemacht hatten. Morgen würden die meisten Urlauber zurückkommen. Er selbst war schon seit vier Tagen wieder an Bord, hatte sich die Neuen angeschaut und sie in die Dienstpläne eingefügt.

Draußen heulte der Wind über das schwarze Wasser des Hafenbekkens, Regen klatschte schwer aufs Deck. Bald würde *Warlock* wieder auslaufen. Zu einem Einsatz wie dem letzten? Oder wieder zurück zum Geleitschutzdienst? Er stellte fest, daß es ihm gleichgültig war. Er hatte sich nicht versetzen lassen. Er war immer noch ihr Erster Offizier.

Sein Urlaub war merkwürdig gewesen. Er hatte lange Spaziergänge unternommen, sich von Uniformen ferngehalten und die Einsamkeit kleiner Pubs gesucht. Es war fast wie eine Therapie gewesen.

Zweimal hatte er den Kommandanten getroffen, aber beide hatten nicht über seine Versetzung gesprochen. Das ging bestimmt auf Sarahs Rechnung. Sheridan grinste. Glücklicher Bastard.

Er blickte auf, als der Bootsmann die Tür öffnete. Er trug einen Ölmantel und hatte eine Taschenlampe in der Hand. »Fertig mit der Ronde, Sir.« Mangin sah sich in der leeren Messe um.

»In Ordnung, Schmarting. Liegt was an?«

»Nein.« Mangin rieb sich die Hände. »Die meisten sind so erledigt, daß sie sich kaum auf den Beinen halten können.«

»Trinken Sie einen mit mir, Schmarting.«

Der Bootsmann nahm seine Mütze ab und trat schnell ans Feuer. Sheridan reichte ihm ein großes Glas Gin. »Tja, ich bin also immer noch an Bord.«

Der Bootsmann nahm einen langen Zug und leckte sich die Lippen. »Ich wußte es gleich, Sir. Vom ersten Tag an wußte ich, daß Sie zu uns gehören!« Dann wurde er formell. »Ein paar sind schon vom Urlaub zurück, Sir, darunter auch Matrose Jevers. Er hat eine Eingabe gemacht, daß der Skipper ihn zur Beförderung vorschlagen und dann auf einen anderen Zerstörer versetzen lassen soll.«

Sheridan nickte; an Jevers hatte er lange nicht mehr gedacht.

»Auf der *Lomond* brauchen sie einen neuen Ersten Quartermaster, Sir, weil der alte die Schulbank für die Bootsmannslitzen drückt.« Er grinste mit seinen ungleichmäßigen Zähnen. »Kluger Kopf.«

Beide drehten sich um, als Unterleutnant Hillier übers Süll trat. Er hielt sich sehr aufrecht und litt immer noch an seiner Rippenprellung.

»Alles klar, Sub?«

Hillier lächelte. »Ja, danke der Nachfrage. Aber ich bin nicht sicher, wie es Ihnen in ein paar Minuten gehen wird, Nummer Eins.« Er warf seine Mütze auf einen Stuhl und streckte die Hände dem Feuer entgegen. »Ich habe nämlich gerade Kapitän Beaumont auf der Pier gesehen. Er hält auf dieses Schiff zu.«

Mangin griff nach seiner Mütze. »Vielen Dank für den Drink, Sir.« Damit verschwand er.

Sheridan kam auf die Füße. »Sind Sie sicher? Ich dachte, er sei in London.«

Hillier setzte sich gemütlich vors Feuer, zufrieden mit dem Aufruhr, den er hervorgerufen hatte.

»Tja, jetzt ist er hier. Außerdem scheint er ziemlich angeheitert zu sein.«

Sheridan flitzte hinaus und rief den diensttuenden Quartermaster und die Wache. Dann sah er den Mann am anderen Ende des Landgangs. Hillier hatte recht.

Beaumont ging sehr langsam und vorsichtig, und als er das kleine

Nachtlicht an der Gangway passierte, sah Sheridan, daß er keinen Regenmantel trug. Seine Mütze und seine Uniform glänzten wie blauer Stahl. Er sah nicht nur naß, sondern auch schmuddelig aus.

»Kommen Sie rein, Sir, raus aus dem Regen.«

Beaumont rührte sich nicht. »Wo ist Ihr Kommandant?«

»An Land, Sir. Er wird nicht...«

»Rufen Sie ihn an, verdammt noch mal! Machen Sie, was Sie wollen, aber schaffen Sie ihn her.«

Sheridan trat zur Seite, als Beaumont zur Tür schwankte. »Jawohl, Sir. Ich kümmere mich darum.«

Aber Beaumont war schon verschwunden, er polterte die Treppe hinunter und fluchte bei jedem Schritt.

Sheridan durchforschte das Logbuch an der Gangway. »Wie war doch bloß die verdammte Hotelnummer?«

Ein zurückkehrender Landgänger stolperte über die Pier und schwankte im Regen vor und zurück. Mangin erkannte den alten Steward Owles an der Brabbelstimme.

»Na, das ist wieder mal eine Nacht zum Jungekriegen!« Damit hievte er den Chefsteward an Deck und fuhr den Gangwayposten an: »Bringen Sie den Unteroffizier hier in seine Messe und füllen Sie ihn voll Kaffee.« Er packte Owles an den Mantelaufschlägen. »Du solltest besser schlagartig nüchtern werden, Kamerad. Der Skipper braucht dich, und möge ihm der Himmel gnädig sein!«

Owles erwiderte steif: »Darf man denn nicht mehr einen zur Brust nehmen, wenn einem danach ist?«

Er brummelte weiter, ließ sich aber von dem Matrosen wegführen.

Sheridan hatte endlich die Nummer gefunden. »Commander Drummond, bitte,« sagte er in den Hörer. Er sah sie im Bett vor sich und schämte sich ein bißchen. »Commander – Sir? Ich glaube, Sie sollten so schnell wie möglich an Bord kommen.«

Alte Freunde

Drummond saß in seiner Kajüte und beobachtete Beaumonts großen Schatten, der unruhig auf den weißen Wänden hin und her geisterte.

Es war schwer gewesen, in Edinburgh um diese Zeit ein Taxi zu bekommen. Den ganzen Weg hatte er darüber nachgedacht, was so wichtig sein mochte, daß er an Bord mußte. Sheridan hatte am Telefon nur wenig gesagt, ihm aber versichert, daß es nichts mit dem Schiff zu tun hatte.

Er hatte Beaumont in der Offiziersmesse neben dem Kamin gefunden. Sein Jackett trocknete auf einem Stuhl, und er nahm regelmäßig einen Schluck aus einer silbernen Hüftflasche. Er war in einem so derangierten Zustand, wie er ihn noch nie gesehen hatte.

Drummond hörte den ärgerlichen Ausbrüchen des anderen Mannes zu und blieb dabei so gelassen, daß es ihn selber erstaunte.

Beaumont blubberte: »Und ich dachte, daß ich mich in Charakteren auskenne. Ich dachte, ich hätte in Ihnen einen loyalen, vertrauenswürdigen Offizier gefunden.«

Drummond unterbrach ihn scharf: »Ich habe Ihnen jetzt zehn Minuten zugehört, Sir, aber immer noch nicht herausgefunden, was so wichtig ist, daß Sie mich mitten in der Nacht aus dem Bett holen.«

Beaumont sah ihn schief an. »Bett? Ja, ich vermute, Sie lagen mit *ihr* im Bett!« Als Drummond aufspringen wollte, fuhr er schnell fort: »Spielt keine Rolle, mich kümmert nicht, was Sie privat treiben. Aber ich weiß, daß man hinter meinem Rücken gegen mich intrigiert. Das sind Leute, die durch meine Anstrengungen und mein Vertrauen aufgestiegen sind.«

Drummond blickte ihn kühl an. »Vor ein paar Tagen hatte ich eine Unterredung mit Admiral Brooks. Er fragte mich nach meiner Meinung, und ich sagte sie ihm. Ich glaube noch immer, daß der Angriff in Norwegen richtig war, aber falsch ausgeführt wurde.«

Beaumont schwieg ein paar Augenblicke, dann glitt ein triumphierendes Lächeln über seine Züge. »Es hat aber verdammt gut geklappt, nicht wahr?«

»Gute Männer sind unnötig gestorben, Sir.«

»*Ihrer* Meinung nach!«

»Ja.«

Beaumont wurde durch die klare Antwort etwas aus dem Gleichgewicht gebracht. Er wechselte das Thema. »Noch etwas: Sie haben den Seemann im Lazarett von Manchester besucht. *Sie* hat Sie dazu angestiftet!« Er fuchtelte mit beiden Fäusten in der Luft. »Nach allem, was ich für Sie getan habe!«

Drummond erinnerte sich an seinen Besuch in dem kleinen Lazarett. Die völlige Stille war das Schlimmste gewesen. Carson lag in einem eisernen Bett, die Hände exakt auf dem sauberen Bettbezug ausgerichtet wie zwei leblose Klauen.

Ein Arzt hatte ihnen gesagt, daß man ihm bisher nicht hatte helfen können, genau wie so vielen anderen. Drummond hatte Sarahs Hand gefühlt, als sie sich an ihn klammerte.

Hagere Männer in Bademänteln lungerten herum, gestützt auf Stöcke oder Krücken; viele standen an den Fenstern und starrten blicklos in den Regen hinaus. Es war erstaunlich, wie sie von ihrem Leiden geformt wurden. Alle sahen gleich alt aus und hatten die gleiche Statur.

Carsons Augen flackerten, als er Sarah schließlich erkannte. »Ich möchte Sie etwas fragen«, begann Drummond leise. Da war der Kontakt augenblicklich abgebrochen, als ob ein Schalter umgelegt worden sei.

Sarah flüsterte: »Sie können ruhig sprechen«, und nahm Drummonds Hand. »Vertrauen Sie ihm.«

Carsons Augen wanderten umher. Dann murmelte er mit farbloser Stimme: »Es stimmt, wir waren auf dem Floß. Mir ging es ziemlich schlecht, aber ich hörte, wie sie sich anschrien. Sie tobten wie die Verrückten.«

»Wer?«

»Beaumont.« Der Mann preßte die Augen zusammen. »Dieser verfluchte Hund!« Die Klaue griff nach dem Mädchen. »Er und Ihr Bruder. Ich war Melder auf der Brücke der *Conqueror*. Deshalb hörte ich, wie der Admiral Beaumont um Rat fragte. Beaumont sagte wieder und wieder, daß es besser wäre, die Zerstörer wegzuschicken.«

Da griff der Arzt besorgt ein. »Ich glaube, das reicht für heute. Es schwächt ihn sehr. Sie müssen jetzt gehen.«

Derselbe Arzt hatte zweifellos mit höheren Dienststellen telefoniert, mit Beaumont oder Brooks.

Gelassen erwiderte Drummond: »Sie sind nicht der einzige, der hier Verantwortung trägt, Sir. Ich bin für mein Schiff verantwortlich und für die Männer, die im Ernstfall mit mir zusammenarbeiten müssen. Das wissen Sie. Es gehört mehr dazu, einen Krieg zu gewinnen als Orden.«

»Natürlich weiß ich das. Halten Sie mich für einen Narren?«

Es war kurz vor der Morgendämmerung. In wenigen Minuten würde der Koch geweckt werden, dann mußten alle Beaumonts Gebrüll mitkriegen. Drummond stand schnell auf.

»Als wir das Glück hatten, ein deutsches Kleinst-U-Boot zu bergen, das den Alliierten noch völlig unbekannt war, war ich der Meinung, daß Sie genau wüßten, was Sie wollten. Aber ich ahnte nicht, was mit einem Mann passieren kann, der sich in Ideen verstrickt, die nicht von ihm stammen. Jetzt weiß ich es, jedenfalls teilweise.«

Er erwartete fast, daß Beaumont ihn schlagen oder ihn unter Arrest stellen würde. Die Stille war so drückend wie in dem Lazarett. »Sie wollten Ihren Ruhm für Ihre Karriere ausnutzen, das ist nicht ungewöhnlich. Aber Sie haben übersehen, daß die Fähigkeiten eines Menschen begrenzt sind. Überschreitet er diese Grenze, sind die Ergebnisse schrecklich.«

Beaumonts Stimme klang so gepreßt, als wäre ihm der Kragen zu eng. »Sie unterstellen mir, daß ich Leute zu meinem persönlichen Vorteil in den Tod geschickt habe?«

»Ich glaube, daß Sie das Kleinst-U-Boot als nützliche Karrierehilfe angesehen haben. Dieser Versuchung wären viele Offiziere erlegen, Sir.«

»Weiter!« Beaumont setzte sich, ließ Drummonds Gesicht aber nicht aus den Augen. »Ich kann es kaum erwarten, Ihr Urteil zu hören.«

»Denken Sie darüber nach, Sir, bevor es zu spät ist. Sie haben zugelassen, daß man Sie benutzt, über Ihre Fähigkeiten hinaus. Und als Sie beim letzten Einsatz erkannten, daß unsere Chancen schlecht standen, haben Sie uns alle über diese Grenze hinausgetrieben.«

»Wirklich?« Schweratmend zog Beaumont sein Jackett an. »Jetzt bin ich froh, daß ich hergekommen bin. Ich mußte diese Verschwörung aufdecken. Ich wollte Sie fair behandeln, als Mann und nicht als Untergebenen.« Er lächelte in sich hinein. »Und ich dachte, Sie würden mich verstehen! Sie würden verstehen, daß unsere Aufgabe Vorrang vor persönlichen Gefühlen und schwammigen Idealen hat.« Er hielt inne und betrachtete sich im Spiegel. »Ich weiß, unter welchem Streß Sie gestanden haben. Jeder reagiert dann anders. Aber vom Erfolg unserer Einheit hängt zuviel ab, um Zeit und Arbeit an Sie zu verschwenden. Sie werden also Ihre Pflicht tun und Befehle ausführen, mehr verlange ich nicht. Sollten Sie mir aber in die Quere kommen oder persönliche Vorteile anstreben, werden Sie das bitter bereuen!«

Fest blickte er Drummond an. Nichts deutete mehr darauf hin, daß er getrunken hatte. »Sarah Kemps Bruder war ein Narr und ein Feigling. Ich habe versucht, ihm das Leben zu retten. Nachdem die *Conqueror* gesunken war und ich sah, wie verzweifelt seine Schwester war, konnte ich ihr unmöglich erzählen, daß ihr Bruder vor Angst wie ein Baby geheult hat.« Er seufzte. »Obwohl ich damit meinem Ruf schadete, brachte ich es nicht fertig, sie zu verletzen.«

Drummond sah, wie die Kraft wieder in den Mann zurückkehrte. Beaumont hatte bei ihm eine schwache Stelle entdeckt, und die würde er weiterhin ausnutzen. »Danke für Ihr Vertrauen, Sir.« Er verbarg nicht seinen Abscheu.

Beaumont griff nach seiner Mütze. »Machen Sie sich nicht die Mühe, mich rauszuwerfen.« Er wandte sich schnell um, als Owles in der Tür erschien. »Leider kann ich nicht zum Frühstück bleiben.« Er sah Owles' Verwirrung. »Aber ich möchte wetten, daß Ihr Kommandant jetzt eine Tasse Kaffee gebrauchen kann.«

Die Tage nach Beaumonts Besuch verliefen erstaunlich ereignislos. Drummond erwartete eine Vorladung zum örtlichen Hauptquartier oder sogar auf die Admiralität. Aber nichts von allem passierte.

Das Schlimmste war der Abschied von Sarah auf dem Bahnhof. Drummond hatte diese Szenen schon oft gesehen: zwei Gesichter, nur wenige Zentimeter voneinander entfernt. Eins auf dem Bahnsteig, das andere im Zugfenster. So viele Worte, die nicht mehr ausgesprochen wurden. Dann war es zu spät, und der Kontakt brach ab. Manchmal für immer.

Sarah war zur Berichterstattung nach London befohlen worden. Der Gedanke, daß sie jetzt wieder den Luftangriffen ausgesetzt war, beunruhigte ihn mehr als sein eigenes Schicksal. Auch Beaumont war wieder in London, deshalb mußte er sich um alle Angelegenheiten der Flottille kümmern.

Kapitän Kimber, die rechte Hand des Admirals, war ein regelmäßiger Besucher in der Werft. Gewöhnlich wurde er von mehreren Stabsoffizieren und Ingenieuren begleitet. Deshalb sprach er selten über den Einsatz, den Brooks in London erwähnt hatte.

Über die vier überlebenden Schiffe der Schrottflottille senkte sich ein Vorhang absoluter Geheimhaltung. *Lomond*, der Flottillenführer, war ein gutes Beispiel dafür: Sie blieb schwer bewacht in ihrem Hafenbecken liegen, nur Werftpersonal durfte an Bord.

Eines Tages, als Drummond gerade einen Brief an Sarah schrieb, kam Selkirk von der *Ventnor* an Bord und gleich zur Sache.

»Sir, ich weiß, daß Sie nur zeitweise Flottillenführer sind, solange Kapitän Beaumont nicht da ist, aber ich bin besorgt. Ich möchte Sie etwas fragen.«

»Schießen Sie los.«

Wie die anderen auch hatte sich Selkirk nach dem Überfall in sich zurückgezogen. Sogar zu seinen besten Zeiten war er ein schwieriger Mann.

»Kapitän Kimbers Experten waren wieder auf meinem Schiff. Es ist zwar ganz schön von den deutschen Kanonen zerfleddert worden, aber ich dachte, die Reparaturen wären nun abgeschlossen. Alles sah in meinen Augen wieder sehr stabil aus.«

»Und?«

Selkirk rutschte auf seinem Stuhl hin und her. »Ich habe von einem alten Freund hier auf der Werft das neueste Gerücht gehört. Kasino-Ordonnanz.« Er zuckte die Schultern. »Ich *weiß*, daß ich mit niemandem darüber sprechen darf.« Er blickte Drummond scharf an. »Aber wie würden Sie sich fühlen, wenn es Ihr Schiff wäre?«

»Was hat Ihr Freund erzählt?«

»Die *Ventnor* kommt wieder ins Dock. Wie die *Lomond* wird sie irgendwie umgebaut. Als ich das gegenüber einem Mitglied von Kimbers Stab erwähnte, sagte er sehr höflich, daß ich mich um meinen eigenen Kram kümmern solle.«

Drummond senkte die Augen und sah die erste Zeile von Sarahs Brief, den er am Vortag von ihr erhalten hatte: *Ich habe ihn schriftlich um die Scheidung gebeten.* Ihm war, als ob ein Traum wahr würde.

Er schüttelte sich. »Mal sehen, was ich herausfinden kann. Vielleicht werden neue Waffen eingebaut?«

Selkirk schüttelte den Kopf. »Nein, sie haben uns ans andere Ende der Werft verlegt.« Er erhob sich. »Sie tun Ihr Bestes, Sir, nicht wahr?« Seine Stimme klang bittend. »Ich will diesen verdammten Krieg auf der *Ventnor* beenden. Sie kann eine hundsgemeine Hexe sein, aber ich kenne sie in- und auswendig.«

Als er gegangen war, griff Drummond zum Telefon. Hillier meldete sich: »Wachoffizier. Sir?«

»Ich gehe bald zum H. Q. hinüber, Sub, aber schicken Sie mir erst mal den Doktor her.«

Vaughan trat ein, als Drummond das Uniformjackett überstreifte.

»Sir?« Die hellen Augen betrachteten ihn. »Ich fürchte, daß ich nichts über Jevers herausgefunden habe. Er scheint die Wahrheit zu sagen.«

»Es geht nicht um Jevers.« Drummond drehte sich um. »Ich habe gehört, daß Sie recht eng mit einer Wren, äh, befreundet sind?« Beschwichtigend hob er die Hand. »Nein, ich interessiere mich nicht für Ihr Privatleben, Doktor.«

Vaughan lächelte. »Ist schon in Ordnung, Sir. Um ehrlich zu sein, bin ich ziemlich stolz auf diese Affäre.«

»Freut mich zu hören. Aber ich möchte Sie bitten, sie jetzt sofort zu besuchen. Sie arbeitet in der Nachrichtenzentrale, richtig? Also müssen Sie dazu über die Rampe zwischen den beiden Hafenbecken. Ich will etwas über die *Lomond* erfahren. Wenn Sie den Wachen sagen, daß Sie zum Signalturm wollen, wird man Sie passieren lassen.«

Vaughan war interessiert. »Worauf muß ich achten, Sir?«

»Auf alles und jedes. Ich weiß nämlich auch nichts Näheres.«

Er kritzelte ein paar Zeilen auf ein Stück Papier. »Hier, sagen Sie den Signalleuten, ich bräuchte diesen Funkspruch.«

Vaughan beugte sich vor. »Ah, meine Legende, Sir. Ich fühle mich schon wie ein Spion.«

Es schien eine Ewigkeit zu dauern, bis der Doktor wiederkam.

»Die Wachen haben mich nicht mal angehalten«, berichtete er. »Sie setzten offensichtlich voraus, daß Mediziner nichts von Schiffen verstehen.« Er wurde ernst. »*Lomonds* Vorschiff ist völlig aufgerissen, Sir. Schweißer und andere Arbeiter schwirren wie die Fliegen darauf herum. Man baut eine Art Gerüst ein.«

»Eine Verstärkung, meinen Sie?«

»Ja.«

»Danke. Lassen Sie sich von Owles einen Drink geben. Ich muß zum H. Q.«

Er verließ den Raum und ging an Deck. Es war sehr kalt, ein steifer Wind riß die Regenwolken mit. Die Flaggen standen steif wie Bretter vor dem grauen Himmel.

Nach den üblichen Hindernissen wurde Drummond schließlich in ein kleines Büro unter der Operationszentrale geleitet. Es war erstikkend heiß, und an den Wänden lief Schwitzwasser herunter.

Kapitän Kimber begrüßte ihn freundlich. »Sie müssen ein Gedankenleser sein. Ich wollte mich gerade auf den Weg zu Ihnen machen.«

»Geht es um unsere Befehle, Sir?«

»Jawohl.« Umständlich zündete Kimber seine Pfeife an. »Vizeadmiral Brooks war heute morgen hier. Er wurde eingeflogen.«

»Das wußte ich nicht.«

»Kein Wunder, er bewegt sich sehr leise.« Das schien ihn zu amüsieren. »Was wollten Sie von mir?«

»*Lomond*, Sir. Es hat auch Gerüchte über Selkirks Schiff gegeben.«

Kimber zog die Brauen zusammen. »Man kann aber auch gar nichts geheimhalten. Nun gut, ich will Ihnen einen Teil davon erzählen. Wir brauchen zwei Zerstörer. *Lomonds* Kiel wurde bei den Bombenangriffen angeknackst, es gab mehrere Naheinschläge, was Sie sicher besser wissen als ich. Außerdem hat sie ein langes Leben hinter sich.«

Seine Augen blickten abwesend, als er fortfuhr: »Ich habe als junger Unterleutnant auf ihr gedient.« Dann fuhr er wieder geschäftsmäßig fort: »*Ventnor* wurde ebenfalls schwer angeschlagen. Deshalb ist sie die zweite Wahl.«

»Wofür, Sir?«

»Setzen Sie sich, Keith.« Kimber hockte sich auf eine Ecke des Schreibtischs und betrachtete ihn nachdenklich. »Ich weiß, daß Sie ein Geheimnis für sich behalten können. Und daß Sie schon zugestimmt haben, auch an der nächsten Operation teilzunehmen. Der Admiral wollte Sie von Anfang an dafür. Wir planen einen Überfall im besetzten Frankreich und haben dafür volle Unterstützung bis hoch zum Premierminister. Er ist also wichtig, kann aber für die Teilnehmer sehr ungemütlich werden. *Lomond* und *Ventnor* werden ausschließlich mit Freiwilligen bemannt. Für diese beiden Schiffe wird es eine Reise ohne Wiederkehr.«

»Bill Selkirk kam zu mir. Er hatte Gerüchte gehört, Sir.«

»Ja, das war zu erwarten.« Kimber seufzte. »Er liebt seinen alten Eimer. Aber ...«

»Was ist mit *Warlock* und *Victor*, Sir?«

»Sie fahren natürlich mit, aber mit einer eher konventionellen Aufgabe. Marineinfanterie und Landetruppen werden dabeisein, auch Luftunterstützung – na, eben alles, was gut und teuer ist.«

»Können Sie mir sagen, wann es etwa losgeht, Sir?«

»Um Weihnachten, denke ich. Wir brauchen lange dunkle Nächte und schlechtes Wetter. Das macht es Ihnen letztlich leichter.«

Also in rund zwei Monaten.

Als ob er seine Gedanken gelesen hätte, fügte Kimber hinzu: »Sie und *Victor* werden an die Westküste nach Greenock verlegt. Da können Sie Ihre neuen Leute schleifen, bis sie fit sind. Das Heer hat besondere Übungslager auf den Inseln. In Ihren Befehlen stehen die Einzelheiten. Es ist ein Kinderspiel für Sie, aber nützlich.«

»Und hält die Männer beschäftigt.«

»Ich werde es Selkirk selber sagen. Das gibt ihm Gelegenheit, jemanden zu beschimpfen, wenn er es braucht.« Er zögerte. »Aber ich hätte natürlich gern, daß er das Kommando behält.«

Drummond blickte ihn ernst an. »Keine Sorge, darauf können Sie wetten.«

»Was die *Lomond* angeht«, Kimber blickte zur Seite, »so wird

Kapitän Beaumont sie befehligen. Es ist seine Party, sozusagen.« Er blickte auf die Uhr. Drummond merkte, daß es Zeit war, sich zu verabschieden.

Eine Wren holte ihn draußen ein. »Commander Drummond?« Sie war hübsch, aber überarbeitet.

»Ja?«

»Commander, uns ist gerade ein Telegramm aus Chatham durchgegeben worden. Für Sie. Wir wollten es zum Schiff schicken, aber ich wußte, daß Sie im Hause sind . . .« Ihre Stimme versagte, sie errötete.

»Worum geht's?«

»Tut mir sehr leid, Sir. Es geht um einen Ihrer Freunde, Leutnant Frank Cowley. Er ist letzte Nacht in Canterbury gestorben. Seine Witwe wollte, daß Sie es erfahren.«

Drummond war geschockt. Die langen Monate des Liegens, die mühseligen Versuche, mit Prothesen wieder gehen zu lernen, waren vergebens gewesen. Armer Frank.

»Ich hätte ihn besuchen sollen.«

Die Wren erwiderte leise: »Vielleicht hätte ich es Ihnen nicht sagen sollen – nicht so?«

Er berührte ihren Arm. »Nein, Sie haben es schon richtig gemacht. Es war menschlicher so, danke.« Damit ging er und wußte, daß die Wren ihm nachblickte.

In der Nacht saß er schlaflos in seiner Kajüte und überdachte, was alles passiert war, seit er die alte *Warlock* übernommen hatte. Das Schiff bewegte sich ruhelos an seinen Leinen, der Wind frischte auf. Sonst war es sehr still, da der größte Teil der Mannschaft Landgang hatte. Am nächsten Vormittag sollten sie auslaufen, aber noch war er allein und konnte nachdenken.

Füße klapperten auf der Treppe, Selkirk schob den Türvorhang zur Seite und brummte mürrisch: »Kriege ich einen Drink?« Seine Stimme klang verstört. »Ich war eben bei Kimber, er hat's mir gesagt.«

»Setzen Sie sich, Bill.« Drummond goß Brandy in ein Glas.

»Hier.«

Selkirk blickte ihn über das Glas hinweg an, seine Augen schwammen. »Sie machen aus ihr eine verdammte Bombe. Eine schwimmende Bombe.« Er kippte den Drink und fragte verzweifelt: »Wie kann man das einem Schiff antun?«

»Es tut mir leid, das wissen Sie.« Drummond rührte die Verzweiflung und Trauer des Mannes. »Werden Sie an Bord bleiben?«

Selkirk sprang heftig auf. »Selbstverständlich! Vielleicht kann ich sie noch retten.« Aber das Feuer erlosch ebenso schnell, wie es aufgeflammt war. »Armes altes Mädchen! Eine verdammt miese Art abzutreten!« Er stürmte aus der Kajüte.

Drummond setzte sich schwer nieder. Ein Schiff geopfert, ein Mann mit ihm.

Sheridan trat ein, seine Uniform glänzte feucht.

»Setzen Sie sich, Nummer Eins.«

Neugierig sah der Erste, daß ihm Drummond einen großen Drink eingoß.

»Es brist auf, Sir. Das wird morgen eine lebhafte Überfahrt, nichts für schwache Mägen.«

Drummond schien ihn nicht gehört zu haben. »Ihr Vorgänger ist gestorben«, sagte er leise.

Er hatte selber mit dem Lazarett telefoniert. Der Arzt am anderen Ende war zuerst sehr verschlossen gewesen, bis er ihn endlich überzeugt hatte, daß er Franks bester Freund gewesen war. Dann hatte er zögernd gesagt: »Leider muß ich Ihnen mitteilen, daß sich Leutnant Cowley selbst das Leben genommen hat. Wir konnten nichts mehr für ihn tun.«

Drummond hatte es fast geahnt.

Nun sagte Sheridan: »Tut mir leid, Sir. Ich kannte ihn natürlich nicht, aber ich hörte, daß er Ihnen sehr nahe stand.«

»Wir bekommen bald einen neuen Einsatzbefehl.« Drummond blickte ihn nicht an. »Deshalb wollte ich Ihnen sagen, daß es mich freut, Sie an Bord zu haben. Sollte ich Sie zu barsch oder ungerecht behandelt haben, war es vielleicht auch wegen Frank. Es tut mir leid.«

Sheridan starrte ihn an. Er wußte nur zu gut, daß der meiste Ärger mit dem Alten auf sein Konto ging. Er mußte an Wingates Worte denken: *Nicht reif für ein eigenes Kommando.* Durch den Tod eines Mannes, den er nicht mal kannte, hatte sich jetzt vieles geändert. Frank Cowley war immer unsichtbar an Bord gewesen, aber nun war sein Geist fort. Und Sheridan wurde akzeptiert. Mehr als das, er wurde benötigt, wie ihm Galbraith schon vor vielen Wochen gesagt hatte.

»Ich glaube nicht, daß ich mich als Kommandant besonders gut machen würde«, platzte er heraus.

Drummond blickte ihn an und schenkte ihm noch einen Drink ein. »Wenn Sie das sagen können, besteht noch Hoffnung für Sie.«

Vizeadmiral Brooks betrat sein Kartenzimmer durch eine kleine Seitentür und nickte seinen Stabsoffizieren freundlich zu. Der Raum war überfüllt, und kaum einer der Anwesenden hatte einen niedrigeren Rang als den eines Kapitäns oder Hauptmanns.

Brooks hob die kleine runzlige Linke. »Feuer frei, Gentlemen, aber hoffen wir, daß die Klimaanlage durchhält. Es wäre bedauerlich, wenn die Spitzen unserer Streitkräfte im Tabakrauch ersticken würden.«

Gedämpftes Gelächter antwortete ihm. Brooks war ein versierter Redner.

»Zuerst möchte ich mich bei den Anwesenden bedanken, die in den vergangenen Wochen hart gearbeitet haben, um diesen Plan vorzubereiten.« Er wies auf einen großen Tisch, der mit einem Tuch abgedeckt war. »Aus den Vorbereitungen soll nun Wirklichkeit werden.«

Er unterbrach sich lange genug, damit ihm ein Adjutant Feuer für seine Zigarette geben konnte. Die versammelten Offiziere machten es sich auf ihren Klappstühlen so bequem wie möglich. Im Bunker war es feuchtwarm, und nichts verriet, zu welcher Tageszeit sie hier versammelt waren. Tatsächlich war es Abend, und über dem Südufer der Themse tobte gerade ein Luftangriff. Der November war immer ein schlechter Monat, die Bomber nutzten die Wolkendecke als Schutz. Und die Bevölkerung war durch Kälte und schmale Zuteilungen demoralisiert. Es war kein Spaß, die Nächte in einem Luftschutzkeller zu verbringen, nur mit einer Thermosflasche dünnen Tees und einer Decke ausgerüstet.

Brooks gingen auch die anderen Kriegsschauplätze durch den Sinn. In Italien war der Vormarsch nach den ersten schnellen Erfolgen in Schnee und Matsch steckengeblieben. Die deutsche Armee schlug auch auf dem Rückzug hart zurück. An der Ostfront sah es ähnlich aus. Männer und Fahrzeuge erstarrten in der weißen, bitterkalten endlosen Schneewüste. Die alliierten Siege in Nordafrika, auf Sizilien, im Pazifik, die Erfolge der Navy gegen die *Tirpitz* und andere Ziele in Norwegen gehörten der Vergangenheit an. In den nächsten Monaten mußten die Alliierten Westeuropa angreifen. Alle Offiziere im Raum wußten es, sie kannten sogar das ungefähre Datum.

Brooks hustete. »Und nun, Gentlemen, wird dic Operation Smash-Hit anlaufen.«

Er konnte ihre Erregung körperlich fühlen. Er mochte den Decknamen nicht, aber ein Mitglied des Kriegskabinetts hatte geglaubt, daß dieser Name jungen Menschen gefallen würde. Sie müßten schließlich kämpfen. Ziemlich weit hergeholt, dachte Brooks.

Er bemerkte Beaumont, der mit gekreuzten Armen dasaß, den

Blick stur geradeaus gerichtet. Hinter ihm hockte Miles Salter mit rotgeränderten Augen.

»Zeigen Sie den Herren unseren Tisch, Thompson.«

Der Offizier zog das Tuch mit der Geste eines spanischen Toreros fort.

Brooks vergaß Beaumont und alles andere, als die hellen Deckenlichter das Modell der Küste und der Hafenanlagen ausleuchteten. Es hieß, es sei perfekt ausgefallen, und das sollte es auch sein. Aufklärer der R.A.F. hatten ganze Fotoserien geschossen, und auch andere Quellen hatten eine Vielzahl von Informationen beigetragen, beispielsweise Handelsvertreter und Yachtsegler, die das Gebiet aus Friedenszeiten kannten.

»Gentlemen, Sie sehen hier St. Nazaire. Es ist eine deutsche Basis von einiger Bedeutung, wie der Angriff des letzten Jahres gezeigt hat.« Er ergriff einen Zeigestock und deutete auf die Betonbauten. »Hier liegt das Normandiedock, es hat seinen Namen von dem großen Passagierschiff, das darin gebaut wurde. Heute dient es dem Feind als Reparaturdock für seine Dickschiffe. Nach dem letzten Angriff, bei dem unsere Leute schwere Schäden verursachten, wurden große Anstrengungen unternommen, um es einsatzbereit zu halten. Außerdem haben die Deutschen neue Bunker für ihre Kleinst-U-Boote gebaut.«

Erregtes Gemurmel. Nur Beaumonts Gesicht hatte sich nicht verändert, seine Stirn glänzte feucht im hellen Lampenlicht. Beaumont brauchte sich das Modell nicht anzusehen, er hatte es seit seiner Fertigstellung jeden Tag betrachtet.

»Um so dringender ist Operation Smash-Hit. Die fraglichen Ziele können nur durch einen Frontalangriff von See her ausgeschaltet werden. Es sind große Sprengstoffmengen nötig, um die Zerstörung oder doch die Unbrauchbarkeit der Anlagen bis zur alliierten Invasion zu gewährleisten. Luftangriffe haben sich als nicht ausreichend erwiesen, die Betonbunker sind zu stark. Die Verluste an Flugzeugen und Männern waren zu hoch. Sollte dieser neue Versuch fehlschlagen, kann der Feind die Anlagen weiter für seine Großkampfschiffe wie *Scharnhorst* und *Moltke* nutzen, natürlich auch für alle anderen Einheiten, die unsere Invasion gefährden könnten. Welche Chance hätten zerbrechliche Landungsboote und Truppentransporter gegen diese mächtigen Schiffe? Ein Rückschlag würde dem Feind die Möglichkeit geben, sich von der Überraschung zu erholen. Was das bedeuten würde . . .« Er zuckte die schmalen Schultern. »Um die Wahrheit zu sagen, wir können uns keinen Rückschlag mehr leisten. So einfach ist das.«

Wie auf Stichwort trat jetzt Kapitän Kimber an den Tisch.

»Wir haben das Zielgebiet genau studiert. Im Gegensatz zum Angriff des letzten Jahres haben wir diesmal zwei Zerstörer, die mit Sprengstoff vollgepackt sind. Man könnte sie ohne Übertreibung als schwimmende Bomben bezeichnen.« Er verdrängte Selkirks Gesicht aus seinem Gedächtnis. »Zwei weitere Zerstörer, *Warlock* und *Victor*, werden sie begleiten, den Angriff decken und jede denkbare Unterstützung geben. Beide haben zusammen mit Kommandoeinheiten lange geübt.« Er sah einen Brigadier heftig nicken. »Sie befinden sich jetzt auf dem Weg nach Falmouth.« Er blickte auf seine Armbanduhr. »Um präzise zu sein: Sie sollten dort vor einer Stunde eingetroffen sein. Die Coastal Forces stellen Torpedoboote zur Verfügung, damit schnelle feindliche Einheiten bekämpft werden können. Motorbarkassen werden Kommandotruppen an Land setzen, damit auch die Anlagen in der Tiefe des Raumes zerstört werden können.«

Er blickte einen grauhaarigen Vizemarschall der Luftwaffe an. »Die R.A.F. wird selbstverständlich für starke Luftunterstützung sorgen. Zuerst wird ein Bombenangriff geflogen, der die Deutschen in Atem hält. Wegen der Wachsamkeit des Gegners und da der Feind sehr bald merken wird, daß der Angriff fast eine exakte Kopie des letzten ist, werden *Lomond* und *Ventnor* mit Kurzzeitzündern ausgestattet. Ich muß wohl niemanden darauf hinweisen, wie wichtig deshalb genaue Einhaltung des Zeitplans und Koordination sind. Sollten sie nicht klappen, könnte das Unternehmen ein blutiger Fehlschlag werden. Klappt aber alles, wird das erste Loch in den Westwall des Gegners gerissen.«

Er machte eine Pause, Beifall brandete auf. Dann hob er die Hand. »Kapitän Dudley Beaumont wird den Oberbefehl übernehmen. Wenn ein Mann das Unternehmen zu einem guten Ende führen kann, dann er!«

Kimber haßte es, wie sie daraufhin klatschten und begeistert jubelten. Es war beinahe obszön, wenn man an die Verluste dachte, die unvermeidlich waren – egal, ob es ein Erfolg oder ein Fehlschlag wurde. Vielleicht hatte er schon zu lange bei Brooks diversen Operationen mitgearbeitet. Er blickte in Beaumonts schwitzendes Gesicht, der sich erhoben hatte und sich nun leicht vor den begeisterten Männern verbeugte. Aber vielleicht lag es auch an diesem Beaumont.

Miles Salter verschwand durch eine kleine Seitentür. Er mußte einen Bericht vorbereiten, den er sofort rausschicken konnte, wenn Beaumont von der Operation Smash-Hit zurückkam. Er zog eine Grimasse und rieb sich die Augen. Seit dem fürchterlichen Angriff in Norwegen mußte er ständig blinzeln. Obwohl *Lomond* vor dem Fjord geblieben war, hatten die Luftangriffe ihn schrecklich mitgenommen. Er hatte sich mit seinem Kameramann in eine Ecke geduckt, während die Bomben zu beiden Seiten explodiert waren. Und als die *Whirlpool* mit den restlichen Minen in die Luft flog, war der Kameramann nach unten in Deckung gelaufen. Als Resultat hatten sie nun sehr wenig brauchbares Filmmaterial. Er konnte es immer noch nicht glauben, daß *Warlock* und *Ventnor* sich den Weg freigeschossen hatten und zu den anderen zurückgekehrt waren.

Salter blieb in der Pressezentrale stehen und musterte das übliche Durcheinander der Kriegsberichterstatter. Als er sich abwandte, hörte er eine Stimme und wußte, daß es Sarah Kemp war.

»Einen Moment, Miles, ich muß dich sprechen!«

Unwillig drehte er sich um und wartete, bis sie ihn eingeholt hatte. Eine verdammt schöne Frau, dachte er. Nach all dem Reden über Tod und Zerstörung wirkte sie auf ihn besonders frisch und begehrenswert.

»Ich versuche seit Tagen, dich zu erreichen.«

Er grinste. »Hier bin ich in voller Größe.«

Aber sie lächelte nicht. »Es ist mir ernst, Miles. Du bist mir ausgewichen.«

»Ja«, seufzte er. »Du hast doch eine neue Aufgabe, füllt sie dich nicht aus?«

Sie blickte ihn mißtrauisch an. »Es ist ein langweiliger Job, jeder könnte ihn machen. Ich bin aus den Special Operations rausgeschmissen, mein Sonderausweis ist eingezogen worden. Aber ich gehöre immer noch zu deiner Mannschaft. Also, Miles, was ist los?«

Salter betrachtete sie besorgt. Sie wirkte wirklich betroffen und so, als ob sie gleich weinen würde. Das war sonst nicht ihre Art.

Spontan schlug er vor: »Komm auf eine Tasse Tee mit in die Kantine. Dort können wir reden.«

Dann sah er zu, wie sie in dem unmöglichen Kantinentee rührte. Ihre kleinen Brüste hoben und senkten sich schnell unter ihrer Bluse. Die Vorstellung, mit ihr ... Ihre Proteste zur Seite schieben und dann ... Müde fragte Salter: »Also, wo drückt der Schuh?«

»Ich weiß, daß ein großer Einsatz in Kürze bevorsteht. Und ich will da mitmischen, weil ...« Sie schlug die Augen nieder. »Das muß ich dir doch nicht extra erklären, Miles.«

»Nein.« Er blickte sie an. »Aber du hast nicht alles mitbekommen. Kapitän Beaumont mißtraut dir. Zum einen wegen deines Bruders, zum anderen wegen Keith Drummond. Ich wollte dich in eine schöne, friedliche Abteilung versetzen lassen, wo du mit normalen, alltäglichen Menschen hättest zusammenarbeiten können – außerhalb von Beaumonts Reichweite.« Er sah, daß sie ihn ungläubig anstarrte, konnte aber nicht mehr aufhören. »Es klappte nicht. Beaumont wollte nichts von einer Versetzung wissen. Er will dich in der Nähe haben, wo er dich manipulieren kann, so wie er es mit mir und vielen anderen macht.«

»Das klingt ja, als würdest du ihn hassen?«

»Hassen?« Er grinste schief. »Ich fürchte mich vor ihm zu Tode! Er ist ein Frankensteinmonster. Wir haben es zur Welt gebracht, aber jetzt können wir es nicht mehr kontrollieren.«

Sie ergriff seine Hand auf dem schmutzigen Tisch. »Danke, Miles. Aber ich muß Keith sehen. Ich liebe ihn, diesmal ist es ernst.«

Er nickte. »Das sehe ich.« Wider besseres Wissen traf er seine Entscheidung. »Gestern ist in Falmouth ein Minensucher eingelaufen. Er hat mit seinem altertümlichen MG eine Dornier abgeschossen. Entweder das, oder der deutsche Pilot ist einem Herzschlag erlegen.« Er sah in Sarahs verzweifelte Augen, genoß ihre Abhängigkeit noch ein wenig länger. »Das Boot ist einen Bericht wert. Ich kann dir einen Sonderausweis und Reisedokumente besorgen, alles, was nötig ist.« Er drückte ihre Hand. »Falmouth könnte genau das sein, was du brauchst. Aber der liebe Gott sei uns gnädig, falls du die Katze aus dem Sack läßt!«

Sie stand auf und sagte heiser: »Danke, Miles. Das werde ich dir niemals vergessen.«

Er sah ihr nach und rief: »Ich brauche die Story aber sofort!« Dann seufzte er tief. Wahrscheinlich war es das letzte Mal, daß er sie gesehen hatte.

Smash-Hit

Drummond schob den Vorhang zur Messe energisch beiseite und trat ein. Er kam gerade vom Oberdeck und hatte festgestellt, wie glatt es geworden war. Schneeregen hatte nassen Matsch hinterlassen, auf dem man leicht ausrutschen konnte. Seltsam, daß er noch an solche unbedeutenden Gefahren denken konnte – dabei rollte Operation Smash-Hit gerade an.

Die beiden Zerstörer hatten abends in Falmouth festgemacht.

Kaum waren die Maschinen verstummt, hatte Drummond einen neuen Stoß Befehle bekommen. Er freute sich, daß Kimber es ihm überließ, die Männer einzuweihen.

Aber jetzt, als er vor den gespannten Gesichtern stand, war er sich dessen nicht mehr so sicher. Einige würden bald tot sein, vielleicht alle.

Sheridan hatte er schon vorher informiert. Zwischen ihnen begann sich ein neues Vertrauensverhältnis zu entwickeln, und sie pflegten es vorsichtig und sorgfältig.

Schneidig meldete Sheridan: »Alle anwesend, Sir.«

Drummond machte eine Handbewegung. »Setzen Sie sich, bitte. *Ich* bin hier der Besucher.«

Er dachte an die längsseits liegende *Victor* und ihren Kommandanten, Kapitän Roger North. Auch er würde es jetzt seinen Offizieren beibringen – auf seine Weise.

»Die vergangenen Wochen des Übens haben uns zusammengeschweißt. Die Alten haben den Neuen zur Seite gestanden, und die wiederum brachten neue Ideen mit. Die Zusammenarbeit mit der Marineinfanterie und den Kommandotruppen in Greenock hat Sie sicher auf den Gedanken gebracht, daß wieder etwas Großes in Vorbereitung ist. Sogar Fähnrich Keyes wird Zeit dafür gefunden haben, wenn er nicht gerade mit einem seiner zahlreichen Briefe beschäftigt war.«

Alle lachten, und Keyes bekam einen roten Kopf.

»Ich sage Ihnen jetzt nur das Wichtigste, denn es wird bald losgehen. Wir müssen jeden Moment damit rechnen, daß der Auslaufbefehl kommt.«

Er machte eine Pause. Die Männer blickten einander grinsend an und versuchten, ihre Besorgnis zu verbergen. Eine Spezialflottille würde also die Anlagen der Deutschen in St. Nazaire an der Biskaya angreifen. Ein Aufseufzen ging durch den Raum.

»Unsere beiden Freunde *Lomond* und *Ventnor* wurden ausgeräumt und mit Sprengstoff gefüllt. Sie werden mit eigener Kraft zum Ziel fahren. Ihre reduzierten Besatzungen bestehen ausschließlich aus Freiwilligen.« Er blickte zu Boden. »Kapitänleutnant Selkirk ist an Bord geblieben.«

Schweigen. Die üblichen Schiffsgeräusche erschienen ihm wie Geflüster, mit dem auch *Warlock* ihre Meinung zum Ausdruck bringen wollte.

»Motortorpedoboote und schnelle Barkassen werden uns eskortieren und die Truppen anlanden. Flottenzerstörer werden uns abschirmen ...« Einer, wahrscheinlich Wingate, brach in einen ironischen

Hochruf aus. »Luftunterstützung wird bereitgestellt. *Lomond* und *Ventnor* rammen die Docktore und sprengen die Anlagen. Die begleitenden Boote werden danach so viele Männer wie möglich wieder an Bord nehmen. Dann verdrücken wir uns.«

Niemand sagte etwas, alle waren mit ihren eigenen Gedanken beschäftigt.

Sheridan meinte schließlich langsam: »Ich spreche wohl für alle, wenn ich sage, daß wir Ihnen danken. Sie haben es uns unverblümt gesagt, Sir, und es bleibt in der Familie.«

Galbraith fügte trocken hinzu: »Na klar, wie ein Floh.«

»Welche Rolle spielen wir, Sir?« Rankin sah ihn starr an.

»Wir unterstützen die beiden anderen Zerstörer.« Er ließ seine Worte einwirken. »Mit allen unseren Kräften. Zwei weitere Zerstörer werden uns einen Teil der Strecke begleiten, um die Barkassen zu schleppen, wie wir übrigens auch, damit diese Sprit sparen können.«

Es schien, daß Brooks und sein Stab an alles gedacht hatten. Nur nicht an diese lebenden Männer, die das alles realisieren mußten.

Rankin, der sich völlig abschottete und nur überlegte, was seine Geschütze leisten mußten. Wingate, gespannt, wachsam, vielleicht resigniert? Tyson und Hillier saßen nebeneinander, aber zwischen ihnen lag eine Welt. Der Neuseeländer entwarf in Gedanken wahrscheinlich schon wieder einen seiner endlosen Briefe. Er und Keyes waren die eifrigsten Schreiber. Tyson hatte das Kinn auf die Brust gepreßt und blickte wie gebannt auf den verschlissenen Teppich. Er war ein Unsicherheitsfaktor und hatte sich noch nicht vom letzten Einsatz erholt. Mr. Noakes, grimmig und ernst wie immer, ein Mann ohne Wärme oder Ambitionen, aber er würde durchhalten wie die meisten Männer seiner Sorte. Vielleicht war der Krieg für die Phantasielosen leichter zu bewältigen. Auch der Doktor zeigte nach außen keine Gemütsbewegung; seine blaßblauen Augen waren weit entfernt, nur ein Zeigefinger trommelte auf die Stuhllehne. Der junge Keyes war reifer geworden, doch noch nicht soweit, daß er seine Gefühle verbergen konnte. Er ließ Angst erkennen, aber auch Stolz, dabei zu sein. Drummond blickte zu Galbraith hinüber, und sie lächelten einander an. Der Ingenieur hatte oft genug gesagt: »Sie da oben, ich hier unten, wir bringen das alte Mädchen schon durch, und wenn die Hölle zufriert!«

Sheridan fragte: »Wie sieht es mit Landgang für die Besatzung aus, Sir?«

»Leider nicht möglich, Nummer Eins. Ich werde morgen zu den Leuten sprechen. Dann können sie ihre Briefe schreiben, und der Hafenkapitän wird sie bis zu unserer Rückkehr in Verwahrung nehmen.«

An der Tür hüstelte jemand diskret: Unteroffizier Ives, der neue Signalmeister. Er war ein schlanker Mann mit hartem Gesicht und bewegte sich so schnell wie ein Terrier. Er hatte sich von einem leichten Kreuzer zu ihnen versetzen lassen. Nach Wingates Meinung war er ein ganz Scharfer und bei der Arbeit schnell wie der Blitz. Trotzdem vermißte Drummond immer noch Tuckers stämmige Gestalt, seinen zerzausten Bart und sein fröhliches Lachen.

»Ein Funkspruch, Sir. Dachte, daß Sie ihn sofort bekommen sollten.«

Drummond fühlte, daß ihn alle ansahen, während er las. Ruhig teilte er ihnen mit: »Die Flottille wird morgen um 18.00 Uhr auslaufen.«

Keyes' Stimme unterbrach die lastende Stille. »Aber, Sir – dann sind wir ja Weihnachten auf See.«

Niemand lachte über sein entsetztes Gesicht.

»Macht nichts, das feiern wir nach!«

Sheridan fragte: »Bleiben Sie noch auf einen Drink, Sir?«

»Nein, ich muß an Land.« Er lächelte. »Aber vielen Dank, geben Sie eine Runde auf meine Rechnung aus.« Er verließ die Messe.

Vaughan kam auf Sheridan zu und hielt ihm sein Glas entgegen. »Auf Sie. Ich wollte Ihnen gratulieren.«

»Wozu, zum Teufel?« Sheridan sah immer noch Drummonds Augen vor sich; es waren die eines Verurteilten.

Vaughan lächelte. »Ich spreche mit meiner Wren-Freundin so über dies und das ...«

»Kann ich mir denken.«

»Ernsthaft, alter Junge. Sie hat mir auch erzählt, daß der Alte Sie für ein eigenes Kommando vorgeschlagen hat.« Er freute sich über Sheridans Erstaunen. »Glückwunsch.«

Sheridan holte tief Luft: »Also – ich will verdammt sein!«

»Das sind wir wahrscheinlich alle.«

Draußen klappte Drummond den Kragen seines Mantels hoch. Schneeregen peitschte über das schwarze Deck. Rankin, der W. O., hatte es geschafft, vor ihm am Landgang zu sein, um ihn förmlich zu verabschieden.

Ein anderer Offizier wartete schon auf ihn, North von der *Victor*. »Darf ich Sie begleiten, Sir?«

Er war ein verschlossener Mann, sehr ernst und zurückhaltend. Im Frieden war er Rechtsanwalt gewesen und hatte sich auch einen Namen als Regattasegler gemacht. Daneben hatte er noch Zeit gefunden, sich freiwilligen Reserveübungen zu unterziehen und ein tolles Mädchen mit dem schönen Namen Elinor zu heiraten.

»Natürlich, gern, Roger.«

Sie gingen mit gebeugten Köpfen durch den Matsch, die Hände tief in die Taschen vergraben.

North sagte plötzlich: »Schade um das Weihnachtsfest. Allerdings war ich während des Krieges noch nicht einmal zum Fest zu Hause.« Er lachte Dampfschwaden. »Mein Gott, das wird eine Schau!«

»Wie haben Ihre Offiziere die Neuigkeiten aufgenommen?«

Der andere Mann kicherte. »Reserviert, würde ich sagen. Aber mein Erster bereitet sich im Geist schon auf das Viktoriakreuz vor.« Schnell fügte er hinzu: »Hoffentlich wird's nicht eins aus Marmor.«

Sie erreichten das düstere Stabsgebäude. Es sah noch immer wie eine Leichenhalle aus, und daran änderten auch die Wachen und Sandsäcke nichts. Sie wurden in einen belebten Raum geführt. Drummond klappte den Kragen herunter und schüttelte seine Mütze trokken. Alle waren sie da, nicht die Schreibtischstrategen, sondern die Männer, die deren Suppe auslöffeln mußten.

Am anderen Ende des Raums sah er Beaumonts rosiges Gesicht. Gespannt blickte er Drummond an. »Ah, Keith, nehmen Sie Platz. Wir sind jetzt alle versammelt, glaube ich.« Seine Augen ließen Drummond nicht los. Fragend oder warnend? Beides war möglich.

Laut begann Beaumont: »Entschuldigen Sie das schlechte Wetter, aber selbst ich kann hier nicht alles optimieren.«

Drummond ließ sich auf einen Stuhl fallen. Der Vorhang zum letzten Akt hob sich.

Am folgenden Abend hätte jeder, der dumm oder wetterfest genug war, bei Regen und Sturm im Hafen spazieren zu gehen, die merkwürdige Flottille auslaufen sehen können: *Warlock* hielt, gefolgt von *Victor*, die Spitze, dann folgten eine Schar Motorbarkassen, zwei Zerstörer der Hunt-Klasse und ein großer Bergungsschlepper.

Drummond knöpfte seinen Ölmantel zu. Unter dem Kragen hatte er sich ein Handtuch um den Hals geschlungen, aber es war schon klatschnaß, bevor sie den Hafen verlassen hatten und den Kurs nach Südwesten änderten, auf Kap Lizard zu.

Sheridan kam schwankend über die Brücke und meldete, daß er die

Verdunklung überprüft und alle Abteilungen persönlich kontrolliert hatte. »Morgen werden wir mit den anderen zusammentreffen?«

»So ist es. Die Torpedoboote kommen aus dem Bristolkanal.«

»Mir tun die armen Schweine auf den Barkassen leid, Sir. Die Dinger tanzen ja wie Korken auf den Wellen.«

Drummond stemmte sich im Brückenstuhl hoch und sah, wie ihr Bug tief in ein Wellental eintauchte. Fast lief das Wasser durch die Suezklüse an Deck. Die Bedienungsmannschaft des B-Geschützes drängte sich in ihrem Ölzeug zusammen und sah aus wie eine schwarze Marmorskulptur. Er hatte schon über die Barkassen nachgedacht, die mit Marineinfanteristen und Kommandotruppen überfüllt waren. Wahrscheinlich würde es für sie besser werden, wenn sie in tieferes Wasser gelangten, wo die Wellenzüge länger waren. Jedenfalls hoffte er das, denn demoralisierte, seekranke Landungstruppen würden ihre Chancen noch weiter mindern.

Das Wetter war überall schlecht. Die Meteorologen hatten versprochen, daß der heftige Schneefall in der Nordsee und im Englischen Kanal am nächsten Tag auch auf die Biskaya übergreifen würde.

»In fünfzehn Minuten werden wir die Gefechtskontrolle durchprobieren, Nummer Eins. Informieren Sie *Victor.*«

Danach würde es tödlicher Ernst werden.

Ives schnarrte: »Sofort, Sir.« Es klang, als hätte er die Hacken zusammengeschlagen.

Unten in den Messedecks saßen die Freiwächter im Ölzeug da, denn sie wußten, daß die Alarmglocken jeden Augenblick schrillen konnten.

Obermatrose Rumsey, der Erste Quartermaster, überprüfte nochmals seine ganz private Ausrüstung: eine Büchse Glimmstengel, gut in Wachstuch eingewickelt; Streichhölzer; Nußbarren. Er grinste gelangweilt. Und ein Sicherheitsgurt.

Von der anderen Messe kam der Erste Funker »Dolly« Gray herüber. »Gehst du ins Ruderhaus, Harry?«

Rumsey funkelte ihn an. »Was hast du denn gedacht? Meinst du, ich will in die Bar?«

Der Funker grinste: »Schon gut, schon gut. Es ist nur, weil ich gerade einen Funkspruch aufgenommen habe, der deinen Kumpel Jevers betrifft. Hat er irgendwelchen Ärger?«

Rumsey spitzte die Ohren. »Warum?«

»Ach, die Hafenpolizei hat sich nach ihm erkundigt – im Auftrag von Scotland Yard und eines amerikanischen Gerichtsoffiziers.« Er zuckte die Achseln und zog seinen Gürtel enger. »Wir haben ihnen natürlich nichts gesagt. Bis diese kleine Reise vorüber ist, sind wir ziemlich schweigsam.«

Rumsey erhob sich. »Ich werde es ihm trotzdem sagen.«

Der Lautsprecher quäkte: »Auf Gefechtsstationen!«

Rumsey war wie immer der erste an der Leiter und schon durch die ovale Öffnung an Deck verschwunden, bevor sich ein anderer bewegt hatte. Das war ihm bisher immer gelungen.

Ein paar Minuten später meldete Sheridan: »Schiff klar zum Gefecht, Sir.«

Drummond hatte dem Stimmengewirr gelauscht, das aus allen Teilen des Schiffes über die Brücke hereinbrach. Im Hintergrund hörte er das gleichmäßige Ping des Asdic und das Rauschen der Wellen. Achteraus waren die Schatten der anderen Schiffe nur schemenhaft auszumachen. Beaumont fuhr auf einem der Hunt-Zerstörer und würde mit einem Kanonenboot übersetzen, wenn sie auf *Lomond* und *Ventnor* trafen. Querab sah er ein blinkendes grünes Licht: eine Wracktonne, die das Grab eines unglücklichen Schiffes markierte.

»Danke, Nummer Eins.«

Die Männer hatten die Gefechtsstationen schnell eingenommen, sie waren gut in Form. Jeder Kommandant hielt seine Besatzung für besser als die anderer Schiffe, doch auf einen Außenstehenden hätte *Warlocks* Crew sehr durchschnittlich gewirkt. Auf der Straße, in ihren Heimatorten, wäre keiner von ihnen aufgefallen. Drummond strich mit der Hand über die eiskalte Reling. Egal, für ihn war seine Mannschaft etwas Besonderes.

»Lassen Sie wegtreten. Backbordwache geht Kriegswache.«

Im Ruderhaus unter Drummonds Stuhl stampfte Rumsey über die Gräting und löste den Bootsmann am Ruder ab. Er plierte auf den Kreiselkompaß. »Kurs zwei-zwei-fünf, Schmarting.«

Mangin grunzte: »Ich hau' dann ab.«

Als die Männer verschwunden waren, sagte Rumsey zu Jevers: »Die Herren in Dunkelblau haben sich nach dir erkundigt. Aus London.« Er hörte, wie Jevers schnell Atem holte. »Es hat was mit dem Yankee zu tun.«

Jevers knurrte: »Du willst mich wohl verarschen?«

»Nein. Der Erste Funker hat das Telegramm aufgenommen. Frag ihn doch, wenn du willst.«

Jevers erwiderte: »Ich bin nicht ängstlich. Warum sollte ich?«

Rumsey griff mit einer Hand nach seinem Nußriegel und hörte Jevers die Leiter hinunterklettern. Er sagte ins Sprachrohr: »Ruderablösung, Sir. Obermatrose Rumsey.«

Wingates Stimme wurde vom klatschenden Regen gedämpft. »Danke.«

Am Fuß der Leiter hielt Jevers sich an einem Handlauf fest. Ihm war abwechselnd heiß und kalt. Rumseys lässige Bemerkung über die Polizei hätte ihn fast umgeworfen. Der verdammte Yankee mußte überlebt haben. Er sah ihn plötzlich wieder vor sich. Der Zorn des großen Sergeanten war in ungläubigen Schmerz übergegangen, als er ihm das Messer in den Bauch gestoßen und mit aller Kraft hochgezogen hatte, bis der Mann hintüber fiel.

Er blickte sich um wie ein gefangenes Tier. Wußte es der Skipper schon?

Ein Bootsmannsmaat stolperte gegen ihn, und Jevers schnarrte: »Mensch, paß doch auf!«

»Entschuldige. Ich hole nur gerade die Milch für Badger. Wir haben ihn diesmal doch lieber mitgenommen.« Erstaunt blickte er Jevers nach, der wortlos den Gang hinunterpolterte. »Zickiger Bastard!«

In Falmouth bereiteten sich Hafen und Stadt auf eine lange ungemütliche Nacht im Schneeregen vor. Aber an Schlechtwetter waren sie gewöhnt, seit vor langer Zeit die ersten Schiffe das Kap umrundet hatten. Ein paar Liegeplätze waren jetzt leer.

Im Hafenbüro, wo in besseren Zeiten Zöllner und Hafenlotsen unglaubliche Mengen Tee vertilgt hatten, gähnte der diensthabende Offizier über einer langen Liste, die er ausfüllen mußte, damit morgen ein Reparaturschiff planmäßig einlaufen konnte.

Ein Telefon unterbrach ihn, am anderen Ende war der Offizier vom Dienst. »Entschuldigen Sie, Sir, aber hier ist eine Dame vom Informationsministerium. Sie hat die richtigen Ausweise und alles, aber . . .«

Der Operationsoffizier erwiderte: »Geben Sie sie mir.«

Sie hatte eine sehr angenehme Stimme, dachte er. »Ich komme wegen *Warlock*, Sir«, sagte sie. »Ich möchte Commander Drummond sprechen.«

Der Operationsoffizier erinnerte sich an seine Gefühle, als er die seltsamen Schiffe hatte auslaufen sehen, an den Kloß in seinem Hals. Und das trotz allem, was er in vier langen Jahren gesehen hatte.

»Warten Sie unten. Ich komme.«

Am anderen Ende der Leitung gab Sarah den Hörer einem jungen Leutnant zurück.

»Alles in Ordnung?«

Sie blickte ihn nicht an. »Nein. Ich bin zu spät gekommen.« Sie ging zum Fenster hinüber und hob den Verdunklungsvorhang einen Spaltbreit an. Während sie durch das nasse Glas hinausblickte, sagte sie leise: »Aber ich warte.« Sie war sich der neugierigen Augen des Mannes in ihrem Rücken bewußt. »Ich werde dasein, wenn er zurückkommt.«

Völlig durchfroren erwachte Drummond in seinem Stuhl, als ihn jemand an der Schulter rüttelte. Es war Wingate, dessen Augen im schwachen Licht rotgerändert aussahen. Sein Kopf zeichnete sich als Umriß vor den Regenwolken ab.

»Heißer Tee, Sir.« Er griff nach den Sprachrohren, als *Warlock* wieder heftig überholte. »Und frohe Weihnachten, Sir!«

Die wärmende Flüssigkeit explodierte förmlich in Drummonds Magen. Wie konnte man nur in dieser Umgebung einschlafen? Aber er hatte es auf der offenen Brücke trotz des Regens geschafft, in seinen Ölmantel gehüllt.

Es war stockfinster gewesen, als er eingenickt war, jetzt war es sechs Uhr morgens. Und Weihnachten.

»Wo sind wir, Pilot?«

Wingate deutete vage über die Brückenverschanzung. »Einhundertfünfzig Meilen südwestlich von Land's End, Sir.«

Drummond stand auf und stampfte mit den Füßen, um die Blutzirkulation wiederzubeleben. Alles sah grau aus, nur das Seegangsbild hatte sich verändert. Es wurde jetzt von langen Wellenzügen beherrscht, die sich nur hier und dort brachen. Hoffentlich hörte auch der Schneeregen bald auf.

»Wie geht es den anderen?«

»Sie sind alle auf Station, Sir. Die beiden Hunts haben leichte Probleme mit ihren Anhängseln. Unsere sind bis jetzt in Ordnung.«

Wingate wartete, bis Drummond die beiden Barkassen begutachtet hatte, die an ihren Schlepptrossen hin und her schwangen. Er hatte fürchterlichen Hunger. »Wir sollten mit den anderen um 1100 Uhr zusammentreffen, Sir.«

Drummond fragte sich, was wohl Selkirk denken mochte, während er sein Schiff durch das schlechte Wetter seinem letzten Bestimmungsort zuführte. Im Rumpf waren dreißig Wasserbomben in Beton gebettet und darüber zusätzliche Verstärkungen für die vorderen Geschütze eingebaut worden. Die *Lomond* hatte noch mehr Explosivstoff an

Bord, weil sie etwas größer war. Gezündet werden sollten sie durch besondere Zünder der Heerespioniere. Die Sprengwirkung würde fürchterlich sein.

Sheridan kam auf die Brücke; seine Mütze tropfte, seine Augen waren vom Salzwasser entzündet.

»Fröhliche Weihnachten allerseits!«

Die Zeit verging, und die anderen Schiffe und Boote traten wieder deutlicher hervor. Es wurden keine Festgrüße ausgetauscht, aber auf der *Victor* war vom Fockmast eine Art grüne Girlande vorgeheißt worden.

Drummond dachte sehnsüchtig an seine Kajüte, an Ruhe zum Schlafen und vielleicht sogar an eine Rasur. Aber dafür war jetzt keine Zeit. Er biß in ein aufgeweichtes Corned-Beef-Sandwich und trank mehr Tee als je zuvor in seinem Leben.

Die Wachen wurden abgelöst und die Waffen überprüft, während die kleine Streitmacht mit Südwestkurs weiter in den Atlantik hinausdampfte. Auf jeder Seite, außerhalb ihrer Sichtweite, wurden sie von zwei schlagkräftigen Kampfgruppen aus Zerstörern begleitet, die nach U-Booten suchten.

Drummond blickte zum Himmel. Sie würden einen weiteren Tag benötigen, um in ihre Ausgangsposition zu gelangen. Und dann... Seufzend wischte er sich mit dem Handtuch über das brennende Gesicht. Ein Bomberpulk würde Ziele südlich von St. Nazaire angreifen, ein zweiter die U-Boot-Bunker in Lorient. Das würde die Deutschen in Atem halten, Weihnachten hin oder her.

Er dachte an den Brief, den er für Sarah hinterlegt hatte. Er war wohl eher ein Testament geworden, das man ihr aushändigen würde, falls er fallen sollte.

»Blinkspruch von der *Victor*, Sir: ›Schiffe in Nordost‹!«

Auf allen Fahrzeugen schwangen die Geschützläufe in diese Richtung, obwohl jeder wußte, daß es die beiden erwarteten Zerstörer sein mußten.

Ein Licht blinzelte durch den Regen. »Von *Ventnor*, Sir: ›Schön, wieder bei euch zu sein‹.«

Drummond verkniff sich eine flapsige Antwort, Selkirk hätte sie unter diesen Umständen nicht komisch gefunden. »Antworten Sie: ›Willkommen in der Familie‹.«

Als die beiden Zerstörer aus dem Regenvorhang auftauchten, verschlug es allen den Atem. Einen Augenblick dachte Drummond, seine Augen würden ihm einen Streich spielen, weil er zu lange auf der

Brücke gewesen war. Aber die Zerstörer kamen näher, und er betrachtete sie mit demselben Unbehagen wie einen verstümmelten oder entstellten Menschen.

Sheridan faßte sich zuerst. »Um Himmels willen, was hat man denn mit denen angestellt?«

Ventnor führte, und ihre Silhouette hatte sich völlig verändert. Zusätzliche Metallplatten waren an der Brücke angeschweißt worden, die beiden Schornsteine zeigten schräg nach achtern. Das vordere Geschütz war entfernt und durch einen 20-mm-Zwilling ersetzt worden. Die folgende *Lomond* hatte die gleichen Veränderungen erfahren.

»Wir greifen in der Dämmerung an, da könnte man die beiden Schiffe jetzt für deutsche Geleitzerstörer halten.«

Doch die Erklärung machte nichts besser. So fügte er nur knapp hinzu: »Blinkspruch, Signalmeister: ›Stationen einnehmen‹.«

Er beobachtete im Fernglas, wie die beiden entstellten Schiffe in *Victors* Kielwasser einschoren. Durch die nassen Linsen meinte er, Selkirks Gesicht auf der Brücke zu sehen.

Eine Sunderland, deren Rumpf wie ein nasser Wal glänzte, umkreiste sie langsam, wackelte mit den Flügeln und machte sich dann auf den Heimweg nach England. Der Pilot hatte seine beiden Schützlinge gut abgeliefert.

Hillier bemerkte: »Sollten uns die Krauts vorher zu fassen bekommen, war dieser ganze Aufwand vergebens.« Er räusperte sich. »Das werde ich nie vergessen, *niemals*!«

Wingate grinste scheinheilig. »Sie glauben gar nicht, wie froh wir alle sind, das zu hören, Sub. Würden Sie mir jetzt bitte die nächste Seekarte holen?«

»Blinkspruch vom Kapitän Beaumont, Sir.« Ives blickte durch sein Fernglas achteraus. »›Geschwindigkeit auf zehn Knoten reduzieren. Plan Baker ausführen‹.«

Drummond faßte nach seiner Pfeife, obwohl er sie nicht anzünden konnte.

»Bestätigen. Und sagen Sie dem Chief Bescheid.« Er blickte Sheridan an. »Morgen früh um sieben Uhr sind wir an der Ausgangsposition.«

Drummond versuchte, seine Gefühle zu analysieren. Hatte er gehofft, daß Beaumont den Angriff verschieben würde? Wetter und Sicht waren schlecht, aber wenn sie nicht schlechter wurden, konnten sie sogar ihre Verbündeten sein. Am Abend würden sie den

Kurs nach Süden ändern und später nach Osten, tief in die Biskaya hinein, auf die Mündung der Loire zu.

Irgendwann in der Nacht würden die Torpedoboote zu ihnen stoßen, und morgen würden sie zuschlagen. Er biß auf die Pfeife, bis seine Kinnlade schmerzte.

Owles erschien auf der Brücke, das Gesicht in der bitterkalten Luft verkniffen. »Ich habe einen kräftigen Stew vorbereitet, Sir, zum Aufwärmen.«

»Danke, ich esse in meiner Brückenkammer.«

Owles schien erfreut zu sein. »Das ist auch besser so, Sir. Bei dem ganzen Volk da unten müßten Sie auf jeden Löffel achten.«

Er spielte auf die Kommandotruppen an, die mit grimmigen Gesichtern in der Messe und den Gängen hockten. Sie waren bis an die Zähne bewaffnet, auf den Köpfen hatten sie khakifarbene Strumpfmasken. So ähnelten sie stark einer Räuberbande. Alles in allem waren dreihundert Soldaten auf die Schiffe verteilt worden, Spezialisten im Töten.

Drummond wandte sich an Sheridan. »Ich gehe nach unten, um mein Festessen zu genießen.«

Alle duckten sich automatisch, als Spritzwasser gegen die Brücke klatschte. Wingate meinte lakonisch: »Ich bin nur gespannt, was dieses Jahr in meinem Strumpf steckt.«

In seiner Kammer starrte Drummond angewidert den Stew an. Ihm war übel, sein Magen zog sich bei jeder Bewegung des Schiffs zusammen. Aber er mußte etwas essen, bevor es endgültig losging. Außerdem war es nicht der Seegang, der ihm Übelkeit bereitete. Es war die Angst.

Drummond verließ die Brücke nur noch einmal am nächsten Morgen, um seine Berechnungen in der Abgeschiedenheit des Kartenhauses zu überprüfen. Die Torpedoboote waren wie versprochen eingetroffen, alles lief genau nach Zeitplan. Er blickte auf die mit Flecken übersäte Karte unter seinen Händen. Siebenundvierzig Grad Nord, sechs Grad West. Die französische Küste lag etwa zweihundert Meilen vor dem Bug. Es war fast unglaublich, daß sie unentdeckt so weit gekommen waren.

Die regelmäßigen Funksprüche der Admiralität ließen vermuten, daß das Wetter zu schlecht für die deutschen Aufklärer war. Aber nicht erwähnt wurde darin, daß das Wetter auch die Bomber der R.A.F. am Boden festhalten konnte.

Drummond kehrte zu seinem Stuhl auf der Brücke zurück. Sie hatten eine neue Formation eingenommen, *Lomond* und *Ventnor* liefen jetzt an der Spitze, er und *Victor* folgten. Die Barkassen und Torpedoboote bildeten dahinter zwei große, v-förmige Keile. Die beiden Zerstörer der Hunt-Klasse und der Bergungsschlepper dampften weiter nach Süden. Sie konnten ihre Rettung oder ihre Totengräber werden; ihre Rolle mochte sich sehr schnell ändern.

Das Kanonenboot mit Beaumont an Bord warf eine beeindrukkende Welle auf, als es vorbeipreschte. Drummond erkannte Beaumonts goldbesetzten Mützenschirm auf der kleinen Brücke neben dem Kommandanten. Es sah irgendwie theatralisch aus.

Der Schneeregen war in Schnee übergegangen, wie die Meteorologen vorausgesagt hatten. Im Vergleich zu dem eisigen Regen wirkte er fast warm.

Er hörte Schritte hinter sich. Der Kommandeur der Kommandoeinheiten, ein schneidiger Oberst, sah dem Kanonenboot nach, das Beaumont an die Spitze der Formation brachte.

»Guten Morgen, Colonel. Ich hoffe, Sie haben gut geschlafen?«

Der Soldat lächelte matt. »Die meiste Zeit habe ich Geräusche identifiziert. Es wurde mir nie langweilig.« Sein Grinsen machte ihn um zehn Jahre jünger. »Hier sieht's etwas anders aus als in Nordafrika.«

Drummond sah sich nach Beaumonts Boot um. Er sollte vor der Dämmerung auf die *Lomond* umsteigen, denn das Kanonenboot wurde vom Kommandeur der Marineinfanteristen benötigt, um deren Einsatz zu leiten.

Der Oberst fragte: »Wie schätzen Sie unsere Chancen ein?«

»Fifty-fifty.« Er versuchte zu lächeln. »Alles hängt vom Einhalten des Zeitplans ab.«

»Ist das nicht immer so, alter Junge?« Der Oberst gähnte. »Ich gehe frühstücken. Kulinarisch ist uns die Navy eindeutig über.«

Unten im Ruderhaus hörte Fähnrich Keyes den Colonel lachen und wandte sich wieder dem neuen Plottertisch zu. Auch der Steuermannsmaat war neu. Nur zu oft sah er immer noch Rigge vor sich, wie der mit zerschmettertem Kopf in der Ecke lag.

Der Neue sagte begeistert: »Hören Sie, Sir? *Das* ist die richtige Einstellung.«

Keyes nickte, in Gedanken bei seinem letzten Urlaub und Georginas perfektem Körper über und unter ihm. Sie hatte ihn so befriedigt, daß er wie besessen von ihr war. Er hatte ihr mehrfach von Greenock aus geschrieben, aber nur eine Postkarte als Antwort bekommen. Na ja, schließlich war sie ein vielbeschäftigter Star und mußte hart arbeiten. Ob sie jetzt gerade an ihn dachte? Und was würde wohl seine Mutter sagen, wenn er sie mit nach Hause brachte? Er mußte jetzt bald befördert werden. Ein Bild erschien vor seinem inneren Auge: der kriegserprobte Unterleutnant und an seiner Seite der tolle Star. Alle Blicke würden ihnen folgen.

Tyson stolperte durch die Tür und knurrte: »Gehen Sie nach achtern. Der Erste will, daß Sie Mr. Noakes beim Klarmachen des schweren Schleppgeschirrs helfen. Halten Sie keine Maulaffen feil, hurtig, hurtig!«

Ein Signalgast riß geschäftig einen großen Leinensack auf und verteilte bunte Flaggen auf dem Deck des Ruderhauses.

Tyson fragte ihn scharf: »Was soll das?«

Dem Signalgast war es nicht der Mühe wert, aufzublicken. Er breitete das oberste Tuch aus, eine große Reichskriegsflagge, rot, mit schwarzem Kreuz und Hakenkreuz in der Mitte.

»Alle Schiffe werden in fünfzehn Minuten die deutsche Kriegsflagge setzen, Sir.«

Er sagte es so wichtigtuerisch, daß Rumsey, der am Ruder stand, murmelte: »Gott helfe uns, jedem einzelnen!«

Tysons Augen wirkten starr. Jede Schraubenumdrehung, jede verstreichende Minute krallte sich in seine Eingeweide, der Anblick der feindlichen Flagge aber gab ihm den Rest. Als seien die Deutschen schon an Bord. Es würgte ihn im Hals, dabei lief es ihm eiskalt den Rücken hinunter.

Rumsey warf ihm einen Blick zu und sagte scharf: »An Ihrer Stelle würde ich mich beeilen, bevor der neue Signalmeister einen Schreikrampf bekommt.« Er mochte den Ausdruck auf Tysons Gesicht gar nicht: ein feiger kleiner Bastard. Rumsey hatte schon viele der sogenannten harten Kerls im Gefecht die Nerven verlieren sehen.

Drummond sah zu, wie die deutschen Flaggen an den Masten und Salingen aller Schiffe auswehten. Sie bildeten bunte Farbtupfer vor dem grauweißen Hintergrund.

Den ganzen Tag über hatten sie auf die französische Küste zugehalten, aber bis auf den Turm eines britischen U-Boots die See für sich allein gehabt. Das U-Boot war ihre letzte Positionsmarke gewesen. Nachdem der Kontakt bestätigt war, hatte es seine Tanks geflutet und war weggetaucht.

Sie lagen gut im Zeitplan und behielten trotz der schlechten Sicht ihre enge Formation bei. Wie die römischen Legionen auf dem Schlachtfeld.

Im Morgengrauen stand Sheridan neben Drummond auf den Grätings, scharrte unruhig und wischte sich das nasse Gesicht ständig mit einem Lappen ab.

Drummond sagte: »Auf *Ventnor* und *Lomond* machen sie jetzt die Zeitzünder scharf.«

Er war sich der Endgültigkeit dieser Aktion bewußt. Auf beiden Schiffen würde jetzt ein Offizier zwischen Tonnen von Sprengstoff hocken und die Höllenmaschine in Gang setzen. Säure würde auf Kupfer tropfen – mit tödlicher Sicherheit.

»Alle Mann auf Gefechtsstationen! Kontrollieren Sie jede Abteilung persönlich. Dann kommen Sie wieder auf die Brücke.« Er zögerte, dann sagte er einfach: »Sollte mir etwas zustoßen, Nummer Eins, möchte ich, daß Sie alles nur Menschenmögliche für die Leute tun.« Er vermied es, in Sheridans Augen zu blicken. »In Ordnung?«

»Sie können sich auf mich verlassen, Sir.« Fest setzte er hinzu: »Diesmal.«

Es war fast Mitternacht, als die Ausguckposten recht voraus Funkellichtschein meldeten: das viele Meilen entfernte Mündungsfeuer der Flak, von den tiefhängenden Wolken reflektiert. Dort trug die R.A.F. ihren Teil dazu bei, aber außer dem Dröhnen der Maschinen und dem Brummen der Ventilatoren war nichts zu hören. Der Schneefall dämpfte den Lärm, so daß die roten Abschüsse der Flak fast spielerisch wirkten.

Sheridan blickte auf die Uhr. Bald war es soweit.

Ruhig sagte er: »Wir sind drinnen, Sir. Ich weiß nicht, ob wir wieder rauskommen, aber bis jetzt hatten die Deutschen einen gesunden Schlaf.«

Drummond verglich die Zeit. Es war kurz nach ein Uhr morgens. Was zum Teufel machte Beaumont? Er hätte längst das Kanonenboot verlassen und auf der *Lomond* den Angriff führen müssen. Drummond fühlte, wie ihm der Schweiß ausbrach. Er fürchtete, daß er recht behalten würde: Beaumont war ein Feigling. Wenn er auf dem Kanonenboot blieb, mußte de Pass die *Lomond* allein hineinbringen. Schon der Gedanke daran bereitete ihm Übelkeit. De Pass konnte es niemals schaffen – nicht in tausend Jahren. Selkirk vielleicht, aber selbst er brauchte Anweisungen.

Er hörte den Oberst hinter sich melden: »Meine Leute sind klar zum Ausbooten.« Er trug eine Maschinenpistole und kaute an einem Sandwich. »Bei Gott, da vorn geht's aber hoch her.«

Drummond sah Wingate an. »Lassen Sie jetzt unsere Kriegsflaggen setzen, holen Sie die deutschen runter.«

Ein Licht blinkte an Backbord. Jemand war aufgewacht.

Drummond hörte die Blöcke quietschen, als die Flaggleinen durchliefen. Wenn es hell genug sein würde, um die Flaggen auszumachen, konnte das Schiff schon auf Grund liegen.

Ein anderes Licht flimmerte durch den Schnee, als *Lomond* eine schnelle Antwort hinüberklappern ließ. De Pass hatte bis jetzt klaren Kopf behalten. Das Erkennungssignal würde zwar falsch sein, verschaffte ihnen aber etwas Zeit. Ein Scheinwerfer leuchtete an Steuerbord auf und glitt wie ein großer Zeigefinger über *Lomond* und *Ventnor* hinweg. Dann erlosch er wieder.

»Auf Ihre Station, Nummer Eins! Jetzt werden sie uns gleich bei den Hammelbeinen packen!«

Ein blaues Licht leuchtete vorn dicht über der Wasserfläche auf. Damit wußte Drummond, daß das Führungsschiff das Angriffsziel in Sicht hatte, den großen Betonwall und den stählernen Caisson, die das Zentrum der Dockanlage bildeten.

An beiden Seiten schossen die Barkassen wie auf unsichtbaren Flügeln vorbei, ihre Maschinengewehre und Kanonen auf den dunklen Uferstreifen gerichtet.

»Das Kanonenboot wird uns durch die äußere Verteidigungslinie führen. *Ventnor* rammt den Caisson, *Lomond* übernimmt die U-Boot-Bunker.«

Die ersten Leuchtspurgeschosse zischten über ihre Mastspitze und verschwanden im Schneetreiben. Im gepanzerten Ruderhaus griff Mangin fest in die Speichen und knurrte: »Auf geht's, Jungs!«

Hinter seinem Vorhang wandte Keyes den Kopf und blickte den Steuermannsmaaten an. Er hieß Farthing und schien ein anständiger Kerl zu sein.

Farthing fummelte am Plotter herum und preßte zwischen den Zähnen hervor: »Verdammt, mir ist ganz schön mulmig.« Er zwang sich zu einem Grinsen. »Ich bin nicht so cool wie Sie, Sir, für mich ist's das erste Mal.«

Keyes hörte das Belfern der Maschinengewehre, dann eine dumpfe Explosion, die ihn erstaunte.

»Schwere Granatwerfer, Sir. Ich kenne das, bei mir zu Hause ist ein Armeeschießplatz in der Nähe.«

Mangin und die anderen blickten nach oben, als die ersten Einschläge nahebei ins Wasser klatschten. Die Explosionen klangen gedämpft, knallten aber gegen den Rumpf wie in Putzlappen gewickelte Vorschlaghämmer.

Rumsey, Jevers und die anderen sahen einander an, ihre Augen leuchteten weiß im Kompaßlicht. Etwas ließ den Rumpf stark erzittern, jemand schrie erschrocken auf. Da hörte Mangin Drummonds Stimme: »Voraus volle Pulle!«

Ein Stück Metall klatschte gegen die Brücke und klapperte auf das untere Deck.

Mangin lauschte auf das Klingeln des Maschinentelepraphen, dann rief er ins Sprachrohr: »Beide Maschinen sind auf voraus voll, Sir!«

Überall erwachte das Land nun zum Leben. Rote und grüne Leuchtspurketten pfiffen durch das Schneetreiben, von fern wummerten die Abschüsse schwerer Artillerie. Ihre Granaten jaulten noch hoch über sie hinweg, nur eine schlug in einen verankerten Tender ein, der bald vom Heck bis zum Bug in Flammen stand: ein Bild wie aus Dantes Inferno.

Einige Barkassen hatten schon ihre Truppen an der Mole und den Betonslipbahnen angelandet. Sie hielten jetzt wieder auf *Warlock* und *Victor* zu, um den Rest der Männer zu übernehmen. Die Luft schien nur noch aus Feuer und Geschossen zu bestehen. Auch *Warlocks* Geschütze fielen ein und nahmen die Befestigungen um den U-Boot-Bunker unter Beschuß.

Drummond sah, daß die erste Barkasse bei ihnen aufdrehte, um auf Parallelkurs zu gehen.

»Voraus halbe!«

Er hörte Sheridan durch ein Megaphon brüllen und hoffte, daß keiner der Soldaten zwischen die stampfenden Rümpfe ins Wasser fiel.

Leuchtkugeln erhellten den Himmel. Neue Leuchtspurgirlanden gingen von Lagerhäusern und dem Bunker selber aus.

Rankins Stimme klang verzerrt aus dem Lautsprecher: »Pom-Poms und Oerlikons – Zielwechsel! Maschinengewehre ...« Der Rest wurde vom einsetzenden Schnellfeuer verschluckt, das seine Männer nach beiden Seiten entfesselten.

»*Ventnor* läuft mit Höchstfahrt an!« Hilliers Stimme überschlug sich fast. »Mindestens zwanzig Knoten!«

Der alte Zerstörer mit dem seltsamen Aufbau lief schon weit vor den anderen, seine ständig wachsende Heckwelle verriet, daß er sein Ziel schnell erreichen wollte.

An Steuerbord wurde *Lomond* von Granateinschlägen eingegabelt. Sie schoß mit allem zurück, was sie hatte, aber die Geschützbedienungen mußten vom Rauch halb geblendet sein.

Wingate brüllte begeistert: »Ich werd' noch verrückt! Hört euch *das* an!«

Auf einer Barkasse, deren Deck mit Soldaten überfüllt war, war das unverwechselbare Wimmern eines Dudelsacks zu hören.

Wieder klatschten Splitter gegen die Brücke, ein Ausguckposten schrie gellend: »O Gott!« Dann fiel er aufs Gesicht.

Ives sagte kurz: »Tot.« Er zog die Leiche zum hinteren Teil der Brücke. Einen geschockten Signalgast fuhr er an: »Halt keine Maulaffen feil, übernimm seinen Platz!«

Drummond hörte das alles. Der erste seiner Mannschaft war gefallen. Er richtete das schwere Nachtglas auf die Mole und versuchte Beaumonts Führungsschiff zu finden. Aber dessen blaues Licht war verschwunden. Die Wasseroberfläche schien mit hin und her schießenden Barkassen, treibenden Wracks und Schwimmern bedeckt zu sein.

»Volltreffer auf der *Ventnor*, Sir!«

Eine Barkasse hielt schon auf den Zerstörer zu, der in einem gewaltigen Wasservorhang aus dem Kurs gelaufen war.

Drummond atmete erleichtert auf, als *Ventnor* schwankend wieder auf Kurs ging. Nichts konnte sie jetzt mehr daran hindern, den Caisson zu rammen, es sei denn, die Zünder gingen vorzeitig los. Er sah der Barkasse nach und fragte sich, ob sie es schaffen würde, *Ventnors* kleine Besatzung rechtzeitig abzubergen.

Eine starke Leuchtkugel explodierte genau über *Warlock* und blendete ihn. Einen Moment erstarrte das Schiff zwischen Wolken und Wasser zu Eis.

»Hart Steuerbord!« Wingate schrie den Befehl ins Sprachrohr. »Mittschiffs!« Er stöhnte auf, als eine Granate dicht neben ihrer Bordwand einschlug und den Rumpf mit Splittern übersäte.

Tyson stand achtern beim X-Geschütz und klammerte sich an einen Handlauf, als die Granate explodierte. Wasser und Schnee überschütteten ihn, ließen ihn Salz und Pulver schlucken. Der Melder neben ihm preßte die Kopfhörer gegen die Ohren, während er Rankins Befehl wiederholte.

»Zielwechsel, Sir! Landbatterie in Rot eins-eins-null.«

Ein Splitter fuhr dem Melder in die Brust und warf ihn keuchend und gurgelnd über seinen Sitz. Tyson starrte ihn mit blankem Entsetzen an.

Der Richtschütze wirbelte sein Messingrad herum und rief: »Rot eins-eins-null!« Sein Kamerad rammte eine Granate in den Verschluß und sprang weg, bevor das Geschütz im Rückstoß zurückfuhr. Die glänzende Kartusche fiel unbeachtet an Deck zu den anderen.

Der Richtschütze hielt inne und blickte den gelähmten Tyson an. »Das hat uns gerade noch gefehlt!« rief er seinem Kameraden zu. »Dick hat den Löffel abgegeben, und der Sub kotzt sich die Seele aus dem Leib!« Er preßte die Augen wieder auf die Okulare. »Höhenrichtung!« Er hielt den Atem an. »Feuer!«

Sheridan rannte mit seinen Leuten zum Schleppgeschirr, um sich zu vergewissern, daß es nicht weggerissen worden war. Sein Gesicht, sein ganzer Körper brannte wie Feuer. An der Reling und den Wasserbombenwerfern hatte sich eine dünne Reifschicht gebildet. Er warf einen schnellen Blick auf das Leuchtzifferblatt seiner Uhr.

»O Gott, wir sind erst zwanzig Minuten im Gefecht!« Er konnte nicht glauben, daß nicht schon Stunden vergangen waren. Da wurde er gegen das Schutzschild des Y-Geschützes geworfen. Eine gewaltige Explosion riß seine Gesichtshaut nach hinten, so daß sein Kopf wie ein Totenschädel wirkte.

Irgendwer rief: »Die *Ventnor* ist in die Luft geflogen!« Seine Stimme verlor sich in den folgenden Explosionen.

Die Männer krochen auf allen vieren weiter, als Metallteile und Betonbrocken aus dem Feuerball, der einmal die *Ventnor* gewesen war, auf ihr Deck regneten.

Sheridan blinzelte in das Feuer und fühlte, daß *Warlock* Kurs änderte. Drummond führte das Schiff durch die Wasserfontänen und Leuchtspurgarben.

Sein Gehirn registrierte alles. Die Torpedoboote röhrten an ihnen vorbei nach vorn, ihre Maschinenwaffen ratterten, und die ersten feuerten schon ihre Torpedos auf die Bunker ab, wo die Kleinst-U-Boote vermutet wurden.

Jetzt sah er die *Victor* aus nächster Nähe. Ihre Bordwand leuchtete rot und orange im Widerschein der Brände. Ihre Geschütze reckten sich in die Höhe, Salve auf Salve jagten sie zu den Lagerhäusern und Pierschuppen hinüber, wo sich der Widerstand der Deutschen merklich verfestigte.

Er fühlte, daß die *Warlock* plötzlich von einem reißenden Strom gepackt wurde, und blickte entsetzt auf das Heck eines deutschen Versorgers, der an ihnen vorbeigespült wurde. Die Docktore mußten zerstört worden sein.

Ein Mann winkte ihm hektisch. »Sir!« Er zeigte auf ein Telefon. »Der Kommandant will Sie sprechen.«

Er nahm den Hörer, mit dem Handtuch bedeckte er das andere Ohr.

Drummond schien meilenweit entfernt zu sein. »Wir ziehen uns zurück, Nummer Eins. Allgemeines Rückrufsignal!«

Ein Knall, dann verbog sich ein Teil des Eingangs zur Lobby des Quartermasters nach innen, als ob er aus Pappe wäre.

»Was ist mit der *Lomond*?«

»Maschinenschaden!« Eine nüchterne Feststellung. »Wir versuchen sie abzuschleppen.«

Sheridan musterte das Schleppgeschirr auf dem Achterdeck. Hatte Drummond so etwas geahnt?

Jetzt drängte der Alte: »Beeilen Sie sich! *Ventnor* hat ihren Auftrag erfüllt, die Barkassen bergen die Infanteristen ab.«

»Haben sie auch jemanden von . . .«

»Nein. Die *Ventnor* bekam einen Volltreffer, als sie den Caisson rammte. Auch die Barkasse wurde versenkt.« Der Kontakt brach ab.

Sheridan sah, daß der Bootsmannsmaat auf ihn zuschwankte.

»Klarmachen zum Schleppen!«

Unteroffizier Vickery zog einen Verband um sein Handgelenk mit den Zähnen fest. »Ich hole die Leute, Sir.«

Sheridan steckte sich eine Zigarette an, wobei seine Hände fürchterlich zitterten. Das machte nun auch nichts mehr, dachte er. Männer liefen an ihm vorbei und griffen nach Leinen und Taljen. Er sah einen Mann neben zwei Toten knien: Tyson, der von krampfartigen Zukkungen befallen war. Er heulte und wimmerte wie ein Kind.

Jemand zupfte ihn am Ärmel, aber als er hinblickte, sah er, daß nur ein Splitter durch den Stoff gefahren war und seinen Arm von der Schulter bis zum Ellbogen freigelegt hatte, ohne einen Kratzer auf der Haut zu hinterlassen.

Kugeln hämmerten Funken aus dem Deck und trieben seine Männer zurück. Da wurde er plötzlich unnatürlich ruhig, nahezu hochgestimmt. Jetzt wußte er, daß er ohne zu zögern durch den Beschuß nach achtern gehen konnte. Wurde er schon verrückt? Es war die einzige Erklärung.

Sheridan wandte den hämmernden deutschen MGs den Rücken zu und brüllte: »Bewegung, Bewegung! Oder wollt ihr ewig leben?«

Mehrere große Brände flackerten auf den Kaianlagen und ließen den Schnee orange leuchten, als ob jede Flocke zu heiß zum Anfassen wäre.

Der dichte Qualm unterstützte Drummond erheblich, als er bei der verkrüppelten *Lomond* längsseits ging.

Wingate rief: »Wenn ihre Sprengladung jetzt hochgeht, wachsen uns allen Flügel.«

Drummond ignorierte ihn. Die Ladung hätte längst explodieren müssen, wenn alles wie geplant gelaufen wäre. *Lomond* hätte in den Betonbunker fahren sollen, die Besatzung wäre dann von einer Barkasse abgeborgen worden.

»Stopp Steuerbord!«

Schatten tanzten über den glitzernden Schnee. Er sah, daß ein paar seiner Männer mit Wurfleinen an Deck der *Lomond* kletterten.

»Stopp Backbord! Sagen Sie dem Ersten, er soll sich beeilen!«

Irgend etwas pfiff über seine Schulter und schlug in den vorderen Schornstein ein. Er ignorierte es, wie immer in brenzligen Situationen.

Dicke Schleppleinen und Vorläufer wurden übergeben. Ein paar Männer rutschten auf dem glatten Deck aus und fielen der Länge nach hin.

Er meinte Dr. Vaughan zu erkennen, der auf das andere Schiff überstieg. Dann biß er die Zähne zusammen, als ein Torpedoboot vorbeizischte und seine Aale auf die Docks abfeuerte. Das Echo der Explosionen rollte zu ihnen herüber, und wieder regnete es Metall- und Holzteile.

Ives meldete unerschütterlich: »Blinkspruch vom Befehlshaber der Torpedoboote, Sir: ›Alle Aale verschossen. Beteiligen uns an der Evakuierung des Landkommandos‹.«

»Übermitteln Sie: ›Vielen Dank‹.« Aber er vergaß Ives und seine Signallampe, als Hillier rief: »Achtern alles klar, Sir!«

»Danke, sehr gut. Langsam zurück Backbord!«

Er sah zu, wie die Schiffe auseinanderschoren; das Schleppgeschirr rutschte in die richtige Position, als *Lomonds* Bug ins Kielwasser von *Warlock* einschwenkte.

»Voraus langsam beide! Backbord fünfzehn!«

Sheridan stürzte auf die Brücke; sein Gesicht war schweißüberströmt und glänzte im Feuerschein.

»*Lomonds* Artillerieoffizier hat den Zünder unbrauchbar gemacht,

Sir. Gerade noch rechtzeitig. Sie hat ein Leck unterhalb der Wasserlinie, aber die Pumpen können es schaffen, sobald der Maschinenraum wieder klar ist.«

Drummond beobachtete, wie die Brände an Steuerbord vorbeiwanderten, als *Warlock* aufs offene Meer zuhielt.

»Danke!« Er hob sein Glas und suchte das Führungsboot. Vielleicht war es wie einige der Barkassen gesunken, und Beaumont war tot?

»Mittschiffs ... Recht so ... Kurs zwei-fünf-null!«

De Pass fletschte die Zähne vor Schmerzen, während sich Dr. Vaughan um ihn bemühte. Er hatte ein Bein verloren und das Gesicht voller Schnittverletzungen.

Mühsam preßte er hervor: »Beaumont hätte an Bord gehört! Er wußte, was zu tun war. Ich habe ihn um Hilfe gebeten, als wir den Treffer erhielten. Er bestätigte den Blinkspruch, aber das war auch schon alles!«

Das Morphium befreite ihn schließlich von seinem Schmerz und seiner Verzweiflung.

Drummond meinte: »De Pass hat sich besser gehalten, als ich dachte.«

Ives rief scharf: »F/T-Raum hat einen wichtigen Funkspruch von der Admiralität, Sir.«

»Er wird für Beaumont sein.«

Drummond lauschte dem gleichmäßigen Donnern der Geschütze, die in den Rauch und den Schnee feuerten, und fragte sich, wie dabei die kleinen Boote mit der Evakuierung vorankamen. Die Verwundeten mußten zurückgelassen werden und würden – mit etwas Glück – den Rest des Krieges hinter Stacheldraht verbringen. Hoffentlich wußten sie, daß ihre Leiden nicht umsonst waren.

Ives sagte: »Nein, Sir, für Sie. Nur für den Dienstgebrauch!«

»Ich kümmere mich darum, Sir«, sagte Sheridan.

Drummond nickte. Ein wichtiger Funkspruch mitten in der Hölle? Er hatte das Verlangen, laut aufzulachen. Wahrscheinlich ging es um neue Bekleidungsvorschriften für Wrens.

Die *Victor* lief neben ihnen her, ihre Geschütze schossen ohne Pause und gaben den Torpedobooten Feuerschutz, die vom Angriff zurückkamen. Sie mußten sich beeilen, ihr Treibstoff würde bald verbraucht sein.

Als er auf seine Uhr blickte, sah er, daß es erst knapp halb zwei war.

Ives rief: »Führungsboot dicht an Backbord, Sir.«

»Der Bootsmannsmaat soll dafür sorgen, daß Kapitän Beaumont gut an Bord kommt.«

Falls er das überhaupt will, dachte er bitter.

Er hielt sich an den vibrierenden Scheiben fest und legte den Kopf in den Nacken, damit der Schnee sein Gesicht kühlen konnte. Das half ihm, sich zu beruhigen. Der Geschützdonner hatte abgenommen, die Wasserfontänen stiegen weiter entfernt in die Höhe. Sie waren mit wenig Hoffnung hineingefahren, aber der Schneefall hatte sie gerettet. Und viele andere Umstände dazu.

Er hörte das Aufheulen der Motoren längsseits, das Kratzen von Holz und Stahl, als das Kanonenboot heranklappte. Dann schoß es wieder davon, sein Skipper winkte *Warlocks* Matrosen zu.

Beaumont kletterte auf die Brücke, sein Gesicht glühte im Widerschein der Brände.

Er rief: »Warum ist dieser Narr de Pass nicht näher an die Bunker herangefahren?«

»Es wäre zu spät gewesen, sie hatten ein Leck und machten viel Wasser. Der Zünder wurde rechtzeitig unbrauchbar gemacht. Mein Arzt meint, daß de Pass sterben wird.«

Beaumont tigerte unruhig auf der Brücke hin und her, seine Füße knirschten auf zerbrochenem Glas. Schließlich wandte er sich Drummond zu. »Ich denke, daß die meisten Soldaten jetzt evakuiert sind. Natürlich hatten sie Verluste.« Er blickte Sheridan an, der am Kartentisch stand. »Was wollen *Sie* hier?«

»Wichtiges Telegramm von der Admiralität, Sir.« Sheridan blickte Beaumonts dunkle Silhouette an.

»Lesen Sie vor.«

Sheridans Stimme klang fremd. »›An kommandierenden Offizier *Warlock*: Brechen Sie den Einsatz ab, ziehen Sie sich wie geplant zurück. Wegen der Wetterbedingungen kann Luftunterstützung nicht gewährt werden. Überwasserstreitkräfte sind unterwegs‹.«

Beaumont erwiderte barsch: »Herrgott noch mal, sagen Sie uns etwas, das wir noch nicht wissen!«

Sheridan fuhr fort: »›Gestern wurde am Nordkap der Schlachtkreuzer *Scharnhorst* von Einheiten der Home Fleet unter dem Kommando von Admiral Fraser versenkt. Während des schlechten Wetters der letzten Tage hat der Schlachtkreuzer *Moltke* den Kanal in Richtung Brest durchquert. Er ist durch Bombentreffer angeschlagen, kann aber noch zehn Knoten laufen. *Moltke* dürfte sich jetzt mit zwei Zerstörern in Ihrer Nähe aufhalten‹.«

Beaumont murmelte: »Um Himmels willen! Nach allem, was passiert ist, auch noch das!«

Sheridan richtete sich auf. »Es geht noch weiter, Sir.« Dabei blickte er Drummond an.

Dieser sagte: »Dann bringen Sie uns den Rest auch noch bei.«

Er dachte an die *Moltke.* Sie kam nach Süden, um in das Dock von St. Nazaire zu gehen, das jetzt zerstört hinter ihnen lag. Damit war der deutsche Schlachtkreuzer hilflos, er konnte nirgendwo anders hin zur Reparatur.

Da hörte er Sheridans Worte, und sie durchfuhren ihn wie ein Stromschlag:

»›Commander Keith Drummond wird alle geeigneten Schritte unternehmen, um die Landungstruppen zu evakuieren. Er übernimmt die Leitung von Operation Smash-Hit, bis ein gegenteiliger Befehl folgt‹.« Sheridan blickte ihn starr an. »Ende des Funkspruchs.«

Beaumont faßte sich zuerst. Seine Stimme zitterte vor Wut und Ungläubigkeit. »Was zum Teufel denken die sich? Das heißt doch . . .«

Gelassen erwiderte Drummond: »Daß Sie abgelöst sind, Sir. Jedenfalls vorübergehend.« Er blickte Ives an: »Signal an *Victor.* ›Folgen Sie meinen Anweisungen!‹«

Er beobachtete Beaumont, denn halb erwartete er, von ihm angegriffen zu werden. Er selbst empfand weder Hochstimmung noch Überraschung. Alles schien vorausbestimmt zu sein, der Einzelne spielte keine Rolle. Er fragte sich, wie Beaumonts nächste Sätze lauten würden.

Beaumont brüllte: »Das können Sie nicht machen, Drummond! Wie kann London es wagen, mich so zu behandeln – nach allem, was ich geleistet habe!«

»Blinkspruch von der *Victor*, Sir: ›Sechs Barkassen und die Torpedoboote ziehen sich zurück. Der Rest wurde zerstört oder aufgebracht‹.«

Drummond nickte. Zu Beaumont sagte er: »Wir schleppen die *Lomond* heraus, dann nehmen wir Kontakt mit dem Bergungsschlepper auf. Sie ist nicht allzu schwer beschädigt.«

Beaumont schien das Geschehen um sich herum nicht fassen zu können. Dann stammelte er: »Die *Moltke* kommt. Ich laufe nicht weg, auch wenn Sie das tun.«

Wingate und Sheridan sahen schweigend zu, wie sich Drummond

in seinem Stuhl umdrehte und bitter erwiderte: »Niemand läuft weg, Sir. Nachdem Sie Ihre Aufgabe von de Pass machen ließen, muß ich mich über Ihre Unterstellung sehr wundern. Es ist *Ihr* Schiff, das ich im Schlepp habe. Während Sie auf dem Kanonenboot herumflitzten, statt es dem Kommandeur der Landungstruppen zu überlassen, sind viele Männer unnötig gestorben. Genau wie damals im Fjord, wo Sie es vorzogen, draußen zu bleiben.« Er holte tief Luft. »Und wie damals auf der *Conqueror*, als Sie Ihrem Admiral empfahlen, den Konvoi und die Eskorte zu zerstreuen.«

Er wußte, daß ihn die anderen anstarrten, konnte aber nicht aufhören.

»Sie dachten, daß ein deutscher Kreuzer zwischen den Konvoi und die Eskorte stoßen würde. Den hätte die *Conqueror* pulverisiert, ehe sein Kommandant begriff, wie ihm geschah. Aber Sie hatten nicht mit einem verdammten Schlachtschiff gerechnet!«

Beaumont stammelte: »Das ist eine Lüge! Sie haben sich mit diesem Weib verbündet und glauben diesem Lügner Carson. Der undankbare . . .«

Drummond nickte. »Ja, wir glauben ihm. Es paßt zu allem, was Sie bisher geleistet haben.«

Schwere Explosionen rollten über das Wasser. Eine Sprengladung der Landungstruppen mußte hochgegangen sein und verstärkte nun das allgemeine Durcheinander.

Beaumont stand stocksteif auf der Gräting.

Drummond meinte leise: »Es ist ein Jammer, daß so viele Männer wegen Ihrer ersten Torheit sterben mußten, und nochmals so viele, um Ihre Fehler zu kaschieren.«

Zwei Torpedoboote rauschten zwischen den beiden Zerstörern hindurch, die Decks voller erschöpfter Soldaten.

Drummond befahl: »Scharf Ausguck halten nach deutschen Booten, bis wir endgültig draußen sind! Obwohl ich nicht glaube, daß sie sich hier herumtreiben, sie schützen wahrscheinlich die *Moltke* auf ihrem Weg ins Dock.«

Hillier gluckste: »Na, das haben wir ihr versaut.«

Sheridan sagte: »*Lomonds* Ruderhaus ist völlig zerstört. Die meisten Verwundeten wurden von Splittern umgemäht.«

»Fragen Sie nach Freiwilligen, gerade genug, um sie manövrieren zu können.« Seine Gedanken waren schon wieder woanders: bei Wetter und Distanzen. Keine Luftunterstützung, aber Überwasserstreitkräfte. Welche und wie viele?

Beaumont sagte müde: »Ich gehe nach unten.« Energisch zog er die Mütze in die Stirn. »Aber das war noch nicht das letzte Wort in dieser Sache!«

»Machen Sie weiter, Nummer Eins.« Drummond fühlte, daß ihn die Erschöpfung zu übermannen drohte. »Jetzt, wo es vorbei ist, tut er mir beinahe leid.«

Sheridan zuckte mit den Schultern. »Ich kann's noch nicht glauben, Sir. Diese Ungewißheit ist wie ein Alptraum.«

»Funkspruch von der Admiralität, Sir.«

»Lesen Sie vor.« Er sah, daß Sheridan lauschend oben an der Leiter verharrte.

»›*Moltke* und Eskorte befinden sich wahrscheinlich nordwestlich Ihrer Position. Das Wetter klart in diesem Gebiet auf. Luftunterstützung wird so bald wie möglich gestellt‹.«

»Puh!« Wingate rieb sich das Kinn. »Dann wollen wir mal hoffen, daß uns die R.A.F. früher findet!« Er blickte sich um. »Zwei betagte Ladies gegen diesen dicken Bastard? Nein danke, nichts für mich.«

Drummond dachte nach. Er mußte sich an den Plan halten, sonst würden ihn die Verstärkung und die Flugzeuge nicht finden. Die überfüllten Boote der Light Coastal Forces konnte *Moltke* mit einer Salve aus dem Wasser pusten. Viele waren mit Verwundeten vollgestopft, die man trotz des Befehls nicht der Gnade des Gegners überlassen hatte.

Wenn doch einige der Torpedoboote noch ihre Aale gehabt hätten! Zumindest hätten sie dann die beiden Zerstörer beschäftigen können, die schnell und schlagkräftig sein mußten. Mit ihnen schlugen sie sich schon seit Jahren herum.

Aber die *Moltke* konnte nichts stoppen. Beschädigt oder nicht, sie war eine überlegene Vernichtungsmaschine. Sheridan hatte recht: ein Alptraum.

Er mußte wieder an Carson denken. Ihr Besuch war offensichtlich nicht vergebens gewesen. Vielleicht hatte der Mann sich wieder so weit erholt, daß er neue Aussagen machen konnte, die auch Brooks glaubhaft erschienen waren. Daher Beaumonts Ablösung.

Bedrückt fragte er sich, wie Selkirk auf seiner *Ventnor* gestorben und was aus dem Oberst geworden war, den er zum letzten Mal mit einem Sandwich in der Hand gesehen hatte.

Überrascht blickte er auf, als der Schneevorhang an Steuerbordseite zurückglitt. Brücke und Aufbauten hinterließ er weiß bepudert, es sah aus wie Zuckerguß auf einem Kuchen. Vier Uhr fünfzehn. Niemand konnte sagen, was bei Hellwerden vor ihnen liegen würde.

Drummond strich über die Reling, der Schnee knisterte unter seinem Handschuh. *Wer mich berührt, stirbt!* Viele Männer hatten erfahren, wie treffend das Motto des Schiffes war.

Wingate fragte: »Der Bootsmannsmaat bittet um Erlaubnis, heißen Kakao auf die Brücke bringen zu dürfen.«

»Sehr willkommen.«

Er ging nach hinten, um nach dem schmalen Rumpf der *Lomond* auszuschauen, der in ihrem Kielwasser hin und her schwankte. Vielleicht konnten ihre Ingenieure bald wieder Dampf aufmachen? Das hätte ihm erheblich geholfen.

Er setzte sich wieder und trank gierig den dickflüssigen Kakao. Sein Gesicht brannte vor Kälte, alle Knochen taten ihm weh.

Wahrscheinlich würde Beaumont irgendeine obskure Aufgabe an Land bekommen, wo er unauffällig arbeiten konnte. Man würde ihn nicht völlig fallenlassen, es sei denn, der Tod von Sarahs Bruder wurde neu untersucht.

Drummond rieb sich die entzündeten Augen. Aber das alles kam ihm völlig irreal vor.

Die ersten Anzeichen des neuen Tages kamen mit grauen Flecken am Osthimmel, wo das Land liegen mußte. Die müden Männer an den Geschützen schlugen die Arme um sich und versuchten sich zu wärmen. *Victors* Silhouette nahm wieder Konturen an, ihre Kriegsflaggen hoben sich sehr weiß von den grauen Wolken ab.

Drummond suchte den Horizont ab. Die Biskaya hatte sich mit langen Wellenzügen gefüllt, die aber nicht brachen. Sie marschierten aus Nordwesten heran, hoben die Schiffe in die Höhe, ließen sie einen Moment auf ihrem Rücken verharren und dann wieder ins Tal hinabgleiten.

Er ging wieder zur Rückseite der Brücke. Die *Lomond* war noch da. Jetzt sah er die Splitterlöcher in Vorschiff und Brücke.

Die Biskaya gehörte ihnen allein. Irgendwo, weit hinter den Zerstörern, bahnten sich die Torpedoboote und Barkassen ihren Weg. Falls sie die Hunts und den Schlepper nicht fanden, würden sie bald ebenso hilflos wie die *Lomond* sein.

Forschend blickte er über *Warlocks* stählernes Deck. Er sah die Männer in ihren dicken Mänteln geduldig hinter den Geschützen kauern oder auf dem Achterdeck über das Schleppgeschirr wachen. Sie waren am Rande der Erschöpfung, ihr Widerstandswille mußte auf dem Tiefpunkt sein. Frierend durchlebten sie immer wieder die Ereignisse der Nacht. Ein Jammer, daß er ihnen jetzt nicht mehr als pappige Sandwiches und Tee geben konnte. Sie hätten ein Bankett verdient.

Drummond nickte Wingate zu, der an den Sprachrohren stand. Hillier wischte den Kompaß mit seinem Ärmel ab. Ives hielt sich so kerzengerade, als ob er einen Ladestock verschluckt hätte, seine Mütze saß genau im vorgeschriebenen Winkel. Ein Signalgast beseitigte mit einem Bootsmannsmaaten und einem Matrosen die herumliegenden Glasscherben und den angetrockneten schwarzen Blutfleck.

Drummond beugte sich vor. Die Männer des B-Geschützes schlugen frierend die Hände zusammen, ein Steward goß ihnen dampfenden Kakao oder Tee in die dreckigen Becher. Auf dem Vordeck konnte er nur den Lauf des A-Geschützes sehen, der sich langsam hin und her bewegte. Die Mannschaft prüfte den Mechanismus. Weit entfernt dehnte sich der verwaschene Horizont. Er schien nie näher zu kommen.

Fähnrich Keyes stand neben Sheridan und Unteroffizier Vickery auf dem Achterdeck und beobachtete, wie sich die Schleppleine im Rhythmus des Seegangs straffte und entspannte. Die Anstrengung der nächtlichen Schlacht und die Gewißheit, überlebt zu haben, erregten ihn. Er dachte an Georgina. Wie sie ihn ansehen würde. Wie sie sich anfühlen würde, wenn sie sich umarmten.

Vickery sagte müde: »*Lomond* ruft uns, Sir.« Er deutete auf eine blinzelnde Lampe und rief: »Sie macht wieder Dampf auf, Sir!«

Gleichzeitig läutete das Telefon auf dem Achterdeck, ein Seemann rief: »An den Ersten, Sir. Der Kommandant sagt, wir sollen uns klarhalten, um die Leine zu slippen. Die Freiwilligen sollen so bald wie möglich übersetzen.«

»Danke.« Sheridan packte Keyes' Schulter. »Holen Sie die Jungs schnellstens her. Bei dem Wind und Seegang ist das Übersetzen mit dem Floß nicht allzu schwierig.«

Matrose Jevers eilte mit den anderen Freiwilligen nach achtern, ohne nach rechts oder links zu blicken. Als er gehört hatte, daß ein Rudergänger für die *Lomond* gesucht wurde, hatte er sich sofort gemeldet. Dieser Wechsel konnte ihm helfen, wenn es soweit war. Er war noch immer verwirrt. Dieser Yankee war doch tot, niemand konnte ihm etwas anhaben. Aber trotzdem ... Er fühlte, wie ihm wieder der Schweiß ausbrach.

Sheridan rief: »Sobald ihr drüben seid, sichert das Rettungsfloß. Ihr könntet es brauchen, falls ihr Fersengeld geben müßt!«

Ein Matrose meinte trocken: »Kein Problem, Jungs, damit können wir leicht bis Brighton paddeln.«

Leutnant Rankin drehte sich in seinem stählernen Stuhl, um zu sehen, wie das Floß in den Wellen auf und ab hüpfte. Von hier oben im Feuerleitstand konnte er alles überblicken. Die *Victor* dampfte gelassen neben ihnen her. Männer rannten wie Käfer mit Leinen über *Warlocks* Deck, um das Floß gesichert zur *Lomond* treiben zu lassen. Bald mußte alles vorbei sein. Hilfe war unterwegs, sie würden eine wohlverdiente Ruhepause bekommen.

Und er würde seine Frau wiedersehen. Bei dem Gedanken seufzte er so tief auf, daß sich ein Matrose unter ihm umdrehte und ihn neugierig anblickte. Sie war wirklich undankbar. Diesmal waren es nicht flüchtige Affären gewesen, sondern eine dauerhafte Beziehung. Sie hatte es ihm kaum noch verheimlicht, sondern über seine Verwirrung nur gelacht.

Er beugte sich vor, als er Beaumont zum Achterdeck gehen sah. Gerüchte über die Geschehnisse auf der Brücke hatten ihn schon erreicht. Was für ein Risiko für Drummonds Karriere, so einen Zusammenstoß mit Beaumont zu riskieren! Wieder seufzte er. Vielleicht lag darin der Grund für seine Eheprobleme: Er war einfach ein risikoscheuer Träumer, der nur hoffte, daß seine Frau sich ändern würde, und nichts unternahm.

Er hörte Regentropfen schwer gegen die Stahlplatten klatschen. Mein Gott, war das kalt!

Da fühlte er, wie sein Rückgrat gestaucht wurde, als eine Explosion das Schiff vom Kiel bis zur Brücke schüttelte. Eine riesige Wassersäule schoß an Steuerbord in die Höhe und sank über der Back wie ein Wasserfall zusammen.

Unten auf der Brücke zog sich Drummond an der Verschanzung wieder auf die Beine. Seine Seestiefel rutschten in rauschendem Wasser aus. Er hörte Männer rufen, Telefone klingeln. Dann orgelte die nächste Granate heran, als käme sie direkt aus dem Himmel.

»Geben Sie mir den Ersten!«

Er griff nach seinem Fernglas. Die *Victor* dampfte noch immer neben ihnen her, doch ihre Geschütze richteten sich jetzt auf den bleiernen Horizont.

Jemand reichte ihm den Hörer. Er mußte sich ein paar Sekunden sammeln, bevor er sprechen konnte.

»Nummer Eins, hier ist der Kommandant. Sagen Sie Kapitän Beaumont, er soll mit den Freiwilligen zur *Lomond* übersetzen. Sie kann jetzt wieder für sich selber sorgen.« Er spannte sich, als ein weiterer Koffer heranheulte. Aber die Granate schlug weit entfernt auf der anderen Seite ein. Der unsichtbare Gegner schoß offensichtlich blind.

Er hörte Gemurmel und dann Beaumonts Stimme, sehr ruhig, völlig entspannt: »Ich übernehme natürlich das Kommando auf der *Lomond.* Jetzt ist drüben nur ein Unterleutnant an Bord.«

Drummond meinte kurz: »Vielleicht können wir durchschlüpfen. Falls nicht, aktivieren Sie wieder die Sprengladung und geben das Schiff auf.«

Mit einemmal bekam er Kopfschmerzen. Seltsam – Beaumont würde auf diese Weise wahrscheinlich überleben und als Kriegsgefangener mehr Ruhm ernten, als er bei Admiral Brooks jemals erwarten konnte. Aber die Beaumonts dieser Welt schwammen eben immer oben – wie Fettaugen.

Plötzlich sagte Beaumont: »Übrigens war ich nicht über den Zustand von *Lomonds* Rumpf unterrichtet.« Es klang, als ob er ein Lachen unterdrücke. »Ich hatte *Warlock* als zweites Sprengschiff vorgesehen.« Die Leitung war tot.

Drummond drehte sich um, als die nächste Granate wie ein D-Zug über die Mastspitze hinwegdonnerte. Er wollte mich töten, dachte er. Es hatte ihn so tief getroffen.

Das Schiff machte einen Satz vorwärts, ein Mann rief: »Die Schleppleine ist geslippt, Sir!«

Rankins Stimme knarrte aus dem Lautsprecher: »Feind in Sicht! Großkampfschiff in Grün eins-eins-null. Entfernung eins-zwei-null.«

Drummond blickte zu Rankins Stahlkäfig hinauf. Also sechs Meilen. Sobald die Lichtverhältnisse besser waren, würde sie der feindliche Artillerieoffizier mit Leichtigkeit erfassen.

Die Stimme des Radarbeobachters bestätigte Rankins Beobachtung. Trotz der schlechten Ortungsbedingungen hatte er zwei kleinere Echos daneben ausgemacht: die Zerstörer.

»Funkspruch an Admiralität: ›Feind im Norden in Sicht. Position . . .‹«

Er ging wieder nach achtern. *Lomond* dampfte sehr langsam davon, ihr Rumpf rollte heftig. Sie würde bei dem nun folgenden Drama den Zuschauer spielen.

Ives sah ihn ernst an. »War das alles, Sir?«

Drummond schüttelte den Kopf und blickte zu den flatternden Kriegsflaggen empor. Wie weiß sie waren – das einzig Saubere an diesem Tag.

»Zusatz: ›Ich greife an!‹«

Und zu Wingate: »Volle Umdrehungen, Kurs zwei-sechs-fünf!« Sein Kopf war plötzlich völlig klar, obwohl er nichts fühlte. »Signal an *Victor*: ›Position in Kiellinie einnehmen‹.« Er trat zum Kartentisch. »Durch die Kursänderung können wir den Feind von den Barkassen ablenken. Die Zerstörer würden sie sonst ohne Senf frühstücken oder in den Atlantik hinaustreiben, bis ihnen der Treibstoff ausgeht.«

Zwei große Wassersäulen schossen vor dem Bug der *Victor* in die Höhe, gerade als sie Kurs änderte, um seinem Befehl zu folgen. Sie sah gut aus, dachte er. Der Tarnanstrich glänzte im Spritzwasser, das über den Bug flog, als sie Fahrt erhöhte. Ihre veralteten Linien wurden durch die geballte Kraft kompensiert, die sie ausstrahlte.

Wieder kam ihm Beaumont in den Sinn. *Er wollte, daß ich sterbe.* Wenn er in Sichtweite blieb, konnte er es wahrscheinlich noch erleben.

Er hob sein Glas und sah das helle Mündungsfeuer am dunklen Horizont aufblitzen. Sekunden vergingen, dann folgte eine doppelte Explosion. Das Schiff bockte unter ihm. Die Bewaffnung der *Moltke* waren neun 28-cm- und zehn 15-cm-Geschütze. So viel hatte die gesamte Schrottflottille nicht besessen, und jetzt waren nur noch zwei ihrer Zerstörer übrig.

Rankin meldete sich wieder: »Peilung Grün neun-null. Entfernung eins-null-null.«

Es hatte keinen Zweck. Die Entfernung nahm schnell ab, und das Kaliber der *Warlock* konnte den gepanzerten Giganten nicht mal ankratzen. Er blickte zur *Victor* zurück. Sie lief jetzt genau achteraus, vor ihrem Steven stand ein hoher weißer Schnurrbart.

Weitere Granaten schlugen hinter den beiden Zerstörern ein. Große weiße Strudel waren der Beweis für ihre Sprengkraft.

Die Deutschen brannten darauf, sie zu vernichten. Der Kommandant der *Moltke* hatte die meiste Zeit des Krieges damit zugebracht, sich vor der R.A.F. zu verstecken oder Jagd auf Konvois zu machen. Wahrscheinlich war er schon darüber informiert, daß St. Nazaire und damit sein Dock zerstört worden war. Ebenso würde er wissen, daß diese beiden Relikte aus dem Ersten Weltkrieg die Übeltäter gewesen waren. Was er aber nie erwarten würde, war ein direkter Angriff.

Drummond merkte, daß er heftig schwitzte.

»Signal an *Victor*: ›Klar zur Kursänderung um neunzig Grad nach Steuerbord‹.« Die Signalflaggen stiegen in die Höhe. »Wimpel vier setzen!«

»*Victor* bestätigt, Sir.«

Wingate blickte sich um, als Ives seinen Signalgast anblaffte: »Zahlenwimpel vier heißt Torpedoangriff!«

Durch sein Fernglas sah Drummond Roger North aufrecht auf der Brücke stehen. Würde ihn seine Frau, die schöne Elinor, für das verfluchen, was jetzt zu geschehen hatte?

»Ausführung!«

Die Flaggen schossen herab, und Wingate befahl: »Hart Steuerbord!«

Das Schiff legte sich über und wurde wieder von nahen Granateinschlägen durchgeschüttelt. Splitter hämmerten gegen den Rumpf. Er hatte die Kursänderung gerade im richtigen Augenblick befohlen. Ohne sie wäre *Warlock* getroffen worden.

»Mittschiffs!«

Wingate mußte schreien, um sich über dem Dröhnen der Maschinen und Heulen der Lüfter verständlich zu machen. Das Schiff schwang in einem engen Bogen auf den Feind zu. Jetzt waren sie keine reine Zielscheibe mehr, jetzt konnten sie auch austeilen.

»Recht so!«

Wingate blickte auf seine Kreiselanzeige und hustete, als Spritzwasser über die Scheiben wusch.

Drummond sagte: »Wir greifen mit Steuerbord zuerst an.«

Ohne Erregung nickte Wingate. »Jawohl, Sir.« Er rechnete wahrscheinlich: sechs Torpedos von zwei Schiffen – falls sie nahe genug herankamen.

Der Himmel fiel ihnen auf den Kopf, als haushohe Wassermassen über dem Vorschiff zusammenschlugen. Es war wie ein Volltreffer. In Galbraiths Maschinenraum mußte es sich wie eine Minenexplosion angehört haben.

»Entfernung null-neun-null.«

»Feuer frei!«

Die beiden vorderen Geschütze reagierten sofort. Ihre im Vergleich winzigen Granaten jaulten durch den Regen und schlugen auf Höhe der Gegner ein. Überall im zitternden Rumpf wußten jetzt die Männer, daß *Warlock* sich wehrte.

Rankin rief durch den Lautsprecher: »Zu kurz! Abweichung sieben-links!« Stimmengewirr kam aus den Sprachrohren und Telefonen. »Feuer!«

Achteraus setzte nun auch die *Victor* ihre Geschütze ein.

Um den dreirohrigen Torpedosatz drängten sich Männer in Ölzeug. Langsam schwangen die Rohre außenbords.

Weitere mächtige Explosionen erfüllten die Luft. Drummond fühlte, wie eine eiskalte Hand sein Herz zusammenpreßte. Der Schlachtkreuzer mußte seine beiden vorderen Türme abwechselnd benutzen, immer zwei und zwei. Langsam tastete er sich heran.

Dann war es soweit. Er mußte sich an die Schanz klammern, um nicht zu Boden geschleudert zu werden. Wassermassen und Metallteile klatschten gegen den Brückenaufbau. Glas zerbrach, die Radar-Antenne wurde zertrümmert. Ein Mann stürzte vom Steuerbord-Oerlikonstand, schreiend und um sich schlagend versank er im schäumenden Heckwasser. Drummond roch stechenden Sprengstoff.

Er hatte nur Augen für die *Victor*, die mehr und mehr zurückblieb. Sie hatte sechs Meter ihres Vorschiffs verloren, das Wasser schoß strudelnd in das Leck. Ihr Aufbau schwankte wie in einem heftigen Sturm. Wenn North nicht die Maschinen stoppte, würden die Schotten brechen. Dann mußte sie mit voller Kraft zu den Fischen fahren.

»Backbord zehn!« Drummond konnte sich nicht abwenden. »Mittschiffs!« Zu Wingate meinte er: »Wir laufen ein wenig ab, damit uns der Gegner aufs Korn nimmt. Vielleicht gibt das der *Victor* Zeit, sich zu erholen.«

Entsetzte Schreie erklangen, als zwei Granaten auf dem schwer getroffenen Zerstörer explodierten. Der Effekt war fürchterlich. Schornsteine, Davits und Deckplatten wurden wie Papierfetzen durch die Luft geschleudert. Eine innere Explosion griff auf die Torpedos über. *Victor* schien sich in der Mitte zusammenzufalten. Das Heck verschwand sofort in einem Wasserstrudel, das Vorschiff mit der Brücke und einem unbemannten Geschütz schwamm noch einige verzweifelte Minuten, dann kenterte es und versank ebenfalls.

»Der Chief soll Qualm produzieren!« Drummond mußte den Befehl wiederholen, denn Wingate und die anderen starrten noch immer verstört auf den sich ausbreitenden Ölfleck.

Wieder rauschten Granaten heran, näher und näher schlugen sie ein. Drummond fuhr in engen Zick-Zack-Kursen dem Feind entgegen. Sie mußten die *Moltke* schon mehrfach getroffen haben, aber durch den Qualm, das Spritzwasser und den Regen war eine genaue Beobachtung nicht möglich.

Drummond betrachtete seinen Gegner mit kalter Faszination. Er ragte turmhoch aus dem Meer auf, Brücke türmte sich über Brücke. Ständig feuernd lief er genau auf ihn zu. Die beiden begleitenden Zerstörer dampften nach Westen, wahrscheinlich suchten sie die Barkassen oder sollten *Warlock* den Fluchtweg abschneiden.

Er rief: »Klar bei Torpedos!«

Wie der Kommandant des heranschnaubenden Schlachtschiffs wohl die *Warlock* sehen mochte?

»Fertig, Sir.«

»Backbord fünfzehn!« Er fühlte, wie sich das Schiff überlegte. »Mittschiffs!«

Es war ein schlechter Angriffswinkel, aber der Deutsche bot ein großes Ziel. Angreifen war ohnehin das einzige, was sie tun konnten. Außer sich zu ergeben.

»Recht so!« Er zog sich zum Kreiselkompaß hinauf und preßte ein Auge gegen den eiskalten Diopter. »Achtung! Torpedo los!«

Seine Augen blieben auf das andere Schiff fixiert. Hillier rief: »Alle Torpedos laufen, Sir.«

»Steuerbord zwanzig!«

Wiederum ein Haken, und wieder wuchsen riesige Wasserfontänen an ihrem alten Platz empor.

»Gehen Sie auf den alten Kurs, Pilot. Wir halten...«

Er keuchte, als ein lauter Knall direkt neben der Bordwand ertönte. Wasserkaskaden ergossen sich über die Decks. Zwei Männer wurden von ihren Geschützen gerissen und leblos gegen ein Schott geschleudert.

Drummond wischte sich Spritzwasser und Schweiß aus den Augen. Die Silhouette des Schlachtkreuzers verlängerte sich in seinem Fernglas. Er hatte wohl die Torpedos gesichtet und wich nun aus. An seiner Seite blitzte es auf. Der andere Kommandant setzte seine Mittelartillerie ein – nein, er hatte die Torpedos nicht entdeckt!

Als sich Drummond darüber klar wurde, passierte zweierlei. Beim Gegner schoß eine Wassersäule in Höhe der Brücke empor, ein Torpedo hatte sein Ziel gefunden. Und *Warlock* machte einen Satz und begann Fahrt zu verlieren.

Männer brüllten oder wiederholten Befehle. Wo der Großmast gestanden hatte, klaffte ein großes Loch. Das X-Geschütz war mitsamt seiner Bedienungsmannschaft weggerissen worden. In den Krater hätte bequem ein Panzer gepaßt.

Männer rannten nach achtern und duckten sich, als weitere Granaten über ihre Köpfe hinwegheulten.

Wingate rief: »Wassereinbruch im Kesselraum, Sir! Feuer im Rudermaschinenraum! Sechzehn Ausfälle achtern.«

Hillier rief heiser: »Der Chief sagt, er kann Ihnen erst mal halbe

Kraft liefern ...« Er duckte sich, als mehrere Naheinschläge das Schiff erschütterten.

»Danke.« Drummond klammerte sich an den Handlauf. Der große Schlachtkreuzer schwang herum, seine Türme drehten für eine letzte Salve mit. Der Torpedotreffer mochte eine Fahrtreduzierung nötig gemachten haben, jedenfalls reichte er aus, um *Warlock* eine Atempause zu gönnen.

»Der Feind setzt einen Blinkspruch ab, Sir!« Ives schien erstaunt.

Tatsächlich blinkte eine große Signallampe auf einer der oberen Brücken des Gegners. Als sich Drummond umdrehte, sah er den Grund.

Aus dem dicken Rauchvorhang der *Warlock* dampfte die umgebaute *Lomond* mit hoher Fahrt. Halb vom Schornsteinqualm und vom Geschützrauch verhüllt, war es nicht verwunderlich, daß der Kommandant der *Moltke* sie für eines seiner eigenen Schiffe hielt.

Weitere Einschläge ließen *Warlock* gefährlich schlingern. Drummond sah ein paar von den Leuten umsinken, die Wasserschläuche zu dem rauchenden Krater auf dem Achterdeck gezogen hatten.

Die *Lomond* erhöhte die Fahrt immer noch und drehte auf den Feind zu. Was hatte Beaumont vor? Sah er eine letzte Chance, seine Reputation zu retten?

Drummond merkte, daß sich drüben etwas von der Bordwand löste und im Kielwasser davontaumelte. Es war das Rettungsfloß, an dem sich über ein Dutzend Seeleute krampfhaft festklammerten, als es fast in der hohen Heckwelle gekentert wäre.

Wingate rief: »Drei sind noch an Bord, Sir!«

Drummond meinte zu wissen, wer das war. Außer Beaumont würde es Jevers sein, der am Ruder stand, und Abbot, der Artilleriemaat, der seine Familie verloren hatte, als sein Haus zerbombt wurde.

Er fühlte einen Kloß im Hals, während er die *Lomond* weiter beobachtete. Sie lief jetzt fast dreißig Knoten und sah trotz ihrer verunstalteten Silhouette irgendwie schön aus.

Zwei Männer, die viel zu verlieren hatten, und einer, der alles verloren hatte.

Die Deutschen hatten ihren Irrtum erkannt. Ihre 15-cm-Geschütze mußten nun das Feuer auf zwei Ziele verteilen. Mit wilden Ausweichkursen schob sich auch die *Warlock* näher heran.

Eine Granate schlug ins Deck neben dem Ruderhaus ein. Schmerz schoß in seinem Rückgrat hoch, fast hätte ihm die Erschütterung das Genick gebrochen.

Er rief Hillier zu: »Sehen Sie unten nach!«

Sekunden später hörte er eine neue Stimme im Sprachrohr, dann kehrte Hillier mit blutbefleckter Uniform auf die Brücke zurück. Er berichtete verstört: »Volltreffer, Sir. Alle sind tot, Keyes, Mangin, alle!«

Wingate rieb sich die Augen und krächzte: »Nein! Nicht Allan!«

»Die *Lomond* hat's geschafft, Sir!«

Der deutsche Kommandant hatte einige Fehler gemacht. Er hatte seine zwei Geleiter fortgeschickt, um nach den Barkassen zu suchen. Dann hatte er die *Lomond* nicht sofort identifiziert, sondern nur gesehen, was er sehen wollte. Jetzt hatte er zu wenig Zeit, um ein wirkungsvolles Ausweichmanöver einzuleiten.

Lomond brannte an mehreren Stellen. Ihre Schornsteine waren umgestürzt und zerbrochen, der Rumpf war von Splittern durchlöchert. Sie bohrte sich in den Rumpf des Schlachtkreuzers, nur wenige Meter von der Stelle entfernt, wo *Warlocks* Torpedo explodiert war.

Plötzlich war es still. Entfernt ratterten Maschinengewehre, mit denen die Deutschen den Zerstörer beharkten, der wie ein Keil im Rumpf ihres Schiffes steckte.

Schlagartig wurde dem Gegner klar, warum sich das einsame Schiff so verhalten hatte. Als auf dem Briten kein Mann um sein Leben rannte oder sich ergab, wußte jeder, daß in wenigen Sekunden alles vorbei sein würde.

Abbot hatte schon immer viel von Zündern verstanden.

Er lag auf dem Boden und blutete aus einem Dutzend Wunden. Er sah die Betonwand voller Wasserbomben zu seinen Füßen. Er sah auch seine Frau und seine kleine Tochter ganz nahe vor sich.

Im zerstörten Ruderhaus versuchte Jevers, sich auf dem schrägen Deck zur Tür zu ziehen. Dabei schluchzte er leise vor Schmerzen. Er hoffte, daß die Explosion bald kommen und ihn erlösen möge.

Beaumont lag auf der Brücke. Seine Mütze war blutgetränkt, das Haar wurde ihm vom Regen in die Stirn gewaschen. Seine Augen starrten weit aufgerissen in die Unendlichkeit.

Die Explosion kam als Erlösung.

Ihr gleißender Feuerball wurde noch auf den Flottenzerstörern gesehen, die viele Meilen entfernt durch die Biskaya jagten, um Drummonds kleine Streitmacht unter ihre Fittiche zu nehmen.

Auch auf den beiden deutschen Zerstörern sah und hörte man die Explosion. Sie drehten in Richtung Land ab, denn sie konnten sich ausrechnen, daß Hilfe für den alten Zerstörer mit den ungleichen Schornsteinen unterwegs war.

Die *Moltke* aber war verschwunden, als hätte es sie nie gegeben.

Stunden später, nachdem Ives die Blinksprüche von den Zerstörern aufgenommen hatte, fand Drummond Zeit, sich über die Ereignisse Gedanken zu machen.

»Blinkspruch von der *Caistor*, Sir: ›Alle evakuierten Männer sind wohlauf. Ihr mutiger Einsatz hat das möglich gemacht‹.«

Er sah Sheridan am Flaggenspind lehnen. Seine Mütze in der Hand, saugte er die feuchte Luft ein. Wingate stand am Kompaß, das Gesicht von den Anstrengungen gezeichnet. Hillier hielt sich an der Verschanzung fest, der Kampf hatte ihn schwer mitgenommen.

Überall auf dem Schiff saß die Mannschaft herum und schöpfte wieder Atem. Sie blickte den heranschießenden Zerstörern entgegen und später den sie begleitenden Flugzeugen. Waren sie wirklich so bedeutend? Aber irgendwie schien das jetzt nicht mehr so wichtig zu sein. Einige dachten an Freunde, die tot oder verwundet waren. Andere starrten in den Himmel und dankten Gott, daß sie ihn noch sehen konnten.

Im Ruderhaus, dessen Seite so aufgerissen war, daß man ungehindert auf See und Himmel blicken konnte, stand ein Matrose am Ruder und lauschte auf Wingates Ruderbefehle. Im Hintergrund lagen der Bootsmann Tommy Mangin und der Quartermaster Rumsey mit ineinander verschlungenen Armen und Beinen, so wie sie gefallen waren. Manche Männer waren buchstäblich in Stücke gerissen worden, andere wiesen kaum eine Verletzung auf. Zu letzteren gehörte Fähnrich Keyes. Er wurde neben dem Plottertisch gefunden, auf ihm lag der Steuermannsmaat. Keyes hatte die Augen fest geschlossen. Vaughan erklärte später, er müsse das Nahen der Granate geahnt haben, denn in seiner Hand hielt er das Foto einer Schauspielerin, wie man es in den Schaukästen zweitklassiger Theater fand.

Mr. Noakes war von einem glühenden Splitter niedergestreckt worden, als er gerade einen verzagten Seemann anschnauzte. Es schien nur richtig, daß er so bitter und ärgerlich gestorben war, wie er gelebt hatte.

Tysons Leiche wurde nie gefunden. Wahrscheinlich war er zerrissen worden, als das X-Geschütz getroffen wurde.

Owles brachte eine Kanne heißen Kaffee für den Kommandanten auf die Brücke. Als seine Hände so stark zitterten, daß er nicht eingießen konnte, brach er weinend zusammen.

Für Drummond war das fast der schlimmste Teil des Gefechts: die fürchterlichen Nachwirkungen bei seinen Leuten.

»Kurs Falmouth, Pilot«, befahl er. »Und Funkspruch an die Admiralität: ›Smash-Hit erfolgreich beendet‹.« Tröstend ergriff er Owles' Arm. »›*Moltke* versenkt‹.« Er zögerte und dachte an *Lomonds* verwegene Attacke. »›Durch Kapitän Beaumont‹.«

Ives schrieb alles nieder, dann griff er nach Owles. »Komm mit runter. Ich könnte jetzt auch eine Tasse Kaffee vertragen.«

Viele Stunden später, als die begleitenden Zerstörer ihre Fahrt verminderten, um *Warlock* allein nach Falmouth einlaufen zu lassen, arbeitete sich Drummond durch die Funksprüche, die sich inzwischen angesammelt hatten. Es waren Gratulationen, Anfragen, Befehle.

Er warf Sheridan einen Seitenblick zu. »Ich bekomme ein neues Kommando, David.«

Sheridan betrachtete ihn, erkannte Bewegung in den überanstrengten Zügen.

»Gratuliere.«

Drummond fuhr ruhig fort: »Irgendein neues Schiff, es ist noch nicht mal fertig.«

Er sah, wie das Land näher kam. Menschentrauben standen am Strand und sahen dem kleinen Zerstörer zu, der den Tonnenweg hochfuhr. Still starrten sie die Splitterlöcher an.

Sarah würde auf ihn warten. Er wußte es.

»*Warlocks* neuer Skipper steht schon fest.« Er streichelte mit einer Hand die Teakreling, an jeder Schramme hielt er inne, als befühle er eine Wunde. »Das Schiff wird im Dock repariert und dann als Ferngeleiter umgebaut. Wie Ihr letztes Schiff, David.«

»Verstehe, Sir.« Sheridan zögerte. »Aber für mich wird sie immer ein Zerstörer bleiben, Sir. Im besten Sinne des Wortes.«

Drummond konnte ihn nicht ansehen. »Sie gehört *Ihnen*, David. Ihre Beförderung und Bestallung ist genehmigt worden. Passen Sie gut auf die *Warlock* auf!«

Wingate sah ihnen von der Kompaßplattform aus zu. Leise meinte er nun: »Noch zehn Minuten, Sir.«

Sheridan trat zur Seite. »Ich gehe nach vorn, Sir.«

Drummond nickte. Er sah, wie ein Seemann Badgers Körbchen über das Deck trug. So viele waren gefallen, aber der Kater hatte überlebt.

Später, als die Festmacher an Land gingen und die wartenden Schaulustigen sich herandrängten, um das verwüstete Schiff zu begaffen, stand Drummond allein auf der verlassenen Brücke.

Er blickte sich still um. Es war ein Gefühl, als ob ihn das Schiff noch einmal an sich zog und dann schnell von sich schob.

Als er die Leiter hinabstieg, reichte ihm ein Signalgast eine verschmutzte Kriegsflagge. »Die letzte, Sir.«

»Ich möchte, daß Keyes' Mutter sie bekommt. Geben Sie sie dem Navigationsoffizier.«

Er blieb am Landgang stehen. Sheridan, Wingate, Rankin und Galbraith in seinem schmuddeligen Kesselanzug warteten schon auf ihn.

Sheridan sagte leise: »Ich übernehme, Sir.«

Drummond schüttelte ihm die Hand. »Dann gehe ich von Bord.«

Er wußte, daß viele Menschen an Land auf ihn warten würden. Er hatte schon Kimber und Miles Salter in der Menge gesehen. Da blickte er auf das verkrüppelte Schiff zurück und salutierte langsam.

Und als er sich umwandte, rannte Sarah auf ihn zu. Er nahm sie in seine Arme und hielt sie fest. Jetzt und für immer.